GOD'S † KNIGHT

ORIGIN

가즈 나이트 8
ORIGIN

이경영 지음

네오픽션

차
례

12장 _ 지키는 자, 사라지는 자

1. 용신제   9
2. 숭고(崇高), 희생의 이름   31
3. 남겨진 자의 몫   59

13장 _ 순백의 구원군

1. 리오의 귀환   83
2. 태고의 대천사장   113
3. 헤어짐의 이유   144

14장 _ 동맹의 깃발

1. 무너진 지하드   187
2. 하나를 위한 동맹   224

종장 _ 최종 결전

1. 종결로 가는 그들   257
2. 바람의 천수관음   277
3. 광휘의 칼날   320
epilogue   333

외전 12   라이벌   343
외전 13   엇갈린 윤회   373
외전 14   부하를 찾는 소년 I   385
외전 14   부하를 찾는 소년 II   441

12장
지키는 자, 사라지는 자

1

용신제

띠띠띠띠띠.

"음……."

바이칼은 리오가 선물로 사 준 자명종 시계 버튼을 누르며 일어났다. 부스스한 얼굴로 주위를 둘러보던 바이칼은 버릇처럼 용력(용족의 달력)을 보고 다시 자리에 드러누웠다. 그는 이불을 덮으며 투덜댔다.

"귀찮은 날이 왔군."

아침 식사 시간.

바이칼은 아침 식사로 나온 샐러드를 먹으며 무언가 생각에 골몰해 있었다. 처음 보는 그의 진지한 행동에 리디아는 미안한 표정을 지으며 말했다.

"저, 오라버니, 무슨 불편하신 일이라도 있으신가요?"

"별로. 그건 그렇고 장로, 용왕들은 왜 오지 않는 거요."

바이칼이 화제를 돌리자 리디아는 씁쓸한 얼굴로 고개를 숙였다. 장로는 바이칼을 바라보며 대답했다.

"아, 예. 용왕들께서는 내일 일정에 맞춰 오시기로 했습니다만, 요즘 중립공간이 불균형을 이루는 시기라서 더 늦어질 것 같사옵니다."

"그런가. 시기 한번 멋지게 맞추는군. 하여튼 내일 일정을 치를 준비는 잘되어 가나?"

"예. 전룡단과 웨드 부대의 예행연습도 거의 완벽합니다. 전하께서는 아무런 부담 가지실 필요 없사옵니다."

"함대 소집은?"

"예, 80퍼센트가량 소집됐습니다. 오늘 정오께에 모두 소집할 예정이옵니다."

"좋군."

한참 얘기를 듣고 있던 리디아는 궁금하다는 표정으로 물었다.

"저, 오라버니, 내일 일정이라는 게 무엇인가요?"

순간 바이칼과 장로는 움찔했다. 바이칼은 인상을 찡그린 채 이해가 안 된다는 듯 그녀에게 되물었다.

"너 정말 내일이 무슨 날인지 모르고 있나? 용족이면서 용신제를 모른단 말이야?"

"네?"

"용신제? 그건 또 뭐 하는 축제야?"

지크가 눈을 동그랗게 뜨고 묻자 리오는 한심하다는 듯 손을 내저으며 설명했다.

"서룡족과 동룡족이 갈라져 있어도 신룡 브리간트만은 공통적으로 모신다는 건 알고 있지?"

"몰라."

"뭐, 하여튼 용신제는 이틀 동안 신룡 브리간트 님께 제사를 지내는 건데, 그 용신제를 치르는 일주일 동안 서룡족이나 동룡족이나 모든 전투를 금하게 되어 있어. 칼이라도 잡는다면 브리간트 님께 노여움을 사지. 주신 할아버지와 대등한 위치를 가진 브리칸트 님이 노하신다는 것은 그야말로 끝장이라는 뜻이니까 두 종족은 이날만큼은 정말 조용하지."

지크는 알겠다는 듯 고개를 끄덕이며 재차 물었다.

"오호라…… 그렇구나. 근데 그런 좋은 기간에 바이칼 녀석의 표정이 왜 그런 거야?"

리오는 머리를 긁적이며 당연하지 않겠냐는 듯 대답했다.

"양쪽 종족이 전쟁 중인 상태에서 드래고니스에서 용신제가 거행되거든. 그리고 용신제가 거행되는 이틀 동안 동룡족 우두머리인 주룡 쥬빌란이 드래고니스에 머물게 되니 바이칼이 좋아할 리 없겠지."

"그래?"

용신제의 날, 바이칼은 새벽부터 깨끗한 옷을 입고 오리하르콘으로 만들어진 브리간트 신상 앞에 섰다. 그의 앞쪽으로는 현재 이 차원에 있는 모든 전룡단 단원들이 단장들을 앞세워 대열을 맞췄고, 옆쪽에는 장로와 리오, 지크, 슈렌, 그리고 오랜만에 화려한 드레스를 입은 세이아와 라이아가 서 있었다.

드래고니스는 정박해 있던 높이보다 2킬로미터 정도 더 위로 올라가 있었다. 드래고니스를 중심으로 서룡족의 모든 함대가 정렬하기 위해서였다. 지상 시설물을 복구하던 사람들도 일을 멈추고 서룡족의 함대가 SF 영화에 나오는 우주 함대처럼 정렬하는 것을 지켜보았다.

정오가 다 됐을 무렵, 동쪽에서 서룡족의 함대와 맞먹는 수의 동룡족 함대가 천천히 모습을 드러냈다. 바이칼은 선두에 있는 거대 전함 칠두지룡(七頭之龍)을 보며 가볍게 한숨을 내쉬었다.

"올 것이 왔군. 지겨운 녀석."

곧 두 거대 함대는 정면으로 마주하게 됐다. 주룡 쥬빌란이 동룡족 군주들과 장군들을 앞세우고 칠두지룡에서 나와 바이칼이 있는 곳까지 걸어왔다. 구경을 나온 서룡족 주민들은 그들의 시간으로 1년에 한 번 볼 수 있는 쥬빌란의 아름다운 자태에 연신 감탄했다. 쥬빌란은 옅은 미소를 지은 채 드래고니스의 시내를 감상하며 길을 걸었다.

잠시 후 두 최고권력자 바이칼과 쥬빌란이 대면했다. 플루소는 동룡족 장군과 서룡족 전룡단장의 신분으로 보아 온 그들이 막상 막하의 미모와 실력을 갖고 있음을 확인하고 묘한 기분이 들었다.

어째서 그들이 싸워야 하는지, 무엇을 위해 싸우고 있는지.

쥬빌란은 바이칼의 눈을 응시하며 먼저 인사했다.

"오랜만입니다, 바이칼 님. 드래고니스는 언제 보아도 당신처럼 멋지군요. 그럼 이틀간 잘 부탁드리겠습니다."

바이칼은 굳은 얼굴로 고개를 가볍게 끄덕이며 인사했다.

"다른 때와 달리 혈색이 좋은 것 같소, 쥬빌란 님. 이쪽이야말로 잘 부탁드리오."

그들의 인사를 시작으로 양측의 우두머리는 다른 이들과 인사를 나누기 시작했다. 리오는 망토를 단정히 하고 쥬빌란에게 허리 숙여 예를 갖췄다.

"가즈 나이트 리오 스나이퍼, 주룡께 인사 올립니다."

"리오 님, 수하 장군들께서 당신이 예전보다 훨씬 강해지셨다는 말씀을 자주 하시더군요. 앞으로도 멋진 승부를 기대하겠습니다."

"예. 이틀간 편히 쉬십시오."

그런대로 편하게 서 있던 지크는 쥬빌란이 다가오자 그답게 씩 웃으며 가벼운 인사를 했다.

"가즈 나이트 지크 스나이퍼요. 헤헷, 바이칼 녀석보다는 혈색이 좋으시구려."

"아, 소문으로 듣던 대로군요, 지크 님. 과찬의 말씀이십니다. 역시 멋진 승부를 기대하겠습니다."

"헤헷, 고맙수. 나중에 놀러 갈게요."

지크는 슈렌을 향해 발길을 돌리는 쥬빌란에게 손을 흔들며 말했다. 그를 바라보던 바이칼은 자신의 앞에 서 있는 동룡족 장군에게 시선조차 돌리지 않은 채 투덜댔다.

'역시 저 녀석을 데리고 나온 건 자멸이었어.'

"저, 저…… 용제시여."

곤란한 표정으로 한참 서 있던 동룡족 제1장군 쿠르퍼가 난감한 듯 말하자, 바이칼은 헛기침을 하며 바라보았다.

"험, 실례. 여전히 얼굴은 좋아 보이오, 쿠르퍼 장군."

"……"

"얘기 끝났소."

"아, 죄, 죄송하옵니다."

쿠르퍼는 멋쩍은 표정을 지으며 옆으로 비켜날 따름이었다.

플루소 앞에 선 쥬빌란의 표정은 배신한 부하를 노려보는 최고 권력자의 눈빛이 아니었다. 그는 얼굴의 상처가 많이 나은 플루소를 바라보며 다행이라는 듯 고개를 끄덕였다.

"이젠 좀 마음이 편한 모양입니다, 플루소 단장. 어딘가 사념이 서려 있던 예전 모습보다 지금이 훨씬 보기 좋습니다. 용제께서도 당신의 실력을 믿고 좋은 벼슬을 주셨으니 더욱 수고해 주십시오."

"서, 성은이 망극하옵니다, 전하!"

플루소는 감격에 겨워 눈물을 지으며 고개를 숙였다. 쥬빌란은 그녀의 어깨를 두드려 주고 천천히 지나갔다.

지크는 리오 앞에 서 있는 외팔의 군주를 흘끔흘끔 바라보았다. 중년의 위엄이 풍기는 그의 단련된 체구에 기가 죽은 지크는 슈렌에게 정신감응을 보냈다.

「이봐, 저 아저씨는 정체가 뭐야? 리오 녀석도 진지한 얼굴로 바라보고 있는데?」

「저 남자가 바로 동룡족 최고의 도검술 실력을 가진 군주 올파드야. 리오에게 들은 얘기인데, 그 당시 리오가 제2안전주문을 푼 상태였는데도 어렵게 싸웠다더군. 또 다른 별명이 무룡왕일 정도로 무서운 실력을 가진 남자야.」

리오는 진지한 눈으로 올파드를 바라보았다. 올파드 역시 눈에서 강렬한 기를 뿜어내며 리오를 보았으나, 곧 눈을 감고 미소를 지으며 리오에게 말했다.

"예전보다 훨씬 멋지게 성장했군, 리오 스나이퍼. 언젠가 자네와 대결할지 모르겠네만, 그때도 잘 부탁하네."

"여전히 무서운 말씀을 하시는군요, 올파드 님. 당신의 이도류(二刀流), 녹슬지 않길 바라겠습니다."

"훗, 부탁만 하게나."

리오와 올파드의 대화를 들은 지크는 뭔가 이상했다. 자신이 알기로 이도류라는 것은 두 개의 도검을 들고 싸우는 것을 말하는데 올파드는 분명 왼팔이 없었다. 올파드가 자기 앞에 오자, 지크는 인사는 접어 두고 서슴없이 질문했다.

"아저씨, 당신 분명 이도류를 쓴다고 했는데, 어떻게 신체적 상황을 극복하고 이도류를 쓰시나요?"

"음? 허, 가즈 나이트치곤 꽤 당돌한 젊은이로군."

올파드는 오른팔로 그의 어깨를 두드리며 미소 지은 채 말했다.

"양손에 칼을 나눠 든다 해서 꼭 이도류가 아닐세. 한 팔로도 충분히 두 개의 칼을 사용할 수 있지. 알고 싶다면 나중에 전장에서 보세. 후후훗…… 이름이 뭔가?"

"지크, 지크 스나이퍼요. 헤헷, 만나길 빌게요, 아저씨."

"지크라. 기억해 두지. 하하하핫."

쥬빌란은 세이아와 라이아 앞에 서 있었다. 그를 보좌하던 궁인들은 쥬빌란이 여성 앞에서 그런 표정을 지은 것을 처음 보기에 경악하고 있었다. 쥬빌란은 세이아의 얼굴이 아닌, 그녀에게서 풍기는 분위기에 압도되어 있었다.

잠시 세이아를 보던 쥬빌란은 곧 눈을 감으며 그녀에게 말했다.

"감동적입니다. 빛의 최고위 신 '라' 이후 이 정도의 빛을 내뿜는 신은 제 기억에는 없습니다……. 최근에 제가 잃어버린 빛까지도 가지고 계시는 듯합니다. 그럼……."

쥬빌란의 말을 듣고 세이아는 부드러운 미소를 짓더니 막 가려는 쥬빌란의 양손을 잡으며 조용히 말했다.

"너무 슬퍼하지 마세요. 그분은 언제까지나 당신의 마음속에 계실 겁니다. 쥬빌란 님은 결코 혼자가 아니시니 수하 여러분들을 위해서라도 흔들리지 마세요."

쥬빌란은 눈을 번쩍 뜨며 세이아를 바라보았다. 그녀는 여전히 미소를 지은 채 말했다.

"어서 가 보세요. 다른 분들께서 기다리고 계십니다."

"실례를 범했습니다. 사죄드립니다."

쥬빌란은 곧 리디아 앞에 섰고, 다시 애써 미소 지으며 말했다.

"잘 지냈느냐, 리디아. 얼굴이 좋아 보이니 이 오라비의 마음도 편하구나."

"예? 예……."

"더 이상 안부를 물으면 너의 또 다른 오라비가 화를 낼 것 같으니 이만하자꾸나. 나중에 더 얘기를 나누도록 하자."

"예."

거의 모든 중요 인물들과 인사를 나눈 쥬빌린은 곧바로 자신의 자리로 돌아갔다. 리디아 옆에서 인상을 찡그리고 있던 바이칼은 쥬빌란에게 시선을 둔 채 팔짱을 끼며 중얼거렸다.

"여전히 맘에 안 드는 녀석."

두 용족의 우두머리들이 의식을 치르는 동안, 관계자가 아닌 리오 등은 집으로 돌아가 다른 행사 때까지 휴식을 취하기로 했다.

궁금증이 있으면 떨치지 못하는 지크는 집에 돌아오자마자 리오에게 올파드에 대해 묻기 시작했다.

"이봐, 리오. 그 올파드인가 하는 아저씨, 도대체 어떻게 외팔로 이도류를 쓴다는 소리야? 난 도무지 이해가 안 되는데?"

"음? 아아, 그거 말이야? 오늘은 올파드가 무기를 가지고 나오지 않았지만, 그가 말했듯이 두 개의 도검을 한꺼번에 사용하지. 둘다 네 무명도에 비할 수 있을 정도로 좋은 칼인데, 하나는 특이하게도 역인도(逆刃刀)야."

"역인도? 날이 뒤집어진 칼이란 말이야?"

"그래. 하지만 거꾸로 들고 휘두르니 그리 좋아할 건 아니야. 그리고 정도검보다 더 무서운 게 그 역인도야. 날이 거꾸로 되어 있기 때문에 보통 도검술과는 휘두르는 자세부터 달라서 방어 타이밍을 맞추기가 어려워. 게다가 정도검과 병용해서 공격을 가하기 때문에 더하지. 그가 이도류를 사용한다고 하는 것은 한 팔로 두 개의 칼을 전광석화처럼 교차해서 사용하기 때문인데, 초반엔 나도 정말 고생했어. 내가 검술이 아닌 힘으로 밀어붙인 적은 그와의 대결이 처음이었지. 물론 당시에는."

"한 팔로…… 두 개의 칼을 교차해서? 게다가 네가 기술을 사용하지 못할 정도로 빠르게?"

지크는 믿을 수 없었다. 아무리 용족전쟁 때 리오가 지금보다 약했다고는 하지만 제2안전주문을 푼 리오를 기술만으로 제압했다는 것은 경악할 일이었다.

"뭐, 지금은 나도 두 개의 검을 사용할 수 있게 됐으니 예전보단 훨씬 상대하기 쉽겠지만, 그래도 무시하지 못할 인물이야. 모든 차원계를 통틀어 도검술만큼은 올파드가 최고라고 주신 할아버지도 그러셨으니까. 자자, 나중 일은 나중에 생각하고 지금은 좀 쉬자."

"쳇, 내가 최고야!"

지크는 그렇게 소리치며 밖으로 뛰어나갔다. 리오는 실눈을 뜬 채 슈렌을 바라보며 나지막이 물었다.

"저 녀석, 왠지 모르게 불타고 있는데?"

"음."

그러나 그들의 판단은 아직 일렀다.

"아, 오늘은 안 되겠어. 나중에 승부를 내야지."

지크는 중얼거리며 집 안으로 다시 들어왔다. 리오와 슈렌은 그를 가만히 바라보다가 머리를 흔들며 일어나 지크를 데리고 집 밖으로 나갔다.

"자자, 휴식 시간은 끝났으니까 어서 가자. 그건 그렇고 바이칼 녀석 고역이겠군."

리오가 밖으로 나서며 중얼거리자, 지크는 동감한다는 듯 고개를 끄덕이며 말했다.

"음, 그렇겠군. 자신보다 잘난 사람과 같이 있다는 건 그 녀석의 자존심이 허락하지 않을 테니까. 녀석은 자존심이 강하잖아."

지크의 진지한 말을 들은 리오는 머리만 긁적일 따름이었다.

"그런 이유도 있겠지만……."

바이칼과 쥬빌란은 석상에 나란히 앉아 축하 행사를 지켜보고 있었다. 사실 축하 행사에 그리 관심 없는 눈치였기에 서룡족과 동룡족의 행사 관계자들은 곤란해했다. 가까스로 졸음을 참아 가며 의자에 앉아 있던 바이칼이 정신을 번쩍 차린 것은 쥬빌란의 목소리가 들린 직후였다.

"어머니께서 몇 개월 전 돌아가셨습니다. 일찍 전해 드리지 못한 점, 죄송합니다."

"어머니? 아, 이베린……."

바이칼은 놀라며 쥬빌란을 흘끔 바라보았다. 바이칼 뒤에 앉아 있던 장로는 경악한 표정을 지었고, 쥬빌란의 뒤에 앉아 있던 올파드는 묵묵히 눈을 감았다. 쥬빌란은 행사장 위쪽으로 보이는 하늘을 쓸쓸한 눈길로 바라보며 말했다.

"예, 그렇습니다. 그 직후 리디아가 실종됐습니다. 물론 저에게 싫은 소리를 듣기도 했습니다. 그때는 저 역시 모친 때문에 힘겨웠던 상태였지요. 그런데 당신이 리디아를 보호하고 있는 줄은······ 후훗."

바이칼은 속으로 쥬빌란이 웬일로 그렇게 말하나 생각하면서도 퉁명스럽게 쏘아붙였다.

"그런 말을 한다 해서 내가 리디아를 돌려줄 거라고 생각하나?"

쥬빌란은 피식 웃으며 눈을 감더니 잠시 후 무겁게 입을 열었다.

"용제님. 당신은 자신이 얼마나 행복한지 모르고 있습니다. 저는 단 하나 빼고는 당신이 부러울 게 없습니다. 당신이 리디아를 데리고 있다는 사실은 제 모든 것을 빼앗아 버렸다는 것과 같습니다."

바이칼이 눈을 가늘게 떴다. 쥬빌란은 바이칼의 눈을 똑바로 바라보며 말을 이었다.

"당신에게는 좋은 친구분들이 계십니다. 가즈 나이트들을 비롯한 많은 분들이 당신 곁에 계시지요. 반면 저는 돌아가신 어머님과 리디아밖에 없습니다. 하지만 어머님은 돌아가셨고 리디아는 당신과 함께 있습니다. 그리고 당신은 또 한 사람의 대신을 곁에 두게 됐습니다. 너무 불공평하다고 생각하지 않으십니까?"

"픗."

바이칼은 비웃듯 미소 지었다. 쥬빌란이 말없이 바라보자 바이칼은 낮은 어조로 말했다.

"그것이 나와 귀하의 차이점이다. 심복이라면 모를까, 그런 친구 한 명조차 없는 자가 어떻게 최고권력자라고 할 수 있겠나. 그리고 한 가지 말해 두겠지만 가즈 나이트 녀석들은 주신이 강제로 내 곁에 머물게 한 것이다. 난 귀찮은데 그 녀석들이 나에게 추근대는 것뿐이지. 징그럽게 말이다. 그리고 동룡족은 6백 년 전 서룡족을 가지고 놀듯 리디아를 빼앗아 갔다. 하지만 지금 나는 제 발로 찾아온 리디아를 보호하고 있을 뿐이다. 더 이상 리디아의 일로 나를 귀찮게 하지 마라. 정 데려가고 싶으면 실력을 행사하도록."

바이칼의 말을 가만히 듣고 있던 쥬빌란은 알 수 없는 미소를 지으며 고개를 흔들더니 행사장을 보며 말했다.

"충고, 감사합니다. 그리고 당신의 뜻은 잘 알아들었습니다."

두 권력자의 대화를 듣던 장로는 정말 큰일이라고 생각하며 고개를 저었다. 바이칼의 말은 선전포고나 다름없었고, 쥬빌란의 대답 역시 그것을 받아들이겠다는 말과 같았다. 그렇게 고민에 휩싸여 있는 장로의 귀에, 올파드의 위엄 있는 목소리가 들려 왔다.

"장로님, 저도 왔는데 오늘은 즐겁게 보내시지요. 그렇게 고민만 하시면 몸에 좋지 않습니다. 하하하핫."

"아, 죄송합니다. 올파드 님."

올파드는 미소 띤 얼굴로 행사를 지켜보았고, 장로는 진지한 표정으로 생각했다.

'그래, 올파드를 비롯해 동룡족의 실질적인 주 전력들인 군주들이 등장한 이상, 이제 더 이상 간단한 전투는 없다. 그건 그렇고 올파드…… 여전히 두려운 자로군. 선왕 때부터 지금까지.'

바이칼의 선친 대(代)부터 지금까지 서룡족에서 리오와 같은 위치에 있는 유일한 남자 올파드. 그에 의해 드래고니스마저 수차례 위협받았다는 것을 알고 있는 장로는 지금부터 진짜 전투라고 생각하며 각오를 다졌다.

어쨌든 그렇게 용신제 첫날은 무사히 지나갔다.

정오에 있을 마지막 행사를 앞두고, 바이칼은 리오를 불러 쥬빌 란과 나누었던 내용을 얘기했다. 얘기를 들은 리오는 고개를 끄덕 이며 말했다.

"그래서 리디아가 만취한 채로 도시를 거닐고 있었던 거군. 근데 왜 하필 이 차원의 도시였을까?"

"그건 네가 가즈 나이트가 어떻게 됐을까 하는 질문과 같아. 우 연치고는 묘하지만 지금은 그렇게 생각하는 수밖에 없겠지."

"음……."

리오는 한숨을 내쉬며 팔짱을 꼈다. 그리고 바이칼을 바라보며 씁쓸한 얼굴로 말했다.

"너나 쥬빌란이나, 최고권력자라는 것은 참 힘들겠구나. 너야 뭐 자주 놀러 나간다고는 하지만 쥬빌란은 그렇지도 않은 것 같으 니……. 나라도 내 동생 돌려 달라고 체면 무릅쓰고 얘기할 수도 있겠어. 물론 너도 오랜만에 동생을 다시 만나긴 했지만 말이야."

"……."

바이칼은 아무 말도 하지 않았다. 한참을 생각하던 그는 리오에 게 질문을 던졌다.

"나와 쥬빌란, 둘 중 누가 더 불행한 것 같나?"

"뭐?"

바이칼의 의외의 질문을 들은 리오는 멍하니 그를 바라보았다. 그러나 곧 리오는 바이칼의 머리를 쓰다듬으며 말했다.

"하핫…… 좋아, 그럼 대답하기 전에 한 가지만 물어보자. 나를 친구로 생각하고 있어?"

한참 동안 고민하던 바이칼은 얼굴을 붉히며 고개를 끄덕였다. 리오가 말했다.

"이런 고민이나 중요한 얘깃거리를 털어놓을 친구가 한 명이라도 있는 네가 당연히 더 행복하지. 쥬빌란은 성격이 그래서 그런지 친구를 못 사귄 듯하지만, 네 주위에는 나만 아니라 다른 사람들도 많이 있잖아. 네가 훨씬 나은 거지."

"……."

"음…… 그런데 그런 걸 왜 묻지? 갑자기 불행하다고 느껴져?"

바이칼은 아무 대답도 하지 않았다. 리오는 그의 어깨에 팔을 걸치며 말했다.

"자신이 불행하다고 생각하는 사람은 철없는 애들로 족해. 한순간이라도 그런 생각은 하지 마. 그걸 듣는 내 마음은 어떻겠어."

이번에도 바이칼은 아무 말도 하지 않았다. 리오는 손으로 바이칼의 볼을 토닥거리며 말했다.

"자자, 이제 곧 행사가 시작될 테니 얘기할 게 있으면 나중에 하자. 지금부터는 사춘기 청년이 아닌 용제 바이칼 님이 되셔야 하니까. 후훗."

"흠."

바이칼은 휙 돌아서서 행사장으로 발걸음을 옮겼고, 리오는 머리를 긁적이며 돌아섰다. 그때 우연찮게도 가로등에 기대 자신을 보던 아란과 눈이 마주쳤다. 리오는 달갑지 않은 얼굴로 말했다.

"흠, 그렇게 관람하는 게 취미인가?"

"후훗, 당신 덕분에 취미가 한두 개씩 늘어가는군요. 용제님과 아주 친하시네요? 너무 친해서 연인처럼 보일 정도로, 후후훗."

리오는 어깨를 으쓱하며 쓸쓸히 웃었다.

"뭐, 연인이란 말은 용서해 주지. 그 정도로 친하게 보인다는 말일 테니까. 그런데 오늘은 용건이 뭐지? 용건 없으면 잘 나타나지도 않는 아가씨가 말이야."

아란은 그 말이 끝나자마자 리오에게 다가와 팔짱을 끼고 머리를 기대며 말했다.

"그냥, 차 한잔 얻어 마시고 싶어서죠. 후훗, 정보도 있고요."

곤란한 표정을 짓던 리오는 고개를 끄덕이며 말했다.

"좋아. 대신, 정보는 확실해야 해."

"마음대로……."

리오와 아란은 천천히 근처에 있는 카페로 향했다.

"차원결계? 그게 무슨 소리야!"

리오는 카페에 있는 사람들에게 피해가 가지 않을 정도로 작지만 강한 어조로 물었다.

아란은 커피를 한 모금 들이켜고 품속에서 사진을 꺼내 내밀었다. 리오는 향수 냄새가 밴 사진을 진지하게 들여다보며 물었다.

"이곳이 도대체 어디지?"

"독일이죠. 예전에 보급부대 호위도 하고 정보도 얻기 위해 동룡족의 세력권 안에 있는 독일로 잠입한 일이 있었죠. 그런데 우연히 재미있는 연구 광경을 볼 수 있었어요. 여기 보시다시피……."

아란은 사진 중 하나를 손가락으로 가리켰다. 그것은 눈에 띌 정도의 강력한 결계를 두른 구조물이었다. 아란은 계속 말을 이었다.

"아직은 사람 한 명이 들어갈까 말까 할 정도지만, 제 눈으로 봤을 때 이건 분명 차원결계예요."

"인간의 힘으로 차원결계를? 하지만 무엇 때문에?"

이해되지 않는다는 얼굴로 리오가 묻자, 아란은 고개를 저으며 간단히 말했다.

"후훗, 당신들은 보통 때 주신에 의해 안전주문이 걸려 있어서 당신을 제외한 다른 가즈 나이트들은 주신의 허가 없이 제1안전주문도 풀 수 없죠. 당신은 2단계까지 자유롭게 풀 수 있다고는 하지만, 당신 혼자서 안전주문을 풀면 체력 소모가 엄청나죠. 이 사람들이 차원결계를 만들려는 이유? 그건 이 세계에 차원결계가 쳐졌을 때 당신들이 제 힘을 발휘 못 하고 고전했기 때문이겠죠."

"음……."

리오는 한숨을 내쉬며 이런 일을 할 사람을 떠올려 보았다. 물론 몇 사람밖에 없었다.

"그 와카루라는 할아범은 언제까지 나를 괴롭힐 생각인지…… 후훗. 어쨌든 이런 귀중한 정보를 줘서 몸둘 바를 모르겠군. 고마워, 아란."

리오는 커피 잔을 들어 올리며 윙크했다. 아란은 고개를 살며시 저으며 미소 띤 얼굴로 물었다.

"후, 당신이란 사람은 정말 알다가도 모르겠군요. 몇 분 전까지만 해도 확실한 정보냐며 따지더니, 지금은 고맙다고 하고…… 당신은 정말 바람둥이 기질이 있는 것 같군요."

아란이 의외의 말을 하자 리오는 약간 당황해하며 찻잔을 놓고 따지듯 물었다.

"자, 잠깐, 무슨 소리야? 난 그저……."

리오가 막 변명을 늘어놓으려 하자, 쇼윈도에 시선을 두고 있던 아란은 잠깐 밖을 보라고 손짓했다.

"음? 후훗, 그럼 저 소녀는 왜 저런 표정을 짓고 있죠?"

리오는 움찔하며 밖을 내다보았다.

"챠, 챠오 양?"

리오는 창밖에서 자신을 보고 있는 챠오를 보고 놀라서 일어서려 했으나, 챠오는 몸을 휙 돌려 어디론가 가 버렸다. 리오는 한숨을 길게 쉬며 주저앉고 말았다.

"후, 또 무슨 말을 해야 할지 모르겠군. 이래서 한 차원에 오래 있으면 안 된다니까."

"저는 괜찮으니 어서 나가 보시죠. 저 아가씨는 연애 경험이 없고 순수해서 당신의 행동 하나하나가 심한 충격을 줄 수도 있으니 나중에 사과할 생각 말고 빨리 따라가 보세요."

"음? 아, 그렇겠군. 오늘은 여러모로 신세를 지는데. 그럼 찻값은 내고 갈 테니 다음에 또 보도록 하지. 미안."

리오는 급히 자리에서 일어나 밖으로 뛰어나갔다. 아란은 붉은 머리카락을 손으로 매만지며 힘없이 중얼거렸다.

"여자를 대하는 태도가 많이 변했군요. 증오스러울 정도로……
후후후홋."

"그 할아범 요즘 들어 조용하다 했더니 그거 만드느라 정신없어서 그랬군. 그럼 어느 정도 진척됐대?"

지크는 리오와 함께 치킨 전문점을 나오며 차원결계에 대해 물어보았다. 리오는 어깨를 으쓱하며 힘없이 대답했다.

"나도 사진으로만 봤기 때문에 그것까지는 잘 모르겠어. 하지만 차원결계가 인간의 손으로 만들어졌다는 것만으로 우리가 경계할 필요는 있어. 지금까지 차원결계를 쏠 수 있는 존재는 신과 서룡족뿐이었지. 이 드래고니스를 보호하고 있는 초차원결계가 그것인데…… 뭐, 나중에 닥치면 확실히 알겠지."

"흠, 그건 그렇고 무슨 바람이 불어서 챠오한테 치킨을 사 준다는 거야? 이젠 마음잡고 한 명만 사귀기로 한 거야?"

"그건 아니고…… 오늘 좀 실례되는 행동을 해서 화도 풀어 줄 겸, 오랜만에 얘기도 할 겸……."

"에휴, 됐다 됐어. 자기 일은 알아서 잘하는 녀석이니까 난 신경 끌 테다."

치킨을 들고 걸어가는 리오를 바라보며 지크는 할 말을 잃었다는 듯 고개를 설레설레 저었다. 그 모습에 리오는 웃으며 계속 걸어갔다.

칠두지룡 안의 방에서 통신 화면을 보는 쥬빌란의 표정은 굳을 대로 굳어 있었다. 하지만 화면에 나타난 와카루의 얼굴은 예전과 다를 바 없이 밝기만 했다. 가만히 와카루를 바라보던 쥬빌란은 우습다는 듯 미소를 지으며 말했다.

"나에게 그런 비겁한 행동을 하라 이 말씀입니까? 아무래도 귀하는 나를 당신의 하수인쯤으로 여기는 것 같군요. 난 지금이라도 당장 전쟁을 그만두고 성도로 돌아갈 수도 있습니다. 그렇게 되면 당신은 그 쓰레기 같은 인조 생물들과 기계에 의존해 서툰족과 가즈 나이트를 상대해야겠지요. 그렇게 되기 싫으면 당장이라도 부탁을 철회하시지요."

"뭐, 실례되는 행동이었다면 용서해 주십시오, 전하. 하지만 당신께서 내일 협조만 해주신다면 지금 전황을 확실히 바꿔 놓을 수 있소이다. 잘만 하면 드래고니스인가 하는 거대 요새도 부술 수 있을 것이외다. 게다가 가즈 나이트라는 젊은이까지……."

"됐습니다. 이 일은 못 들은 것으로 하겠습니다. 지금은 기분이 별로 좋지 않으니 이만 통신을 끝냈으면 합니다."

"알겠소. 그럼 나중에라도 생각이 바뀌면 다시 연락 주시오. 허허헛."

곧 화면은 꺼졌고, 쥬빌란은 자리에서 일어나 창밖에 보이는 드래고니스를 주시하며 중얼거렸다.

"리디아를 되찾고 나면 당신을 제거할 거요. 와카루, 당신은 너무 위험해."

쥬빌란은 기분을 풀 겸 침상에 누워 잠을 청하려 했다. 그때 누군가 방문을 두드렸다.

"쉬고 계시는데 감히 실례하겠습니다, 전하. 올파드이옵니다."

"아니오, 올파드. 들어오시오."

도포 자락을 휘날리며 올파드가 쥬빌란의 방으로 들어왔다. 올파드는 쥬빌란에게 절을 올린 뒤 무릎을 꿇고 얘기했다.

"드래고니스 안에 있는 가즈 나이트들과 일명 웨드라 불리는 기계들에 대해 탐색한 결과를 보고드리겠습니다. 먼저 웨드들은 이 세계에 있는 초인적인 힘을 가진 인간들에게 우리 동룡족 병사와 대적할 정도의 힘을 부여하기 위해 만들어진 기계입니다. 때문에 웨드를 조종하는 인간들의 능력에 따라 지금보다 더 두려워질 수도 있고 그렇지 않을 수도 있습니다. 그 웨드들을 조종하는 인간들의 눈빛은 강렬했습니다. 무조건 싸우려는 자의 눈이 아닌, 되찾아야 할 것을 되찾겠다는 강한 의지가 보였습니다. 충분히 경계할 만한 대상입니다."

"가즈 나이트들은 어떻습니까? 예전과 비교해서……."

"리오 스나이퍼는 예전보다 더 강해진 것 같았습니다. 그때는 제가 간발의 차이로 역전을 당했지만, 지금은 역전이라는 말조차 하기 어려운 수준일 듯합니다. 그의 위치는 현재 서룡족의 전력 2할과 같다고 할 수 있습니다. 그리고 염장 슈렌…… 그 역시 예전보다 강해진 것 같지만 그래도 리오보다는 두렵지 않은 존재입니다. 하지만 그의 묵묵함 속에 숨겨진 총명함과 냉철함은 리오의 힘 이상으로 두려움을 주었습니다. 마지막으로 바람의 가즈 나이트 지크는 머리도 총명하지 않고, 힘도 겨우 인정할 정도였지만 리오나 슈렌과 다른 점이 한 가지 있었습니다. 그에게서 무한에 가까운 발전 가능성이 보였습니다. 그 이유는 모르겠지만 말입니다. 어쨌든 가즈 나이트라는 존재는 저나 전하, 그리고 다른 군주 몇 명을 제외하고 동룡족 안에서 제대로 상대할 수 없는 존재입니다. 게다가 셋이나 되기 때문에 예전보다 상당히 어려울 것 같습니다."

"그렇구려."

쥬빌란은 고뇌에 찬 한숨을 내쉬었다. 그러나 그의 모습을 바라보던 올파드는 걱정하지 말라는 듯 힘이 담긴 눈빛으로 쥬빌란에게 말했다.

"그래도 동룡족에게는 아직 이 올파드가 있습니다. 전하께서는 아무 걱정 마시고 편안히 지켜봐 주십시오."

쥬빌란은 믿는다는 듯 미소를 짓고 고개를 끄덕이며 말했다.

"당연히 믿습니다. 지금까지 전 차원계를 통틀어 대속성 가즈 나이트 세 명과 대결해 살아남은 유일한 남자가 아닙니까."

"하핫, 감사합니다, 전하."

올파드는 그런 남자였다.

휀과 바이론, 그리고 리오와 대결해 살아남은 유일한 남자이며 도검술에 관한 한 초신(超神)의 실력을 지닌 자이기도 했다. 게다가 더욱 두려운 것은 세 명의 가즈 나이트들이 올파드와 겨룰 때 안전주문을 1단계에서 2단계까지 풀고 대적했다는 것이다.

"아, 그런데 올파드. 방금 전 와카루에게 통신이 왔는데 그 노인이 아주 이상한 계획을 말했습니다. 일단 거절했지만 혹시 모르니 한번 들어보시겠습니까?"

"예. 말씀해 주십시오."

쥬빌란은 와카루가 말한 작전을 전달했다. 쥬빌란은 별 생각 없이 꺼낸 말이지만, 긴 설명을 듣는 올파드의 눈빛은 이상스러울 정도로 빛났다.

"흠…… 드디어 돌아가는군. 그리 멀지 않은 앞날에 다시 만나겠지만 일단 시원한걸?"

브릿지에서 용신제의 일정을 모두 마친 뒤 돌아가는 동룡족 함대를 지켜본 리오는 쓸쓸한 뒷말을 남기며 자리에 앉았다. 멀리 보이는 칠두지룡을 심각하게 바라보던 바이칼은 함대 배치 계획서를 작성하던 장로에게 시선을 돌렸다.

"장로. 함대 배치는 어떻게 할 예정이오? 저 녀석들이 숨겨 놓은 함대로 우리가 탈환한 지역을 다시 칠 수도 있는 것 아니오."

장로는 수염을 매만지며 간단히 대답했다.

"그 문제는 너무 걱정하지 마시옵소서. 탈환 지역에 대한 워프드라이브 유도장비 설치가 용신제 기간 전에 모두 끝났기 때문에 전하께서는 워프 배치가 될 함대를 선정하기만 하면 됩니다."

평소와 다를 바 없는 장로의 빈틈없는 일처리에 바이칼과 리오는 안심한 듯 고개를 끄덕였다. 그때 장로가 걱정스러운 표정을 지으며 말했다.

"아, 그런데 전하, 약간 마음에 걸리는 일이 있습니다."

"뭐요?"

"예. 주룡에 관한 일입니다. 그분께서 가시기 직전 제게 이런 말씀을 하셨습니다. 빠른 시일 내로 리디아 공주님을 되찾으러 오겠다고요."

그 말에 리오의 표정이 약간 굳었다. 그러나 바이칼은 별것 아니라는 듯 콧방귀만 흘렸다.

"동룡족은 원래 허풍이 심하잖소. 어서 함대 배치 문제나 처리합시다."

"아, 예."

바이칼과 장로가 함대 배치를 위해 브릿지를 나간 후 리오는 잠시 생각에 잠겼다. 그가 이번에 본 쥬빌란은 리디아를 되찾겠다는 도발적인 말을 허풍처럼 내뱉을 사람이 결코 아니었다.

리오는 아메리카 대륙을 향해 전진하는 동룡족 함대를 레이더로 지켜보며 나지막이 한숨을 내쉬었다.

2

숭고(崇高), 희생의 이름

용신제가 끝나고 3일이 지났다. 브리간트가 정한 용신제의 휴전 기간도 그것으로 끝이었기에 드래고니스의 가즈 나이트들과 탈환 지역에 배치된 전룡단장들은 그날 아침부터 바짝 긴장해야만 했다.

그날 정오, 넬은 사람들의 만류에도 불구하고 테스트용 웨드를 타고 드래고니스를 벗어났다. 하지만 문제가 될 수 있는 CDS형 웨드도 아니었고, 무기도 장착되어 있지 않았기에 지크를 비롯한 웨드 담당들은 그리 걱정하지 않았다.

웨드를 타고 복구 작업이 한창인 서울 시가지를 돌아보던 넬은 쉬기 위해, 전장 15킬로미터에 이르는 드래고니스가 한눈에 보일 정도로 멀리 떨어진 공원으로 향했다. 넬은 풀밭에 앉아 도시락을 펼쳤다. 일조량 회복으로 자연적인 복구가 된 공원이 보기 좋았다.

"하, 좋다. 공기도 맑아졌고, 적들의 기세도 꺾였고…… 히힛, 정말 지크 선배 좋아하길 잘했다니까? 웨드를 타는 멋진 경험도 하고 말이야. 그런데 왜 내가 웨드를 타려고 하면 선배들이 말리는 거지? 이런 걸 자기들만 즐기려고 그런 건 아닐 텐데…….”

그녀는 투덜대며 햄버거를 한 입 베어 먹었다.

그때 그녀의 눈에 드래고니스를 향해 떨어지는 물체가 들어왔다. 멀리 있어서 작아 보였지만 드래고니스의 크기와 비교해 볼 때 크기가 상당했다.

“저게 뭐지? 앗!”

순간 그 물체가 강한 빛을 내며 폭발했다. 폭발 지점에서 뻗어 나간 연녹빛은 마치 거대한 먹구름처럼 사방으로 뻗어 나갔고, 드래고니스와 서울 시가지는 거대한 장막에 뒤덮였다.

“뭐, 뭐야, 이건! 갑자기 왜 이런 일이! 앗!”

넬이 비명을 지르자마자 드래고니스 주위에 수천 수만의 스파크가 일어났다. 그 균열들은 곧 칠두지룡과 동룡족 함대, 기계병기의 모습을 갖추고 무섭게 드래고니스를 향해 집중포화를 날렸다.

“세상에! 안 돼! 위험해!”

포격을 받은 드래고니스로부터 연기가 하나둘씩 솟아오르자 넬은 급히 웨드 안으로 뛰어들었다. 그 직후 그녀 뒤쪽에서 또다시 스파크가 일더니 반(半) 인간형으로 변한 가변형 전차, 귀골 수백 대가 모습을 드러냈다.

“이게 어찌 된 일인가! 동룡족 주력 함대가 어떻게 드래고니스 주위에 나타난 거지!”

식사 중에 드래고니스 포격 소식을 접한 바이칼은 브릿지 안에 들어오자마자 소리를 질렀다. 비상 작업 중인 브릿지 내의 대원들은 모두 안색이 파리해진 장로를 쳐다보았다.

장로는 손수건으로 연신 땀을 훔치며 말했다.

"예, 예상치 못한 일이 일어났습니다, 전하."

"그건 알고 있소! 왜 나타났는지 이유나 말하시오!"

바이칼은 자리에 앉기가 무섭게 팔걸이를 내려치며 소리를 질렀다. 장로는 혼란스러운 마음을 누그러뜨리고 대답했다.

"드래고니스 주위에 나타난 동룡족 주 함대는 아무래도 이전부터 드래고니스 근처에 잠복해 있다가 때맞춰 급습한 것 같습니다. 웨드의 스텔스 장치와 같은 특수 장비를 이용해 모습을 감추고 시기를 노린 것 같습니다. 그들이 나타날 때 발생한 스파크들은 스텔스 기능을 해제할 때의 전기적 현상이라 생각합니다."

"젠장! 그럼 상황은 어떻소!"

바이칼은 소리를 지르고 고개를 푹 숙였다. 장로는 굳은 얼굴로 모니터를 보았다. 상황이 너무나 악화된 탓에 모니터에 나타나는 자료 없이는 현 상황을 정리해서 답하기가 어려웠다.

"급히 부분 초차원결계를 가동해 주거 지역과 전투 지역, 그리고 제궁을 방어하기는 했지만 드래고니스 외부의 전체 결계는 제4, 7, 9번 보조 동력이 끊긴 탓에 시간이 걸릴 듯합니다. 그렇기에 드래고니스의 함포 부분과 보조 동력 부분은 동룡족 함대의 집중포격으로 인해 반파되거나 완파되고 있는 상황입니다. 호위함대는 전하께서 브릿지에 도착함과 동시에 전멸되고 말았습니다."

장로는 참혹한 상황을 전하면서도 냉정을 잃지 않으려고 노력했다. 자신이 허둥댄다면 바이칼도 무너질 수 있었기 때문이다.

"빌어먹을…… 빌어먹을! 그럼 워프 드라이브로 탈출하면 되지 않소! 반격도 하지 못하는 상황에서 도대체 뭘 하잔 말이오! 그리고 가즈 나이트 녀석들은 이 상황에서 대체 뭘 하고 있는 것이오!"

예상하던 질문이 나오자 고민 끝에 장로는 이를 악물며 답했다.

"현재 우리가 주둔하고 있는 이 도시 전체에 강력한 차원결계가 설치되어 있습니다. 이 차원결계를 해제하지 않는 한 드래고니스의 워프 드라이브 탈출은 물론이고 가즈 나이트가 반격하는 것도 불가능합니다. 차원결계에 막혀 안전주문이 해제되지 않는 한, 아무리 가즈 나이트가 나선다 해도 칠두지룡까지 가세한 적의 전력을 볼 때 덧없는 반항일 뿐입니다."

"그렇습니까?"

그때 브릿지 출입구 쪽에서 리오의 목소리가 들려왔다. 바이칼과 장로를 비롯한 함대원들의 시선이 그쪽으로 쏠렸다.

리오는 대형 모니터에 시선을 돌렸다. 점점 낮아지는 드래고니스의 출력과 붉게 변하는 드래고니스의 모습이 나타나 있었다.

"너, 무슨 생각을 하는 거야!"

뭔가를 느낀 것일까. 바이칼이 벌떡 일어나며 리오를 쏘아보았다. 가까이 다가온 리오는 친구의 블루블랙 머리카락을 쓰다듬으며 장로에게 물었다.

"차원결계 생성장치는 어디 있습니까?"

장로는 침을 꿀꺽 삼켰다. 그렇다. 스스로 안전주문을 2단계까지 해제할 수 있는 리오라면 가능할지 모른다. 그러나 그것은 너무 위험했다. 차원결계 생성장치의 위치가 적의 기함 칠두지룡 바로 뒤였기 때문이다.

장로는 대답하지 않았다. 리오는 결국 한숨을 내쉬며 중얼댔다.

"흠, 그럼 제가 찾아서 파괴해 보도록 하겠습니다."

"무슨 소리야! 너 혼자서 저 대군을 어떻게 막는단 말이냐!"

바이칼은 제궁 앞에서 크게 심호흡을 하고 있는 리오 앞을 막아서며 소리쳤다. 하지만 리오의 눈빛은 이상하리만치 불타오르고 있었다. 그는 손목을 돌리며 말했다.

"지금 난 너에게 아이스크림을 사줄 수도 없고, TV도 같이 봐줄 수가 없어. 당장 해 줄 수 있는 것은 단 하나, 너와 드래고니스를 이곳에서 빠져나가게 하는 것뿐이야."

순간 바이칼은 리오의 멱살을 잡고 외쳤다.

"너, 이런다고 내가 널 영웅이라고 불러 줄 것 같아? 죽으면 다 끝이라고! 가즈 나이트라서 죽는 게 우습나!"

"아니."

리오는 왼팔로 바이칼의 목을 휘감고 그의 머리카락을 거칠게 쓰다듬으며 말했다.

"드래고니스가 언제든지 출발할 수 있도록 준비해 둬. 그리고 내가 나간 뒤 절대 드래고니스의 초차원결계를 열지 마."

"이 자식, 그러다가 네가 중간에 죽어 버리면 어떡해! 가지 마!"

바이칼은 울먹이며 끝까지 리오를 막으려 했다. 그러나 리오는 희미하게 웃으며 말했다.

"피망도 혼자서는 못 먹는 너를 남겨 두고 내가 죽을 것 같나? 죽는다 해도 너를 탈출시키고 죽을 테니 안심해. 자, 들어가 봐. 리디아나 안심시켜 줘."

"닥쳐!"

비명에 가까운 바이칼의 외침을 뒤로하고 리오는 즉시 공중으로 날아올랐다.

그런 와중에도 드래고니스는 와카루가 만든 공중병기들과 동룡족 함대에게 쉴 새 없이 포격을 당했다. 주 결계마저 이상이 생긴 상태라면 드래고니스 함락도 시간문제였다.

드래고니스를 가냘프게 보호하고 있는 초차원결계에 접근하자 나갈 수 있을 정도의 구멍이 뚫렸다. 그 구멍으로 나간 리오는 미리 모아 두었던 기를 최대한 끌어 올리며 앞에 있는 동룡족과 대형 바이오 버그, 공중병기를 향해 포효했다.

"자, 오너라 비겁한 녀석들! 가즈 나이트 리오 스나이퍼! 결코 물러서지 않는다! 하아아앗!"

제2안전주문이 해제된 순간, 리오의 몸은 푸른 섬광에 휩싸였고 드래고니스 주위를 포격하던 동룡족 함대와 공중병기들이 있던 곳은 삽시간에 화염으로 변했다.

제궁 앞에 서서 리오가 홀로 싸우는 모습을 지켜보던 바이칼은 눈물을 터뜨리며 하늘을 향해 소리쳤다.

"흑! 이 바보 같은 녀석아! 돌아와!"

"슈렌 님! 지크 님! 제발 리오 님을 말려 주세요! 아니, 도와주세요! 지금 이 상황이라면 리오 님이 어떻게 되실지 저도 알 수 없습니다! 제발 이렇게 부탁드릴게요!"

세이아는 팔짱만 낀 채 앉아 있는 지크와 슈렌에게 무릎을 꿇고 지원을 부탁했다. 그러나 지크와 슈렌은 굳은 표정으로 일관할 뿐, 아무런 대답도 하지 않았다.

라이아 역시 세이아와 같은 심정이었지만 그녀조차 움직이지 않았다. 슈렌의 주먹에서 핏방울이 떨어지는 것을 봤기 때문이다.

"지크! 네가 이렇게 비겁한 녀석인 줄 몰랐어! 어떻게 형제가 혼자 싸우고 있는데 방관만 하고 있을 수 있는 거야!"

챠오마저 흥분된 목소리로 소리치자, 화가 폭발한 지크는 자리를 박차고 일어서며 소리쳤다.

"제기랄! 우리라고 여기 있는 게 좋은 줄 알아? 작년에 산 이 20만 원짜리 소파가 이렇게 불편한 줄은 나도 오늘 처음 알았어! 가즈 나이트라고 도장 찍혀 있으면서, 지금 상황에 도움도 안 되는 우리 기분은 어떨지 상상이나 해 봤냐고!"

모두 입을 다물었다. 지크는 소파에 다시 주저앉으며 말했다.

"리오 녀석은 지금 최상의 상태야. 아무도 방해할 수 없어. 우리가 나가 봤자, 녀석의 일을 방해할 뿐이야. 녀석을 진짜로 믿는다면 한번 기대해 보자고. 우리를 탈출시킨 다음에 능글맞은 웃음을 지을 그 빌어먹을 녀석을 기다려 보잔 말이야!"

세이아는 아무 말 없이 고개를 떨궜다.

결코 지크의 말에 감동을 받아서가 아니었다. 자신 역시 가장 좋아하는 사람에게 도움이 안 된다는 현실이 슬퍼서였다.

드래고니스 기습작전에 참여한 동룡족 병사들은 눈앞에서 벌어지는 상황을 믿을 수가 없었다. 이번 작전에 참여한 1만 5천 전함이 단 20분 만에 8천 대로 감소했다는 보고도 믿으려 하지 않았다.

분명 포격을 정면으로 맞았고 동룡족 장군들까지 가세해서 벌인 대결로 상당한 피해를 입었을 텐데도 괴물 같은 붉은 머리카락의 가즈 나이트는 동룡족 함대의 총전력을 절반으로 줄여 놓았다.

함대의 수가 절반 이하로 떨어졌을 무렵, 리오는 엄청난 포위망을 뚫고 적의 기함 칠두지룡의 코앞에 도착했다. 가물거리는 시야 속에, 칠두지룡 뒤에서 사방으로 차원결계를 뿌리는 거대한 기계장치가 들어왔다. 분명했다. 저것이 차원결계 생성장치였다.

리오는 이마에서 흐르는 피를 털어 내며 칠두지룡을 향해 돌진했다. 그때 그를 가로막는 존재가 나타났다. 바로 올파드였다.

그러나 적을 어떻게 이길까 생각할 겨를과 체력이 남아 있지 않았다. 리오는 양손에 나눠진 디바이너와 파라그레이드에 힘을 주며 소리쳤다.

"덤비시오, 올파드! 너무 빠른 감이 있지만, 이번에는 결판을 내겠소! 죽기 싫다면 길을 여시오!"

올파드는 리오가 도대체 무슨 힘으로 여기까지 왔는지 이해할 수 없었다. 온몸은 피투성이가 되어 있었고 몸의 기력도 상당히 소모된 상태였다. 그러나 눈빛으로 보이는 기백만은 살아 있었다. 게다가 그 기백은 올파드를 압도하고 있었다.

'밀리고 있단 말인가? 이 올파드가 기에서 밀린단 말인가'

올파드는 그렇게 생각하며 허리 왼쪽에 있는 역인도 낭아(狼牙)에 손을 가져갔다. 기의 싸움에서 약간 밀리긴 했지만 올파드는 피할 수 없었다. 만약 피하면 뒤에 있는 기함 칠두지룡이 리오의 손에 날아가 버릴 게 뻔했기 때문이다.

"갑니다, 하아앗!"

리오가 엄청난 속도로 돌진하자, 올파드는 이를 악물고 팔을 더욱 빠른 속도로 휘둘렀다.

"크윽!"

강한 충돌음과 함께 리오의 일격이 막혔다고 생각한 순간, 리오와 올파드의 대결을 바라보던 병사들과 쥬빌란은 놀라지 않을 수 없었다. 분명 올파드가 꺼낸 칼은 역인도 낭아였지만, 지금 올파드가 리오의 디바이너를 막고 있는 칼은 호아(虎牙)였기 때문이다.

올파드는 자신이 방금 전 죽을 뻔했음을 알고 있었다. 디바이너와 파라그레이드, 두 개의 검이 올파드도 이해하지 못할 각도에서 시간 차를 두고 교묘히 내리꽂혔다.

자신의 칼이 하나였거나 행동이 조금이라도 늦었다면 일격에 즉사했을 것이라는 생각이 들자 올파드는 식은땀이 흘렀다.

올파드는 긴장한 투로 리오에게 말했다.

"무엇이 이토록 자네를 강하게 만들고 있는 건가!"

리오는 피범벅이 된 얼굴로 쓴웃음을 지으며 대답했다.

"후, 당신이 지금 칠두지룡을 방어하는 이유와 같소. 다만 지금 난 혼자라는 게 다를 따름이지! 각오하시오!"

올파드는 악을 쓰며 달려오는 리오에게 호아의 일격을 꽂았다. 그러나 리오의 목표는 더 이상 올파드가 아니었다. 일순간 올파드의 눈을 속여 공격을 피한 리오는 즉시 칠두지룡을 향해 돌진했다.

"이런! 칠두지룡이!"

올파드는 리오의 목적을 눈치채고 급히 뒤돌아보았다. 한 가닥의 붉은 섬광이 칠두지룡 위를 스쳐 지나갔다.

하지만 칠두지룡 역시 리오의 목표는 아니었다. 칠두지룡을 통과한 그는 계속 나아가 차원결계 생성장치에 다다랐다. 그의 몸에 흐르던 적색빛이 녹색으로 바뀐 것은 그 직후였다.

차원결계 생성장치는 단단한 차원결계로 둘러쳐 있었다. 그것이 플레어 같은 대형 마법으로도 부서지지 않을 거라는 사실을 간파한 리오는 결국 지하드를 택했다.

"간다! 지하드!"

지하드의 녹색 검광 속에 붉은 물방울들이 떠올랐다. 지금까지의 피로가 누적된 리오의 모세혈관에서 터져 나온 것이었다.

이윽고 녹색의 거대한 폭발광이 일어났다. 그것이 만들어 낸 거대한 충격파는 칠두지룡의 육중한 선체를 장난감처럼 뒤흔들었다.

서울 시내 전체를 잠시나마 뒤덮고 있던 차원결계에 커다란 구멍이 생긴 직후, 드래고니스는 오색으로 빛나는가 싶더니 이내 그 구멍을 통해 기적적인 탈출을 감행했다.

"적의 기함 드래고니스 완전 이탈! 추적 불가능입니다! 예상 위치 역시 판독하기 어렵습니다!"

전투 내내 흐린 표정을 짓고 있던 쥬빌란은 그 보고를 듣자마자 눈을 질끈 감았다. 반면 지면을 향해 힘없이 떨어지는 리오의 지친 얼굴은 옅은 미소로 가득했다.

리오는 계속 추락했다. 마치 나락으로 떨어지는 깃털처럼…….

호주의 한 오아시스 근처로 정박 위치를 바꾼 드래고니스의 주변은 너무도 조용했다.

각종 수리함이 분주히 움직이며 드래고니스의 파괴된 부분을 수리하고 있었고, 드래고니스의 주거 지역 주민들 역시 건물을 수리하느라 여념이 없었다.

다행히 부서지지 않은 지크의 집과 세이아의 집에는 예전과 달리 보이지 않는 사람이 두 명 있었다. 하지만 두 집에 살고 있는 사람들은 예전부터 그들이 없었던 것처럼 행동하고 있었다.

반면 제궁 안에 있는 바이칼은 보통 때와는 달리 침통한 얼굴로 옥좌에 앉아 장로의 보고를 들었다. 보고를 하는 장로 역시 그리 좋은 표정이 아니었다.

"그렇게 해서 중동 일부 지역과 러시아, 동남아시아 일부 지역을 제외한 모든 지역은 다시 동룡족의 수중에 들어갔다 합니다. 29, 30, 34, 7전룡단 단장들은 패잔병을 수습해 이쪽으로 오고 있습니다."

말을 맺은 장로는 한숨을 길게 쉬며 고개를 숙였다. 보고를 다 들은 바이칼은 눈을 감으며 물었다.

"아버지께서 계실 때도 기습에 의해 이렇게 패한 적이 있었소? 아니면 그 이전에라도……."

장로는 바이칼의 질문이 무엇을 뜻하는지 알고 있었다. 그러나 장로는 아무 말도 하지 않았다. 이렇게 수세에 몰린 적이 한두 번은 아니었지만 지금의 바이칼에게는 아무런 대답도 할 수 없었다. 섣불리 입을 열었다간 자신은 어리석은 자가 되고, 바이칼은 지금 상황에서 빠져나오지 못할 것 같아서였다. 그가 아무런 말도 하지 않자 바이칼은 고개를 끄덕이며 손을 저었다.

"됐소. 가 보시오."

"예. 그럼 쉬십시오."

장로가 무거운 발걸음으로 알현실을 나간 직후, 바이칼은 팔걸이를 내리쳤다. 팔걸이는 쉽게 부숴져 바닥으로 흩어졌다.

그는 곧 양손으로 얼굴을 가린 채 흐느꼈다. 알현실은 마법 잠금장치가 가동되어 있어 어느 누구도 들어오지 못했다. 바이칼은 하나 남은 팔걸이에 손을 내려놓으며 비통히 중얼거렸다.

"누가 네 녀석보고 그런 영웅이 되라고 했어! 멍청한 녀석아!"

파앙.

그때 마법으로 봉쇄되어 있는 알현실 문이 무언가에 튕겨지듯 열렸다.

"누, 누구냐!"

바이칼은 움찔하며 손으로 얼굴을 가렸다. 그런 바이칼을 싸늘한 눈빛으로 바라보던 금발의 남자 휀은 안으로 들어서더니 문을 다시 닫았다. 문은 다시 마법으로 봉쇄됐고, 휀은 천천히 바이칼에게 다가갔다.

갑작스레 등장한 그의 모습에 당황한 바이칼은 최대한 얼굴을 돌리며 그에게 물었다.

"무, 무슨 일로 또…… 온 건가?"

바이칼이 계속 흐느끼고 있자 휀의 눈은 한층 더 가늘어졌다.

이윽고 바이칼의 코앞에 선 휀은 조용히 입을 열었다.

"리오가 죽은 것은 확실하다. 하지만 어디에도 그의 영혼은 찾을 수 없었다. 3개월 후에 부활할 수 있을지도 의문이다. 차원의 틈새로 영혼이 튕겨 날아가 버렸다면 주신께서도 어쩔 수 없는 일이다."

바이칼은 고개를 숙인 채 아무런 말도 하지 않았다. 그를 가만히 내려다보던 휀은 한숨을 쉬며 말했다.

"걱정하지 말도록. 비어 버린 무속성 가즈 나이트의 자리는 얼마든지 신인으로 대체할 수 있으니, 곧 다른 인물을 배치해 주겠다."

"이 자식!"

순간 바이칼의 주먹이 휀에게 날아들었다. 휀은 피하지 않고 바이칼의 주먹을 그대로 맞았다.

"음?"

휀이 주먹을 피하지 않자 바이칼은 의외라는 표정을 지었다. 휀은 왼쪽 뺨에 꽂혀 있는 그의 주먹을 내리며 조용히 물었다.

"리오란 녀석이 그렇게 소중했나?"

"……."

"솔직히 말하도록."

바이칼은 묵묵히 서서 고개를 끄덕였다. 그런 그를 싸늘한 눈으로 보던 휀은 손수건을 꺼내 바이칼에게 건네주고 돌아서서 알현실을 나가며 한마디 던졌다.

"네 눈물은 하늘까지 움직이지 못했지만, 빛을 움직이기에는 충분했다. 얼굴이나 잘 닦도록."

바이칼은 멍한 눈으로 훼을 바라볼 뿐이었다. 지금까지 그가 알고 있던 훼은 조금 전의 말과 어울리지 않는 존재였기에 놀라움이 더했다.

훼이 알현실 문을 연 순간, 문밖에서 조마조마한 얼굴로 걱정하고 있던 리디아가 안으로 뛰어 들어갔다. 다른 전룡단장들도 들어가려 했으나 훼이 통과시킨 사람은 리디아 한 명뿐이었다.

릭과 레소드를 비롯한 전룡단장들은 침울한 표정으로 고개를 떨궜다. 어떤 단장은 눈물까지 떨궜다. 그런 모습을 본 훼은 그들을 훑어보며 짧게 말했다.

"일렬횡대로 서라."

"예?"

"서라."

"아, 예!"

곧 알현실 앞에 서 있던 전룡단장들은 일렬로 정렬했다. 그들이 차려 자세를 취하자마자 훼의 주먹이 그들의 얼굴에 꽂혔다. 단장들은 누구나 할 것 없이 바닥에 쓰러졌다. 훼은 그들을 내려다보며 냉엄한 목소리로 말했다.

"지금 시각은 오후 12시 20분이다. 정각 1시까지 드래고니스의 모든 전룡단장들은 작전 회의실로 집합한다. 1초라도 시간을 어기는 전룡단장들은 명령 불복종으로 내가 직접 사형에 처하겠다. 그런 쓰레기는 필요 없으니까. 그럼 해산."

훼이 그렇게 말하고 다른 곳으로 가려 하자, 순간 릭이 몸을 일으키며 소리쳤다.

"휀 님! 그 명령은 이행할 수 없습니다! 동남아시아를 비롯한 일부 지역의 보급이 끊겨 그쪽 역시 언제 점령당할지 몰라 혼란스러운 상황에, 다시 회의를 한다 해서 무슨 효과가 있겠습니까! 철회해 주십시오!"

릭의 말을 들은 휀은 복도에 가만히 멈춰 섰다. 그러나 그는 시선을 돌리지 않았다. 움찔한 릭을 뒤로한 채 휀은 조용히 말했다.

"난 가능성 없는 일은 시도하지 않는다."

릭의 얼굴이 다시금 일그러졌다.

"그렇다면 현재 가능성이 몇 퍼센트라고 보십니까?"

"알현실 앞에서 왕을 걱정하며 징징대는 드래곤 녀석들을 데리고 작전을 수행한다면 0.01퍼센트 정도…… 하지만 이 휀 라디언트에게 대들 용기를 지닌 전룡단장들을 데리고 작전을 수행한다면 가능성은 99.9퍼센트 이상이다."

휀은 그 말을 남기고 복도 저편으로 사라졌다.

붉어진 뺨에 손을 댄 채 그의 뒷모습을 바라보던 전룡단장들은 하나같이 허탈한 웃음을 지으며 고개를 저었다. 릭 역시 고개를 저으며 나지막이 중얼댔다.

"후, 과연 휀 라디언트 님…… 반박할 여지가 없군. 자, 모두 다른 단장들에게 연락하세. 사형당하는 동료를 보고 싶지는 않으니까."

그들은 급히 복도를 뛰어갔다. 마치 어둠 속에서 한 줄기 빛을 본 사람처럼, 모두의 얼굴은 밝디밝았다.

"이런, 뭐야, 바람의 지크 님이 이렇게 빌빌대면 재미없지. 하핫."

"제가 보기에도 안쓰럽습니다, 지크."

지크는 앞에서 주절대는 사바신과 레디를 짜증스러운 얼굴로 바라보았다. 그러다가 그는 곧 시선을 돌리며 그들에게 물었다.

"이봐, 그 회색분자는 왜 안 와? 조금 전에 우주 황태자 휀까지 등장했으니 남은 건 그 인간 하나 아냐?"

그러자 집 안에 있는 중력 역기를 집어 올리던 사바신이 눈을 동그랗게 뜨며 대답했다.

"아, 바이론? 그 아저씨 지금 어디 있는지 나도 몰라. 아직 임무가 끝나지 않았나 보지, 뭐. 그건 그렇고 이 역기 8톤밖에 안 되잖아? 어허, 남자가 이런 걸 쓰면 안 되지!"

사바신은 역기의 중력 하중을 20톤으로 올린 뒤 아령처럼 들고 힘을 썼다. 그의 모습을 본 레디는 머리를 긁적거리며 중얼거렸다.

"음, 난 1톤도 겨우 들어 올리는데…… 아, 지크, 그런데 말이죠."

"말 놔, 인마. 소름 끼쳐."

"아, 미안. 그건 그렇고 세이아 님은 괜찮으신 겁니까? 아, 아니 괜찮으셔?"

레디가 묻자 지크는 눈을 감으며 한숨을 길게 내쉬었다.

리오가 드래고니스를 탈출시키고 실종된 이후, 세이아는 리오의 기가 느껴지지 않는다며 실의에 빠진 채 지내고 있었다.

"모르겠어. 아란이라는 데스 발키리가 리오의 사망 소식을 직접 우리에게 전해 준 뒤 더 심각해졌지. 근데 이해가 안 돼. 어째서 우리보다 먼저 아란이 리오의 사망을 알게 된 건지 말이야. 그 여자 말로 리오가 죽는 모습을 직접 봤다는데, 믿어지지 않아. 같은 가즈 나이트인 우리가 리오의 죽음을 더 빨리 알 수 있는데 말이야."

한참 역기로 땀을 빼던 사바신은 역기를 내려놓고, 레디가 던져 준 수건으로 땀을 닦으며 말했다.

"게다가 리오의 영혼을 명계에서 찾아볼 수 없다고 휀이 그랬잖아. 분명 죽었다면 명계로 영혼이 갈 텐데 말이야. 그래서 실종이라고 하는 거야?"

지크는 어깨를 으쓱하며 고개를 끄덕였다.

"뭐, 말하자면 그렇지. 그리고 또 한 명이 실종됐어. 넬이라는 여자아이 말이야. 습격 사건이 있기 전에 웨드를 타고 밖으로 나갔다는데 그 이후 소식이 없어. 동룡족에게 잡혀 간 건지, 아니면 대한민국 어디에 있는 건지. 제기랄!"

지크는 눈을 질끈 감으며 복받쳐 오르는 가슴을 진정시키려는 듯 한숨을 길게 쉬었다. 그런 그를 묵묵히 바라보던 사바신과 레디가 말했다.

"슈렌은?"

"음? 좀 있으면 올 거야. 따님하고."

순간 사바신과 레디의 얼굴이 굳어졌다. 사바신은 이해가 안 된다는 표정으로 지크에게 물었다.

"무, 무슨 님?"

"따님. 아, 너희는 몰랐겠구나. 슈렌에게 딸이 생겼거든. 난 덕분에 조카 하나 생겼고."

"뭐라고!"

그 이후 벌어진 사바신과 레디의 소동은 슈렌이 돌아올 때까지 멈추지 않았다.

쥬빌란과 올파드를 비롯한 동룡족 장성들은 드래고니스 격퇴를 기념하여 한창 연회를 열고 있었다.

드래고니스는 모든 용족에게 있는 군사시설 중 난공불락이라고 알려졌다. 그러니 지금까지 번번이 드래고니스를 노리다가 격파당했던 동룡족으로서는 격파를 기념하여 연회를 열 만했다.

하지만 즐겁게 연회가 열리고 있는데도 쥬빌란의 얼굴은 밝지 않았다. 정정당당한 것을 좋아하는 그는 와카루가 제공해 준 스텔스 장치와 차원결계로 상대를 급습한 게 영 개운치 않았다.

와카루의 제의를 처음엔 거절했지만, 올파드의 강력한 찬성과 설득에 의해 결국 그 작전을 지시한 쥬빌란은 씁쓸한 얼굴로 올파드의 술을 받고 있었다.

"전하, 아직도 기분이 편치 않으시옵니까."

올파드의 물음에 쥬빌란은 고개를 끄덕이며 대답했다.

"솔직히 그렇습니다. 한 달 전 그 급습 작전은 아무리 생각해도 정당하지 못했다고 생각합니다. 그것도 브리간트 님께서 정하신 휴전 시간이 끝난 직후 포격을 개시했다는 것은 비겁했다는 생각이 듭니다."

묵묵히 쥬빌란의 말을 듣고 있던 올파드는 다시 쥬빌란의 잔에 술을 따르며 말했다.

"전하, 저도 솔직히 정정당당하지 못한 작전이었다고 생각하옵니다. 하지만 이번 작전으로 인해 얻은 것이 더 많사옵니다. 연전연승으로 하늘을 찌를 것 같던 서룡족의 사기도 완전히 꺾였고, 드래고니스에도 상당한 피해를 입혔으며 제일 귀찮은 존재인 리오 스나이퍼를 제거하는 데 성공했사옵니다. 비록 와카루의 제공을 받아 작전이 성공했지만 어쨌거나 승리한 것은 우리 동룡족이옵니다. 너무 마음에 두지 마시길 바라옵니다."

올파드의 말을 들으며 술을 마시던 쥬빌란은 한숨을 길게 쉬며 말했다.

"아무래도 이번 연회가 끝난 뒤 용제에게 사신을 보내 지난번 일을 사과해야겠습니다. 사과를 받아 줄지 의문이지만……."

"전하!"

순간 올파드는 크게 외치며 바닥에 무릎을 꿇었다. 동시에 연회장은 침묵으로 변했다. 모든 사람들의 시선은 쥬빌란과 올파드에게 집중됐다.

올파드는 비장한 목소리로 쥬빌란에게 말했다.

"전하! 한 나라의 왕은 물론 한 종족의 왕이라 함은 덕과 의를 바탕으로 백성을 다스려야 하지만 때에 따라서는 악마와 같은 비정함으로 일을 처리해야 할 때도 있는 것이옵니다! 그리고 지금은 전쟁 중이옵니다! 전투에서 패배한 적의 우두머리에게 전하께서 머리 숙여 사과한다는 것은 있을 수 없사옵니다! 조금 더 냉정해지시옵소서, 전하! 소신은 패배해도 좋지만 전하만은 패배를 모르셔야 하옵니다! 고개를 숙이시면 아니 되옵니다!"

결국 쥬빌란은 고개를 끄덕이며 올파드에게 앉으라는 손짓을 했다. 연회는 곧 다시 시작됐고, 쥬빌란은 미소를 띠고 올파드에게 술을 권했다.

"당신 같은 신하가 서룡족에 있었다면, 우리 동룡족은 패배를 얼마나 더 했을지 모르겠습니다. 역시 신은 공평한 모양입니다."

"과찬의 말씀이시옵니다. 그런데 전하, 리오 스나이퍼 말씀이온데……."

"아, 정말 두려웠습니다. 그 가즈 나이트가 동룡족 병사들을 휩쓰는 모습은 과인이 세상에 눈을 뜬 이후 처음이었고, 와카루 박사가 제공한 기계병들이 그렇게 부서지는 것 또한 처음이었습니다. 올파드 당신까지 그렇게 밀리는 모습이란…… 결국 혼자서 우리

대군을 모조리 막아 내고 드래고니스까지 탈출시킨 것 아닙니까."

"그렇사옵니다. 아무리 적이라지만 강한 의지로 거대한 드래고니스를 홀로 지키며 우리와 맞서 싸운 그 가즈 나이트의 모습은 제 마음을 뒤흔들기에 충분했사옵니다. 팔이 부러지면 다시 맞추고, 피가 흐르면 불로 지져서라도 출혈을 막으며 싸우는 그 모습이 아직도 눈에 선합니다. 힘도 기도 모두 떨어졌을 거라고 생각된 시점에서 지하드까지 발동시켜 차원결계를 깨고 드래고니스를 탈출시킬 줄은 소신도 정말 몰랐사옵니다."

"자, 그를 추모할 겸 한 잔 더 합시다."

쥬빌란과 올파드는 다시 술잔을 기울였다.

"헙!"

짧은 기합과 함께, 올파드의 눈앞으로 한 장의 종이가 떨어지며 정확히 네 장으로 분리되었다. 연회가 끝난 다음 날 제자들과 함께 무도관에서 수행을 하며 정신을 가다듬던 올파드는 손에 든 호아를 거두며 한숨을 내쉬었다.

그때 한 제자가 그에게 다가왔다.

"스승님, 심기가 불편하신 듯하옵니다. 혹시 저희의 미숙함을 걱정하시어 그러하신 것이옵니까?"

올파드는 제자를 바라보며 대답하기 전, 잠시 실전과 같은 정도의 살기를 뿜어 보았다.

"헉!"

앉아 있던 올파드의 제자는 손을 짚어 겨우 몸을 가눌 수 있었다. 올파드는 곧 웃으며 제자를 일으켰고, 앉으며 조용히 말했다.

"얼마 전, 난 지금 네가 느낀 것보다 훨씬 더한 공포를 느꼈다."

"예?"

제자는 믿을 수 없다는 얼굴로 스승을 바라보았다. 올파드는 미소를 지은 채 계속 말했다.

"그냥 보통의 살기가 아니었다. 상대방을 누르기 위해, 살기 위해 뿜어내는 살기가 아닌, 자신의 소중한 것을 지키겠다는 강한 일념이 만들어 낸 무서운 기운이었지. 너도 들었을 것이다. 혼자서 우리 군대를 모조리 막아 내고 서룡족의 드래고니스를 탈출시킨 가즈 나이트 리오 스나이퍼의 이야기를…… 다음 세대 역시 그와 함께 있을 수 있다는 사실이 난 즐거울 따름이다. 물론 어떤 면에서는 두렵기도 하지만 말이다. 하하핫."

"그렇군요."

그의 제자는 올파드가 이 정도로 사람을 칭송하는 경우를 본 일이 없었다. 그는 한 번만이라도 그 리오라는 남자를 만나 보고 싶다는 생각을 하며 올파드와 함께 무도관을 나섰다.

"드, 드래고니스를 동원한 전격작전이라뇨, 말도 안 됩니다!"

휀의 지시에 따라 작전 회의실에 모인 전룡단장들은 그의 작전을 듣고 크게 동요했다. 레소드가 반대의 목소리를 높이자, 휀은 그를 바라보며 물었다.

"아시아 각지에 널리 퍼져 보급도 끊겨 연락도 안 되고 모을 수도 없는 함대를 기다리는 것보다, 현재 서룡족 최고 전력인 드래고니스를 동원해 인도를 따라 보급로를 다시 뚫는 것이 더 빠르다. 그리고 동룡족이 드래고니스 하나를 상대할 만한 전력을 지역적으로 배치했을 거라고 생각하나? 소형 함대라면 모를까, 드래고니스를 상대할 정도의 전력은 주 전력이 있는 미국과 영국 외에 없다. 이 작전이 성공하면 빼앗긴 땅들을 거의 다 되찾을 수 있고, 끊겼던 보급로 역시 뚫린다. 그리고 지금보다 훨씬 더 많은 전력을 보유할 수 있다."

"예?"

휀의 말을 듣던 릭은 휀의 마지막 말을 들은 순간 이해할 수 없다는 표정을 지으며 즉시 질문을 던졌다.

"휀 님, 왜 지금 작전이 성공하면 더 많은 전력을 보유할 수 있게 된다는 말씀이십니까? 설명해 주십시오."

휀은 곧바로 스크린에 펼쳐진 인도 지도 중 한 부분을 포인터로 가리키고 이유를 설명했다.

"설명하기 전에 묻겠다. 지금 4대 용왕이 보유한 군대가 이 차원으로 들어오지 못하는 이유를 알고 있는 단장은 손을 들어 설명해보도록……. 없는 게 당연하다. 한 달 전 드래고니스가 급습당함과 동시에 인도 상공에 존재하는 차원 회랑, 즉 군대가 통과할 수 있을 정도의 차원 길이가 두꺼운 차원결계에 막히고 말았다. 4대 용왕들과 연락이 끊긴 것도 그때부터일 것이다. 내가 인도를 작전 루트에 포함한 이유는 그 차원 회랑을 막고 있는 결계의 생성장치가 인도의 수도 뉴델리에 있기 때문이다."

릭은 도저히 믿을 수 없었다. 며칠 전 드래고니스에 찾아와 상상하지 못한 정보를 이용해 드래고니스를 이용한 거국적인 작전을 설명하는 휀. 지금껏 리오와 슈렌, 그리고 장로에게 작전 설명을 듣던 것과는 확연히 다르다고 릭과 모든 단장들은 느끼고 있었다.

플루소 역시 슈렌에게 듣던 것과 다르다고 생각하며 감탄했다.

"작전 설명을 하겠다. 듣도록."

모든 전룡단 단장들은 휀의 말에 집중했다.

급습 사건이 벌어진 뒤 얼마 동안, 지크의 표정은 펴질 날이 없었다. 드래고니스의 뒤처리보다 그동안 리오가 저지르고 다닌 일이 너무나 많아 후유증이 심각했다.

세이아의 집에 기거하고 있는 여성들은 완전히 초상집 분위기였다. 챠오는 물 외에 음식을 입에 대지 않았고, 세이아와 라이아, 리진 등은 리오의 이름만 들어도 휴지 한 통을 쓸 정도로 눈물을 쏟아 냈으며, 티베와 마티는 마시지 않던 술을 거의 매일 사달라고 할 정도였다.

지크는 그 여성들을 달래고 설득하느라 진땀을 빼야 했다.

"휴, 미쳐 버리겠군."

점심 식사를 마치고 세이아의 집 소파에 누워 천장만 바라보던 지크는 눈을 감으며 한숨을 길게 쉬었다. 지금의 현실도 그렇고, 드래고니스와 리오라는 두 철벽이 일순간 무너지자 이곳의 분위기 역시 와해되어 버린 현실이 안타까워서였다.

"오호, 웬일로 스마일 맨이 인상을 다 쓰고 있는 거죠? 그런다고 당신이 리오 씨가 될 것 같나요?"

어느새 거실로 나온 아란이 비아냥대듯 말했다. 지크는 자리에서 몸을 일으키며 말했다.

"당신이 어째서 리오의 물건들을 가지고 이곳에 돌아왔는지 이유를 들으면 내 인상이 펴질 것 같은데?"

"저도 싸움이라면 언제든지 할 수 있죠. 특히 당신 같은 약한 가즈 나이트라면…… 후훗."

지크와 아란 사이에 살기가 흘렀다. 세이아는 곧바로 방에서 뛰쳐나와 둘을 말렸다.

"그만하세요! 지금 같은 때에 서로 싸우면 어떡해요! 두 분 다 진정하세요!"

세이아의 만류에도 둘의 살벌한 기운은 좀처럼 가라앉지 않았다. 그러다 다행히 아란이 먼저 사과함으로써 일단락되었다.

"좋아요, 미안해요. 제가 말실수했어요."

"쳇."

지크는 다시 소파에 앉았고, 아란은 묵묵히 집 밖으로 나갔다. 세이아는 지크 옆에 앉으며 말했다.

"아란 님의 말에 너무 신경 쓰지 마세요, 지크 님. 지크 님은 다른 누구보다도 최선을 다하고 계시니까요. 그건 지크 님 곁에 있는 모든 사람들이 알고 있답니다."

"헷, 세이아 씨나 좀 쉬세요. 다른 애들 뒷바라지하느라 힘드실 테니까요. 자, 저는 바이칼이나 보러 갈게요."

지크는 자리에서 일어나 현관으로 향했다. 세이아 역시 그를 따라 일어섰다.

집을 나선 지크는 현관문을 닫는 세이아에게 조용히 말했다.

"그렇게 예뻤던 세이아 씨 눈이 빨갛군요. 다른 사람들이 흉볼지도 모른다고요, 헤헷."

"예, 감사합니다, 지크 님."

그러면서도 세이아는 손수건으로 눈물을 닦았다. 지크는 그것이 그녀의 마지막 눈물이기를 바라며 제궁으로 향했다.

휀은 장로와 함께 드래고니스 수리 현황을 알아보고 있었다. 습격 당시 드래고니스의 주포가 심한 타격을 받아 일주일은 더 수리해야 했다.

"더 빠른 시일 안에 수리를 마칠 수는 없겠습니까?"

"주포의 수리를 앞당긴다면 주 워프 엔진의 수리 일정이 늦어지게 됩니다. 휀 님의 작전을 성공시키려면 워프 엔진이 제대로 작동해야 하기 때문에 일정을 앞당긴다는 것은 무리가 있습니다."

장로의 말을 들은 휀은 눈을 지그시 감으며 한숨을 내쉬었다. 휀은 눈을 뜨며 장로에게 말했다.

"그럼 일정대로 해주십시오. 웨드를 비롯한 무기들의 정비는 어떻습니까?"

"걱정하지 않으셔도 됩니다. 웨드에 관한 것은 아무런 문제가 없습니다. 다만 드래고니스를 전투에 직접 사용할 때 웨드 전용 사출 트랙(항공모함에서 전투기를 이륙시킬 때 사용되는 것) 없다는 게 약점이 될 수도 있겠습니다. 웨드는 공중에 떠오르는 시간이 아직 느리기 때문입니다."

"큰 문제는 아니군요. 다음에 처리할 일은 무엇입니까?"

"예, 드래고니스 하단부의 함포 중에서 장갑판이 파손되어 가동되지 않는 함포가 상당수 있습니다. 장갑판이 워낙 크고 단단하게 설계되어 있어서 일일이 분해해야 하기에 어려움이 있습니다만."

"그건 사바신에게 고장 난 장갑판을 직접 뜯어 내라고 지시하겠습니다. 어차피 함포는 이제 매일같이 사용해야 할 테니 장갑판을 꼭 열고 닫을 필요는 없겠지요. 다음 사항은 무엇입니까?"

"예, 다음은……."

장로는 휀의 질문과 처리 방법을 들으며 내심 감탄했다. 휀이 이런 상황에서 이렇게 빠르고 냉철하게 일을 처리하는 능력을 지녔을 줄은 생각도 못했다. 장로는 이 사람이 도와주지 않았다면 어떻게 됐을까 생각하며 휀의 물음에 답했다.

"많이 지쳐 보이는군요, 리오."

아란은 거의 쓰러져 있다시피 한 리오를 보며 말했다. 온몸이 피투성이가 된 리오는 거친 숨을 몰아쉬며 피식 웃어 보였다.

"후웃…… 표현이 너무 가볍군. 지금 죽는다 해도 이상할 건 없어. 그건 그렇고…… 드래고니스는 탈출에 성공한 건가. 진짜로."

"물론이죠. 지금은 다른 곳에 있을 테니 안심하세요."

아란의 대답을 들은 리오는 다행이라는 듯 고개를 숙였다. 리오의 처참한 모습을 내려다보던 아란은 자신의 검 디스파이어를 꺼내 들었다. 붉은색 광채가 요사스럽게 흐르는 검, 그러나 현재 리오는 아란이 검을 꺼내 들었다는 것조차 모르고 있었다.

그 정도로 리오는 지쳐 있었다. 수만의 동룡족 병사와 장군들, 대형 바이오 버그, 전함, 그리고 군주 올파드…… 그 모든 것을 홀로 막아 내고 대한민국 전체를 뒤덮은 차원결계를 지하드를 써서 깬 리오는 드래고니스가 워프해 동룡족이 혼란에 빠진 틈을 타 전장에서 겨우 탈출했다.

숲 속, 리오는 나무에 기대어 고개를 숙이고 휴식을 취하고 있었다. 모르는 사람이 그의 모습을 봤다면 죽어 가는 사람이라고 생각했을 것이다.

아란이 디스파이어를 꺼내 들고 얼마 후, 리오는 고개를 숙인 채 그녀에게 물었다.

"그런데 어째서 당신이 여기 있는 거지? 당신은 동료들과 함께 있어야 하는 것 아닌가. 음?"

천천히 고개를 들던 리오는 아란이 디스파이어를 든 채 살기를 뿜어내고 있는 것을 보았다. 아란은 눈을 가늘게 뜬 채 디스파이어를 치켜들며 말했다.

"이것이 우리 데스 발키리의 진정한 목적. 가즈 나이트들을 하나씩 제거해 나가는 것이죠. 이번에는 정말 거물이 걸려들었군요. 가장 강하다는 세 명의 가즈 나이트 중 한 명인 당신 말이죠."

"지금 나를 죽여 봤자 3개월 후에 다시 나타날 텐데?"

"후, 그런 것까지 미리 계산해 두었죠. 이 검으로 당신의 목을 치는 순간, 당신의 영혼은 명계에 가지 못하고 이 검에 흡수되어 버린답니다. 자, 각오하세요."

리오는 힘겹게 팔을 들어 눈가에 묻은 피를 닦아 냈다. 그런 뒤 희미한 미소를 지으며 아란에게 말했다.

"이상한 취미가 있군. 사람 목을 치기 전에 우는 건 뭐지?"

아란은 아무 말도 하지 않았다. 하지만 그녀의 눈에서 흐르는 눈물은 뺨을 타고 갸름한 턱 아래로 떨어지고 있었다. 그런 그녀의 모습을 바라보던 리오는 빙긋 웃으며 말했다.

"내가 네 목을 친 것은 씻을 수 없는 일이었어."

리오의 입에서 그 말이 튀어나오자 아란은 움찔하며 주춤거렸다. 하지만 리오는 도망치지도 숨지도 않았다. 그저 반가운 사람을 만난 것처럼 미소를 짓고 있었다.

"내가 가즈 나이트가 됐을 때…… 네가 내 첫사랑일 때부터 기막힌 운명이 시작됐지. 난 기다렸어. 언제든지 어떤 모습이든 간에 다시 환생했을 널 찾아다녔어. 하지만 겨우 만났을 때는 이미 할머니가 되어 있었고, 또 겨우 만났을 때는 갓난아이였다. 또다시 만났을 때는 내가 네 생명을 끊어 버렸지. 신께서 어떤 이유로 나에게 이런 시련을 주시는지 모르겠지만 그래도 수백 년간 수십 번 너를 만났어도 변하지 않는 게 있어. 지금도 그렇고……."

리오는 머리카락을 묶은 끈을 풀어 아란에게 내밀었다. 아란은 검을 들지 않은 손으로 머리 끈을 받았다.

그의 얘기는 계속됐다.

"언제, 어떤 모습으로 만났어도 넌 아름다웠어. 후훗, 어쨌든 다행이군. 이제 너와 내가 언제나 함께 있을 수 있게 됐으니까. 1백 년 전, 레나라는 이름으로 네가 내 곁에 있었을 때 기억나? 네가 내 머리카락을 처음 묶어 준 끈이야. 다시 돌려주기에는 너무 더러워졌지만 이해해 주길 바라."

아란은 리오가 건넨 머리 끈을 받아 들고 검을 불끈 거머쥐었다. 그리고 흐느낌이 섞인 목소리로 리오에게 물었다.

"마지막으로 할 말은 없나요."

리오는 그 말을 들은 즉시 힘겹게 몸을 일으켰다. 다리가 후들거렸고 뒤틀린 내장 때문에 입에서 선혈이 흘러나왔다. 팔에 난 상처가 아물고 있긴 했지만 피가 멈추지 않았다. 리오는 만신창이가 된 몸으로 겨우 일어나 아란에게 다가갔다. 그리고 피묻은 손으로 아란의 양 볼을 감싸고 조용히 입을 맞췄다.

그녀는 아무런 말도 하지 않았다. 모든 힘을 쏟은 리오는 다시 주저앉았다.

"사랑하고 있어. 부끄러워서 지금까지는 제대로 말 못 했지만…… 처음 만났을 때부터 지금까지, 난 널 사랑했어. 다른 두 사람에게는 미안하지만 말이야, 후훗."

그 말이 끝난 직후, 아란의 디스파이어는 붉은 잔광을 남기며 리오의 목으로 향했다.

"왜 그래, 아란? 정신 차려."

멍하니 예전 일을 회상하던 아란은 레베카가 자신을 흔들며 부르는 소리에 움찔하며 정신을 차렸다. 아란은 곧 한숨을 길게 쉬며 레베카에게 말했다.

"후훗, 미안. 디스파이어에 갇혀 있는 리오 스나이퍼의 영혼 때문에 그랬어. 여기에 집어넣을 때 너무 고생했거든."

"음…… 이해해. 그 남자 강해도 너무 강했으니까. 어쨌든 한 달 전의 일인데도 참 신기하다. 어떻게 그 남자를 이기고 영혼을 흡수한 거야?"

"후, 글쎄."

아란은 고개를 저으며 자리에서 일어나 집 밖으로 나가 버렸다. 레베카는 입을 내밀며 가볍게 중얼거렸다.

"말도 못할 만큼 어려웠나 보네?"

홀로 거리를 거닐던 아란은 멀리 보이는 호주의 노을을 바라보았다. 마치 누군가의 머리카락을 보는 듯한 노을을 보던 그녀는 이내 광기 어린 웃음을 터뜨리며 고개를 저었다.

"후후, 후후후훗…… 미운 남자."

그녀의 뒷모습은 이상하리만큼 쓸쓸해 보였다.

3

남겨진 자의 몫

챠오는 침대에 누운 채 꼼짝도 하지 않았다. 물론 잠을 자거나 피로를 풀고 있는 건 아니었다.

며칠 전 일을 회상하던 챠오는 눈을 감으며 몸을 옆으로 돌렸다. 시트를 움켜쥐며 눈을 굳게 감은 그녀는 소리 없이 눈물을 흘렸다.

리오가 자신에게 관심이 있었든 없었든, 그는 챠오에게 있어서 너무나도 소중한 존재였다. 그를 너무나도 허무하게 떠나보내야만 했다는 게 그녀의 몸과 마음을 무너뜨렸다.

"챠오, 계속 이러면 어떡해. 출근해야지."

용기를 내어 방으로 들어온 리진이 안쓰러운 얼굴로 말했으나, 챠오는 아무런 대꾸도 하지 않았다. 리진은 한숨을 쉬며 그녀에게 다가가 토닥거리며 나지막이 말했다.

"리오 씨는 죽지 않았어."

"뭐?"

순간 챠오는 움찔하며 몸을 일으켰다. 리진은 어느새 눈물로 범벅이 되어 반짝거리는 그녀의 얼굴을 손으로 매만지며 말했다.

"그 무적의 아저씨가 우리를 놔두고 쉽게 죽을 것 같아? 절대 아냐. 리오 씨는 죽지 않았을 거야. 분명 어디선가 우리를 지켜보고 있을 게 분명해. 그러니 지금은 우리가 해야 할 일에 대해서만 생각하자. 이러다간 네가 먼저 죽겠다."

리진의 말에 상당한 기대를 했던 것일까. 챠오는 실망 어린 미소를 지으며 다시 몸을 눕혔다.

"지크가 그랬어……. 리오 씨는 이제 살아날 수 없다고. 만약 죽었다고 해도 영혼이 느껴진다면 3개월 후에 돌아오지만…… 영혼조차 느껴지지 않는다고 했어. 리진, 네 말뜻은 알겠지만……."

챠오는 말끝을 흐리며 고개를 숙였다. 그런 그녀의 모습에 리진은 화가 치밀었는지, 챠오의 어깨를 붙잡고 흔들며 소리쳤다.

"그럼 어떡하란 말이야! 이렇게라도 생각하지 않으면 네가 미칠 것 같아 보이니까 이러는 거 아냐!"

챠오는 여전히 눈물을 흘렸다. 리진은 더욱 큰 소리로 외쳤다.

"언제부터 린 챠오가 이렇게 가련한 여자였지? 언제부터 침대 시트를 눈물로 적시며 세월을 보내는 사람이었냐고! 내가 아는 챠오는 내숭이 있긴 해도 의지할 수 있을 정도로 강한 여자였어! 근데 이게 뭐야!"

챠오는 아무 말도 하지 않았다. 그저 리진이 팔을 흔들 때마다 힘없이 몸을 움직일 뿐이었다.

결국 리진마저 눈물을 흘리며 챠오의 가슴에 얼굴을 묻고 울먹였다.

"이 바보야, 누구는 리오 씨를 싫어해서 이러는 줄 알아! 너 혼자만 리오 씨를 보며 하루하루를 보낸 게 아니잖아! 수백 년 동안 친구였다는 바이칼 씨도, 형제라는 지크도, 슈렌 씨도 너 이상으로 슬플 거 아냐! 그런 이기심 따위로 왜 다른 사람들을 더 슬프게 만드는 거야!"

"리진……."

챠오의 눈에서 다시금 눈물이 쏟아졌다. 둘은 누가 더 많이 울까 내기라도 하듯 서로를 부둥켜안고 계속 눈물을 흘렸다.

그때였다. 계단을 오르는 거친 발소리가 들려왔다. 둘은 문 쪽으로 시선을 돌렸다.

노크도 없이 문이 열리더니, 지크가 잔뜩 흥분한 얼굴로 소리쳤다.

"이봐, 동룡족 녀석들이 또 쳐들어왔어! 긴급 출동이니 눈물 닦고 어서 나와! 조금이라도 늦으면 출격도 할 수 없어!"

"동룡족이!"

"그렇다니까! 자, 어서 나와! 슬프면, 그 슬픔만큼 녀석들을 때려 부수자고! 복수심은 사악한 마음이라고 누가 지껄이면 턱을 날려 버리든가! 가자!"

리진이 보기에 지크는 다른 어느 때보다 흥분해 있었다. 동룡족 기습 때 아무것도 하지 못한 분노 때문일 거라는 생각이 들었다.

그녀는 챠오가 나올 수 있을까 고민했지만, 그녀는 이미 침대에서 일어나고 있었다.

"거리 1천 미터! 적 함대의 기종은 처음 보는 신형입니다! 전력 분석 불가능! 위성 촬영 방어용 방사능 필드가 탐색된 지역을 뒤덮고 있습니다!"

"초음파 레이더가 역추적을 당합니다! 적 함대 이동 개시!"

계속 들려오는 오퍼레이터들의 보고에 장로는 고뇌의 한숨을 길게 내쉬었다. 상대의 전력이 어느 정도이든 현재의 드래고니스로는 적 함대를 상대하기 힘들었다.

"워프 엔진의 수리 때문에 주 동력로를 사용하지 못하는 이때 발견되다니, 왜 하필 지금이란 말인가! 휀 님, 어쩌면 좋겠습니까?"

장로는 옆에 서 있는 유일한 희망, 휀을 돌아보며 물었다. 모니터에 찍힌 무수한 적색 점들을 차가운 눈으로 바라보던 휀은 곧 돌아서며 장로에게 말했다.

"제가 나가겠습니다. 만약의 상황이 아니면 위치 변동은 하지 말아 주십시오. 웨드 부대와 현재 드래고니스 호위함대는 대기 상태로 두십시오."

장로는 순간 리오처럼 되지 않을까 불안했으나 지금 상황은 어쩔 수 없었다. 분산된 함대가 소집되지도 않고 주포도 사용 불가능인 지금 휀은 서룡족 최대 최후의 병기였다.

"그럼, 부디 몸조심하시길……"

장로는 허리를 굽혀 휀을 배웅했다. 휀은 코트 버클을 죄며 한숨을 내쉬었다. 그가 곧바로 드래고니스의 상황실을 나서려고 몸을 움직인 순간, 비명과도 같은 오퍼레이터의 목소리가 들려왔다.

"미확인 물체 고속 접근 중! 현재 북서쪽으에서 드래고니스를 향해 초고속으로 접근하는 물체가 있습니다! 수는 하나! 10초 후 드래고니스의 상공에 다다릅니다!"

"음?"

보고를 들은 휀은 상황실을 빠져나갔다. 장로는 갑자기 반전된 상황에 멍한 표정을 지으며 모니터를 바라보다가 눈을 부릅뜨며 큰 소리로 지시를 내렸다.

"카메라! 외부 카메라를 이용해 접근하는 물체를 잡도록!"

곧 브릿지의 주 모니터에 파란색 하늘이 나타났다. 거기에 비친 미확인 물체를 눈으로 확인한 장로는 침을 꿀꺽 삼키며 나지막이 중얼거렸다.

"화이트 나이트!"

"크앗!"

챠오, 리진과 함께 집을 나서던 지크는 순간 귀에 손을 대며 바닥에 무릎을 꿇었다. 지크의 이상 반응에 깜짝 놀란 리진과 챠오는 그에게 다가왔다.

"지크! 왜 그래!"

"몰라, 하여튼…… 뭔가 빠른 게 온다!"

한참 동안 귀에 손을 대고 있던 지크는 일어나 하늘을 쳐다보았다. 챠오와 리진 역시 지크를 따라 하늘로 시선을 돌렸다.

얼마 지나지 않아 셋의 눈에 엄청난 속도로 드래고니스 상공에 나타난 백색의 물체가 들어왔다.

그것을 본 지크와 리진, 챠오는 눈을 크게 뜨며 동시에 중얼거렸다.

"화이트 나이트! 어째서 저 녀석이 여기에 나타난 거지?"

"지크 씨, 무슨 일이죠!"

그때 집 안에 있던 세이아가 라이아와 함께 밖으로 뛰어나왔다. 지크 일행의 시선이 공중으로 향해 있는 것을 본 둘은 곧바로 하늘 쪽으로 눈길을 돌렸다.

"저, 저것은……!"

하늘에 떠서 드래고니스를 내려다보고 있는 순백색의 웨드. 리오를 비롯한 가즈 나이트도 그 성능에 경악을 금치 못했던 수수께끼의 존재를 직접 보고 모두 망연할 뿐이었다.

"저 녀석, 도대체 오늘은 왜 저렇지? 다른 때는 황급히 사라지더니 말이야. 어휴, 도대체 음속의 몇 배로 달려왔기에 내 귀가 다 멍멍한 거야. 초음속 전투기가 지나가도 멀쩡했는데……."

지크는 귀를 후비며 인상을 찌그렸다. 화이트 나이트는 아무 일도 없었다는 듯 자세를 바꿔 곧바로 북동쪽으로 날아갔다. 한참 화이트 나이트가 있던 곳을 쳐다보던 세이아는 경악에 휩싸인 눈으로 중얼거렸다.

"기계이면서도 기계가 아닌 존재…… 아무것도 느껴지지 않고 다만 느낄 수 있는 것은 감정이 있다는 것? 도대체 어떤 존재지?"

라이아와 지크는 그 말을 듣자 정신이 혼란스러웠다.

"쳇! 멍하니 있을 여유가 없어! 가자!"

정신을 차린 지크는 곧바로 제궁 쪽으로 뛰기 시작했다. 챠오와 리진 역시 지크를 따라 제궁 쪽으로 향했다.

한편 제궁 쪽에서는 황색의 빛줄기가 북동쪽으로 날아올랐다. 훤이었다. 빛에 휩싸인 채 화이트 나이트가 간 쪽으로 향하고 있는 그는 보통 때보다 더 굳은 표정을 짓고 있었다.

얼마나 날았을까. 훤이 도착했을 무렵, 지금까지와는 전혀 다른 모양으로 제작된 동룡족 전함의 대부분이 검은 연기를 뿜으며 바다에 침몰해 있었다. 나머지는 함대 안을 휘젓고 다니는 화이트 나이트에 의해 처참히 부서지고 있었다.

"재미있군."

훤은 지금까지 봤던 어떠한 기계보다 빠르게 움직이며 두 개의 검으로 전함들을 가르고 다니는 화이트 나이트를 보며, 어디선가 본 듯하다는 느낌이 들었다. 검을 휘두르는 자세, 세세한 버릇, 그리고 다음 목표를 향해 시선을 돌리는 살기 어린 모습마저 누군가와 똑같았다.

"리오?"

휀은 자신도 모르게 조용히 중얼거렸지만, 화이트 나이트에게는 아무런 생명 반응도, 기도, 마력도 느껴지지 않았다. 그저 부스터에서 뿜어 나오는 고용량의 에너지와 열만이 느껴질 뿐이었다.

휀은 잘 싸우고 있는 화이트 나이트를 여유 있게 지켜보기로 했다. 현재 동룡족 함대는 화이트 나이트에게 온통 신경이 집중된 탓에 휀은 여유롭게 관찰할 수 있었다.

"음?"

한참을 지켜보던 휀의 눈이 휘둥그레졌다. 바로 검을 한참 휘두르던 화이트 나이트가 오른손에 든 검을 위로 치켜들고 강한 마력을 뿜어냈기 때문이다.

화이트 나이트의 오른쪽 손등에서 붉은색 마법진이 떠올랐고 거기서 진홍빛이 찬란히 뿜어져 나왔다. 그 빛은 일순간 검에 흡수됐고, 화이트 나이트의 검에서는 진홍빛이 맹렬히 타올랐다.

"마법검 플레어······인가?"

겉으로는 덤덤했지만 휀은 상당히 놀랐다. 기계가, 그것도 파일럿이 느껴지지 않는 존재가 리오의 대표 기술인 개인 마법검을 자유롭게 사용한다는 사실에 휀은 더없이 놀랐다.

화이트 나이트는 마법검 플레어가 걸린 검을 앞세운 채 동룡족 함대를 향해 돌진했다. 중앙에 위치한 함선에 검이 꽂히는 순간, 마법검 플레어는 붉은빛과 함께 발휘된 경천동지(驚天動地)의 위력으로 동룡족의 전함를 순식간에 스모그 덩어리로 만들어 버렸다.

플레어의 잔광과 폭풍이 걷히는 것과 동시에 화이트 나이트는 조용히 검을 거둔 뒤 북서쪽으로 날아가기 시작했다.

휀은 자신을 스쳐 지나가는 화이트 나이트의 뒷모습을 바라보며 얼굴에 옅은 미소를 띠었다. 그러고는 천천히 드래고니스 쪽으로 향하며 나지막이 중얼거렸다.

"그랬나…… 나도 잊고 있었군."

"적 함대 괴멸! 소수의 잔여 부대만 후퇴를 개시하고 있습니다!"

"화이트 나이트로 보이는 물체는 10초 후 레이더 반경에서 사라질 것으로 보입니다!"

보고를 듣던 장로는 다행이라는 듯 한숨을 쉬며 고개를 저었다.

"휴, 좋아. 수고했네. 경보 발령은 청색 1호로 낮추고 두 시간 동안 아무 이상 반응이 없으면 모든 경보를 해제하도록."

"예!"

장로는 상황실 밖에서 희미하게 울리는 청색 1호 발령을 들으며 조용히 자리에 앉았다. 오늘만은 더 이상의 일이 없길 바라는 얼굴이었다.

모든 비상이 해제된 후, 회의실에서 바이칼과 장로, 그리고 가즈-나이트들이 모여 긴급회의를 진행했다.

회의란 단어에 익숙지 않은 사바신은 입에 담배를 문 채 장로의 얘기를 듣고 있었고, 휀은 말없이 위스키를 마셨다. 지크와 레디, 슈렌은 그냥 앉아 있을 뿐이었다.

"지금까지의 결과를 보아 동룡족들이 아무래도 워프 드라이브 전용 엔진의 보급화에 성공한 것 같습니다."

장로의 말에 지크와 사바신, 레디는 무슨 소리냐는 듯 눈을 휘둥 그레 떴다. 휀은 위스키를 한 모금 들이켜며 장로를 바라보았다.

장로의 설명은 계속됐다.

"우리가 가진 함선 중에 워프 드라이브가 가능한 함선은 단 하나 드래고니스뿐입니다. 다른 함선들은 워프 드라이브 유도장치가 있어야만 워프가 가능하지요. 예전에 리오 님께서 혼자 싸우신 이유 중의 하나입니다. 드래고니스 밖으로 나간 함선들은 드래고니스 워프 후 고스란히 전장에 남게 되기 때문입니다."

장로는 앞에 놓인 맑은 물로 목을 적시고 계속 말했다.

"이번에 동룡족이 선보인 신형 함선들은 우리의 레이더망에 보이지 않았습니다. 음파탐지기로 겨우 잡아낸 것이죠. 초고속 이동을 하기로 유명한 화이트 나이트도 갑자기 레이더망 안쪽에 나타나지는 못합니다. 이걸로 보아, 동룡족 함선에 고성능 스텔스 장치가 붙어 있는 것이 확실하다고 생각됩니다. 동룡족의 기술이 이번 전쟁을 통해 혁명이라 불러도 좋을 만큼 개선된 듯합니다."

"그럼 언제 녀석들이 그런 것들을 개발했죠? 갑자기 떡하니 내놓지는 못했을 것 아니에요?"

지크는 당혹스러운 표정으로 장로에게 물었다. 장로는 곧 답했다.

"언제 개발했는지는 잘 모르겠지만, 아무래도 지크 님께서 자주 말씀하시는 와카루라는 과학자가 크게 도움을 줬을 거라고 생각합니다."

"그, 그럼 우리가 어떻게 싸우라는 소리야! 예상치 못하게 나타나는 녀석들을 어떻게 상대하라고! 올 때까지 기다리는 수밖에 없잖아, 할아범!"

사바신은 이마에 핏대를 세우며 장로에게 소리쳤다. 장로는 고개를 저으며 한숨을 내쉴 뿐이었다.

그때 휀이 위스키 잔을 내려놓으며 사바신에게 말했다.

"그렇게 신출귀몰한다 해도 약점은 있다."

"뭐?"

사바신은 휀을 쳐다보았다. 그는 귀찮은 듯 슈렌에게 눈짓했고, 슈렌이 그 이유를 대신 설명했다.

"워프 드라이브라는 것은 마법의 텔레포트와 같이 엄청난 에너지를 소비하는 이동 방식이야. 동룡족이 왜 드래고니스 상공에 바로 나타나지 않고 수백 킬로미터 밖에서 나타날까?"

"모르지."

사바신은 입에 문 담배를 거칠게 끄며 고개를 저었다. 슈렌의 말은 계속됐다.

"워프를 할 때는 함선의 모든 동력을 워프 엔진에 집중해야 해. 물론 드래고니스급의 초대형 요새는 워프 전용 동력이 따로 있으니 워프 드라이브를 한 후에 지연 시간이 거의 없지만, 함선 등의 소형 물체는 워프 전용 동력을 따로 준비할 수 없기 때문에 그럴 수 없어. 결국 워프한 이후 함선은 각 부분에 동력을 배분할 동안 지연 상태에 들어가 버리기 때문에 드래고니스 상공에 곧바로 워프한다는 것은 동룡족으로서는 자살행위나 마찬가지야. 그런 이유로 동룡족에 드래고니스급의 거대 요새가 없는 한 드래고니스를 공략할 수는 없는 거지. 오늘은 동룡족도 시범적으로 몇몇 부대를 이동시킨 게 틀림없어."

"엉? 전함 같은 비싼 것들을 시범적으로 보냈다고? 게다가 타고 있는 사람들은?"

"마, 맞아!"

지크와 사바신이 동시에 따지자, 휀은 싸늘한 눈빛으로 그들을 바라보며 말했다.

"지금과 같은 대단위 전투에서 병사와 물자는 효율적으로 사용해야 하는 것이다. 이건 기본이야. 병사 몇 명을 구하려고 부대 하나가 이동하는 건 영화에서나 나오는 바보 같은 행위다. 전쟁 시에 병사 한 명은 사바신 네가 피우고 있는 담배 한 개비에 불과하다. 오늘 동룡족 습격은 워프 엔진이라는 병기를 시험하기 위해 병사와 물자를 효율적으로 소비한 것이다. 이제부터 그렇게 생각하는 게 좋아."

휀의 말에, 지크는 씁쓸한 표정을 지으며 중얼거렸다.

"맞는 말이긴 하지만 내 성격상 재미없군. 젠장!"

"오랜만에 심금을 울리는 소리를 하는군, 바람의 얼간이."

레디는 팔짱을 끼고 인상을 구기고 있는 둘을 보며 고뇌에 찬 한숨을 내쉬었다.

"형제 같아……."

"바보가 하나 더 늘었군."

바이칼 역시 그 둘을 보며 투덜댔다.

회의가 끝난 후, 휀과 장로 사이에 개인적인 만남이 이루어졌다. 물론 바이칼을 포함한 모두에겐 비밀이었다.

휀의 얘기를 들은 장로의 얼굴은 새하얗게 변했다. 그의 얘기가 끝나자마자 장로는 손수건으로 이마의 땀을 닦으며 말했다.

"설마, 그가 아직도 살아 있었다니! 하지만 왜 우리의 기술을 바탕으로 화이트 나이트를 만들었을까요? 혼자서도 웨드 정도는 충분히 만들 수 있는 사람인데……."

"그건 모르겠지만 아무튼 적으로 돌릴 이유는 없으니 한 가지 수수께끼는 풀린 셈입니다. 남은 건 화이트 나이트에 사용되고 있는 드래고니스의 기술력 일부와 듀얼 하이드로 레이저의 설계도, 그리고 에너지원으로 사용되고 있는 오리하르콘 결정이 어떤 방식으로 드래고니스 밖으로 나갔느냐 하는 것입니다. 경비는 철저했을 거라고 생각합니다만."

"저도 그게 의문입니다. 아무리 그의 재주가 뛰어나다고 하지만, 제가 직접 맡은 그 경비망을 어떻게 뚫을 수 있었을지!"

"나중에 밝혀지겠지요. 그럼 저는 이만 가 보겠습니다. 잠시 쉬고 다시 오지요."

"아, 예."

훼과 장로는 서로 등을 보이며 헤어졌다.

밀담을 마치고 제궁 밖으로 나온 훼은 제궁 앞에서 낯선 여자 네 명과 마주쳤다. 훼이 여자들 옆을 그냥 지나쳐 버리자 그중 한 명이 소리쳤다.

"이봐! 당신이 바로 빛의 가즈 나이트 훼 라디언트인가!"

여자라고 하기에는 거친 말투였다. 훼은 뒤를 흘끔 돌아보았다. 네 명의 여성은 천천히 다가왔고, 그중 붉은색, 정확히 진홍색 머리카락을 뒤로 묶은 여성이 야릇한 미소를 지으며 말했다.

"이런 식으로 당신을 찾아와서 미안해요, 후훗. 우리는 당신에 대해서 관심이 아주 많거든요? 제 이름은 아란, 데스 발키리죠. 뒤에 있는 다른 애들도 저와 같은 데스 발키리예요. 어때요, 조용한 곳에서 따로 얘기하는 건?"

훼은 잠시 하늘을 올려다보았다. 별이 서서히 모습을 드러낸 초저녁이었다. 훼은 다시 아란을 쳐다보며 입을 열었다.

"어른들의 시간이긴 하지만 네 명을 상대하긴 싫군. 사라져라."

휀이 가려고 하자, 아란이 웃으며 자신의 검 디스파이어를 꺼내 들었다. 다른 데스 발키리들 역시 각자의 무기를 꺼내 들었다.

그 순간 제궁 호위를 맡은 전룡단들이 그 광경을 목격했다. 그들은 재빨리 귀에 낀 마이크 폰으로 다른 전룡단들에게 연락하며 데스 발키리들을 포위했다.

휀이 전룡단들에게 손을 들며 말했다.

"멈춰라. 너희가 나설 일은 아니다."

전룡단들은 잠시 머뭇거리다가 고개를 끄덕이며 물러섰다.

휀은 데스 발키리들을 바라보며 물었다.

"휀 라디언트 앞에서 무기를 꺼내 들면 죽는다는 것을 모르나."

그러자 아란은 미안하다는 듯 어깨를 으쓱하며 말했다.

"아아, 당연히 알고 있죠. 신계에서조차 철칙인데 설마 저희가 모르겠어요? 그저 당신의 실력을 시험해 보고 싶을 뿐이죠. 뭐, 실수로 당신이 죽게 되면 더 좋긴 하지만…… 후후후훗."

휀은 말없이 데스 발키리들을 바라보았다.

눈에 띄는 여성은 넷 중에 두 명, 붉은 머리칼의 아란과 짙은 보라색의 웨이브 커트 머리카락, 그리고 요기가 느껴지는 보라색 입술과 차가운 표정…… 데스 발키리 중 두 번째로 강하다는 알테미스였다.

휀은 플렉시온을 꺼내 들고 나서며 데스 발키리들에게 말했다.

"조금은 봐주겠다."

"뭐라고! 역시 소문대로 입이 더러운 녀석이구나!"

그 말에 자존심이 상했는지 토울 해머를 들고 자세를 취하던 레베카가 눈을 부릅뜨며 달려들었다. 휀은 차가운 눈빛으로 레베카

71

를 바라보며 플렉시온을 내렸다. 레베카는 회심의 미소를 띠며 소리쳤다.

"흥, 갑자기 죽고 싶어진 거냐, 휀 라디언트! 그럼 소원대로 죽여주마!"

이윽고 폭음과 함께 토울 해머의 충격 지점에서 강한 뇌력이 발동됐다. 주위에 있던 전룡단은 그 압력에 움찔하며 뒤로 비틀댔다.

레베카는 지면 깊숙이 박힌 토울 해머를 바라보며 다시금 미소지었다.

"헤헷, 리오라는 녀석보다 강한 가즈 나이트라고 해서 긴장했는데 별거 아니잖아? 한 방에 보이지 않을 정도로 떡이 되다니, 핫!"

"즐거운가."

"윽!"

레베카는 움찔하며 위를 올려다보았다.

휀은 한 손을 주머니에 꽂은 채 지면에 박혀 있는 토울 해머 위에 사뿐히 내려섰다.

위기를 느낀 레베카는 긴장한 얼굴로 토울 해머를 뽑기 위해 안간힘을 썼다. 그사이 휀은 플레시온을 치켜들며 눈을 감고 나지막이 중얼거렸다.

"마그나 소드, 열(熱)…… 죽어라."

"으악!"

엄청난 폭음과 함께 레베카가 있던 곳은 작은 연옥으로 변해 버렸다.

나머지 데스 발키리는 움찔하며 잠깐 타오르다가 사그라지는 불꽃에 시선을 집중했다. 조금 후 맨손의 레베카가 연기를 뚫고 뒤로 굴러 나왔다.

그녀는 아무 충격도 받지 않았는지 벌떡 일어서며 소리쳤다.

"으윽! 정말 봐주지 않겠다는 말이군!"

그녀의 말에 대답이라도 하듯, 휀 역시 연기를 뚫고 천천히 걸어 나왔다. 그는 레베카를 지나치며 말했다.

"조금은 봐준다고 했다."

"뭐? 큭!"

순간 주위에 있던 전룡단들은 눈을 질끈 감아 버렸다. 데스 발키리들 역시 알테미스를 제외한 아란과 츄우는 움찔하며 시선을 돌리고 말았다.

"아, 아아악!"

팔다리가 터져 나가고 몸만 남은 레베카는 바닥에 쓰러진 채 고통스러운 비명을 질렀다.

휀은 코트에 묻은 살점들을 털어 내며 데스 발키리들에게 다시 다가갔다.

"다음 나와라."

그의 차디찬 목소리에 다른 데스 발키리들은 긴장했다.

"너, 너무 하잖아요! 어떻게 저 지경으로 만들 수 있죠!"

츄우는 공포스러운 얼굴로 소리쳤다. 휀이 말했다.

"하긴 깨끗이 재로 만드는 게 미관상 더 나았겠군. 이제부터 염두에 두지."

"아, 아니에요! 염두에 두지 않으셔도 돼요!"

츄우가 손을 내저었다. 아란과 알테미스는 속으로 상당히 긴장하고 있었다. 사실 레베카가 단 일격에 저렇게 될 줄은 그들 역시 생각지 못했다.

결국 아란은 디스파이어를 내리며 말했다.

"사과하죠, 퀜. 저희가 아무래도 실수를……"

"나와라. 계단은 평지보다 살점을 청소하기 힘드니까."

아란은 움찔하며 다시 디스파이어를 들어 올렸다.

퀜의 몸에서 곧 알 수 없는 기운이 풍겨 나왔다.

위압감…….

주위에 있던 전룡단을 비롯해, 퀜에게 당한 레베카도, 츄우도, 아란도 엄청난 압력을 받았다. 아란은 퀜의 실력을 보기 위해 벌인 일이 이렇게까지 크게 될 줄은 몰랐기에 마른침을 삼키며 알테미스를 바라보았다.

알테미스도 마찬가지였다. 알테미스의 이마에 식은땀이 흐르는 것을 본 아란은 이젠 끝이라고 생각하며 퀜을 돌아보았다. 퀜은 여유 있게 머리카락을 쓸어 올리며 아란에게 말했다.

"나를 시험하겠다는 생각은 버려라……. 아무래도 피를 더 뿌리면 이 왕궁의 주인이 또 징징대며 따질 것 같으니 이쯤에서 접겠다. 물론 더 이상 진행할 필요를 못 느끼긴 했지만."

퀜은 곧 돌아섰고, 일순간 주위를 뒤덮고 있던 기운은 거짓말처럼 사라졌다.

아직도 사지가 회복되지 않아 바닥에서 몸을 꿈틀대고 있는 레베카를 지나친 퀜은 왕궁 호위를 맡은 전룡단장 쪽으로 가며 말했다.

"전룡단은 다시 각자 위치로. 난 다섯 시간 후 다시 오겠다."

"예!"

퀜은 플렉시온을 거두며 어디론가 걸어갔다. 그의 모습이 희미해지자마자 데스 발키리들은 무기를 거둔 뒤 쓰러져 있는 레베카에게 다가갔다.

"레베카, 괜찮아?"

츄우가 물었지만 레베카는 대답할 수 없었다. 출혈로 인한 쇼크로 의식을 잃은 상태였다. 츄우가 레베카에게 회복주문을 사용하는 동안, 아란은 알테미스에게 조금 전 상황을 캐물었다.

"너조차 식은땀 흘리던데, 이길 수 있을 것 같아? 휀이란 남자."

바닥에 흩뿌려진 레베카의 피를 빨던 알테미스는 아란의 질문에 굳은 표정으로 대답했다.

"리오라는 남자는 평소에는 진짜 실력을 드러내지 않았어. 10퍼센트의 힘으로 이길 수 있는 상대라면 10퍼센트의 힘만 내지. 그래서 일말의 방심을 노릴 수도 있지만 휀이란 남자는 달라. 언제나 100퍼센트의 힘을 발휘해. 방심도 없고, 약점도 없어. 현재 우리로서는 상대가 되지 않지만 그래도 오늘 일은 좋은 경험이 될 거야. 이 정도의 위압감과 두려움을 느낄 수 있다는 것 자체가 말이지."

"그렇겠네."

아란은 한숨을 쉬며 팔짱을 끼었다.

그사이 츄우의 강력한 회복마법과 자체 재생력에 의해 레베카의 사지는 정상으로 회복되었다. 의식을 되찾은 그녀는 츄우의 도움을 받아 일어서며 쓰디쓴 표정으로 중얼거렸다.

"뭐 저런 괴물이 다 있지? 당하는 것도 느끼지 못했는데!"

"정신 차렸으면 토울 해머나 가지고 돌아가자, 레베카. 아무래도 전룡단 아저씨들의 눈초리가 안 좋으니까."

아란은 레베카의 머리를 매만져 주며 말했고, 레베카와 츄우는 곧 뒷정리를 하고 집 쪽으로 돌아갔다. 남은 것은 토울 해머의 일격이 떨어진 흔적뿐이었다.

제궁 호위단은 문 앞에 크게 팬 구멍을 어떻게 메울까 고심하며 길게 한숨을 지었다.

"이봐, 좋은 제궁 놔두고 여긴 또 왜 온 거야?"

지크는 코트를 벗고 소파에 눕는 휀에게 따지듯 물었다. 휀은 손으로 눈을 가리며 나지막이 대답했다.

"제궁이란 곳은 공적인 곳. 그곳에 있으면 난 한시라도 쉬지 못한다. 정확히 네 시간 반 후에 깨우도록."

지크는 쓸쓸한 표정을 지으며 2층으로 올라갔다.

휀은 한숨을 길게 쉬며 잠을 자기 위해 애썼다.

요 며칠간은 그에게 있어서 어느 때보다 힘든 날들이었다. 호주에 있는 드래고니스를 찾기 위해 온종일 지구를 날아다녀야만 했고, 바이칼을 대신해 드래고니스의 일과 이후의 일을 처리하고 결정해야 했기 때문에 몸도 마음도 상당히 피로한 상태였다.

하지만 휀은 절대 내색하지 않았다. 현재 자신이 쓰러진다면 드래고니스도, 그리고 이 세계도 파괴되는 것과 마찬가지라 생각했기 때문이다.

"자, 이거나 덮으시지."

휀은 갑자기 푹신한 무언가가 가슴에 떨어지는 걸 느꼈다. 분홍색에 귀여운 그림이 그려진 모포였다.

이불을 던진 지크는 자신을 바라보는 휀에게 엄지를 내보이며 멋쩍은 듯이 윙크했다.

"제궁엔 여섯 시간 후에 도착한다고 말할 테니 편히 쉬라고, 대장. 헤헷."

휀은 아무 말 없이 이불을 덮고 눈을 감았다. 지크는 거실의 불을 미등으로 바꾸고 TV를 틀었다. 물론 야밤이어서 변변치 않은 재방송만 나오고 있었지만 지크는 재미있었다.

"지크."

"음? 웬일로 말을 거시나?"

한참 TV를 보던 지크는 휀이 갑자기 부르자 의아한 표정을 지으며 돌아보았다. 휀은 누운 채로 조용히 물었다.

"얼마만큼 바람이 되어 있나."

"엉?"

지크는 이해가 안 된다는 듯 머리를 긁적이다가 한숨을 쉬며 대답했다.

"모르겠어. 지금 이 상황에 도움이 될 정도로 강해진 건지, 아니면 아무것도 아닌지 잘 모르겠어. 진정한 바람의 힘을 깨치긴 했지만······."

"웃기는군."

지크는 말을 멈췄다. 휀은 계속 말을 이었다.

"진정한 바람의 힘? 몸에 회오리 감고 날아다니는 것이 진정한 바람의 힘이라고 생각하나. 진정한 바람의 가즈 나이트는 천공을 뒤흔들고 대기를 찢을 수 있어야 한다. 넌 바람의 힘을 깨친 게 아니라 바람에 속해 있을 뿐이다. 그나마 잘 쓰는 뇌력은 가즈 나이트의 힘이 아닌 네가 갖고 있는 원래 힘이었다. 지금 깨친 바람의 힘은 아기가 엄마라는 말을 하는 것처럼 기초에 불과하다."

"젠장, 그럼 어떻게 하라고. 어떻게 하면 속이 시원하겠어?"

지크가 팔을 벌리며 투덜대자 휀은 몸을 뒤척이며 대답했다.

"어쨌든 넌 잘하고 있다, 내가 놀랄 정도로. 이제 남은 것은 네가 바람이 되는 게 아니라, 바람이 네가 되는 것이다."

"바람이······ 내가 되게?"

지크는 멍하니 휀을 바라보았다. 그러나 휀은 더 이상 아무 말도 하지 않았다.

잠시 후 지크는 머리를 긁적이며 다시 TV로 시선을 돌렸다.

"제기랄, 매일 나만 보면 넌 모른다, 모른다, 모른다…… 얼굴은 뭐 씹은 사람처럼 하고는……. 칭찬해 주면 어디가 탈나나? 바이론 녀석처럼 수수께끼 같은 말만 하니, 원. 난 퀴즈 대회 나가는 학생이 아니라고."

"모포 고맙다."

"음?"

휀의 갑작스러운 말에 지크는 멍한 표정을 지었다가 곧 TV로 시선을 돌리며 볼을 양손으로 치기 시작했다.

"이젠 환청이 들리는구나! 우우우욱!"

휀은 그 후로 다섯 시간 동안 아무 말도 없었다.

"이봐, 지크! 바람의 얼간이, 빨리 나와 봐!"

"음? 뭐야, 땅강아지…… 에구, TV를 켜 놨네."

다음 날 이른 아침.

TV를 보다가 깜박 잠이 든 지크는 사바신이 깨우는 소리에 단잠을 깼다.

헝클어진 머리카락을 대충 매만지며 사바신과 함께 제궁 앞 광장으로 나간 지크는 광장에 전룡단이 모여 있는 것을 보고 움찔하며 정신을 차렸다. 전룡단 틈을 뚫고 안쪽으로 들어간 그는 숨이 멎을 뻔했다.

"뭐야? 저 녀석, 백야 녀석하고 비슷하게 생긴 것 같은데? 근데 왜 저렇게 작아졌지? 가장행렬이라도 하는 거야?"

지크의 눈에 비친 것은 인간만큼 줄어든 화이트 나이트였다.

화이트 나이트는 주위를 천천히 돌아보며 기계음이 섞인 목소리로 말했다.
　"용제를 뵙고 싶습니다."

13장
순백의 구원군

1

리오의 귀환

정말 의외의 손님이었고, 의외의 사실이었다.

영원히 수수께끼로만 남아 있을 것 같던 화이트 나이트란 존재가 눈앞에 나타날 줄은 아무도 예상하지 못했고, 또 화이트 나이트가 인간과 비슷한 크기로 줄어들 수 있다는 사실 역시 그 누구도 예상치 못했던 일이었다.

화이트 나이트가 아군 측에 도움을 주고 있었기에 서룡족은 그의 알현 요청을 거부할 이유가 없었다. 화이트 나이트는 릭의 안내를 받아 알현실로 향했다.

그를 안내하면서 릭은 얘기를 걸어 볼까 망설였다. 리오의 행동이나 기술을 그대로 따라 하는 점과 마법을 사용하는 점 등등, 궁금한 것이 너무도 많았다. 하지만 얘기를 먼저 꺼낸 쪽은 화이트 나이트였다.

"휀 라디언트 님은 언제 오셨습니까?"

"예? 아, 그분은 드래고니스 퇴각 다음 날 이곳에 도착하셨습니다. 그런데 그분이 오신 걸 어떻게 아십니까?"

"동룡족의 신형 함선들이 공격해 왔을 때 스쳐 지나가면서 뵈었습니다. 어쨌거나 그분이 계시니 정말 다행이군요. 아, 바이칼 님은 괜찮으십니까?"

"아, 예……."

이런저런 얘기를 나누면서 릭은 화이트 나이트의 놀라운 인공지능에 감탄을 금치 못했다. 사실 드래고니스의 과학자들도 인간에 가까운 인공지능을 만들기 위해 노력했으나 지금까지 아무도 완성하지 못했고 최고 수준에 다다른 인공지능을 꼽아 봤자 가정부 로봇이나 수리함에 쓰일 수준밖에 되지 않았다. 그런데 화이트 나이트의 인공지능은 감정이 느껴질 정도로 완벽했다.

'그래, 시에라는 꼬마도 인조 생물체니 이상할 건 없겠지.'

릭의 생각이 정리될 때 즈음, 둘은 알현실에 도착했다. 알현실 문에 마법이 걸려 있지 않은 것을 확인한 릭은 먼저 안으로 들어가 바이칼에게 보고했다.

"전하, 화이트 나이트를 모셔 왔습니다."

"들어오라고 해."

바이칼은 옥좌에 기대다시피 하고 맥 빠진 목소리로 말했다. 슬그머니 고개를 저으며 나온 릭은 곧바로 화이트 나이트를 알현실 안쪽으로 들여보냈다.

"들어가십시오. 전하께서 기다리고 계십니다."

"고맙습니다."

화이트 나이트는 키 186센티미터의 릭보다 머리 둘은 더 커 보이는 육중한 몸체를 움직이며 알현실 안으로 들어갔다.

"응?"

바이칼은 화이트 나이트가 걸어서 자신에게 다가오는 모습을 경악에 찬 얼굴로 바라보았다. 걸음걸이, 자세, 그 모든 것이 자신의 가장 친한 친구와 똑같았기 때문이다.

바이칼 앞에 선 화이트 나이트는 한쪽 무릎을 꿇고 예를 올렸다.

"화이트 나이트, 정식 명칭 'WN-ΩType, White Night', 위대하고 강하신 서룡족의 제왕께 인사를 올립니다."

바이칼은 인사를 받고도 아무 말도 하지 않았다. 알현실 끝에서 그 모습을 지켜보던 릭은 자신들의 제왕이 울기 직전의 사춘기 소녀와 같은 얼굴로 화이트 나이트를 바라보고 있음을 깨닫고 대경실색했다.

"리오!"

갑자기 바이칼은 옥좌에서 벌떡 일어나 무릎을 꿇고 있는 화이트 나이트의 동체를 양팔로 껴안았다. 그리고 차디찬 흰색 장갑판에 이마를 댄 채 눈물을 흘렸다.

"이 바보 같은 녀석아, 이렇게 변장하고 왔다 해서 내가 못 알아볼 것 같아! 어서 이 광대 같은 차림은 벗어 버려!"

화이트 나이트는 대답 대신 바이칼을 다시 옥좌에 앉혀 놓고 똑바로 서서 말했다.

"죄송하오나 이것을 보십시오, 전하."

화이트 나이트의 얼굴 장갑이 부위별로 열렸다. 기계적인 내부 구조가 드러난 머리 부위는 재차 분해되어 그 안에 아무것도 없다는 것을 증명해 보였다.

"갑자기 이런 모습을 보여 드린 것에 사죄드립니다. 하지만 제 말을 좀 들어 주십시오."

화이트 나이트는 다시 두부를 원래 모습으로 되돌리고 바이칼 앞에 무릎을 꿇으며 말했다.

"외람된 말씀이오나, 가즈 나이트 리오 스나이퍼 님을 상당히 소중하게 생각하시는 듯하군요. 하지만 저는 리오 님이 아닙니다. 그저 인간의 마음에 가까운 인공지능을 가진 기계일 뿐입니다. 죄송합니다, 전하."

"쳇."

바이칼은 손으로 눈을 가린 채 고개를 돌렸다. 그 손 밑으로 눈물이 흘러내리는 것이 보였다.

"그럼 용건이나 말하고 빨리 사라져. 얘기 오래 들어줄 기분이 아니니까."

바이칼이 투덜대듯 말했다.

"예. 알겠습니다. 우선 현재 상황과 바이오 버그의 총수인 마더(MOTHER)에 대해 말씀드리고자 합니다. BSP에게도 이 정보를 드리고 싶사오니, 부디 자리를 허락해 주십시오."

바이칼은 생각할 필요도 없다는 듯 망설임 없이 즉각 대답했다.

"좋아. 하지만 만약 헛소리를 지껄인다면 네 머리에 자석 덩어리를 넣어 버릴 테니 그리 알도록."

"감사합니다 전하."

바이칼과 장로, BSP, 가즈 나이트, 그리고 전룡단장들 앞에 선 화이트 나이트는 대회의실 앞에 설치된 대형 스크린에 자신의 코드를 연결하고 자료를 전송했다. 그동안 지크와 루이는 화이트 나이트를 쏘아보며 얘기를 나눴다.

"루이, 저 화이트 나이트라는 녀석 말이야, 뭔가 미심쩍지 않아?

아무리 과학이 발달해도 그렇지. 어떻게 감정이 느껴질 정도의 인공지능을 가진 존재가 만들어질 수 있는 거야?"

캠코더와 노트북을 이용해 화이트 나이트를 분석하던 루이는 조카의 무식함에 혀를 내두르며 답했다.

"바이오 버그도 인공지능인 것 몰라? 넌 바이오 버그에게서 풍기는 살기를 느낄 수 있잖아. 그 살기도 일종의 적개심 같은 감정이란 말이야. 원시적인 지능이긴 하지만, 일단 바이오 버그의 인공지능도 감정이 실린 최첨단의 인공지능이란 건 부정할 수 없어. 다만 바이오 버그는 생물을 토대로 만들어졌고, 저 화이트 나이트는 정교하게 프로그래밍되어 있다는 차이가 있을 뿐이지."

그래도 이해가 안 간 지크는 동의를 구하듯 루이 뒷자리에 앉은 사바신을 돌아보았다. 그는 이내 얼굴을 찌푸리며 어깨를 으쓱했다. 과학이라고는 물리적 충격을 주는 것 외엔 모르는 그들이었다.

"그건 그렇고 정말 잘 만들어졌는데? 외부와 내부 장갑 모두 보통의 웨드에 쓰인 렉타이트 장갑이 아냐. 무기질보다는 유기질에 가까워. 저런 물질은 처음 보는데?"

"바이오 티탄이다!"

그때 지크의 머리 위에서 시에가 좋아라 하며 소리를 질렀다.

화이트 나이트를 보며 감탄사를 내뱉고 있던 루이는 깜짝 놀라 시에를 쳐다보았다. 시에는 활짝 웃으며 다시 말을 이었다.

"내 뼈와 같은 바이오 티탄이다, 이모! 강도와 경도는 보통의 티타늄의 80배에다, 세포처럼 각개 구조를 지니고, 재생 능력과 확장 능력을 가지고 있어서 시에가 커지면 같이 커지는 생체금속이야! 그래서 시에 튼튼하다!"

"오호?"

화이트 나이트에게 정신이 팔려 있던 지크는 루이의 감탄에 순간 움찔하며 그녀를 바라보았다. 그녀의 눈빛이 이상야릇하게 빛나고 있었다. 지크는 시에를 안아 감추듯 옆에 앉히며 말했다.

"시에 해부할 생각하지 마, 루이. 얘는 아픈 거 싫어한다고."

"응? 누가 뭐랬나? 호호호."

지크와 사바신은 루이의 가증스러운 웃음소리를 들으며 눈을 가늘게 떴다.

이윽고 자료 전송이 끝나고 모니터에 거대한 컴퓨터 설계도가 떠올랐다. 화이트 나이트는 기계음이 섞인, 하지만 차갑지 않은 목소리로 설명했다.

"이것이 불과 몇 개월 전까지 인류 최대의 적이라 불리던 마더(MOTHER)의 본 모습입니다. 이 컴퓨터의 정식 명칭은 '테레사'입니다."

순간 지크가 몸을 벌떡 일으키며 화이트 나이트에게 소리쳤다.

"뭐라? 거짓말하지 마, 깡통! 인류가 20년 가까이 싸워 온 최대의 적이 그딴 대형 컴퓨터란 말이야? 어디서 주워들은 SF 소설 읽지 말고 똑바로 말해!"

그때 루이가 흥분한 지크를 팔꿈치로 툭 치며 말했다.

"맞는 말이야, 지크. 저 정보는 BSP 최상부, 즉 아버지(처크)를 비롯한 간부급 인사들은 다 알고 있는 사실이야."

"뭐?"

지크와 근처에 앉아 있던 BSP의 시선이 모두 루이에게 쏠렸다. 그녀는 안경을 추켜올리며 나머지 사항에 대해 말했다.

"나도 2년 전 BSP 중앙컴퓨터를 해킹했을 때 알게 되었어. 그보다 더 자세한 사항은 뚫는 데 상당한 시간이 걸리는 프로텍트 프로

그램으로 보호되어 있어서 알지 못했지. 너를 비롯한 다른 BSP들에게 말하지 않은 이유는 지금처럼 펄펄 뛸 게 불 보듯 뻔했기 때문이야."

"그런……!"

흥분한 지크를 사바신과 레디가 진정시키는 동안, 화이트 나이트는 계속 설명을 이어 나갔다.

"20세기 말에서 21세기 초, 인류 최대의 문제는 환경오염이었습니다. 물론 전쟁이나 기아 없이 잘사는 나라만의 고민이기도 했지만 말입니다. 그 잘사는 나라들의 수뇌들이 수십 년 전 한자리에 모여, 전 세계의 환경오염을 총괄적으로 통제하고 환경을 되살릴 수 있는 대안에 대해 논의했습니다. 그 결과 그들은 환경을 전문적으로 관리할 초대형 컴퓨터를 제작하기로 했고 축하 속에서 그 컴퓨터를 완성했습니다. 문제는 그때부터 시작되었습니다."

화면이 바뀌면서 모니터에 수천 개의 자료가 나열되었다. 그 자료들을 가리키며 화이트 나이트는 설명을 계속했다.

"이 대형 인공지능 컴퓨터의 궁극적인 목적은 환경오염의 원인을 분석, 색출하여 그것을 제거하는 것이었습니다. 당연히 이 컴퓨터는 수일간에 걸쳐 환경오염의 원인을 분석했고, 결국 원인을 찾아내는 데 성공했습니다. 그것은 그 컴퓨터를 개발한 과학자들마저 예상치 못한 결과였습니다. 최종적인, 최고의 환경 파괴 주범. 그것은 바로 이 세계에 살고 있는 사람들, 즉 인류였습니다."

회의실에 있던 BSP들이 경악을 금치 못하는 가운데, 바이칼은 손으로 입가를 가린 채 희미하게 중얼거렸다.

"역시 인간들이란……."

화이트 나이트의 설명은 계속 이어졌다.

"그 대형 컴퓨터는, 사태의 위험성을 간파하고 작동을 멈추려 하는 주위 인간을 먼저 제거한 다음 곧 환경오염 근본 원인을 제거하는 작업에 들어갔습니다. 그때부터 마더로 명명된 그 컴퓨터는 환경을 파괴하지 않는, 단지 환경 파괴의 주범을 제거하기 위해 존재하는 새로운 생명체를 탄생시켰고, 그 생명체들은 시간이 지남에 따라 생식 능력까지 갖추며 점점 강해졌습니다. 10년 만에 전 세계의 지하로 퍼져 나간 그 인공 생명체들은 그 컴퓨터의 지령에 따라 세상 밖으로 나와 환경 파괴의 주범을 제거하기 했습니다. 그것이 BSP 여러분께서 잘 아시는 제1차 바이오 버그 대란입니다."

BSP들의 얼굴에는 점차 참담한 표정이 떠올랐다. 이 사실의 일부를 알고 있던 헤이그도, 루이도 같은 모습이었다. 지크는 팔짱을 낀 채 이를 부득부득 갈 뿐이었다.

"그 생명체의 발생 원인을 모르는 보통 사람들은 그들을 '바이오 버그'라 부르기 시작했고, 바이오 버그들의 탄생 배경을 알고 있는 이 세계 최고권력자들은 유엔 산하에 뛰어난 능력을 가진 사람들을 모으기 시작했습니다. 바이오 버그를 없앨 수 있는 인간의 부대, 그것이 바로 BSP입니다. 인류와, 인류가 남긴 유산의 전쟁은 지금까지 계속 악순환을 반복하고 있는 것입니다."

"말도 안 돼!"

회의실 구석에서 화이트 나이트의 얘기를 듣고 있던 리진은 얼굴이 새파랗게 질린 채 힘없이 중얼거렸다. 다른 BSP 멤버들 역시 이해할 수 없다는 얼굴로 감정을 억제하기 위해 노력했다.

"1년 전, 이 세계는 단 몇 명만이 진실을 알고 있는 이상한 사건에 빠져들었습니다. 차원 근접에 의한 우라늄의 강제 산화 현상, EOM의 등장 등등. 이상하게도 그 사건이 일어나는 동안 바이오 버그는 나타나지 않았습니다. 하지만 차원 근접 현상이 사라진 직후 다시 나타나기 시작했습니다. 이유는 간단합니다. 마더의 동력원인 원자로가 에너지 강제 산화 현상에 의해 동작을 멈췄고, 그에 따라 마더 역시 동작을 멈추어 버린 것입니다. 그런 연유로 마더에게 행동 지시를 받지 못한 바이오 버그들은 지하에서 아무런 행동 없이 수면만을 취했습니다."

"빌어먹을, 그랬군!"

팔짱을 끼고 있던 지크는 팔걸이를 손바닥으로 툭 치며 한숨을 지었다.

"생물적인 에너지 보급, 즉 먹이를 먹지 못한 바이오 버그들의 상당수는 지하에서 그대로 굶어 죽었습니다. 남아 있는 일부만이 원자력 에너지원의 재생과 함께 기적적으로 목숨을 건졌습니다. 하지만 여기에 의문점이 있습니다. 전원이 오랫동안 꺼져 있어 상당한 손상을 입은 마더를 누가 다시 재생시켰느냐 하는 것입니다."

화이트 나이트의 말이 끝나자마자 지크는 모든 수수께끼를 푼 사람처럼 씩 미소를 지으며 중얼거렸다.

"파더(FATHER)! 그렇군. 와카루 할아범이었어. 이봐, 화이트 나이트, 그런데 넌 어떻게 그런 걸 알아낸 거지? 그것부터 설명하면 더 이상 너에 대해 다른 건 묻지 않겠다."

여느 때와 달리 지크의 얼굴은 딱딱하게 굳어 있었다. 바이오 버그와 BSP에 관한 일이라면 누구보다도 진지한 그였다. 화이트 나이트는 자료 전송용 코드를 모니터에서 뽑은 뒤 지크 쪽으로 시선을 돌리며 말했다.

"저를 만드신 분께서 마더의 인공지능 부분을 담당하셨기 때문입니다. 그분은 지크 님도 잘 알고 계십니다. 추가로 그분이, 지크

님이 시에를 지금까지 잘 길러 주시는 것에 대해 감사하고 계시다
는 말을 전해 드리죠."

"뭐? 설마 멀린인가 하는 할아버지 말이야?"

그 부분에 대해서는 대충 예상하고 있던 휀과 장로는 살며시 고
개를 끄덕였다.

화이트 나이트의 설명이 끝나자 대회의실은 잠시 술렁거렸다.
밝혀진 사실의 무게 때문인지 BSP들의 얼굴은 심각했다.

조금 후 화이트 나이트가 모두를 바라보며 마지막으로 말했다.

"마더가 위치한 장소 역시 알려 드릴 수 있지만, 지금 여러분께
제일 시급한 문제는 마더와 닥터 와카루를 직접적으로 공격할 수
있는 기반을 만드는 것입니다. 지금부터 저는 여러분들과 함께 행
동하며 탈환작전을 도와드릴 것입니다. 극동 아시아와 유럽 서쪽
지역, 그리고 남아메리카 지역까지 완전히 탈환했을 때 여러분께
마더와 닥터 와카루가 있는 위치를 알려 드리겠습니다."

회의실은 다시 침묵에 휩싸였다. 잠시 후 바이칼이 몸을 일으키
며 화이트 나이트에게 말했다.

"좋아, 네 힘을 빌리도록 하겠다. 단, 조건이 있다."

"말씀하십시오, 용제시여."

힘을 빌리겠다고 해 놓고 조건을 말하는 것은 사실 억지스러웠
으나 바이칼은 진지하기만 했다.

"전투 시를 제외한 다른 때는 지금처럼 리오의 흉내를 내지 말길
바란다. 이건 부탁이기도 하다. 솔직히 말해서 너만 보면 돌아 버
릴 것 같아."

"명심하겠습니다."

"좋다. 더 이상 너에 대해 지크와 마찬가지로 아무것도 물어보지

않겠다. 다른 할 말이 있는 사람은 하고, 없다면 이상으로 긴급회의를 마친다."

바이칼은 남색 망토를 펄럭이며 회의실을 빠져나갔고 곧 전룡단장들도 그의 뒤를 따라 나갔다. 잠시 화이트 나이트를 바라보던 휀 역시 자리에서 일어났고, 가즈 나이트들과 BSP 멤버들 역시 회의실을 나섰다.

마지막까지 남은 것은 지크와 화이트 나이트 둘뿐이었다. 잠시 동안 지크를 바라보던 화이트 나이트는 곧 그의 시선을 신경 쓰지 않고 회의실을 나서려 했으나, 순간 지크가 화이트 나이트의 어깨를 잡으며 말했다.

"이제부터 어디서 지낼 거지?"

"드래고니스 주위를 돌면서 임무가 있을 때까지 순찰을 할 생각입니다."

"계속 그 기계 안에 있으면 피곤할 텐데…… 리오."

지크가 눈을 부릅뜨며 말했으나 화이트 나이트는 거침없이 그의 말을 부정했다.

"제 인공지능은 지금까지 관찰된 리오 스나이퍼 님의 행동을 바탕으로 만들어져 있습니다. 많은 분들이 저와 리오 님을 착각하시는 것도 무리가 아니지요. 죄송하지만 저는 화이트 나이트, 기계일 뿐입니다. 그럼 이만."

화이트 나이트는 곧바로 지크의 손에서 벗어나 회의실 문 쪽으로 향했다.

가만히 서서 그 뒤를 노려보던 지크는 곧 그에게 소리쳤다.

"이 비겁한 녀석아! 지금 너 때문에 슬퍼하는 사람들의 눈을 그런 철 조각으로 가린다 해서 마음이 편할 것 같아! 요즘 비가 많이 내리지? 다 세이아 때문이야! 비가 거의 내리지 않는 이 호주의 사막지대에 사흘 걸려 하루로 비가 내린단 말이야! 평소 때는 다른 사람의 마음에 상처를 주지 않기 위해 별짓을 다 하던 네가 이게 무슨 짓이야!"

"저는 잘 모르겠군요."

짧게 말을 맺은 화이트 나이트는 뒤도 돌아보지 않고 회의실을 나섰다. 혼자 남은 지크는 애꿎은 회의실 벽을 주먹으로 후려치며 분노를 토했다.

회의실 밖으로 나온 화이트 나이트는 밖에서 애기 중인 전룡단 장들의 시선을 한몸에 받으며 다른 곳으로 향했다.

그에게 박혀 있던 시선들이 하나둘씩 떨어져 나가고, 드디어 아무도 없는 곳에 도착한 화이트 나이트는 팔짱을 끼고 무언가를 기다렸다.

"기다렸지?"

조금 뒤 어디선가 꼬리가 달린 작은 몸의 소녀가 나타나 화이트 나이트의 어깨에 올라탔다. 소녀는 차가운 마스크에 얼굴을 비볐고 화이트 나이트 역시 소녀의 산발을 손으로 비볐다. 둘은 곧 거의 들리지 않을 정도의 목소리로 속삭였다.

"음음…… 그래, 알았다. 다른 일은 없지, 시에?"

"응! 근데, 할아버지는 잘 계셔?"

시에의 활기찬 질문에 화이트 나이트는 시에의 볼을 손으로 토닥거리며 대답했다.

"아마 빠른 시일 내로 만날 수 있을 거야. 걱정하지 마, 시에. 자, 다른 사람이 보기 전에 어서 떠나."

"응! 그럼 수고해!"

시에는 믿어지지 않을 정도의 속도로 빠르게 그곳에서 사라졌다. 화이트 나이트 역시 곧바로 다른 장소로 몸을 움직였다.

"알 수가 없습니다. 엑스레이 투시기는 물론이고 초음파, 적외선 투시기까지 동원해 화이트 나이트의 내부를 살펴봤지만 기계적 구조 말고 생체적인 구조는 단 한 군데도 발견할 수 없었습니다."

장로는 시름 어린 한숨을 쉬며 바이칼에게 말했다. 휀 역시 그에게 말했다.

"영혼조차 느껴지지 않았다. 정말 기계에 불과할 수도 있으니 너무 기대하지 않는 게 좋다. 멀린 경의 인공지능 기술은 신계에서도 알아줄 정도니까."

그러나 바이칼의 생각은 달랐다.

"하지만 지울 수 없는 그 느낌은 뭐지? 아무리 모션캡쳐를 이용해 누구와 똑같은 인조인간을 만든다 해도 느낌까지 같을 수는 없는 거잖아! 화이트 나이트 녀석은 달라. 느낌까지 같다고! 이건 어떻게 설명해야 하는 거야!"

그 말엔 장로와 휀도 아무런 대답도 할 수 없었다. 그들 역시 느낌만은 지울 수 없었기 때문이다. 결국 장로는 바이칼을 설득하려고 남았고 휀은 슬그머니 방을 나섰다.

제궁 밖으로 나가 지크의 집으로 향하던 휀은 품에서 담배 하나를 꺼내 입에 물었다. 하얀 담배 연기를 들이마시며 휀은 마음을 가다듬었다. 잠시 동안이라도 리오의 생사라는 행복한 고민에 빠져 있었던 것은 아닌가. 휀은 다시금 냉정해지기 위해 애썼다. 자신마저 사적인 감정에 빠지게 되면 일이 위험해질 것이라는 생각에서였다.

그때 멀리서 누군가의 목소리가 들려왔다.

"아, 어딜 가시나요, 휀 님?"

휀은 반도 태우지 않은 담배를 비벼 끄며 목소리가 들려온 쪽을 바라보았다. 수척해진 모습의 세이아가 시장바구니를 들고 서 있었다. 휀은 살짝 목례를 하며 답했다.

"지크의 집으로 가고 있었습니다."

시장에 다녀오는 길입니까, 수척해 보입니다, 걱정이라도 있으십니까 등 따뜻한 말은 역시나 휀의 입에서 나오지 않았다. 그런 말은 수백 년 전에 잊은 휀이었고, 또 그에게서 따뜻한 말이 나오기를 기대한 세이아도 아니었다. 하지만 세이아는 여느 때처럼 웃으며 고개를 끄덕였다.

"아, 그러시군요. 그럼 저랑 같이 가세요. 혼자 집에 돌아가기도 심심하고, 또 휀 님과 얘기를 나누고 싶었는데, 정말 잘됐네요."

아마 릭 등의 세이아 광신도들이었다면 그 자리에서 쓰러졌거나 기절을 했을지도 모른다. 그러나 휀은 달랐다.

"정직하게 말씀하십시오."

"네?"

무표정을 유지한 채 휴지통에 담배를 버린 휀은 의아한 표정의 세이아에게 계속 말했다.

"불과 몇 개월 전까지만 해도 당신은 저를 싫어하셨습니다. 우연히 만난 싫은 존재에게 예의상 그런 말씀을 하실 필요는 없습니다. 그냥 가셔도 상관없습니다."

세이아의 표정은 금세 시무룩해졌다. 하지만 휀에게 마음이 읽힌 이유로 표정이 변한 것은 아니었다. 그리고 그녀의 진심은 휀이 말한 것과는 달랐다.

사실 휜이 그렇게 말하는 것도 무리는 아니었다. 그가 세이아와 라이아 자매를 신계에 데려갔을 때, 어머니 이오스와 얽힌 여러 가지 이유로 상당히 불안했던 세이아는 신계에 있는 동안 휜을 이상하다 싶을 정도로 싫어했다. 이유는 단순했다. 휜이 자신을 데려왔기 때문에 모든 것이 무너졌다는 생각 때문이었다.

 물론 신계에서 지내는 동안 그녀의 정신불안증은 짧은 시간 내에 치유되었고, 휜에 대한 무조건적인 혐오도 사라졌다. 그러나 휜의 뺨까지 때린 전적이 있었기에 그에 대한 사과는 상당 시간 미루어졌고 결국 지금과 같은 오해까지 사고 만 것이다.

 어떻게 할까 고민하던 세이아는 문득 묘수가 떠올랐는지 다시금 미소를 지으며 휜에게 다가갔다.

 "저, 한 가지 부탁드려도 될까요?"

 무슨 일이 있어도 움직이지 않을 것 같던 휜의 눈썹이 살며시 꿈틀거렸다. 다름 아니라 세이아가 시장바구니를 그에게 내밀었기 때문이다.

 "이걸 좀 들어 주세요. 어제 오늘 집 정리를 하느라 팔이 너무 아프거든요. 들어 주실 수 있죠?"

 물론 시장바구니를 들어 주는 것 정도야 어려운 일이 아니었다. 하지만 시장바구니는 휜의 이지적이고 냉철한 이미지와 너무나 어울리지 않았다. 그걸 누구보다 잘 알고 있는 휜이었지만 신과 같은 상급자의 명에 군말 없이 따라야 한다는 신념을 가지고 있었던 그는 결국 세이아의 시장바구니를 들어 주었다.

 함선들을 한창 수리 중인 도크 근처를 지날 때 호주 상공의 시원하고 깨끗한 바람이 둘을 스쳤다. 주거 지역 보호용 결계가 가동될 때 가끔 불어오던 인공의 바람과는 전혀 다른 자연의 바람이었기에 굳어 있던 세이아의 얼굴에 화색이 돌았다.

"오랜만에 바람이 부네요. 정오까지만 해도 결계 때문에 바람을 맞을 수 없었는데, 역시 시원해서 좋군요."

세이아는 바람에 머리를 맡기고 크게 심호흡을 했다. 바람결에 그녀의 머리칼이 부드럽게 휘날렸다. 그 옆에서 휀은 한 손은 코트 주머니에 찌르고 한 손은 시장바구니를 든 채 천천히 걷고 있었다. 정반대라 해도 과언이 아닐 만큼 대조적인 둘의 모습은 이상하게도 잘 어울렸다.

하지만 휀이 하는 말은 분위기를 깨기에 딱 좋았다.

"결계는 보수 작업을 위해 기능이 정지되어 있습니다. 저녁 6시를 기해 다시 가동될 것입니다."

"예……."

냉담한 반응에 풀이 죽은 세이아는 계속 걸음을 옮겼다. 그러다 다시 얘깃거리가 떠올랐는지 웃으며 휀을 돌아보았다.

"아, 휀 님, 시에 보셨나요? 휀 님이 이 세계에 계셨을 때보다 많이 컸답니다. 그리고 지크 님의 어머니께서 시에의 양모가 되어 주셨죠. 기쁘지 않으세요?"

"제가 상관할 바 아닙니다."

역시나 통하지 않았다. 무안한 세이아는 할 말을 잃었는지 결국 시선을 다른 곳으로 돌리고 말았다. 그때 휀이 입을 열었다.

"리오는 어딘가에 살아 있을 것입니다."

"예?"

너무나 의외의 한마디였기에 세이아는 그 자리에 멈춰 서고 말았다. 그녀보다 한 걸음 더 나아간 휀은 그녀를 돌아보며 말했다.

"영혼이 어디에서도 느껴지지 않는다는 말은 어딘가에 봉인되어 있다는 뜻. 리오의 영혼은 의외로 가까운 곳에 있을 수 있습니다. 그의 영혼이 되돌아올 때까지 세이아 님은 이전처럼 당신께서 하셔야 할 일을 하시면 됩니다."

한마디로 걱정하지 말라는 뜻이었다. 휀의 깔끔하면서도 차가운 얼굴을 멍하니 바라보던 세이아는 이전처럼 부드러운 미소를 지으며 말했다.

"제가 잘못 생각했던 것 같네요. 역시 휀 님은 따뜻한 분이세요."

"……"

"따뜻한 말과 미소는 없지만, 휀 님은 리오 님 이상으로 따뜻한 분이세요. 정말 하늘에 묵묵히 떠 있는 태양처럼 말이죠. 저는 그런 휀 님이 좋아요."

그런 말에도 불구하고 휀의 얼굴에 일말의 변화도 없었다. 그러나 세이아는 자신의 마지막 말 때문에 그럴 거라는 생각이 들었는지 움찔하며 말을 바꿨다.

"아, 훼, 휀 님의 그런 모습이 좋다는 말이었습니다. 오, 오해하지 마세요."

"말씀을 다 하셨으면 가시죠. 저는 시간이 촉박합니다."

"예? 아, 네."

휀은 다시 걸음을 옮겼고, 또다시 무안해진 세이아는 붉어진 얼굴을 숙인 채 뒤를 따랐다. 그랬기에 그녀는 보지 못했다. 안타까움에 겨워 감은 휀의 눈을…….

휀이 집에 도착하자 지크는 소파에 앉아 씩씩거리고 있었다. 그 옆에서 BSP 멤버들은 심각한 얼굴로 얘기를 나누고 있었다. 그들을 살짝 지나쳐 부엌으로 들어간 휀은 의자에 앉아 조용히 물을 마시며 그들의 얘기를 들었다.

"뭐가 화이트 나이트야! 그건 양철 조각을 뒤집어쓴 리오 녀석이라고! 그 녀석 도대체 무슨 이유로 그러는지 알 수 없지만 이번일은 정말 열 받아 죽겠어!"

"하지만 화이트 나이트는 리오 씨가 그렇게 되시기 전에도 나타났잖아. 나와 마티도 화이트 나이트의 전투 광경을 보고 리오 씨가아닌가 착각했단 말이야. 너무 흥분하지 마, 지크. 냉정을 찾아."

"그래. 게다가 몸에서 아무런 기도, 생명 반응도 느껴지지 않는데 리오 씨가 안에 있다는 생각을 하는 것은 무리야. 또 화이트 나이트 자체가 인간의 크기로 작아져서 나타나기도 했잖아. 리오 씨몸이 그렇게 작아질 리 있겠어?"

리진과 마티의 설득에 지크는 결국 한숨을 길게 쉬며 눈을 감아버렸다. 그가 더 이상 말을 하지 않을 것을 안 BSP 멤버들은 대화를 오늘 나온 마더의 실체로 돌렸고, 얘기는 그 이후로 한참 더 진행되었다.

그사이 시에가 문을 열고 집 안으로 들어왔다. 지크의 얼굴을 슬쩍 본 시에는 분위기가 심상치 않음을 느꼈는지 바로 부엌으로 들어갔다.

"아, 휀! 휀이다!"

부엌에 들어서자마자 시에는 반가운 얼굴로 휀에게 달려들었다.그의 어깨에 찰싹 달라붙은 시에는 얼굴을 비비며 응석을 부렸다.

"보고 싶었다, 휀! 시에 많이 컸지? 시에, 말도 많이 늘었다! 더이상 헨이라고 하지 않아!"

시에의 스킨십에 미동도 하지 않던 휀은 물컵을 식탁에 내려놓으며 입을 열었다.

"애완동물에서는 탈피한 것 같군."

"응? 뭐야! 오랜만에 만났는데 그런 말 하면 재미없다, 휀."

휀은 아무 말도 하지 않았다. 하지만 그는 내심 놀라고 있었다. 불과 몇 개월 전에는 대화가 겨우 통할락 말락 했던 시에가 지금은 몰라 보게 성장해 있었다.

"넌 네가 만들어질 때의 상황을 기억하나?"

혹시 무언가 정보를 알아낼 수 있을까 하고 휀은 시에에게 질문을 던졌다. 시에는 몸을 뒤로 날려 의자에 안전하게 착지한 다음 빙긋 미소를 지으며 고개를 저었다.

"응, 확실히 기억나지는 않아. 하지만 날 만들어 준 할아버지 얼굴은 기억난다. 아주 인상 좋은 할아버지였어."

"넌 네가 가진 기능을 전부 알고 있나? 입에서 뿜는 아토믹 레이와 같은 특별한 기능들 말이다."

"기능? 기능이 뭔데?"

시에가 눈을 동그랗게 뜨며 묻자 휀은 슬며시 고개를 흔들며 설명해 주었다.

"먹는 것, 자는 것, 말하는 것 말고 할 수 있는 특별한 행동을 말하는 것이다."

"아아, 그런 거? 시에 아주 많아!"

휀의 말을 이해한 시에는 곧바로 의자에서 몸을 일으키더니 숨을 크게 들이쉬며 말했다.

"시에는 이런 것도 할 줄 알아."

순간 시에의 몸이 크게 흔들리는가 싶더니 곧바로 휀의 눈앞에서 모습을 감추었다. 신기하게도 시에가 입고 있던 옷은 형체를 유지한 채 공중에 두둥실 떠 있었다.

'고성능의 스텔스 기능…… 기도 느껴지지 않는군.'

"후, 또 이것도 있어."

곧바로 모습을 드러낸 시에는 눈을 질끈 감으며 무언가를 하기 위해 애썼다. 순간 휀은 오른쪽 귀에 손을 대며 눈을 움찔거렸다.

'초음파 탐지 기능인가.'

"하, 이건 너무 힘들어. 그리고 이것도 할 수 있어."

시에는 눈을 크게 뜨고 천장을 바라보았다. 그러자 눈에서 마치 영화관의 영사광처럼 희미한 빛이 뿜어 나왔다. 휀은 공중에 상당히 정교한 입체 홀로그램이 떠오른 것을 볼 수 있었다.

'3차원 홀로그램 기능이군. 이로써 수수께끼 중 하나가 풀린 셈인가.'

"하, 여기까지야. 더 있는 것 같지만 그 이상은 모르겠어."

"그 정도면 충분해."

"알았다, 휀. 우웅…… 시에 배고프다."

에너지를 상당히 소모한 듯 시에는 무언가를 바라는 눈으로 휀을 바라보았다. 시에의 모습을 말없이 바라보던 휀은 자신이 마신 컵을 닦아 제자리에 놓으며 말했다.

"따라와."

"웅? 시에한테 뭐 사줄 거야?"

휀은 몸을 돌리며 손가락을 까딱였고 시에는 곧 와 소리를 지르며 휀의 어깨에 매달렸다. 둘이 거실로 나갔을 때 마침 BSP 멤버들의 대화도 끝나 있었다. 그사이 한층 기분이 풀어진 지크는 나가는 휀을 바라보며 힘없이 말했다.

"어이, 대장. 밥 사 줘. 오랜만에 고민했더니 배고파."

휀은 이번에도 손가락으로 대답을 대신했다. 의외의 승낙에 지크는 기분이 좋아진 듯 킥킥 웃으며 훼을 따라 집을 나섰다.

"어라? 어디 가는 거야, 훼? 시에랑 지크도 같이 있는 걸 보니 심상치 않은데?"

막 집으로 돌아오던 사바신과 레디가 아는 체했다. 훼은 그들을 외면하려 했으나 지크의 빠른 입을 막을 수는 없었다.

"대장이 밥 사 준대, 글쎄. 너희도 갈래?"

그 말에 사바신과 레디는 펄쩍 뛰다시피 놀랐다.

"저, 정말이야? 훼 선배가 사주시는 식사를 먹을 수 있다니 이거 정말 영광인데? 감사합니다, 선배님!"

레디는 감격에 겨운 듯 양손을 모아 쥐고 눈을 반짝였다. 사바신도 신이 난 듯 씩 웃었다.

"이야, 역사에 기록될 일이잖아? 고마워, 훼. 아, 대장이라고 해야 하나? 하여튼 빨리 가자고. 우리도 엄청 배고파."

앞장서서 가는 훼의 발걸음이 이상스러울 만큼 무거웠다.

다음 날 오후.

"이봐요, 나타샤 대위님. 화이트 나이트 어디 있는지 아세요?"

지크가 아침부터 건들거리며 묻자, 한창 웨드의 무기들을 점검하던 나타샤는 손가락으로 한 웨드 격납고를 가리키며 대답했다.

"기록에는 오늘 0시 조금 넘어서 저기 38번 격납고로 들어갔다고 되어 있었습니다. 아, 그를 만나면 보급이 필요한지 물어봐 주세요."

"네네."

지크는 손을 흔들며 38번 격납고로 향했다.

격납고 안에 들어서자마자 그는 중앙에 버티고 서 있는 화이트 나이트의 모습을 볼 수 있었다. 화이트 나이트는 정상 크기로 변한 채 모든 기능이 정지되어 있었다. 그 앞에 선 지크는 인상을 쓴 채 턱을 쓰다듬으며 중얼거렸다.

"베히모스처럼 커졌다 작아졌다 하는군. 멀린 할아범이 만든 모든 작품들은 크기가 줄었다 늘었다 하는 게 특징인가? 그건 그렇고…… 이 녀석은 전원이 꺼졌나? 왜 내가 들어왔는데도 아무 말이 없는 거지?"

지크는 머리를 긁적이며 화이트 나이트의 가슴 쪽으로 가볍게 뛰어올랐다. 혹시나 하는 생각에 보통 웨드의 조종석 해치 부위를 손으로 매만져 보던 그는 고개를 갸웃거렸다.

"어라? 이 녀석도 조종석이 존재하잖아? 그럼 같이 크기가 줄었다 늘었다 하는 파일럿이 있단 말인가? 헤헷, 한번 열어 볼까?"

지크는 조종석를 열기 위해 양손으로 화이트 나이트의 조종석 해치를 더듬거렸다. 한참을 확인했는데도 그는 조종석을 열 수 없었다. 결국 그는 한숨을 길게 내쉬며 중얼거렸다.

"쳇! 하긴. 이렇게 쉽게 열렸으면 혼자 돌아다니며 동룡족 함대와 싸우지는 못하겠지. 그건 그렇고 어떻게 하면 열 수 있을까? 힘으로 뜯을 수도 없을 정도로 단단한 녀석인데……. 음성으로 열리나? 열려라 참깨! 헤헷, 설마. 나도 만화를 너무 많이 봤어. 집에 가서 식사나……."

치이익.

"오호…… 열리잖아. 뭐?"

지크는 자신의 눈을 믿을 수 없었다. 말 한마디에 화이트 나이트의 3중 조종석이 열린 것이다.

지크는 인상을 잔뜩 쓴 채 장갑판에 이마를 대며 나지막이 중얼거렸다.

"암호를 이걸로 한 파일럿 녀석의 센스를 이해할 수 없군. 뭐, 좋아. 한번 들어가 보자!"

지크는 침을 꿀꺽 삼키며 화이트 나이트의 조종석 안으로 들어갔다. 의외로 안쪽은 보통의 CDS 웨드와 다를 바 없었다. 자신감이 생긴 지크는 곧바로 좌석에 앉아 앞에 보이는 시동 스위치의 커버를 벗겼다.

"헤헤헷, 분명 파일럿이 있다는 소리군! 좋아. 한번 움직여 보자, 베이비!"

지크는 곧바로 시동 스위치를 눌렀다. 그러자 화이트 나이트의 해치가 닫히며 운전석 주위가 화이트 나이트 바깥의 배경 그대로가 되었다. 지크는 몸의 털이 곤두서는 듯한 화이트 나이트의 시동음에 감격한 듯 고개를 흔들었다.

"우아, 죽이는데? 시동 걸리는 게 보통 웨드하고 비교할 수 없네? 좋아, 이대로 눈을 감으면 콤바인이란 말이지! 음우하핫!"

지크는 곧바로 눈을 감았다. 약간의 두통과 함께 지크의 정신은 화이트 나이트의 CPU와 콤바인되었다. 지크는 천천히 손을 움직여 보았다. 보통의 CDS 웨드도 이 정도로 편하지는 않았다. 보통의 웨드는 움직일 때 몸과 관절이 약간 죄는 느낌이 들었지만 화이트 나이트는 달랐다. 전혀 그런 느낌이 없이 마치 자신의 몸인 것처럼 편안했다.

"우아! 진짜 대단한데! 이거 멀린 할아범 보면 한 대 더 만들어 달라고 해야겠군! 우히힛! 응? 어라?"

순간 지크와 화이트 나이트의 콤바인이 강제 중단됐고, 지크가 머뭇거리는 사이 화이트 나이트의 시동도 꺼지고 말았다. 전원이 완전히 차단된 화이트 나이트의 조종석 내부는 이내 어둠에 휩싸였다.

지크는 멍하니 눈을 깜박이다가 다시 시동을 걸어 보았다.

"빌어먹을 나쁜 생각을 하면 콤바인이 중단되나? 알았어, 알았다고. 만들어 달라는 말 안 할 테니 좀 켜져라, 제발!"

"침입자, 강제 방출."

"응? 뭐라고! 들여보내 준 녀석이 누군데! 어, 우아아악!"

순간 지크의 두뇌에 엄청난 전기 쇼크가 밀려들었다. 지크는 머리를 감싸며 괴로워하다 완전히 의식을 잃고 좌석 밑으로 쓰러지고 말았다. 곧이어 조종석 해치가 천천히 열리더니 누군가의 중얼거림이 들려왔다.

"후, 위험했군……."

"우, 우우욱!"

지크가 의식을 되찾은 것은 격납고 근처 의무실 안이었다. 눈을 뜨자마자 리진과 챠오, 프시케를 본 지크는 침대에서 몸을 벌떡 일으키며 소리쳤다.

"여, 여긴 어디야!"

"어디긴 어디야, 의무실이지. 근데 어쩌다 화이트 나이트의 격납고 바닥에 쓰러져 있었어? 아예 맛이 가 있던데……."

리진이 팔짱을 끼며 묻자 지크는 머리를 긁적이며 생각하다 손가락을 튀기며 말했다.

"마, 맞아! 화이트 나이트에 탑승했다가 그 녀석에게 강제로 쫓겨났어!"

지크를 바라보던 셋의 얼굴은 일순간 흐려졌다. 프시케는 지크의 이마에 손을 대보며 걱정스레 물었다.

"저, 높은 곳에서 떨어지셨나요, 지크 씨?"

"아, 그럴지도…… 이, 이런, 아냐! 난 분명히 탔다고! 단 몇 초였지만 운전도 해 봤어!"

"어떻게 안으로 들어갔는데?"

챠오가 반 농담조로 지크에게 물었다. 지크는 믿어 달라는 듯 양팔을 벌리며 화이트 나이트에게 했던 그대로 말했다.

"어떻게 해도 해치가 열리지 않기에 그냥 장난 삼아 암호 비슷한 걸 말해 봤어. 근데 정말 열리더라고."

그러나 모두의 얼굴은 여전히 흐렸다. 이번에는 리진이 물었다.

"오호, 그러셔? 뭐라고 했는데."

지크는 잠시 머뭇거렸다. 진짜였지만 자기가 생각해도 장난 같았기 때문이다. 그는 자신 없는 목소리로 대답했다.

"여, 열려라 참깨…… 라고……."

순간 셋은 약속이나 한 듯 아무 말 없이 의무실을 나섰다. 당황한 지크는 몸을 날려 그녀들을 붙잡으며 소리쳤다.

"즈, 증명할 테니 가지 마! 증명하면 될 거 아냐! 나라고 매일같이 장난만 치는 줄 알아!"

그래도 셋의 의구심은 풀리지 않았다. 하지만 지크가 장난은 잘 쳐도 거짓말은 하지 않는다는 사실을 알고 있었기에 일단 지크를 따라 화이트 나이트의 격납고로 향했다.

그러나…….

"열려라 참깨! 우씨, 왜 안 열려! 아까는 열렸단 말이야! 우아악!"

지크는 열리지 않는 화이트 나이트의 조종석 앞에서 머리를 쥐어뜯으며 고래고래 소리를 질렀다. 리진은 챠오, 프시케와 함께 격납고를 나서며 나지막이 중얼거렸다.

"두고 가자. 저 인간 말을 믿은 우리가 바보지."

"아니야! 난 결백해!"

"시끄러워!"

격납고에 남은 지크는 홀로 울부짖을 뿐이었다.

"이틀 정도면 전투 부분의 모든 긴급 수리가 다 끝날 것 같습니다. 이제야 한숨 돌릴 수 있겠군요, 휀 님."

"하루가 단축됐군요. 정말 수고 많으셨습니다."

"허헛, 아닙니다. 사바신 님과 레디 님께서 수고해 주신 덕분이죠."

휀과 장로는 제궁 안 정원을 거닐며 수리 상황에 대한 얘기를 나누고 있었다. 드래고니스 전투 기계의 수리가 하루 앞당겨 완료되었다는 사실은 휀에게나 장로에게나 상당히 기쁜 일이었다.

수리에 걸린 시간이 앞당겨진 이유는 전적으로 사바신과 레디의 도움이 있었기 때문이다. 휀과 함께 합류한 그들은 수리와 물자 이동, 파괴 등에서 탁월한 능력을 발휘했다. 사바신이 맡은 물자 이동, 불필요한 부분 파괴는 어지간한 대형 수리함을 능가했고, 레디의 아기자기한 기계 수리 능력은 상당한 실력과 속도를 자랑했다.

"바이칼은 어떻습니까?"

"아, 예……."

휀의 입에서 바이칼의 이야기가 나오자 장로의 얼굴은 금세 흐려졌다. 휀은 한숨을 쉬며 장로에게 벤치에 앉으라고 권한 뒤 자신도 앉으며 말했다.

"저는 지금 바이칼이 할 일을 대신하고 있을 뿐입니다. 그가 진정한 서룡족의 제왕이 되기 위해서는 지금과 같은 상황을 겪어 봐야 한다고 생각합니다. 혹시 또 모르지요. 왕비를 얻는다면 조금 달라질지…….”

장로는 오랜만에 웃음을 지으며 고개를 가로저었다.

“예? 허허헛. 전하는 아직 왕비를 얻으시기에 너무 젊으십니다. 저희 앞에서는 최대한 냉정을 유지하시려고 하지만, 드래고니스 바깥에서는 그저 젊은 용족일 따름이시지요. 아마 1천 년은 더 지나야 하지 않을지…….”

“그래도 언젠가는 왕비를 들여야 하지 않습니까. 미리 봐 두신 여성은 있으십니까?”

“그, 그게 말입니다…….”

장로의 얼굴이 나이에 어울리지 않게 붉어졌다. 속으로 약간 놀랐지만 휀은 그래도 묵묵히 장로의 대답을 기다렸다. 장로는 주위를 둘러보고 아무도 없는 것을 확인한 뒤 입가를 손으로 살짝 가리고 속삭였다.

“그, 그게, 말씀드리기 민망하지만 전하께서…… 이렇게 말씀하신 경우가 있답니다.”

“예?”

휀은 못 들을 것을 들은 사람처럼 황당한 표정을 지었다. 휀의 표정을 본 장로는 더 이상 말을 잇지 못하고 고개를 돌려 버렸다. 휀은 헛기침을 한 뒤 다시 표정을 굳히며 말했다.

“임금님 귀는 당나귀 귀의 경우와 비슷하군요. 하필이면 그런 상황이라니…… 여하튼 마음이 편치 않으시겠습니다, 장로님.”

“그, 그래도 아직 젊으시니 그러시겠지요. 나이가 들면 나아지실 겁니다.”

장로의 고뇌 어린 한숨 소리를 들으며 휀은 조용히 눈을 감았다.

얼마 지나지 않아 장로가 분위기를 바꾸려고 다른 얘기를 꺼냈다.

"아, 어제 지크 님께서 화이트 나이트 내부에 들어가셨다는 말씀을 하시더군요."

휀은 무슨 소리냐는 듯 장로에게 시선을 돌렸다. 장로는 웃으며 말을 이었다.

"허헛, 그러나 아쉽게도 사실무근으로 판명 났습니다. 저도 처음에는 그 말을 듣고 어찌나 놀랐는지…… 만약 파일럿이 있다면 화이트 나이트가 인간과 비슷한 크기로 축소되어 나타났던 일을 설명할 수가 없지 않습니까. 지크 님께서 도대체 무슨 연유로 그런 말씀을 하셨는지 잘 모르겠습니다만……."

그러나 휀은 생각이 다른지 장로의 말이 끝나기 무섭게 자리를 박차고 일어섰다.

"조직검사를 할 수 있겠습니까? 지금 당장!"

"예? 쉽긴 합니다만……."

"검사에 쓸 실험실 위치를 가르쳐 주십시오. 잠시 후 거기서 뵙겠습니다."

"아, 예."

장로에게서 실험실 위치를 들은 휀은 곧바로 제궁 밖으로 뛰어나갔다. 어떤 가능성이 머리에 떠올랐다. 다급한 휀의 제의에 장로는 고개를 저으며 실험실 쪽으로 향했다.

지크의 집에 도착한 휀은 지크와 함께 TV를 보며 과자를 먹고 있는 시에에게 다가갔다. 그는 미안하다는 말도 없이 시에의 머리카락 한 올을 세차게 뽑았다.

"으악! 무슨 짓이야, 휀!"

시에는 몹시 아팠는지 눈물까지 글썽이며 휀을 쏘아보았다. 휀은 시에의 불평은 들을 생각도 않고 머리카락을 손가락으로 둥글 게 뭉치며 말했다.

"지크, 어쩌면 네 말이 맞을지도 모른다."

"음? 무슨 말이야, 대장?"

지크는 눈을 동그랗게 뜨며 휀을 쳐다보았다. 휀은 시에의 머리 를 쓰다듬어 주고 현관 쪽으로 걸어가며 대답했다.

"화이트 나이트에게 파일럿이 존재한다는 것 말이다."

"우, 우아아악! 그만해!"

순간 지크는 머리를 감싸며 괴로워했다. 시에는 겁에 질린 표정 으로, 휀은 표정 변화 없이 지크를 돌아보았다. 그는 소파 위에서 몸을 굴리며 계속 비명을 질렀다.

"아아악! 난 결백해! 결백하단 말이야!"

휀은 별말 없이 밖으로 나갔고, 시에는 계속 괴로워하고 있는 지 크를 신기하다는 듯 바라보고만 있었다.

휀은 조용히 장로의 조직검사와 분석 작업을 지켜보았다. 보호 안경을 착용한 장로의 얼굴 표정은 그다지 밝지 않았다. 장로는 시 에의 머리카락이 담긴 시험관을 휀에게 보여 주며 고개를 설레설 레 저었다.

"후, 처음 보는 조직입니다. 기본적인 구조는 단백질과 같고, 또 성장도 할 수 있는 것으로 추측되지만 분석이 도저히 불가능합니 다. 표본을 뜰 수 없을 정도로 단단히 뭉쳐져 있고, 또 어떤 산성이 나 염기성 액체에도 녹지 않습니다. 아마 시에라는 아이, 머리카락 이 뽑힐 때 상당한 통증을 느꼈을 것 같습니다. 모근의 접착성이 강해서 보통 인간이 머리카락을 뽑힐 때 느끼는 통증과는 차원이 달랐을 겁니다. 과연 멀린 경의 기술은 대단하군요."

"그렇습니까."

휀은 한숨을 지으며 눈을 감았다. 장로는 시험관을 특별히 준비한 케이스에 보관하며 말했다.

"아무래도 아직은 화이트 나이트의 비밀을 알 때가 아닌 것 같습니다. 지금 우리의 수준으로는 상당한 시일이 걸릴 듯하니 차차 밝혀지기를 기다리는 수밖에요."

"알겠습니다. 그럼 화이트 나이트에 대한 것은 일단 접어 두도록 하고, 우선은 뉴델리 공습작전을 검토하죠. 내일 정오에 전룡단장과 웨드 부대의 대장들을 회의실로 소집해 주십시오."

"예, 알겠습니다."

2

태고의 대천사장

이틀 후 드래고니스는 오전 10시를 기해 둘로 천천히 나눠지기 시작했다. 드래고니스는 원래 전투 지역과 주거 지역이 하나로 되어 있었는데 전격전을 대비해 이제부터 전투 지역만 움직이기로 한 것이다. 물론 뉴델리 공습작전이 성공할 때까지 호주에 남을 주거 지역을 위해 대부분의 함대를 남겨 주거 지역이 파괴될 위험은 줄였다. 그렇다 해도 드래고니스를 이등분하는 시도는 실로 위험천만하고 조심스러웠다.

완전히 분리되어 다른 고도로 떠오르는 전투 지역을 보며, 드래고니스 주거 지역의 주민들은 근심스러운 표정을 지었다. 그 주민들 속에 지크의 어머니 레니와 시에, 그리고 라이아도 있었다.

워프 엔진에 에너지가 모이는 동안, 훼은 바이칼 대신 전룡단장 앞에 섰다. 올라갈수록 쌀쌀해지는 공기, 그리고 불어오는 바람. 훼은 바람에 흩날리는 앞머리를 살짝 쓸어 넘기며 전룡단장에게 말했다.

"너희는 무엇을 위해 싸우는가. 서룡족의 명예를 위해? 너희보다 하등한 인간을 위해? 동룡족에 대한 막연한 증오심으로? 그런 생각을 가지고 있는 전룡단들은 즉시 주거 지역으로 돌아가라."

전룡단장들은 아무도 움직이지 않았다. 휀은 다시 말을 이었다.

"이 행성은 신계의 모든 행성 중 가장 중요한 거점이다. 선과 악, 서룡족과 동룡족으로 대표되는 모든 대립 관계의 중립 지역인 것이다. 이 행성이 어느 누구의 손에 들어가게 되면 신계의 균형이 깨지고 세상은 혼돈에 빠지고 만다. 너희는 이제 서룡족만의 군대가 아니다. 저기 계시는 이 행성의 성계신 세이아 님의 친위부대이다. 몇 달 전 너희가 장난으로 외쳐 왔던 그 말, '여신을 위해'라는 말. 이젠 그 말을 위해 목숨을 걸어야 한다. 이제는 용족전쟁이 아니라, 성전이다. 그리 알도록."

휀은 말을 마친 뒤 단상에서 내려왔다. 곧이어 예전에 그렇게 입기 싫어하던 드레스를 입고 화려하게 단장한 세이아가 단상 위로 올라섰다. 전룡단들은 그녀가 단상 위에 올라서자마자 숨을 죽였다. 그녀의 몸에서 은은하게 광채가 뿜어지는 듯했다. 전룡단들이 평소에 봐 온, 시장에서 찬거리를 사던 세이아의 모습이 아니었다.

'역시, 릭은 울고 있군.'

레소드는 옆에 서서 흐느끼고 있는 릭을 보고 속으로 혀를 찼다. 릭이 우는 이유는 간단했다. 세이아의 아름다움 때문이었다.

"아, 죄송합니다. 너무 떨리네요."

그녀는 멋쩍은 듯 얼굴을 살짝 붉히더니 모두에게 웃어 보였다. 하지만 세이아를 바라보는 휀의 표정은 냉랭하기 짝이 없었다.

그녀는 눈을 질끈 감고 용기를 북돋운 다음 곧 신의 공명음으로 모든 전룡단장에게 말했다.

"우선 이 자리에 계시지 않는 가즈 나이트 리오 스나이퍼 님께 감사드립니다. 변변치 못한, 그저 눈먼 시골 여자에 지나지 않던 저를 어느 사이에 신으로 깨어나게 해 주셨으니까요. 물론 제 운명이기도 했지만 그분의 도움이 절대적이었다고 생각합니다. 아니 그분과의 만남도 운명일 수 있겠군요. 이제 저는 그분의 의지를 이어가고자 합니다. 그분께서 스스로를 희생하면서까지 염원했던 모든 분들의 안전과 이 전쟁의 종결을 반드시 제 손으로 이루고 싶습니다."

손수건으로 눈가를 닦던 릭의 손이 멈췄다. 구석진 곳에 서 있던 데스 발키리들도 세이아를 진지하게 응시하고 있었다. 모두의 시선이 모이고 침묵이 흐르는 가운데 세이아는 마지막 말을 이었다.

"우리에게는 당장 아무 소득도 없지만 우리의 아이들에게는 크나큰 문제가 될 전쟁의 종결을 감히 여러분께 부탁드리고자 합니다. 여러분은 혼자가 아닙니다. 옆에 계신 동료 여러분과 가즈 나이트 여러분, 데스 발키리 여러분, 그리고 여러분들의 제왕이신 바이칼 님이 계십니다. 그분들을 믿어 주십시오. 그리고 저 역시 여러분들과 함께할 것입니다."

전룡단들이 감격에 겨워 박수를 칠 찰나 바이칼이 불쑥 단상 위로 올라왔다. 그는 등의 칼집에서 드래곤 슬레이어를 뽑아 하늘 높이 치켜들며 큰 목소리로 소리쳤다.

"중력 닻을 내리고 돛을 올려라! 제룡함, 브리간테스 출항! 전원 제 위치로!"

"오옷!"

바이칼의 신호에 따라 전룡단들은 각 단장을 중심으로 재빨리 흩어져 제 위치로 갔다. 웨드 안에서 그 모습을 보며 조금 후 있을 대전투를 대비하던 웨드 파일럿들은 씩 웃으며 웨드에 시동을 걸었다.

거대 전함 브리간테스의 수십여 개에 달하는 돛이 크게 펴짐과 동시에, 브리간테스 함체는 오색의 빛을 내뿜으며 워프 드라이브를 준비했다. 그 빛을 보며, 드래고니스 주거 지역에 있던 모든 주민들은 두 손을 모아 주신과 자신들의 신 브리간트에게 기도했다. 자신들의 아버지, 남편, 자식, 형제, 친구들의 모습을 다시 볼 수 있게 해 달라며…….

인도의 수도, 뉴델리.

"이봐, 장군들께서 분명 서룡족이 오늘내일 사이에 쳐들어올 거라고 하셨는데 그 오늘내일이 벌써 보름이 지났잖아. 진짜 오긴 오는 걸까? 포기하고 돌아갔다는 소문도 들리던데……."

담배를 문 동룡족 병사 한 명이 지루함을 달랠 겸 동료에게 말을 걸었다. 그의 동료는 창을 바닥에 꽂으며 어깨를 으쓱했다.

"음, 그럼 우리로서야 바랄 게 없겠지. 하여튼 어느 편이 이기든지 간에 빨리 이 전쟁이 끝났으면 좋겠구먼. 밤이면 들리는 인간들의 비명 소리도 듣기 싫고, 바이오 버그 녀석들이 꿈틀대는 소리도 듣기 싫어. 아, 그건 그렇고 서룡족 녀석들, 그 무적이라 불리던 리오 스나이퍼 녀석이 전사한 이후 전력이 많이 상실되긴 했나 봐. 아직까지 조용한 걸 보면 말이야."

뉴델리 외곽에서 습기와 싸우며 보초를 서는 동룡족 병사들에게 낙이라고는 담배와 잡담뿐이었다. 한 달 가까이 아무런 전투가 벌어지지 않아 이곳은 그야말로 평온했다.

다만 밤에는 그렇지 않았다. 근처에 살고 있는 사람들의 끊이지 않는 비명과 총성은 그야말로 아비규환이었다. 그렇게 밤에는 바이오 버그들의 식인제가 계속되고 있었다.

한참 수다를 떨던 두 병사 사이에 역시 무료함을 달래려 담배를 피우던 고참 병사가 끼어든 것은 그때였다.

"이봐, 리오 스나이퍼가 죽었다고 안심해선 안 돼. 모스크바에 주둔했다가 겨우 돌아온 친구한테 들은 얘기인데 그 녀석보다 더 무서운 광황 녀석이 이 세계에 있다고 하더군. 모스크바 전투에서 흘끔 본 것 같다고 하던데……."

"예? 정말입니까?"

한 병사가 눈을 휘둥그렇게 뜨며 놀라자, 다른 한 병사도 뭔가 들은 것이 있는지 고개를 끄덕이며 말했다.

"아, 나도 비슷한 얘기를 들은 것 같아. 한 달 전인가 중동 어떤 지역에 소 잡는 칼처럼 생긴 대검을 든 회색 피부의 미치광이가 기동함대를 두 채나 부수고 함선 외벽에 병사들의 내장을 붙여 놓았다는 소문이 있었어. 내가 알기로 기동함대를 두 채나 부술 정도로 강한 회색 피부의 미치광이는 바이론이라는 가즈 나이트뿐이거든. 아무래도 이 세계에 알게 모르게 가즈 나이트가 많은 것 같아."

부스럭. 그때 근처 폐허에서 갑자기 소리가 들려왔다. 한참 얘기를 나누던 병사들은 흠칫 놀라며 그쪽으로 시선을 돌렸다.

"뭐, 뭐지?"

"괘, 괜히 겁내지 마. 짐승일 수도 있잖아."

무엇일까 생각하며 긴장하고 있을 때 한 사나이가 부서진 담벼락을 돌아 병사들 앞에 나타났다.

"크큭, 들켜 버렸나?"

동룡족 병사들은 그 남자의 엄청난 덩치에 움찔하며 무기를 빼들었다. 허름한 검은 코트에 검은 모자를 깊이 눌러쓴 그 남자는 모자 밑 음영에서 붉은색 안광을 뿜어내며 씩 미소 지었다. 병사들은 순간 몸이 굳어 옴짝달싹 못 하고 숨을 죽였다. 그 정체불명의 남자는 곧 굵디굵은 목소리로 말했다.

"크크큭…… 진실을 가르쳐 주기 위해 왔지. 아무리 나라 해도 병사들 내장을 함선 외벽에 붙여 놓을 정도로 미친 짓은 안 해. 나는 뇌수를 발라 놓은 기억밖에 없단 말이다. 크크크크큭."

"으, 으아악!"

병사들은 순간 도망치기 위해 몸을 돌린 뒤 임시로 마련된 바리케이드 뒤로 숨었다. 검은 복장의 사나이는 자신의 모자와 코트를 벗어 바닥에 내던진 뒤, 등에 찬 거대한 대검을 뽑으며 바리케이드 뒤에 있는 병사들을 향해 나지막이 중얼거렸다.

"크크큭…… 진실을 안 대가는 죽음이다!"

"장군님! 제3방어선이 돌파되었습니다! 제4방어선에서 긴급 지원 요청을 하고 있습니다! 아, 장군님! 제4방어선 전멸입니다! 적의 정체는 여전히 판별 불능입니다!"

뉴델리 방위 책임자인 동룡족 장군 서열 2위의 븐돌은 입을 벌린 채 병사들의 보고를 그저 듣고만 있었다. 동룡족과 바이오 버그의 뉴델리 방위선이 단 10여 분 만에 4단계까지, 그것도 단 한 사람에게 처절할 정도로 파괴당하고 있었다.

10분 전, 침입자에 대한 최초 보고를 받았을 때 븐돌이 내린 명령은 아주 간단했다.

"단 한 명? 그럼 재빨리 처리한 후, 서룡족의 습격에 계속 대비하라."

그러나 뉴델리 방어선에 대한 정면 돌파를 택한 겁없는 마인은 단 10분 만에 제4방어선까지 무너뜨리고 또 븐돌의 이성마저 거의 무너뜨리고 말았다. 동룡족 장군 중에 가장 확실한 일 처리 능력을 가지고 있다고 자부해 온 븐돌의 얼굴은 질릴 대로 질려 있었다.

"이, 이건 꿈이야! 그냥 깨어나면 끝나는 악몽이야!"

넋이 나간 븐돌의 중얼거림은 병사들의 사기를 더욱 떨어뜨릴 뿐이었다.

"크크큭, 멋지게 한 번 이기고 나니 배가 불렀나? 왜 이리 힘이 없나, 동룡족 병사들이여. 크하하하핫!"

바이론과 맞서고 있는 병사들은 도저히 대답할 기운이 없었다. 자신들의 마법도 바이오 버그도 기계병도 아랑곳하지 않고 무지막지하게 제5방어선까지 쳐들어온 괴물 같은 침입자에게 그들은 대항할 생각조차 할 수 없었다.

"도대체 뭘 하는 거냐, 동룡족 병사들이여! 저런 원시인 같은 녀석에게 계속 명예를 훼손당할 생각인가!"

그때 5방어선을 책임진 장군 한 명이 병사들을 밀치며 패기 있게 달려 나왔다. 장군으로 임명된 지 3개월도 안 된 그의 용기 있는 행동에 웬만큼 나이 있는 고참 병사들은 눈을 감으며 시선을 돌렸다.

"그 자리에 멈춰라, 침입자여! 내가 너를 상대해 주겠다! 나, 동룡족 장군 서열 195위의……."

퍽.

그가 막 이름을 밝히려는 순간, 다크 팔시온의 일격이 정수리부터 사타구니까지 붉은 일직선을 그었다. 그의 몸이 양쪽으로 갈라짐과 동시에 바이론은 입가에 튄 피를 혀로 핥으며 광기 어린 미소를 지었다.

"크큭, 이름을 못 들어서 유감이군. 하지만 나도 이름을 밝히지 않았으니 공평하겠지. 크크크큭."

그의 육중한 발이 앞으로 옮겨지자, 제5방어선을 유지하던 동룡족 병사들은 쫓기는 동물들처럼 비명을 지르며 제각기 제6방어선으로 도망치기 시작했다.

"비켜라, 동룡족들이여."

병사들은 그 와중에 머리 위에서 들려온 또 다른 목소리에 움찔하며 주위를 둘러보았다. 순간 누군가 엄청난 속도로 동룡족 병사들과 회색 피부의 침입자 사이에 섰다. 갑자기 나타난 그 존재는 네 장의 백색 날개를 조심스레 접으며 바이론을 응시했다.

"누구인지는 모르겠지만 나를 도와준 존재들을 괴롭히는 것은 용서할 수 없다. 조용히 사라지거라, 강한 인간이여."

바이론은 투창을 들고 서 있는 존재, 천사를 보며 당황한 듯 앞머리를 움켜쥐고 잠시 주춤했다. 그러나 이내 여유를 되찾고는 쓸쓸히 웃으며 중얼거렸다.

"크큭, 임무에 실패하니 별게 다 들러붙는군. 지구 탄생 직후부터 유프라테스 강 밑바닥에만 처박혀 있던 주제에 오랜만에 깨어나니 눈에 보이는 게 없는 모양이지? 나보고 강한 인간이라고? 크큭, 크하하핫! 죽어랏!"

천사는 아무 말 없이 자신의 투창을 세워 방어 자세를 취했다. 바이론은 원시적인 살기와 광기를 흩뿌리며 천사를 향해 달려들었다. 다크 팔시온이 무서울 정도의 암흑투기를 내뿜었다.

"음?"

금빛이 흐르는 천사의 얇은 눈썹이 순간 꿈틀댔다. 그가 상상했던 것 이상의 살기와 암흑의 기운이 자신을 향해 달려오는 '강한 인간'에게서 느껴진 것이다. 그는 막기보다는 피하는 게 더 낫겠다는 판단을 내렸으나 이미 다크 팔시온의 날은 코앞에 있었다.

"피하려고? 크큭, 내가 죽으라면 죽는 거다!"

"허억!"

바이론의 일격이 투창에 내리꽂히는 순간, 천사는 큰 충격을 받고 뒤로 죽 밀려나 버렸다. 혹시나 하며 기대하고 있던 동룡족 병사들은 결국 제6방어선을 향해 다시 도망쳤다.

후퇴하는 동룡족 병사들에게 이미 관심을 잃은 바이론은 멀찌감치 나가떨어진 천사에게 다가갔다. 그러고는 천사의 머리채를 잡아 들어 올리며 조용히 물었다.

"너희 동료, 얼마나 튀어나왔고, 어느 정도 활동하고 있나? 너희 때문에 주신께 문책받기 직전이라 화가 좀 난 상태이니, 어서 대답하시지."

주신이란 말에 천사의 눈이 휘둥그레졌다.

"주신? 그, 그랬군. 소문으로만 들었던 주신의 직속부대 계획이 우리가 없는 동안 완결된 건가. 그래서 이렇게 강한…… 큭!"

순간 바이론의 다크 팔시온이 천사의 복부를 꿰뚫었다. 원래대로라면 다크 팔시온의 암흑투기에 천사의 몸이 녹아내려야 마땅하겠지만, 바이론은 일부러 다크 팔시온의 암흑투기 배출량을 영으로 조절해 놓았다. 그는 미소를 지으며 다시 물었다.

"크크큭, 묻는 말에나 대답하시지. 안 그러면 이 검의 암흑투기가 너를 곤죽으로 만들 테니까. 암흑투기가 천사들에게 얼마나 해로운지는 천사인 네가 더 잘 알겠지, 크크크크큭."

천사는 치욕감에 입술을 깨물었다. 하지만 알려져도 크게 문제

될 것이 없는 내용이었기에 그는 간단히 대답했다.

"메타트론 님을 포함해 아직은 수백에 불과하다. 그건 그렇고 의외로군. 주신의 다크 팔시온을 사용할 정도로 더럽혀진 마음을 가진 인간이 있을 줄이야. 욱!"

갑자기 가해진 바이론의 악력에 의해 머리가 으깨진 천사는 곧바로 광혈(光血) 덩어리로 변해 바닥에 흩뿌려졌다. 답변 뒤에 덧붙인 쓸데없는 양념이 그를 자극한 모양이었다.

바이론은 손에 묻은 광혈을 털어 버리며 제6방어선 쪽으로 시선을 돌렸다.

"원대(元代) 천사장 메타트론이라. 하긴 그 정도 스릴이 있어야 일할 맛이 나지. 크크크큭! 음?"

제6방어선을 향해 걸어가던 바이론은 순간 자신의 머리 위에서 강한 중력 반응을 느끼고 천천히 하늘로 시선을 돌렸다. 하늘의 모습이 중력의 일그러짐에 의해 마치 거대한 유리 조각이 떠 있는 것처럼 변했다가, 육안으로는 분별할 수 없는 빛이 순간적으로 번쩍하더니 곧 제 모습을 갖추었다. 그 물체를 확인한 바이론은 피식 웃으며 중얼거렸다.

"크크큭, 브리간테스 아닌가? 하긴 전력이 완전 분산된 상태에서 서룡족이 동원할 수 있는 최고의 병기는 브리간테스뿐이겠지. 어쨌거나 저걸 동원할 멍청이는 나와 그 녀석밖에 없는데……. 그럼 녀석도 임무에 실패한 건가? 크크큭!"

바이론은 쓰린 미소를 지은 채 고개를 흔들었다.

뭐, 뭐야? 벌써 절반 이하가 엉망이잖아? 난 도착하자마자 공격당할 줄 알았는데?"

워프 직후 쏟아질 대공포화에 잔뜩 긴장하고 있던 지크는 아래에서 벌어진 처참한 상황을 믿을 수 없었다. 물론 믿을 수 없기는 다른 모든 사람들도 마찬가지였다.

단, 휀만은 지그시 눈을 감으며 중얼거렸다.

"그도 결국엔 실패했군. 귀찮은 짐이 하나 더 늘어난 셈인가."

옆에서 언뜻 그 말을 들은 바이칼은 휀을 흘끔 쳐다봤으나 더 이상의 정보를 얻을 수는 없었다. 그의 시선에 구애받지 않고 휀은 여전히 무표정한 얼굴로 지시를 내렸다.

"웨드 부대 낙하. 단, 제5방어선에 있는 남자는 아군이니 절대 건드리지 말도록."

지시를 내린 휀은 자리에서 일어나 장로와 바이칼에게 뒷수습을 맡기고 사령실을 나섰다. 그의 그런 행동을 이상하게 생각한 바이칼은 곧바로 오퍼레이터에게 지시를 내렸다.

"제5방어선을 확대해 비춰 보도록. 뭔가 있는 것 같던데……."

"예."

오퍼레이터는 능숙한 솜씨로 카메라를 움직여 어렵지 않게 바이칼이 말한 그 남자를 찾아 비췄다.

제5방위선에 홀로 서 있는 남자의 모습이 스크린에 확대되어 비치자, 바이칼은 인상을 구기며 장로에게 물었다.

"저 미치광이도 받아들여야 하오?"

"전하, 바이론 님은 좋은 분이옵니다. 음? 아, 아니 저것은!"

모니터에 비친 바이론의 모습을 보던 장로는 그 옆에 흩뿌려진 빛 덩이를 보고 경악을 금치 못했다. 귀찮은 듯 딴전을 피우던 바이칼 역시 장로가 놀라는 소리에 움찔하며 다시금 모니터로 시선을 돌렸다.

"저건 천사의 광혈 아니오?"

바이칼은 장로에게 확인하듯 물었다.

"그, 그렇습니다만 어째서 광혈이 저기에 묻어 있는지 모르겠습니다. 혹시 선신계에서 개입한 것은 아닌지! 만약 개입했다면 일은 걷잡을 수 없이 커지게 되옵니다!"

영문을 몰라 어리둥절해 있는 바이칼에게 장로가 천천히 설명했다. 서룡족과 동룡족이 만들어 온 갈등의 역사 훨씬 이전부터 더욱 처절하게 이어져 내려온 것이 바로 선신계와 악신계의 대립이었다. 비록 주신이 표면에 나선 이후 두 세력의 직접 대결은 거의 사라졌지만, 만약 두 세력 중 어느 한쪽이 끼어들게 되면 다른 한쪽 역시 개입할 것이 뻔했다. 한마디로 또 한 번의 아마겟돈이 초래되는 것이다.

오랜만에 진지한 표정을 지은 바이칼은 즉시 장로에게 말했다.

"알아봐 주시오. 역사서를 비롯해 이 행성과 관련 있는 모든 서적과 자료를 조사해 이 행성이 선신계와 무슨 관련이 있는지 밝혀 주시오."

"예, 알겠사옵니다, 전하!"

장로는 옆에 놓인 컴퓨터의 자판을 재빨리 두드려 나갔다.

그때 오퍼레이터의 긴장된 목소리가 바이칼의 청각을 자극했다.

"전하, 전방 9킬로미터 거리에서 1억 3천 메가와트급 에너지 반응이 나타났습니다!"

"뭐라고!"

바이칼은 마치 용수철이 튀어오르듯 의자를 박차고 일어났다. 오퍼레이터가 밝힌 에너지 양은 브리간테스에게 치명타를 입히고도 남을 정도의 엄청난 것이었다.

곧이어 다른 오퍼레이터의 목소리가 뒤따랐다.

"에너지 성질, 고위 신성력(神聖力)! '바운드 캐논'과 98퍼센트의 일치를 보입니다! 위험합니다!"

거기까지 들은 바이칼은 곧장 큰 목소리로 주포 사수에게 소리쳤다.

"주포로 밀어 버려! 진짜 바운드 캐논이라면 방법은 그것뿐이다!"

"불가능합니다! 상대방은 에너지 충전이 이미 끝난 상태입니다! 아, 발사됐습니다!"

"젠장, 결계의 에너지를 전방에 집중해 피해를 최소화하라! 전원 충격에 대비하라!"

"전하, 화이트 나이트입니다!"

사방에서 쉴 새 없이 들어온 보고가 상황이 얼마나 급박한지 말해 주고 있었다. 결계 조절을 맡은 선원을 제외한 모두가 전방 모니터에 시선을 집중했다.

화이트 나이트가 엄청난 속도로 다가오고 있는 백색의 빛을 막기 위해 브리간테스 앞을 막아섰다. 등에 있던 두 개의 대형 라이플을 양손에 옮겨 쥔 화이트 나이트는 곧바로 오른손에 들린 라이플을 앞으로 뻗어 방아쇠를 당겼다.

이윽고 라이플의 끝에서 비정상적인 크기로 부풀어 뻗어 나가는 빛 덩이를 본 바이칼은 즉시 다음 지시를 내렸다.

"전 웨드 부대는 에너지 폭풍에 대비하라!"

바이칼의 지시가 떨어짐과 동시에 화이트 나이트의 하이드로 레이저와 바운드 캐논, 두 개의 거대한 빛이 브리간테스의 전방 8백여 미터 앞에서 충돌했다. 곧 그 충돌 지점에서 거대한 에너지의 파동이 사방으로 뻗어 나갔고, 그 여파로 인해 브리간테스에서 낙하하던 웨드 중 일부가 그 파동에 휩쓸려 뒤로 날아가 버리기는 했지만 다행히 큰 피해는 없었다.

에너지 폭풍에 의해 크게 흔들린 브리간테스의 사령실 역시 몇몇 오퍼레이터들이 중심을 잃고 의자에서 떨어지긴 했지만 별다른 피해는 없었다.

팔걸이를 잡고 겨우 몸을 버틴 바이칼은 옆에 쓰러져 있는 장로를 손수 일으켜 주고 한숨을 길게 쉬며 중얼거렸다.

"후, 저 녀석, 도대체 무슨 괴물이지? 주포와 같은 파괴력의 대구경 라이플을 쏜다는 소문은 익히 들었지만, 설마 진짜일 줄은……."

바이칼의 시선이 화이트 나이트의 뒷모습을 비춘 모니터에 고정된 것을 본 장로는 의자에 앉으며 허탈한 웃음을 지었다.

"허헛, 어쨌거나 다행이군요. 하마터면 개시하기도 전에 크게 당할 뻔했으니 말입니다. 화이트 나이트를 보내 준 멀린 경에게 정말 감사해야겠습니다. 전하."

"음……."

짧은 시간 동안 여러 번 긴장했던 탓인지 바이칼은 의자에 깊숙이 눌러앉으며 한숨을 쉬었다. 하지만 그의 시선만은 여전히 화이트 나이트에게 집중되어 있었다. 여전히 그 석연치 않은 느낌이 머리에서 떠나지 않고 있었다.

한편 에너지 폭풍이 전장을 휩쓸었는데도 휀과 바이론은 나란히 서서 하늘을 바라보고 있었다. 소란이 가라앉고 다시 대열을 정비한 웨드 부대가 앞으로 가는 광경을 보며 휀은 바이론에게 나지막이 물었다.

"선신계에서 이 일로 시비를 걸지는 않겠지."

"크큭, 그럴 거다. 어차피 그 녀석들이 우리에게 부탁했으니까 말이야. 시비를 거는 쪽은 악신계겠지. 아롤이 휴면에 빠진 지금 녀석들은 세력 문제로 날카로워져 있으니까. 그건 그렇고…… 크크큭, 저 바운드 캐논을 막아 낸 괴물 장난감은 또 뭐지?"

휀은 가볍게 대답했다.

"멀린 경이 만든 가즈 나이트급 장난감이다. 그건 지금 중요하지 않으니 넌 앞서간 부대를 지원해 주도록 해. 만약 메타트론 녀석이 있다면 막아 낼 수 있는 것은 나와 너뿐이니까. 일단 현재로서는."

바이론은 그 말이 이상하게 들렸는지 휀을 흘끔 보며 물었다.

"리오 녀석은?"

"죽었다. 정확히 말하면 드래고니스를 퇴각시킨 후 실종되었다. 그러나 어디에서도 녀석의 영혼을 찾을 수 없었다. 데스 발키리와 관련된 것 같지만 일단 나타나지 않으니 죽었다 보는 게 옳겠지."

"오호, 그래? 크크큭, 시비 걸 녀석이 없어져서 심심하겠군."

바이론은 곧 볼일이 없다는 듯 다크 팔시온을 거머쥐며 앞으로 전진했다. 역시 브리간테스 쪽으로 돌아가려던 휀이 마지막으로 그에게 말했다.

"리오가 완전히 사라졌다고 단정 지을 수도 없다. 아마 그가 사라진 건 당분간이라고 봐도 될 것이다. 이유는 모르겠지만."

"쿠후, 쓸데없이 말꼬리를 잡고 늘어지는군. 방해되니 어서 꺼져라. 크크크크큭."

바이론은 다시금 전방으로 뛰어갔다. 휀은 조용히 몸을 띄워 브리간테스 쪽으로 향했다.

브리간테스에서 호위 지시를 받은 화이트 나이트는 곧바로 브리간테스의 마스트에서 벗어나 빛과 함께 인간의 크기로 축소되어

갑판에 내려앉았다. 가까운 갑판에서 세이아가 양손을 모은 채 눈을 감고 모든 이들의 무운을 빌고 있었다. 신이 신에게 기도를 올리는 모습이 신기해서일까, 화이트 나이트는 곧바로 세이아에게 다가가 말했다.

"갑판은 위험합니다, 세이아 님. 안으로 들어가시지요."

"아, 고맙습니다, 화이트 나이트. 하지만 전투에 참가하지 못하는 제가 할 수 있는 일은 기도뿐인걸요. 별 도움이 안 되겠지만, 이렇게라도 하지 않으면 마음이 편치 않답니다."

세이아는 빙긋 웃으며 그를 바라보았다. 잠시 동안 그녀를 바라보던 화이트 나이트는 뒤돌아서서 부스터를 전개하여 다른 곳으로 가려 했다.

그때 세이아의 한마디가 그를 불러 세웠다.

"리오 님과 만났을 당시 저는 눈이 보이지 않았답니다. 그분과는 눈이 아닌 마음으로 처음 만났지요."

"……"

"그분이 영원 불멸의 존재라는 것을 알기 전, 저는 그분과 가까이 있지 못할 때도 사실 기분이 좋았답니다. 저승이라는 곳이 있다면 그곳에서 꼭 그분을 다시 볼 수 있다는 믿음 때문이었지요. 하지만 이젠 그럴 수도 없답니다. 신이 된 이후 저는 저승이라는 세계와 동떨어진 존재가 됐고, 언젠가는 그분을 떠나보내야 하는 처지가 되었으니까요. 나중에 그분을 다시 뵙게 되면 꼭 고백하고 싶은 것이 있답니다. 여태껏 그런 고백을 해 본 적이 한 번도 없어서 차마 말씀을 드리지 못했죠."

"왜 그런 말씀을 저에게 하십니까?"

화이트 나이트의 차갑기만 한 반응에도 세이아는 밝게 웃으며 대답했다.

"이상하게도 화이트 나이트 님에겐 이런 말씀을 드리고 싶어지네요. 호홋, 전 바보일지도 모르겠어요."

시원한 바람이 불어왔다. 바람에 흔들리는 세이아의 머리칼과 치맛자락, 그리고 그녀를 돌아보는 화이트 나이트의 육중한 모습은 차디찬 갑판 위에 그려진 수채화와도 같았다.

특수 렌즈와 카메라로 이루어진 눈이긴 했지만 그 순간만큼은 화이트 나이트의 눈도 무언가를 말하는 것 같았다. 세이아는 다시 양손을 모으며 말했다.

"화이트 나이트 님 역시 혼자가 아니랍니다. 기억해 주세요."

화이트 나이트는 아무 말 없이 곧바로 부스터를 전개해 하늘로 날아올랐다. 세이아는 다시금 눈을 감았다.

웨드 부대와 바이오 버그, 기계들과의 전투는 시간이 갈수록 점점 더 치열해졌다. 하지만 지상의 전장에서 바이론을 찾아볼 수는 없었다. 한참을 싸우다가 탄환과 에너지를 보급받기 위해 후방으로 빠진 티베와 마티는 하늘을 올려다보며 잠깐 대화를 나누었다.

"저 회색 아저씨는 언제 봐도 무섭지 않니?"

티베의 말에 마티의 웨드가 고개를 끄덕였다.

"아군인 게 다행이지."

그녀들의 말대로 바이론은 하늘에서 천사들과 치열한 육탄전을 벌이고 있었다. 사실 지난번 바운드 캐논이 한 발 발사된 이후 추가로 발사되지 않는 것도 순전히 바이론 덕분이었다. 그가 천사들을 바운드 캐논 사정 범위 내로 끌어들여 싸우는 탓에 천사들은 섭사리 바운드 캐논을 사용할 수 없었던 것이다.

"크하하핫! 죽어랏!"

다크 팔시온으로 한 천사의 몸을 꿰뚫은 바이론은 그대로 다른 천사들에게 돌진했고, 다른 몇몇의 천사마저 꼬치구이 재료처럼 연속으로 꿰어 버렸다. 그는 즉시 다크 팔시온을 뽑아 앞에 뭉쳐진 천사들을 일격에 양단했다.

천사들의 양분된 몸은 곧바로 광혈이 되어 사방으로 흩뿌렸고, 바이론의 몸에도 상당량 떨어졌다. 바이론은 얼굴에 묻은 광혈을 손등으로 닦아 내며 크게 웃었다.

"크하하핫! 얼마 만인가, 천사를 베는 느낌이! 너무 부드러워서 소름이 돋을 정도구나! 크크큭, 크하하하핫!"

천사들의 광혈을 우람한 근육질 위에 뒤집어쓴 채 광소를 터트리고 있는 바이론의 모습은 살아남은 천사들에게 공포감을 안겨 주기에 충분했다.

"네 녀석, 살생을 멈춰라! 신께서 너를 용서치 않을 것이다!"

한 천사가 창으로 바이론을 가리키며 소리치자, 바이론은 왼손에 암흑투기를 모으며 그 천사를 쏘아봤다.

"오호, 신께서? 나를 용서치 않을 거라고? 크하하하핫! 어디 한 번 그 신을 데려와 봐라! 내가 없애 버리겠다.!"

순간 바이론의 왼손에 응축되었던 암흑투기가 크게 분출했고 그 투기는 다섯 개의 머리를 가진 흑룡의 모습으로 변해 단숨에 전방에 있던 천사들을 집어삼켰다. 일정 수준을 넘어선 암흑투기 앞에서 형체가 뭉그러지는 천사들에게는 극약과도 같은 기술, 오대명룡포였다.

바이론은 자신이 만든 흑룡에게 물리고 뜯겨서 으깨지는 천사의 모습을 쳐다보며 더욱 크게 웃었다.

"크크크큭. 선신계에서도 잊혀진 천사 주제에 감히 신을 논하다니, 하도 오랫동안 강바닥에 잠겨 있어서 뇌에 물이라도 들어갔나! 크하하하핫!"

한참 바이론이 웃고 있을 때, 후방에 있던 천사 두 명이 한동안 응축했던 에너지를 라이플에 담아 단숨에 발사했다. 두 개의 빛줄기는 엄청난 속도로 바이론을 향해 돌진했다.

"버릇없는 것들!"

빛이 직격하는 순간, 바이론은 몸을 돌리며 다크 팔시온으로 두 줄기의 광선을 쳐냈다. 다크 팔시온이 가지고 있는 중력 제어 능력에 의해 두 빛줄기는 마찰광을 뿜으며 위로 튕겨 올라갔다. 공격 수단을 잃어버린 두 천사는 필사적으로 도망치려 했으나, 사천사(射天使)들의 느린 날갯짓으로 바이론의 손을 피한다는 것은 애초에 무리였다.

"크하하하핫! 죽는 거다!"

"으, 으아악!"

천사들은 새된 비명 소리와 함께 광혈로 변해 사라졌다.

"가즈 나이트?"

동룡족의 작전사령실에서 모니터로 바이론의 모습을 보고 있던 천사 메타트론은 끼고 있던 선글라스를 벗으며 나직이 중얼거렸다. 그의 옆에 서 있는 까까머리 노인 와카루 박사는 특유의 느글느글한 미소를 지으며 고개를 끄덕였다.

"그렇소. 주신이란 분이 만들어 낸 신계 최고의 전사들이라고 하더이다. 그리고 인간적으로 너무 강한 젊은이들이오. 그래서 도움을 받을까 해서 당신들을 오랜 잠에서 깨운 것인데, 이거 결과를 보니 너무 실망스럽구려. 허허허헛."

메타트론의 은색 눈썹이 살짝 꿈틀거렸다. 와카루의 말투와 웃음소리는 그의 높디높은 자존심을 자극하기에 충분했다. 가까스로 화를 억누른 그는 누군가에게 묻듯 중얼거렸다.

"미카엘은 어떻게 된 것인가. 저런 건달패들에게 신계 최강의 자리를 내주다니. 디바인 크루세이더의 명예는 어떻게 된 것인가!"

그러자 신계의 일에 해박한 븐돌 장군이 설명했다.

"말씀드리기 좀 그렇지만, 미카엘 님은 8백여 년 전에 행방불명되셨습니다. 항간의 소문에 의하면 가즈 나이트 중 최강이라는 휀 라디언트에게 패한 뒤 종적을 감추었다는데……."

"뭐라고! 그럼 후대 천사장은 누구인가!"

"예? 예…… 벨제뷰트라 하는 젊은 천사입니다만……."

"벨제뷰트? 그런 이름도 없는 가문의 꼬마가 대천사장직을 맡았다고! 선신께서는 도대체 어떤 생각으로 그런 결정을 내리신 건가! 뭐, 좋아. 어차피 임무가 끝나는 대로 대천사장 자리는 다시 나에게 돌아올 테니 별 문제는 없겠지. 어쨌든 가즈 나이트라는 자들의 힘은 잘 봤소. 저런 정도로 신계 최고라는 말을 하다니 신계도 오랫동안 많이 약해졌……."

"으악!"

순간 사령실의 유리가 깨지며 누군가 거칠게 침입해 왔다. 침입자는 즉시 거대한 대검을 휘둘러 주위의 오퍼레이터들을 제거해 주위를 피바다로 만들었다. 몸에 온통 피를 뒤집어쓴 그는 거칠게 숨을 몰아쉬며 메타트론과 와카루, 그리고 동룡족 장군 븐돌을 쏘아보았다.

"크크큭…… 거기 있는 천사 녀석이 메타트론이겠군. 그건 그렇고 오랜만인데 와카루? 못 본 사이 더 늙었군. 크큭…….”

“허헛, 세월은 속일 수 없소이다. 하여튼 오랜만이오, 바이론.”

와카루는 뒷짐을 진 채 여유 있게 인사했다. 한편 메타트론은 별로 탐탁지 않은 표정으로 자신의 창을 힘 있게 쥐며 바이론에게 물었다.

“네가 가즈 나이트인가? 예상외로 빨리도 왔군. 단순한 광인인 주제에, 뭐? 신계 최고의 전사? 훗, 우습군. 내가 없는 동안 신계도 많이 형편없어졌군.”

자신을 무시하는 듯한 메타트론의 말투에 바이론도 질세라 비꼬듯이 대꾸했다.

“크큭, 뇌에 강물이 들어간 천사보다는 단순한 광인이 더 낫지. 크크큭.”

험악한 대화가 오간 뒤 둘 사이에 팽팽한 긴장감이 흘렀다. 결국 메타트론은 바깥쪽으로 고개를 돌리며 나직이 말했다.

“나와라.”

“원하는 대로…… 죽어랏!”

순간 바이론은 메타트론의 안쪽을 파고들며 다크 팔시온을 휘둘렀다. 기습 공격을 창으로 겨우 방어한 메타트론은 바이론의 힘에 못 이겨 결국 한쪽 벽면과 함께 밖으로 튕겨 나가고 말았다. 둘은 곧바로 공중에서 대격돌을 했다.

그 광경을 잠시 구경하던 와카루는 그제야 뒷짐을 풀며 븐돌에게 말했다.

“허헛, 예상외로 잘 싸우는구먼. 자, 우리는 나갑시다.”

“예? 무, 무슨 소리요, 와카루 박사! 아직 전투는 끝나지 않았소!”

븐돌이 따지고 들자 와카루는 빙긋 웃으며 그에게 현재 상황을 설명해 주었다.

"전력을 비교해 보시오. 저쪽이 배가 넘는 데다 가즈 나이트가 한 명도 아니고 여러 명, 게다가 저쪽 기함 성능을 보아 여기 있는 전함을 모두 끌어모아도 질 게 뻔하지 않소. 난 불가능이란 단어가 없는 엉터리 사전 따위는 가지고 있지 않으니, 일단 후퇴합시다."

"하, 하지만 이곳을 포기하면 4대 용왕의 함대가 이 세계 안으로 들어오고 마는데, 어떻게 쉽게 놔준단 말이오!"

"우리도 원(元) 디바인 크루세이더라는 증원군이 생길 텐데 뭐가 걱정이오. 자, 어서 갑시다."

븐돌은 너무나도 태연한 와카루의 반응에 아연실색할 수밖에 없었다.

"적들이 후퇴하기 시작했습니다! 지시를 내려 주십시오!"

몇 시간 동안 쉴 새 없이 전투가 지속되어 모두 지쳐 갈 즈음, 오퍼레이터가 반가운 소식을 전해 왔다. 곧 바이칼은 주저 없이 팔을 뻗으며 지시를 내렸다.

"적들을 추격하라! 한 놈도 남기지 말고 모조리…… 읍!"

"작전 변경. 전원에게 방어 경계령을 내리고, 각자 위치를 지키도록 지시하라."

"예?"

휀이 갑자기 바이칼의 입을 틀어막고 지시를 내리자, 오퍼레이터는 잠시 둘을 바라보다가 곧 휀의 말에 따라 전 부대에 지시를 내렸다. 또 한 번 자존심이 긁힌 바이칼은 휀의 손을 거칠게 밀치고 항의했다.

"이봐! 서룡족의 왕은 네가 아니고 나다! 이젠 작전 지시까지 내 마음대로 못 한다는 말인가!"

"그럼 다시 작전 지시를 내리도록 해. 대신 지금의 전투를 단순한 복수극으로 만들지는 말도록. 네 말대로 너 자신이 서룡족의 제왕이라면 말이다."

"큭!"

휀은 다시 전투 상황으로 시선을 돌렸다. 포커페이스의 휀을 매섭게 쏘아보던 바이칼은 결국 눈을 질끈 감고 말았다. 물론 그는 아무런 지시도 내리지 않았다.

수십 합에 걸쳐 검과 창을 맞대던 바이론과 메타트론. 둘은 서로 약속이나 한 듯 숨을 헐떡거렸다. 바이론의 얼굴에는 변함없이 광기 어린 미소가 흐르고 있었지만 그는 속으로 내심 놀라고 있었다. 자신과 다크 팔시온에서 쉴 새 없이 뿜어 나오는 암흑투기를 정면으로 상당 시간 동안 받으면서도 전혀 지친 기색을 보이지 않는 천사와 맞닥뜨리기는 난생처음이었다.

물론 놀라기는 메타트론도 마찬가지였다. 자신이 신계를 떠나 이 행성에서 오랫동안 잠들기 전에는, 자신과 대적할 상대가 신과 악마왕 이외에 거의 존재하지 않았다. 그러나 수억 년이 지난 지금, 그의 앞에 가즈 나이트라는 강한 존재가 나타난 것이었다.

"지금 현재의 네 힘은 원래 힘의 어느 정도인가."

메타트론이 창을 거두며 묻자 바이론은 다크 팔시온의 끝을 내리며 정직하게 말했다. 어차피 신계에 관계된 사람이라면 가즈 나이트들의 힘 배율은 거의 다 알기 때문이었다.

"10분의 1 정도인가? 크크큭, 머리가 나빠 잘 기억이 안 나는군."

"그런가……. 그럼, 다시 만날 그날을 기대하겠다, 바이론."

메타트론은 접혀 있던 열네 장의 날개를 펴면서 천천히 떠올랐다. 더 이상 전투가 없을 것이란 판단을 내린 바이론도 깨끗이 물러나 브리간테스를 향해 몸을 돌렸다.

양방향으로 갈라선 둘의 머리 위로 후퇴를 준비하는 동룡족의 전함들이 무리를 지어 서서히 떠올랐다.

8백여 년 전, 신계의 구석.

끝없이 펼쳐진 광야의 한가운데 두 명이 서로를 응시하고 있었다. 백색 코트를 입은 금발의 청년과, 열두 장의 날개를 지닌 중성적 존재였다. 둘의 표정은 상당히 대조적이었는데, 금발 청년은 감히 범접할 수 없는 존재를 우러러보는, 그야말로 자신 없는 표정이었고, 날개를 가진 존재는 마치 전투에 임하는 사람처럼 진지한 얼굴이었다.

청년의 이름은 휀 라디언트. 그는 정식으로 가즈 나이트가 된 지 이제 겨우 몇 년이 지난 초보였다. 날개를 가진 존재는 현재 신계 최고의 전사이자 선신계의 무력을 수억 년간 대행해 왔던 지고(地高)의 대천사장 미카엘이었다. 둘의 신분은 그야말로 하늘과 땅 차이였기에 휀으로서는 미카엘 앞에 무릎 꿇지 않고 서 있는 것 자체가 영광이었다.

"자네가 가즈 나이트, 휀 라디언트인가?"

미카엘의 물음에 휀은 우물쭈물하다 긴장된 목소리로 대답했다.

"예, 그렇습니다만…… 당신처럼 고귀한 분께서 왜 저를 이런 곳으로 부르셨습니까?"

"자네가 얼마만큼 강한지 알아보기 위해서일세. 검을 뽑게. 나와 일대일 대결을 해 보세."

"예?"

미카엘의 갑작스러운 제안에 휀은 놀란 표정을 지으며 뒤로 주춤거렸다. 신계 최강의 전사라고 불리는 미카엘이 아직 어리숙한 자신에게 대결을 청했다는 사실은 그를 놀라게 하기에 충분했다.

어쨌든 미카엘은 휀의 반응에는 아랑곳하지 않고 자신의 검이자 신성 계열 무기 중 최고라 불리는 에릭튜드를 뽑아 전투 자세를 취했다. 말이 통하지 않을 거라는 사실을 깨달은 휀은 알 수 없는 감정에 휩싸여 결국 플렉시온을 뽑아 들었다.

"뜨, 뜻이 정 그러시다면…… 음?"

둘이 막 검을 부딪치려는 찰나, 휀의 몸에서 강한 빛이 뿜어져 나오더니 여덟 개의 황색 무늬가 이마와 볼에 떠올랐다. 미카엘도 휀의 몸에서 분출되는 강력한 기운을 감지해 낼 수 있었다.

'피엘에게서 잠깐 봤던 안전주문 해제 시의 진짜 능력이 이런 것이었나. 역시 피엘은 가즈 나이트의 준비 단계에 지나지 않는 존재였군. 힘은 아직 피엘이 더 강하지만, 휀이란 자에게서 느껴지는 이 잠재 능력은……!'

놀라고 있는 것은 미카엘만이 아니었다. 휀 역시 자기 몸의 변화에 놀라고 있었다.

'이, 이것이 제4안전주문의 힘! 가즈 나이트의 진짜 힘……!'

휀은 자기 몸에서 끓어오르는 듯한 엄청난 힘을 느끼고는 왠지 모르게 자신감이 생겼다. 이 정도라면 미카엘과 대결해도 죽지는 않을 거라는 생각이 들었다.

"뭘 하나? 시작하지 않을 건가?"

"아, 아닙니다! 그럼 가겠습니다!"

곧 둘은 검을 부딪치며 미카엘만 이유를 아는 전투를 시작했다.

그로부터 몇 시간이 흘렀을까. 검이 부딪치는 소리가 들리지 않게 됐을 때, 제대로 서 있는 자는 휀이었고 쓰러져 있는 자는 미카엘이었다. 낙타가 바늘구멍을 통과한 것과 마찬가지였기 때문에 관중이 있었다면 그들은 엄청난 충격에 빠졌을 것이다.

미카엘은 바닥에 쓰러진 채 거칠게 숨을 몰아쉬었다. 그의 몸에서 흘러나온 광혈은 사방을 하얗게 적셨고, 광혈 위에 떠 있는 그의 깃털들은 싸늘히 부는 바람을 따라 이리저리 휘날렸다. 물론 휀역시 온전한 모습은 아니었다. 그의 멋진 백색 코트는 넝마가 되어 있었고, 또 코트의 찢어진 부분에서 선혈이 흘러나왔다. 둘의 싸움이 판정을 내리기 어려울 정도로 팽팽한 접전이었다는 증거였다.

기력을 다 소진해 쓰러져 있던 미카엘은 에릭튜드에 의지해 겨우 몸을 일으켰다. 그는 휀에게 미소를 지으며 나직이 말했다.

"자네의 승리야. 이로써 주신께서도 확실히 일선에 나서실 수 있을 것 같군. 어쨌든 이제 내가 하는 말을 잘 듣게. 나에게는 더 이상 시간이 남아 있지 않으니까 말이야."

반쯤 풀려 있던 휀의 눈동자에 힘이 다시 실린 것은 그때였다.

"예? 서, 설마! 미카엘 님, 어서 치료를 받으러……."

"내 말을 들으라니까!"

미카엘의 단호한 태도에 순간 휀은 움직임을 멈추었다. 그제야 그는 휀에게 차분히 말했다.

"자네는 강해. 하지만 그 정도로는 태고의 대천사장 메타트론 님을 이길 수 없어."

"예? 그, 그게 무슨 말씀이십니까?"

휀은 미카엘의 입에서 갑자기 '메타트론'이 나오자 어리둥절한 표정을 지었다. 신계의 역사를 잘 알지 못하는 그는 처음 듣는 이름이었다. 그러나 미카엘은 개의치 않고 계속 말을 이었다.

"시간이 지나면 알게 될 걸세. 태고의 대천사장 메타트론 님은 나와 비교할 수 없을 정도로 강하네. 난 걱정했다네. 이제 시간은 8백여 년밖에 남지 않았는데, 메타트론 님을 막을 수 있는 존재가 어디에도 나타나지 않았으니까. 그러나 난 오늘 봤네. 주신의 전사, 가즈 나이트……. 아직 개발되지 않은 무궁무진한 잠재력을 가진 자네에게 부탁할 것이 두 가지 있네."

미카엘은 잠시 말을 멈췄다. 기력이 떨어질 대로 떨어진 그의 몸이 서서히 빛으로 분해되기 시작했다. 휀은 말려야겠다고 생각했지만 미카엘은 계속 말했다.

"더욱더 강해지고 냉정해지게. 자네는 너무 어리다 못해 여려. 메타트론 님을 상대할 정도로 힘을 가지기 위해서는 갓난아이라도 벨 수 있는 비정함을 가져야 하네. 그리고 또 한 가지…… 8백여 년 뒤, 메타트론 님을 뵙게 되면 그분을 가급적이면 죽이지 말게. 그분은 자신의 운명을 모르고 수억 년간 차가운 강바닥에서 잠자고 계시다네. 그 운명을 알게 되는 순간 그분은 자아를 잃고, 파괴신이라는 운명대로 나아가 버릴지 모른다네. 최후의 상황이 아니라면 그분을 죽이지 말게."

"예, 알겠습니다."

휀은 침을 꿀꺽 삼키며 고개를 끄덕였다. 곧 미카엘은 한숨을 길게 내쉬며 편히 바닥에 누웠다. 그는 천천히 눈을 감으며 마지막으로 말했다.

"내 분신인, 나의 검 에릭튜드를 인간에게 맡길 것이네. 난 8백여 년 후에 원차원계에 다시 나타날 테니, 때가 되면 자네가 에릭튜드를 맡아 주길 바라네. 8백 년 후 다시 태어났을 때 나는 아무 힘도 없는 천사에 불과할 테니까 말이야."

"자, 잠깐만 미카엘 님! 설마…… 설마!"

휀의 다급하게 외쳤지만 미카엘의 몸은 이미 빛으로 변해 사방으로 흩날렸다. 대천사장이라는 이름에 어울리지 않는 초라한 죽음이었다.

공중으로 높이 떠올랐다가 하늘하늘 내려오는 미카엘의 날개깃을 온몸에 맞으며, 휀은 잠시 고개를 숙였다.

"비정함? 지금껏 도망만 치며 살아왔던 내가 어떻게 그런……."

휀은 비관하듯 고개를 저었다. 광야에 홀로 남겨진 그에게 잠시 후 안경을 쓴 천사 한 명이 다급한 얼굴로 달려왔다. 주신의 직속 비서 피엘이었다.

"휀 님! 아아, 이런! 너무 늦어 버렸어……!"

피엘은 휀의 주위에 널려 있는 깃털과 광혈을 보고 눈을 질끈 감았다. 하지만 미카엘의 죽음이 슬퍼서 그런 것은 아니었다. 그녀 역시 이 일의 전말을 어느 정도 짐작하고 있었다.

여하튼 그녀는 상실감과 비관에 빠져 멍하니 서 있는 휀에게 천천히 다가갔다. 그는 소리 없이 울고 있었다. 피엘이 자기 앞에 서자 그는 눈물을 코트 자락에 닦으며 흐느꼈다.

"어, 어떻게 하면 되는 거죠, 피엘 님? 제가 미카엘 님을 죽였어요! 선신계에서 알게 되면 저는 무사하지 못할 텐데!"

"휀 님……."

피엘은 걱정스레 한숨을 쉬며 휀의 머리를 살며시 끌어당겼다. 그녀의 품에 안기다시피 한 휀은 결국 소리 내어 울기 시작했다.

한편 미카엘이 누워 있던 자리에 말없이 놓여 있던 에릭튜드는 바닥에 뿌려진 미카엘의 깃털에 휩싸여 어디론가 사라졌다.

"이봐, 대장. 4대 용왕의 함대가 사열식을 하고 있는데 구경하러 가지 않을 거야?"

한참 옛일을 회상하던 휀은 갑자기 눈앞에 나타난 지크를 보고 겨우 현실로 돌아왔다. 그는 눈을 살며시 감으며 고개를 저었다.

"구경 가고 싶으면 너나 가도록."

"음? 쳇, 또 재미없는 말만 하는군. 좀 오케이라는 것도 해 보라고, 대장. 세상 그렇게 재미없게 살면 스트레스 받아 어떡해? 쩝, 뭐 내가 말한다고 고칠 사람이 아니니 난 그만 가볼게. 땅강아지(사바신)하고 물방개(레디) 녀석이 나를 기다리고 있으니까. 헤헷, 그럼 이만."

지크는 손을 흔들며 사령실을 나섰다. 지크가 나간 사령실 문을 보던 휀은 나직이 한숨을 내쉬었다. 사령실 창밖에는 4대 용왕 함대의 수만 정이 각양각색의 자태를 자랑하며 공중에 떠 있었다.

"크큭, 여기서 고독이라도 씹고 있는 건가?"

그때 사령실 문이 열리며 위스키 통을 든 거한이 들어왔다. 휀은 왼손을 그에게 내밀며 말했다.

"안주로는 고독만큼 좋은 게 없으니까."

"크크큭, 여전히 뚫린 입이라고 말은 잘하는군."

바이론은 휀이 내민 손에 유리잔을 쥐어 주고는 통에 든 위스키를 흘러 넘치지 않을 정도로 따라 주었다. 그러고 자신은 통에 입을 대고 마치 물처럼 위스키를 들이켰다.

휀은 바이론이 따라 준 위스키를 음미하며 그에게 물었다.

"메타트론의 힘은 어땠나?"

"나와 다크 팔시온의 암흑투기를 신성력으로 중화하는 와중에서도 나와 호각을 이룬 녀석이라면 충분한 설명이 되겠나? 크크크큭. 태고 최강의 천사라는 말이 무색하지 않은 녀석이었다."

"그런가."

휀은 다시금 위스키로 목을 적셨다. 바이론 역시 위스키를 들이켜며 그 맛을 즐겼다.

"크큭, 어쨌거나 이게 웬일인가. 주신께서 믿고 맡기신 임무를 최고의 해결사라 불리는 우리 둘 모두 실패했으니 말이다. 나는 메타트론의 부활을 막지 못했고, 너는 메타트론이 부활하기 전에 미카엘을 찾지 못했고 말이다. 크크큭, 우습지 않나?"

허무한 목소리로 한탄하던 바이론은 다시 술로 말문을 닫았다. 휀은 남은 위스키를 단번에 비우며 짧게 한숨을 지었다.

"그렇군."

잠시 동안 상념에 잠겨 있던 휀은 비운 잔을 다시 바이론에게 내밀었다. 바이론은 잔에 술을 따르며 물었다.

"그건 그렇고 아까 리오 녀석이 죽었다는 것은 무슨 소리지? 내가 죽이려고 마음먹어도 웬만해서는 안 죽는 재미없는 녀석인데."

전장에서 이미 들려준 얘기였지만 휀은 자세히 설명하기 위해 잔을 흔들며 입을 열었다.

"아까도 말했지만 솔직히 죽었다고 단정하는 것 자체가 무리일지도 모른다. 어쨌든 확실한 것은 그 녀석의 영혼이 신계와 명계, 이 세계 어느 곳에서도 느껴지지 않는다는 것이야. 다른 차원으로 날아갔거나, 아니면 어떤 곳에 영혼이 봉인됐겠지."

"봉인? 짚이는 곳이라도 있나?"

"한 가지 가능성은 있다. 하지만 그것 역시 가능성일 뿐이야. 어디에 있든 때가 되면 녀석은 나타날 것이다. 그 녀석은 성격이 물러. 어린애처럼 자신과 친한 사람들 곁을 떠나길 싫어하거든."

그 말에 바이론은 알 수 없는 미소를 지으며 고개를 저었다.

"크큭, 녀석에 대해 잘도 아는군. 그럼 사라져 버린 바보 녀석을 위하여. 크크크크큭."

"좋군."

휀과 바이론은 서로의 잔과 통을 부딪쳐 건배하고 다시금 술을 들이켰다.

그로부터 2개월이 지났다. 4대 용왕군이 합류한 이후 전세는 급속도로 서룡족 측으로 기울어 결국 동룡족 군대는 북아메리카 대륙에 고립되었다. 아시아, 유럽, 오세아니아, 남극, 남아메리카 대륙까지 탈환한 서룡족은 동룡족의 최후 외부 방어선인 하와이 섬까지 10여 일간의 사투 끝에 점령했고, 마지막으로 동룡족과 바이오 버그의 본거지인 북아메리카 대륙만을 남겨 두게 되었다.

하지만 서룡족의 간부와 가즈 나이트는 북아메리카에서의 전투가 진짜라는 것을 알고 있었다. 적의 모든 전력이 집중되어 있는 장소인 만큼 전투는 어려울 것이 뻔했고, 게다가 태고의 대천사장 메타트론이 이끄는 디바인 크루세이더가 바이오 버그 측에 가담했기 때문이다.

이제 전쟁은 새로운 국면으로 접어들고 있었다.

3

헤어짐의 이유

지크의 세계에서 한참 일이 벌어지고 있을 때 루이체는 주신계에 있는 집에서 가즈 나이트의 기록 파일들을 살펴보고 있었다. 가즈 나이트의 기록 파일은 가즈 나이트의 특성을 상세히 파악하여 만약의 사태에 대비하려는 주신의 생각에 마련된 것이었다. 사실이 파일은 주신과 주신의 직속 비서 피엘 외에 대부분 사람들은 그 존재조차 모르는 일급 기밀이었다. 문제는 루이체가 그것이 일급 기밀이라는 것을 전혀 알지 못한다는 것이었다.

"이게 지크 오빠가 말한 '하루 종일 비디오 보기'의 후유증이구나. 눈이 아파서 도저히 못 보겠어."

루이체는 기록 파일 재생기를 끄고 소파에 누워 휴식을 취했다. 한참 눈을 붙이던 루이체는 이윽고 눈을 뜨고 천장을 바라보며 조용히 중얼거렸다.

"휴, 리오 오빠, 슈렌 오빠까지 끝났고…… 지크 오빠 마무리하고 사바신과 레디만 끝내면 되는 건가? 하긴 셋은 활동한 시간이 짧으니까 뭐 오래 걸리진 않겠지만. 근데 왜 기록 파일에 전투 장면밖에 안 나오는 거지? 사적인 장면은 왜 없는 걸까?"

딩동.

그때 초인종 소리가 들려 루이체는 몸을 일으켰다.

"누구지? 오빠들은 모두 임무 수행 중이라고 들었는데?"

그녀의 예상과 달리 문을 열자마자 보인 것은 지크였다.

"어, 지크 오빠?"

주머니에 손을 찌른 채 서 있던 지크는 거칠게 루이체의 목에 팔을 감으며 말했다.

"잘 만났다! 너, 어서 날 따라와!"

"으악! 이게 무슨 짓이야, 너구리! 이유는 말해 줘야 따라가든 말든 할 거 아냐!"

루이체가 버둥거리며 강하게 저항했다. 그러자 지크는 곧 루이체의 목을 조이던 팔을 풀고 그녀를 끌고 집 안으로 들어갔다.

"좋아, 들어가서 말해 줄 테니 따라와."

소파에 앉은 루이체는 인상을 구긴 채 기록 파일들을 정리하며 지크에게 이유를 물었다.

"뭐야, 도대체. 이유도 말하지 않고 사람을 붙잡아 가겠다는 저의가?"

소파 등받이에 넓게 팔을 대고 앉은 지크는 평소 분위기와 달리 미간을 찡그리며 말했다.

"너, 천사니까 천사들의 대략적인 역사는 알고 있겠지?"

지크가 갑자기 진지하게 나오자 루이체는 엉겁결에 고개를 끄덕이고 말았다.

"응? 응. 요즘에 공부한 게 있어서 대략적인 것은 알고 있어. 그런데 왜?"

지크는 뭔가에 잔뜩 찌든 사람처럼 입술을 죽 내밀며 투덜댔다.

"지금 선신계에서 놀고 있는 디바인 크루세이더와, 우리가 상대하고 있는 디바인 크루세이더는 차원이 달라. 구성원 한 명 한 명이 전룡단장들의 평균 능력과 비슷할 정도라 타격이 크다고! 서룡족 장로님께서 아무래도 '원 디바인 크루세이더' 같다고 하셨는데, 도대체 그게 뭐지?"

"뭐, 뭐라고? 원 디바인 크루세이더? 말도 안 돼!"

지크의 말이 끝나기가 무섭게 루이체는 소리를 지르며 당황했다. 그녀가 뭔가 알고 있다고 느낀 지크는 조용히 루이체가 대답하기를 기다렸다. 잠시 마음을 가다듬던 루이체는 고뇌 어린 한숨을 내쉬며 천천히 대답했다.

"수억 년 전 존재했던 원 디바인 크루세이더는 아마겟돈을 거치며 단련될 대로 단련된 선신계 최고의 정예부대야. 하지만 그때의 대천사장 메타트론과 함께 그들이 갑자기 실종된 후, 디바인 크루세이더라는 이름은 잊혀져 갔어. 현재 있는 디바인 크루세이더는 현 대천사장 벨제뷰트가 이름만 따서 새로 조직한 것일 뿐이지. 그런데 그들이 어떻게 다시 나타난 거야?"

복잡한 얘기였다. 지크는 어깨를 으쓱하며 말했다.

"그걸 물어보려고 온 거라니까. 좋아, 그럼 너 천사들의 약점을 알고 있어? 그 녀석들 바운드 캐논을 비롯해 빌어먹을 정도로 강력한 무기를 가지고 있어서 한 번은 함대 하나가 30분도 안 돼서 전멸당할 뻔한 적도 있다고. 아무래도 약점을 잡지 않으면 쉽게 이길 수 없을 것 같아."

"바운드 캐논? 그, 그건 선신계에서 악마들을 상대할 때 외에는 사용을 금지한 신성계 사격 무기인데? 아, 하긴 원 디바인 크루세이더라면 이상할 것이 없겠지."

"에구, 알았으니 약점이나 말하셔."

점점 더 복잡한 동생의 얘기에 지크는 귀를 후비며 빈정거렸다. 루이체는 양 볼에 힘을 잔뜩 넣으며 뭐라고 한마디 하려 했지만 지크가 심각한 어투로 질문하는 통에 꾹 참고 천사들에 대한 얘기를 계속했다.

"선신계 천사들은 어둠의 힘에 약해. 예를 들어 그들이 가진 신성력으로 중화할 수 없을 정도의 암흑투기를 정면으로 맞으면 표피가 견디지 못하고 풍선처럼 터지고 말지. 물론 웬만한 어둠의 힘으로는 어림도 없지만. 오빠들이 사용하는 기처럼 그들 자신들이 뿜어내는 신성력으로 수준 이하의 어둠은 중화할 수 있어. 하지만 아마 바이론이나 그가 가지고 있는 다크 팔시온이 낼 수 있는 강력한 어둠의 힘이면 웬만한 천사들은 버티지 못할 거야. 그 외에는 실력으로 그들을 이기는 수밖에 없어."

"그래……?"

지크는 약간 실망스러운 표정을 지으며 고개를 푹 숙였다. 루이체는 괜히 미안한 기분이 들어서 그의 넓은 어깨를 손으로 토닥거리며 말했다.

"힘내, 오빠. 세상에 근심 걱정 하나 없는 천하의 지크 오빠가 갑자기 왜 그래? 그러니 힘 좀 내고, 리오 오빠는 어때? 잘 지내?"

순간 지크는 움찔했다. 루이체는 지크의 정직한 반응에 금방 불안감을 느끼고 그의 어깨에서 손을 떼었다.

"오, 오빠……?"

지크는 아차 하며 둘러대려 했으나 루이체는 이미 그에게 질문을 던질 기세였다.

"리, 리오 오빠한테 무슨 일이 생긴 거지, 그렇지? 어서 말해 오빠, 말해 줘!"

"그, 그러니까……."

지크는 너무나 정직한 자기 몸을 저주하며 결국 고개를 푹 숙이고 모든 것을 대답해 주었다. 리오가 어떻게 죽음을 당했으며, 또 지금까지 상황이 어떻게 전개되어 왔는지를 한참 동안 설명했다.

"그런 일이……!"

그의 말이 끝나자마자 루이체는 결국 울음을 터뜨렸다. 지크는 이 사태를 어떻게 할지 고민하며 양손으로 머리를 감쌌다. 하지만 루이체도 울고만 있지 않았다.

"용서 못 해! 가자, 오빠!"

"음. 음? 뭐라고?"

루이체는 주먹을 불끈 쥐고 일어났다. 지크는 루이체가 이렇게 화내는 모습을 처음 봤기에 상당히 당황했다.

루이체는 기록 파일들을 급히 챙긴 뒤 지크를 잡아끌고 집 밖으로 나가며 고래고래 소리 질렀다.

"내가 오빠들을 도와주겠어! 감히 나의 리오 오라버니를……! 도저히 용서할 수 없어! 정의의 이름으로!"

"이, 이봐. 다 좋은데 거기서 정의는 왜……."

결국 지크는 힘없이 루이체에게 끌려 주신전으로 향했다.

피엘의 방으로 향한 루이체는 빌려 갔던 기록 파일을 내밀며 고개를 깊숙이 숙였다.

"피엘 님, 나중에 돌아와서 다시 보겠습니다. 갑자기 이렇게 돌려드려서 죄송해요."

"음? 무슨 일 있니, 루이체? 오랜만에 진지한 얼굴을 하고 있는 걸 보니 확실히 일이 있긴 있는 것 같은데……."

피엘이 안경을 고쳐 쓰며 묻자, 루이체는 이유를 간단히 말했다.

"원 디바인 크루세이더가 지크 오빠의 세계에 나타났대요. 지금까지 배운 것도 있으니 오빠들에게 제가 도움이 될 거라고 생각해요. 그래서 그쪽으로 가 볼 생각이에요. 뭐라고 하지 않으실 거죠?"

피엘은 루이체가 건네준 기록 파일을 받아 들고는 잠시 동안 아무런 말도 하지 않았다. 그러다 이윽고 미소를 지으며 말했다.

"그래. 힘내, 루이체. 나도 기대하고 있을게."

"예! 그럼 다녀오겠습니다!"

힘차게 뛰어가는 루이체의 뒷모습을 잠시 멍하니 바라보던 피엘은 퍼뜩 정신을 차리고 위에 있는 통신기를 켰다.

"주신이시여, 메타트론이 움직이기 시작했습니다. 예? 제가 직접 말씀이십니까? 하지만…… 예, 알겠습니다. 그럼 즉시 움직이겠습니다."

피엘은 즉시 자신의 무기장을 열어 주신에게 직접 받은 창, 지노그를 꺼내 들고 재빨리 방을 나섰다.

휀의 직무실에서 지크와 루이체, 그리고 피엘이 모여 이런저런 얘기를 나누고 있었다. 물론 휀이 도착하기를 기다리다가 벌어진 대화의 장이었기에 그가 도착한 즉시 대화는 중단되었다.

"저 애는 왜 데리고 왔나? 혹을 하나 더 달고 싶은 건가?"

피엘이 끓인 커피를 받아 들고 휀은 지크와 루이체를 바라보며 차갑게 물었다. 물론 그들과 함께 온 피엘은 그런 말을 들을 이유가 전혀 없었기에 휀의 옆에서 묵묵히 차를 마셨다.

지크는 머리를 긁적이며 미안하다는 투로 말했다.

"쳇, 힘없는 내가 어쩌겠어. 하여튼 루이체가 대장한테 물어볼게 있다고 하니 듣기나 해 봐."

"흠."

휀은 시선을 루이체에게 돌렸다. 루이체는 곧 목소리를 가다듬고 휀에게 자못 진지한 표정으로 물었다.

"리오 오빠가 어디 있는지 아세요?"

그 질문은 사실 지나친 긴장 탓에 나온 헛말이었다. 하지만 휀은 냉정하게 시선을 거뒀다.

"나가라."

"자, 잠깐만요! 나한테는 중요한 일이라고요!"

그러나 휀은 대답 대신 나가라는 손짓을 할 뿐이었다. 결국 둘은 그곳에서 쫓겨났고, 피엘은 웃으며 휀에게 말했다.

"저 귀여운 아이에게도 여지없이 혹독하게 대하시는군요. 그러니 저 아이가 너무 긴장해서 인간적인 실수를 한 게 아닐까요?"

"내가 루이체에게 잘 보일 이유는 없지 않나."

"후훗, 다른 사람에게도 마찬가지죠. 그나저나 얼굴이 많이 밝아지신 것 같군요, 휀 님."

휀은 피엘을 흘끔 돌아보았다. 약간 큰 머그컵을 양손으로 잡은 그녀가 지적인 미소를 지었다.

"좋아하는 사람이 생겼죠?"

휀은 아무 말 하지 않았다. 하지만 피엘은 거침없이 말을 이었다.

"다른 분들께는 감출 수 있어도 저에게는 어려우실걸요? 8백여 년간 당신을 지켜본 저랍니다. 당신께서 우는 모습을 본 존재도 하이볼크 님과 저뿐이지 않습니까."

잠시 앞을 주시하던 휀은 잔을 내려놓으며 낮게 물었다.

"내가 좋아하는 사람이 피엘이라면?"

그런 말에도 피엘은 별로 놀라지 않고 오히려 여유 있는 웃음까지 흘렸다.

"농담도 느셨군요. 하지만 말씀만이라도 감사…… 읍!"

순간 휀의 입술이 그녀를 기습했다. 머그컵을 놓칠 뻔한 피엘의 눈은 커질 대로 커졌지만, 휀의 냉정한 눈빛은 변함이 없었다. 휀은 그녀와 입술을 마주한 채 차갑게 말했다.

"괜한 말로 나를 혼란스럽게 하지 말도록. 도와주러 왔다면."

피엘은 아무 말도 하지 않았다. 휀에게 미안해서였고, 또 지금 커피를 마시는 그의 모습이 지금까지 자신이 본 모습 중 가장 쓸쓸하게 느껴졌기 때문이다.

삑.

분위기를 깨는 신호음이 들렸다. 휀은 커피 잔을 놓고 즉시 버튼을 눌렀다.

"무슨 일인가."

"휀 님! 정체불명의 물체가 드래고니스 쪽으로 이동하고 있습니다! 순찰함 세 척이 일격에 부서진 것으로 보아……."

한편 밖으로 쫓겨난 루이체는 지크에게 불만을 터뜨렸다.

"오빠, 휀 앞에서 한마디도 못 하고 도대체 뭘 한 거야!"

그녀의 말에 지크는 실소를 터뜨릴 뿐이었다.

"허허, 나 일찍 죽기 싫어. 그리고 동생아, 나라도 그 상황에서 그런 질문을 하면 화날 거다. 아, 너한테 신기한 거 보여 줄까?"

"신기한 거?"

루이체는 인상을 찡그리며 되물었다. 지크는 고개를 끄덕이며 말했다.

"그래. 말하는 기계가 있다고. 너도 보면 깜짝 놀랄 거야."

"말하는 기계? 뭔데? 냉장고? 세탁기? 아니면 다리미?"

루이체는 한심하다는 듯 비아냥댔다. 하지만 지크는 여유만만한 미소를 지으며 말했다.

"헤헷, 리오랑 똑같은 녀석이지. 뭐, 보기 싫다면 어쩔 수 없고."

지크는 루이체를 데리고 화이트 나이트의 격납고로 가며 콧노래를 흥얼거렸다. 잘만 하면 루이체 덕에 화이트 나이트의 정체를 알 수 있을 것이라는 생각에서였다. 어차피 밑져야 본전이니 지크로서는 상당히 여유가 있었다.

"아, 그런데 루이체, 메타트론 녀석에 대해서 선신계는 어떻게 생각하고 있을까? 오랜만에 나타난 태고의 대천사장이라며 환영해 줄까?"

"음…… 그건 잘 모르겠지만 메타트론 정도의 신성력을 가진 천사라면 지금쯤 선신계에서도 대책을 논의하고 있을 거야. 현 대천사장인 벨제뷰트로서는 환영할 일이 아니지. 메타트론이 정식으로 선신계에 올라온다면 벨제뷰트는 메타트론의 아래 지위로 내려갈 게 뻔하니까. 그런데 악마왕들은 어떻게 생각하고 있을까? 이번 메타트론의 일……, 그쪽도 메타트론이라면 상당히 긴장하고 있을 텐데 말이야. 게다가 그들은…… 음? 오빠, 같이 가!"

복잡한 건 딱 질색인 지크였다.

"그래. 알았다, 시에. 그럼 들키지 않게 조심해서 가거라."

시에로부터 정보를 들은 화이트 나이트는 시에의 머리를 쓰다듬어 준 뒤 가라는 손짓을 했다. 그러나 시에는 품에서 뭔가를 꺼내려고 낑낑대더니 종이에 싸인 뭉치 하나를 화이트 나이트에게 내밀었다.

"자, 세이아가 구운 빵이야. 아직 따뜻할 테니 먹어."

"미안하지만 이걸 먹을 상황은 아냐. 네가 대신 먹어 줘……."

"이봐! 뭐 하는 거야!"

순간 날카로운 음성이 들려와 둘은 움찔하며 소리난 곳으로 고개를 돌렸다. 지크가 매우 흥분한 표정으로 루이체와 같이 달려오고 있었다. 지크는 시에가 들고 있던 빵을 거칠게 빼앗아 화이트 나이트 앞에 들이밀고 소리 질렀다.

"이게 뭐야! 기계 덩어리한테 무슨 빵이야! 몇 달 동안 참아 왔지만 이제 솔직히 말해. 이젠 지겹다고! 마침 루이체도 데려왔으니, 어서!"

화이트 나이트는 아무 말 없이 지크를 바라볼 뿐이었다. 결국 지크는 흥분한 나머지 화이트 나이트의 안면에 일격을 날렸다. 화이트 나이트는 가볍게 피하고는 지크에게 진정하라는 듯 손을 내밀며 말했다.

"진정하고 들어 보십시오. 제가 리오 님이라면 두 달 동안 화이트 나이트라고 속이며 여러 사람들 앞에 모습을 드러내지 않는 이유가 있을 거라고 생각하지 않습니까. 다른 사람들이 걱정하고, 또 눈물을 흘리고 있다는 사실을 뻔히 알면서 말입니다. 리오 님은 아무 이유 없이 그러실 분이 아닙니다."

"뭐?"

순간 지크는 화이트 나이트의 이상한 언변에 고개를 갸우뚱했다. 가만히 화이트 나이트의 말을 듣던 루이체는 알아들었다는 듯고개를 끄덕이더니 지크의 등을 손바닥으로 강하게 내리쳤다.

"오빠, 도대체 무슨 소리를 하는 거야! 리오 오빠와 닮은 기계를보여 준다더니, 전혀 상관없는 인공지능 아저씨잖아!"

"뭐, 뭐라고?"

지크는 황당하다는 표정을 지으며 루이체를 쳐다보았다. 그녀는곧 윙크를 하며 지크에게 나가자고 손짓했다. 지크는 여전히 무슨영문인지 몰라 고개를 갸우뚱거리며 격납고 밖으로 나갔다. 루이체는 나가기 전에 오랜만에 본 시에를 향해 팔을 벌리며 반가움을표시했다.

"우아, 많이 컸구나, 시에! 언니는 시에가 너무 보고 싶었어!"

"웅, 루이체! 나도 보고 싶었어!"

시에는 곧바로 루이체에게 안겨 얼굴에 볼을 비벼 댔다. 루이체는 자신을 바라보는 화이트 나이트에게 시선을 돌리며 말했다.

"리오 오빠에게 전해 주세요. 오빠를 믿고 있다고요. 어릴 때부터 죽……."

"후훗, 리오 님도 알고 계실 겁니다. 음……?"

그때 격납고 밖에서 적색 1호를 알리는 경보음이 길게 들려왔다. 루이체와 화이트 나이트는 곧바로 격납고 밖으로 뛰어갔다.

"지크 오빠, 무슨 일이야!"

"나, 나도 몰라! 연락도 오지 않아!"

격납고 밖에 있던 지크는 인상을 찌푸린 채 어쩔 줄 몰라 할 뿐이었다. 그러나 화이트 나이트는 달랐다.

"방금 전 드래고니스 근방에 정체불명의 거대한 물체가 워프했습니다. 서룡족의 병기 중에 이런 신호를 가진 물체가 없기 때문에 비상이 걸린 듯합니다."

"뭐? 워프? 하지만 드래고니스 근처에 워프하는 건 보통 병기로는 에너지 분배의 지연 때문에 자살 행위에 가깝다고 들었는데?"

지크의 말에 화이트 나이트는 앞에 보이는 공터로 걸음을 옮기고 등의 부스터를 점검하려는 듯 위아래로 움직여 보며 대답했다.

"기존의 병기라면 물론 그렇습니다. 하지만 지금 나타난 물체는 전혀 새로운 병기입니다. 신호가 확인되지 않는 데다 저처럼 감정을 지닌 존재입니다."

"뭐, 뭐라고?"

깜짝 놀란 지크는 더 캐묻기 위해 화이트 나이트를 붙잡으려 했지만 그는 이미 드래고니스에 둘러친 초차원 결계 위로 날아가는 중이었다.

"아직 테스트가 끝나지 않은 무기라 하지 않았소, 와카루 박사."

메타트론의 물음에도 와카루는 희미한 미소만 지은 채 고개를 끄덕일 뿐이었다.

"허허헛, 그렇습니다. 하지만 테스트고 뭐고 필요 없죠. 저는 돌려 보내는 것뿐이니까요. 물론 다시 데려와야 하지만 말입니다. 허허허헛."

와카루 특유의 웃음소리에 메타트론은 쓸쓸한 표정으로 말했다.

"훗, 파괴신을 물리친 다음 목표는 당신으로 정해야겠군. 당신은 너무 악랄해. 악마들보다 더."

그러나 와카루는 여전히 미소를 띤 채 메타트론에게 말했다.

"허헛, 인간에게 주어진 특권이지요. 선을 알기 때문에 선을 철저히 배제할 수 있는 것……. 그러나 난 그냥 순수하게 내 연구를 위해 이럴 뿐이라오. 너무 그러지 마시오."

"좋소, 당분간은. 그런데 동룡족이 이 일에서 손을 떼려 하던데 어떻게 할 생각이오, 와카루 박사?"

메타트론이 팔짱을 끼며 진지한 표정으로 묻자 와카루는 어깨를 으쓱하며 대수롭지 않다는 듯 대답했다.

"후, 맘대로 하라고 하시오. 어차피 그들은 머릿수만 채울 뿐, 전력에 실질적인 보탬이 되질 않소. 게다가 자존심도 대쪽 같아서 순순히 우리와 협력할 것 같지도 않으니 별로 신경 쓸 것 없소. 자, 그럼 우리는 구경이나 합시다."

와카루는 말을 마치고 의자 등받이를 뒤로 젖힌 뒤 편히 누웠고, 메타트론은 묵묵히 모니터에 시선을 돌렸다.

"23함대, 49함대 전파! 엄청난 돌파력입니다!"

"98함대 전멸 직전! 적이 곧장 드래고니스를 향해 밀려 들어오고 있습니다!"

급박한 상황을 알리는 보고가 계속 쏟아졌지만 바이칼은 인상만 구기고 있었다. 장로 역시 너무나 갑자기 벌어진 상황에 어쩔 줄 몰라 했다. 옆에서 조용히 상황판을 지켜보던 휀은 바이칼의 어깨를 손으로 툭 치며 나직이 말했다.

"내가 나가겠다. 뒤처리나 잘하도록."

"맘대로. 그건 그렇고 하필이면 4대 용왕들이 다른 곳에 있을 때 이런다니……."

"음? 전하, 화이트 나이트가 출격 허가와 초차원 결계의 부분 전개를 요청하고 있습니다! 지시를 내려 주십시오!"

갑작스러운 오퍼레이터의 보고에 바이칼은 잠시 무언가 생각하는 듯하다가 눈을 질끈 감으며 말했다.

"각하(却下)한다."

"예? 하, 하지만……."

"쓸데없는 소리 하지 말라고 해! 혼자 나가서 뭘 어쩌겠다는 말이야!"

냉정을 잃어버린 바이칼의 고함에 드래고니스 사령실 안은 일순간 서리를 맞은 것처럼 고요했다. 장로는 조용히 눈을 감으며 속으로 안타까워했다.

'아직도 리오 님의 일을 잊지 못하고 계시는 건가.'

"전하! 화이트 나이트가 초차원 결계를 중화시키고 있습니다!"

"뭐라고! 화면 돌려!"

바이칼의 표정은 일순간 창백하게 변했다. 곧 모든 모니터들이 화이트 나이트의 모습을 비쳤다. 두꺼운 초차원 결계를 중화시킨 화이트 나이트는 그 구멍을 통해 날아가 버렸고, 결계에 뚫린 구멍은 곧바로 흔적도 없이 메워졌다. 화이트 나이트의 엔진이 남긴 잔광을 본 바이칼은 팔걸이를 주먹으로 내려치며 이를 악물었다.

"빌어먹을 녀석, 또……!"

"조용히 지켜보는 게 좋겠군. 적의 신병기 성능도 확인할 겸 말이다. 무인 카메라를 내보내도록."

휀은 바이칼의 어깨를 살짝 두드리며 지시를 내렸다. 곧 그의 지시에 따라 드래고니스에서 화이트 나이트가 나간 방향을 향해 무인 카메라를 발사했다.

얼마 후 드래고니스의 모니터에 전함 하나 크기의 거대 인간형 병기의 모습과 그 앞에서 오리하르콘 소드를 들고 대치하고 있는 화이트 나이트의 모습이 들어왔다.

화이트 나이트는 곧 온몸에서 빛을 내뿜으며 정상 크기로 커지더니 엄청난 속도로 적의 신병기를 향해 돌진했다.

팔과 다리가 비정상적으로 큰 적의 신병기를 한참 바라보던 장로는 뭔가 이상하다는 생각이 들었다. 기존의 적의 병기와는 달리 지금 눈앞에 보이는 병기의 외부 구조가 서룡족의 그것과 상당히 유사했던 것이다.

"잠깐, 저 병기의 가슴에 있는 것은……? 아, 아니!"

한참 적의 병기를 관찰하던 장로는 흠칫 놀라며 믿을 수 없다는 표정을 지었다. 휀 역시 눈을 가늘게 뜨며 한숨을 쉬었다. 적 병기의 가슴에 팔과 다리가 묶인 한 대의 웨드가 있었다.

그 웨드의 가슴 쪽에 수많은 파이프가 연결되어 적 병기의 내부로 통하고 있었다. 무슨 이유에선지 웨드는 괴로운 사람처럼 수차례 고개를 내젓고 있었다. 가만히 그 웨드를 바라보던 휀도 장로에게 말했다.

"전의가 느껴지지 않습니다. 슬픔, 괴로움이 느껴지고 있는데……. 이런 경우를 보신 일이 있습니까?"

"그, 글쎄요…… 하지만 저 병기는 도대체 왜 우리의 웨드를 매달고 있는 건지……. 설마 방패로 쓰기 위해서?"

"파이프가 연결된 것으로 보아 그런 것 같지는 않습니다만……. 계속 지켜보는 게 좋을 듯합니다."

한편 휀과 똑같이 느끼고 있는 사람이 있었다. 집에서 한참 요리를 하다 말고 밖으로 나온 세이아는 양손으로 입을 가린 채 흐린 표정으로 중얼거렸다.

"이 슬픔은……?"

적 병기가 앞으로 밀고 오는데도 화이트 나이트는 뒤로 후퇴만 할 뿐이었다. 그도 역시 적 신병기의 가슴에 매달린 웨드에게서 괴로움과 슬픔을 느꼈다.

한참을 전진하던 적 병기가 갑자기 움직임을 멈추더니 양 팔뚝과 다리 부위의 장갑판을 열었다. 그러자 수백 개의 광선포구가 입을 드러냈고 곧이어 일제히 불을 뿜었다. 화이트 나이트는 급가속하여 자신을 향해 쏟아지는 광선들을 피했다.

그 상황에서도 화이트 나이트는 공격하지 않았다.

"설마, 넬⋯⋯!"

"저 녀석 혼자 잘났다고 나가더니 왜 공격을 못 하는 거야! 공격 안 할 거면 들어오라고 말해!"

"잠깐, 이유가 있다."

바이칼이 흥분된 목소리로 소리치자 휀이 손으로 그를 제지하며 말했다. 바이칼은 또 무슨 소리냐는 듯 휀을 쏘아보았다. 휀은 곧바로 장로를 바라보며 물었다.

"무인 카메라에 내장된 장치로 적 병기의 앞에 매달려 있는 웨드의 내부 구조를 살펴볼 수 있습니까?"

"예, 가능합니다. 하지만 저 포화를 뚫고 들어갈 수 있을지 모르겠군요."

"그래도 해 볼 가치는 있을 것 같습니다."

"예, 알겠습니다."

장로가 지시를 내리자 오퍼레이터는 곧 길게 한숨을 내쉬며 무인 카메라를 조심스럽게 적 병기 쪽으로 접근시켰다. 네 대의 무인 카메라가 파괴되고 다섯 번째 무인 카메라가 가슴 부위에 접근한 순간, 오퍼레이터는 회심의 미소를 지으며 키를 두드렸다. 곧바로 한쪽 화면에 적 병기의 앞에 매달린 웨드의 내부 구조가 빠르게 떠올랐다. 다음 순간 무인 카메라는 파괴됐지만, 전송해 준 내부 사진은 장로에게 충격을 던져 주기에 충분했다.

"아, 아니! 조종석 대신에 박혀 있는 저 장치는 도대체?"

장로의 말대로 웨드의 조종석에는 사람 대신 알처럼 생긴 괴장치가 자리 잡고 있었다. 그 장치를 가만히 바라보던 휀은 순간 눈을 번쩍 뜨며 중얼거렸다.

"넬! 넬 에렉트!"

"예? 무슨 말씀이십니까, 휀 님?"

"저 안에 제가 아는 아이가 들어 있는 것 같습니다. 하지만 사람이 들어갈 정도의 크기로 안 보이는데 어째서 그 아이의 느낌이?"

"휀 님! 장로님!"

그때 상황실 입구에서 세이아의 다급한 목소리가 들려왔다. 휀은 자신에게 다가오는 세이아를 바라보며 물었다.

"무슨 일이십니까, 세이아 님."

"넬, 넬이에요! 넬이 이쪽으로 오고 싶다며 울고 있어요! 괴로워하고 있어요!"

"이쪽으로…… 오고 싶다고 말입니까?"

"예! 그런데 넬은 어떻게 되어 있나요?"

휀은 세이아가 넬이 어떤 상황인지 모르고 있다는 것을 깨닫고 안타까움에 그만 눈을 질끈 감았다. 좀처럼 감정을 드러내지 않는 휀이 의외의 반응을 드러내자 세이아는 움찔하며 할 말을 잃었다. 휀은 곧 뒤돌아서서 세이아에게 말했다.

"잠시만 기다려 주십시오."

"훼, 훼 님! 설마, 설마······?"

"죄송합니다. 지금으로서는 아무 대답도 해 드릴 수 없습니다."

세이아는 결국 눈을 감고 양손을 모으며 누군가에게 기도했다. 누구를 향한 기도인지는 세이아 외에 아무도 모르는 일이었다.

"큭!"

화이트 나이트는 쉴 새 없이 뿜어지는 광선 중 하나가 자신의 어깨를 스치고 지나가자, 움찔 놀라 서둘러 몸 주위에 배리어를 전개했다. 배리어를 전개하는 중에도 광선들은 무섭게 화이트 나이트에게 내리꽂혔다. 화이트 나이트 배리어의 외부는 광선들에 의해 일순간 하얗게 변했다.

사실 화이트 나이트는 예전과 같은 공격력을 발휘하지 못하고 있었다. 물론 적 병기 앞에 달린 웨드 때문은 아니었다.

'주동력이 이미 고갈됐나. 하긴, 무리도 아니지. 3개월 동안 하이드로 레이저 라이플을 쉴 새 없이 난사했으니 오리하르콘 결정 하나로는 부족한 게 당연해. 하지만 이대로 밖으로 나갈 수는 없어!'

화이트 나이트가 생각하는 도중에도 배리어에는 계속해서 광선들이 부딪쳤다. 결국 화이트 나이트는 보조 동력을 끌어 올리며 다시금 몸을 움직였다.

"알테미스······."

멍한 눈으로 창밖을 내다보던 아란은 자신의 옆에 앉아 있던 알테미스의 이름을 불렀다. 알테미스는 조용히 아란을 바라보았다. 아란은 나날이 안색이 창백해졌고 꼬챙이처럼 말라 가고 있었다. 하지만 그녀는 아무에게도 이유를 밝히려 들지 않았고, 결국 지금은 거의 폐인 직전까지 와 있었다.

아란은 이상한 미소를 머금은 채 알테미스를 바라보며 말했다.

"후훗, 후후훗. 난 더 이상 버틸 수 없어. 이젠 싫어. 데스 발키리도, 절망의 힘도, 또 죽었다가 다시 살아나는 것도 말이야. 그리고 너희에게 더 이상 죄를 짓고 싶지도 않아."

"무슨 소리지?"

알테미스는 눈을 가늘게 뜨며 물었다. 아란은 곧 킥킥 웃으며 자신의 검 디스파이어를 꺼내 들었다. 그리고 검 끝을 자신의 복부에 가져가며 말했다.

"저주스러워……. 나에게 필요한 건 이런 검도 아니고 가즈 나이트와 대적할 만한 힘도 아냐. 그저 한 남자가 필요했을 뿐이야."

"……."

"그런데 그 남자가 나 때문에 고통스러워하고 있어. 자신의 친구들을 앞에 두고도 죽은 척, 자신 때문에 친구들이 힘겨워하는 것을 보면서도 죽은 척해야 하니까…… 후후후훗."

아란의 심상치 않은 태도에 알테미스의 눈은 서서히 커졌다.

"아란, 너 설마……"

"후훗, 후후후후훗. 내가 죽으면 이 디스파이어와 십자가는 그 남자에게 전해 줘. 그럼 난 그와 영원히 함께할 거야. 다시 살아나지도, 죽지도 않고……."

푹. 디스파이어의 검 끝이 아란의 등을 뚫고 나왔다. 침대 밑으로 피가 철철 흘러내렸다. 알테미스는 고개를 돌리고 말았다. 아란은 심한 고통 속에서도 미소를 지으며 말했다.

"행복해……."

"……."

아란의 몸은 서서히 핏물로 변하여 침대 아래로 녹아내렸다. 그 피에 파묻힌 디스파이어는 진홍빛을 발하여 검 속에 아란의 영혼이 흡수됐음을 알테미스에게 알려 주었다.

"넌 실패작이야."

알테미스는 아란의 핏속에서 은십자가와 디스파이어를 꺼내 피를 닦아 낸 뒤 묵묵히 방을 나섰다.

"크윽!"

배리어의 출력이 떨어지자마자 화이트 나이트는 왼팔에 광선을 정통으로 맞고 그 충격으로 지상으로 추락했다. 다행히 역추진에 성공하여 지면에 충돌하는 것만은 겨우 면할 수 있었으나, 몸을 지탱할 에너지조차 사라져 버린 화이트 나이트는 그대로 차가운 땅 위에 누워 버렸다. 화이트 나이트를 격추한 적 병기는 굉음을 일으키며 다시금 드래고니스를 향해 전진했다.

"아, 안 돼……! 정신 차려, 넬!"

화이트 나이트는 간절하게 부르짖었으나 그 목소리는 적 병기에 미치지 못할 정도로 약했다. 화이트 나이트의 동력은 외부 스피커를 움직이는 것을 마지막으로 한계에 달했다. 결국 시각 카메라마저 빛을 잃었고, 그는 죽은 사람처럼 더 이상 움직이지 않았다.

"화이트 나이트, 동작 정지! 아무런 신호도 잡히지 않습니다!"

"빌어먹을 녀석!"

결국 바이칼은 화를 억제하지 못하고 옥좌의 팔걸이를 부쉈고, 세이아는 모니터에서 시선을 돌리고 말았다. 장로는 다시 다가오는 적의 병기를 어떻게 막을까 고심했다.

휀은 결국 숨을 길게 내쉬며 장로와 바이칼에게 말했다.

"장로님, 제가 나가겠습니다. 제가 드래고니스에서 벗어나면 전 함대에 후퇴 신호를 보내 주십시오."

"예, 부탁드립니다, 휀 님. 제발 조심하시길……."

휀이 다시 한 번 한숨을 내쉬고 막 나가려는 순간이었다. 갑자기 밖에서 시끄러운 소리가 들리더니 상황실 문이 활짝 열렸다. 문 밖에는 전룡단원이 쓰러져 있는 가운데 알테미스가 회색 헝겊에 싸인 길다란 꾸러미를 들고 서 있었다.

"무슨 일인가?"

알테미스는 가지고 온 꾸러미를 휀 앞에 내던지며 말했다.

"그 남자에게 전해 주십시오. 그리고 더 이상 아란 걱정은 하지 않아도 된다고 말해 주십시오. 그럼, 이만."

알테미스는 곧바로 몸을 돌려 상황실을 빠져나갔다. 말없이 알테미스가 나간 상황실 문을 바라보던 휀은 곧 바닥에 내던져진 물건을 집어 들고 바이칼을 불렀다.

"와라."

"뭘 던져 줬기에 사람을 오라 가라 하는 거야. 난 지금 얘기할 기분도 아니고 장물 구경할 기분도 아니…… 읍!"

순간 바이칼의 몸 위에 회색의 무거운 꾸러미가 덮쳐 왔다. 꾸러미 안에 든 내용물을 확인한 그는 깜짝 놀라며 휀을 쳐다보았다. 휀은 바이칼의 시선은 무시한 채 세이아를 바라보며 말했다.

"저 병기를, 넬을 막아 주실 수 있으십니까?"

"예?"

"넬에게 이제 세이아 님만이 희망입니다. 세이아 님께서 넬을 막지 못하면 저는 넬을 처치할 것입니다. 더 이상의 희생을 간과할 수 없기 때문입니다. 잠시 동안이라도 괜찮습니다. 부탁드립니다."

"알겠습니다. 해 보겠습니다!"

지금의 세이아는 사뭇 달라 보였다. 마치 아이를 지키려는 어머니처럼 그녀의 눈에 힘이 담겨 있었다.

그녀가 빛으로 변하여 어디론가 사라지자 휀은 바이칼을 바라보며 말했다.

"그것을 가지고 화이트 나이트가 쓰러진 장소로 가라. 그에게는 네가 필요할 테니까. 뒤는 나와 장로님께 맡겨라."

아무 말 없이 휀과, 자신의 몸 위에 던져진 물체를 바라보던 바이칼은 곧바로 그 물건을 들고 일어나 상황실 밖으로 나갔다.

휀은 장로를 바라보며 나지막이 말했다.

"어째서 일이 이렇게 된 건지 조금 있으면 알게 될 것 같군요."

"예?"

"아, 세이아 님께서 나오셨습니다. 전 함선을 양쪽으로 후퇴시켜 적 병기가 드래고니스에 가까이 올 수 있도록 해 주십시오."

"예, 알겠습니다!"

드래고니스의 상공에 따뜻한 빛을 발하는 거대한 한 쌍의 날개를 단 여성이 나타났다. 비상 대기 중이던 드래고니스의 전(全) 전룡단과 웨드 파일럿들은 난생처음 보는 광경에 잠시 넋을 잃고 말았다.

한편 드래고니스의 하단부에서는 군청색 날개를 지닌 드래곤이 회색 꾸러미를 입에 문 채 어딘가를 향해 빠른 속도로 날아갔다.

화이트 나이트가 쓰러진 장소에 겨우 도착한 바이칼은 곧바로 몸을 인간의 형태로 바꾸고 화이트 나이트에게 달려가 조종석을 발로 차며 거칠게 소리쳤다.

"이봐! 나와, 어서! 지금까지 나를 속인 대가를 치를 차례다!"

의외로 조종석 문은 쉽게 열렸다. 조종석 안에서 매캐한 연기와 함께 키 큰 남자가 바깥으로 모습을 드러냈다. 남자는 심하게 기침을 하고 연기를 손으로 내저으며 나오더니 쓴웃음을 지었다.

"후, 이거 질식사하겠는걸? 강제 콤바인 오프를 시키는 바람에 기계에 무리가 갔나 봐. 아, 오랜만이다, 바이칼. 혈색은……."

순간 바이칼은 아무 말도 하지 않고 리오의 몸을 와락 끌어안았다. 붉은 머리칼의 남자 리오는 갑작스러운 친구의 행동에 당황하며 주위를 두리번거렸다.

"이, 이봐! 아무리 오랜만이지만 이런 건 자제해야 하잖아!"

"이 바보 같은 녀석아, 이게 그냥 오랜만이라고 하고 말일이야!"

바이칼은 리오의 가슴에 얼굴을 파묻은 채 울부짖었고, 리오는 그만 할 말을 잃고 말았다. 그는 어깨를 떨며 흐느끼는 친구의 머리와 등을 손으로 쓰다듬으며 조용히 사과했다.

"미안해. 하지만 어쩔 수 없었어. 내가 다시 살아나서 돌아다닌다면……."

"자세한 얘기는 나중에 해. 이거나 받아."

바이칼은 소매로 눈물을 훔치며 들고 온 물건을 리오에게 건네주었다.

리오는 미소로 고마움을 표시하고는 망토를 풀었다. 그러나 망토 속에서 나온 세 자루의 검과 십자가를 보고는 표정이 딱딱하게 굳고 말았다. 그 안에 자신이 미처 생각지 못했던 디스파이어가 있었기 때문이다.

"바이칼, 어째서 이 검이 여기에 있는 거지?"

"나도 몰라. 하여튼 그 알테미스라는 데스 발키리가 더 이상 아란 걱정은 하지 않아도 된다고 했어."

"뭐!"

순간 리오의 얼굴이 흙빛으로 변했다. 바이칼은 갑작스러운 친구의 반응에 움찔하며 그를 다시 바라보았다.

한참 동안 침을 삼키며 감정을 억제하던 리오는 결국 손으로 얼굴을 덮으며 고개를 젓고 말았다.

"도대체 난 왜⋯⋯!"

리오는 이를 악문 채 땅에 놓인 망토를 집어 들고 천천히 몸에 둘렀다. 바이칼은 그가 평소와는 다르다는 것을 알 수 있었다. 그는 지금 눈물을 목으로 넘기고 있었다.

망토를 두르고 세 자루의 검을 허리에 나누어 찬 리오는 곧 바이칼을 바라보며 쓸쓸히 말했다.

"가자, 바이칼. 더 이상 소중한 것을 잃긴 싫으니까."

"기다려 봐."

그는 주머니에서 긴 끈 하나를 꺼내 리오의 산발을 직접 묶어 주며 말했다.

"옛날 레나라는 여자가 너에게 주었던 끈은 어디로 갔는지 모르겠더군. 어쨌든 넌 머리를 묶는 게 더 어울려. 이 은혜는 나중에 갚는 게 좋아."

자신의 머리를 손으로 다듬은 리오는 마지막으로 바닥에 떨어져 있던 은십자가를 목에 걸고 친구를 바라보며 말했다.

"오랜만에 날아 보자, 바이칼."

우우웅.

그때 갑자기 드래고니스 반대편에서 천지를 진동하는 거대한 소리가 들려와 리오와 바이칼은 뒤를 돌아보았다. 소리가 들려온 쪽에서 그들은 무수한 공간의 일그러짐 현상이 발생하는 것을 볼 수 있었다.

그 광경을 지켜보던 리오는 눈을 가늘게 뜨고 바이칼의 어깨를 두드리며 나직이 말했다.

"넌 어서 돌아가. 여기는 내가 맡을 테니 너는 넬을 맡아 줘."

"네가 지금 하는 행동이 뭘 뜻하는지 알고나 있나."

"음?"

바이칼은 곧바로 드래곤으로 변신하더니 리오를 쏘아보았다.

「넌 수차례 이 용제의 자존심을 짓밟았다. 내 부하들과 백성들은 내가 지켜. 그리고 명심해. 서룡족 제왕은 네가 아니고 나다. 헛소리 말고 타기나 해.」

리오는 쓴웃음을 지으며 바이칼의 어깨에 올라탔다. 그는 마지막으로 친구의 목을 두어 번 툭툭 두드리며 물었다.

"넬은?"

「세이아가 맡고 있다. 그녀 역시 여신이고 휀 녀석까지 있으니 알아서 할 거다. 네가 몇 번이나 말했지 않나. 넌 네 동료들을 믿고 있다고.」

리오는 고개를 저으며 한숨을 푹 쉬었다. 그리고 곧바로 디바이너와 파라그레이드 대신 디스파이어를 꺼내 들며 말했다.

"홋, 눈물 자국이나 닦고 말하시지, 용제님."

「큭! 닥쳐라!」

리오를 등에 태운 바이칼은 엄청난 속도로 날아올랐다. 그와 함께 공간의 일그러짐은 곧 여태까지 보아 온 동룡족의 함선들과 다른 새로운 함선으로 모습을 갖췄다. 그 광경을 가만히 바라보던 리오는 이전처럼 의기양양하게 소리쳤다.

"좋아! 멋지게 한 방 날려, 바이칼!"

「명령조로 말하지 마!」

하지만 말과는 달리 바이칼은 입속에서 새파란 에너지의 구체를 생성하더니 일순간 거대한 푸른색 섬광으로 변화시켜 적 함대를 향해 날려 보냈다.

섬광의 눈부신 빛은 전(全) 차원계 최강의 콤비라 불리던 둘의 재결성을 알리는 축포로 사방에 퍼져 나갔다.

드래고니스의 선수(船首)에서 조용히 적 병기를 기다리던 세이아는 얼마 안 돼 적 병기가 뿜어내는 광선의 집중 공격을 받았다. 하지만 세이아가 신력으로 직접 만들어 낸 방호막은 광선을 막아내기에 충분했다.

엄호해 주는 이 하나 없는 상태에서 세이아는 적의 집중 공격을 고스란히 받아 내고 있었다.

세이아는 눈을 감고 다시금 힘을 집중하여 적 병기에 매달려 있는 웨드의 조종석 안쪽으로 자신의 마음을 접근시켰다.

「넬, 들리는 거니, 넬? 들리면 대답해 봐, 어서.」

세이아의 노력에도 웨드에서는 아무런 반응도 나타나지 않았다.

하지만 세이아는 포기하지 않고 계속해서 웨드 안쪽에 마음을 보내려 애썼다.

「돌아갈 거야……. 방해하지 마!」

"넬!"

순간 적 병기의 두부가 열리는가 싶더니 곧바로 고출력의 에너지 광선이 뿜어 나왔다.

그 광선에 직격당한 세이아는 그만 그 압력을 견디지 못하고 드래고니스의 초차원 결계에 충돌하고 말았다.

"악!"

몸에 큰 충격을 입은 세이아는 등에 전해지는 고통을 참으며 다시 신력을 발휘했다.

세이아는 다시금 웨드 안에 있는 넬에게 마음을 전하기 위해 애썼으나 잠깐 사이 웨드 안쪽에서 느껴지는 마음의 벽은 믿을 수 없을 정도로 두터워져 있었다.

「넬. 정신 차려, 넬!」

「……」

그러나 적 병기는 대답 대신 다시금 고출력 에너지 광선을 뿜어냈고, 세이아는 눈을 질끈 감으며 충격에 대비했다.

"넬 녀석, 계속 그러면 선배한테 혼난다!"

순간 세이아는 자신이 누군가에게 안겨 믿을 수 없을 정도의 속도로 이동한 것을 느낄 수 있었다. 그녀는 눈을 번쩍 떴다.

"지, 지크 님?"

지크는 곧 특유의 장난기 어린 미소를 지으며 살짝 윙크를 던졌다. 그는 곧 세이아를 놓아주고 적 병기를 돌아보며 말했다.

"헷, 늦지는 않았군요. 어쨌든 넬 녀석이 어지간히 집에 돌아가고 싶었던 모양인데요? 방해되는 존재가 시야에 없으니까 곧바로 드래고니스에 공격을 퍼붓네요. 쳇, 내가 잘못 가르쳤지."

그는 주먹을 불끈 쥐며 분노를 표했다. 세이아는 걱정스러운 얼굴로 지크를 가만히 보았다. 지크는 세이아를 돌아보며 물었다.

"제가 뭘 해 드리면 되는 거죠? 뭔가 해 드릴 일이 있다면 말씀해 주세요."

"예? 음…… 저를 넬이 타고 있는 웨드에 최대한 가까이 접근시켜 주세요. 아마 가까이 접근할 수 있다면 넬의 마음의 벽을 더 빨리 허물 수 있을 거예요."

"그래요?"

지크는 곧 팔짱을 끼고 고민에 빠졌다. 세이아를 가까이 접근시키기 위해서는 자신이 적 병기들을 유인하는 수밖에 없었다. 그런데 숨 쉴 틈 없이 쏟아대는 적의 광선을 일일이 피하면서 유인할 자신은 없었다.

"쳇, 고민이군. 바이론이나 슈렌, 사바신, 레디 녀석 중 한 명만 있어도 조금 쉬울 텐데. 뭐, 좋아요. 할 수 있는 데까지 해 보죠!"

"아, 지크 님! 위험해요!"

"엉?"

지크는 적 병기가 자신을 향해 고출력 광선을 발사한 것을 알아차리고, 급히 세이아를 안고 몸을 피하려 했다. 하지만 아무리 지크라 해도 너무 늦었다.

"아직 어려."

순간 지크와 세이아의 뒤쪽에서 황색의 거대한 빛이 굉음을 일으키며 분출되었다. 그 빛은 고출력 광선과 상쇄되어 중간에서 사라졌다.

지크와 세이아가 뒤돌아보자 휀이 가볍게 오른쪽 손목을 풀며 서 있었다.

"대장!"

"적에게 시선을 떼고 대화를 하는 건 죽음을 애원하고 있는 거나 마찬가지. 시선을 고정해라."

"아, 알았어."

지크는 곧바로 적 병기 쪽으로 시선을 돌렸다.

휀은 광황포를 갑자기 쓰느라 소진된 몸의 기를 다시 보충하며 말했다.

"나도 저 집중포화를 다른 방향으로 유인할 수 없다. 하지만 집중포화를 줄이는 것은 너도 할 수 있다."

"뭐라고? 하지만 그렇게 하면 넬이 위험할지 모르잖아!"

"시키는 대로만 해라. 적 병기의 공격을 한곳으로 차단한다. 나는 왼쪽 팔과 다리를, 넌 오른쪽 팔과 다리를 맡는다. 그리고 적의 두상에서 뿜어지는 고출력 광선은 우리가 유인한다. 그다음은 세이아 님께서 맡아 주십시오."

"예! 맡겨 주세요!"

세이아는 자신 있게 고개를 끄덕였다. 휀은 곧 지크와 나란히 서며 나직이 물었다.

"자신 있나?"

지크는 씩 미소를 지으며 오른손 가죽 장갑을 강하게 죄었다.

"헤헷, 죽는 것보다는 자신 있다고, 대장. 이 바람의 지크 님이 새로 개발한 기술도 보여 줄 테니 기대하셔!"

"좋다."

곧 휀과 지크는 자신이 맡은 방향을 향해 빠른 속도로 이동했고 세이아는 양손을 모으고 조용히 기도했다.

"응?"

그때 무언가 그녀의 머릿속을 스쳐 지나갔다.

잠시 그 느낌을 되새기던 세이아는 이내 감격 어린 미소를 지으며 중얼거렸다.

"돌아오셨어!"

3개월 전.

"후, 후훗……. 하하하핫!"

디스파이어가 목을 베기를 묵묵히 기다리던 리오는 갑자기 들려온 아란의 웃음소리에 움찔 놀라 눈을 떴다. 아란은 디스파이어를 옆에 꽂은 채 바위 위에 앉아 히스테릭하게 웃으며 말했다.

"후후훗…… 이게 다 당신 때문이에요. 수백 년간 수십 번 넘게 경험해 왔던 전생과 죽음의 고통. 그 끔찍한 고통이 저를 이렇게 변화시켰어요. 하지만 달라지지 않은 게 있더군요. 난 역시 당신을 죽일 수 없어요. 당신이 나를 죽이는 건 괜찮지만…… 후후후훗."

리오는 말없이 아란을 바라보았다. 디스파이어를 거둔 그녀는 곧 리오의 손을 잡아 일으키고 부축하며 말했다.

"갈 곳이 있어요. 천천히 따라오세요."

"갈 곳?"

아란은 아무 대답이 없었다. 하는 수 없이 리오는 아란을 따라 어디론가 향했다.

겨우 걸을 수 있을 정도로 몸이 회복된 리오가 아란의 안내를 받아 도착한 곳은 폐허가 된 한 대학 건물이었다. 건물 근처에 리오를 앉혀 놓은 아란은 주위를 한참 두리번거리더니 건물 바로 옆에 있는 나무를 강하게 손으로 쳤다. 그러자 건물 앞에 지하로 통하는 작은 비밀 통로가 열렸다.

아란이 안으로 들어가자는 손짓을 했고 리오는 힘겹게 몸을 일으켜 아래로 내려갔다. 통로 벽을 손으로 더듬으며 리오가 물었다.

"어째서 대학 지하에 이런 시설이 만들어진 거지?"

"만들어진 지는 그리 오래되지 않았어요. 아마 당신들 앞에 화이트 나이트라는 웨드가 나타나기 얼마 전부터? 자세한 건 내려가면 알게 돼요."

"흠……."

끝없이 내려가기만 하던 리오는 문득 기이한 느낌에 사로잡혔다. 통로의 어떤 지점을 통과하는 순간부터 마치 전혀 별개의 세계로 들어선 듯한 느낌이 들었다.

이윽고 리오와 아란은 거대한 문 앞에 도착했다. 아란이 문 옆의 번호판에 패스워드를 입력하자 문이 열렸다. 리오는 안쪽에서 쏟아지는 싸늘한 기운을 느끼며 주춤주춤 들어갔다.

"이곳은 대체…… 음?"

안으로 들어선 리오는 멀리 앞쪽에 보이는 하얀색 물체를 보고 경악을 금치 못했다. 지금까지 어디서 만들어지고, 어디서 나타났는지 아무도 모르고 있던 화이트 나이트가 눈앞에 서 있었다.

"화이트 나이트? 도대체 여긴 뭘 하는 곳이지, 아란?"

"내가 대신 설명해 주겠네, 리오 군."

리오는 옆에서 들려온 노인의 목소리에 움찔하며 바라보았다. 하얀 실험복과 긴 수염, 그리고 록 그룹의 리드보컬처럼 기른 흰머리가 멋지게 어울리는 그 노인은 화이트 나이트에 시선을 두고 리오에게 말했다.

"급하게 만드느라 서룡족의 부품과 오리하르콘을 정당하지 못한 방법으로 구해서 사용했지만 성능만은 뛰어나다네. 내가 만든 베히모스보다 더 말이지. 물론 생체적인 능력과 동력 문제 때문에 그들만큼 오래 돌아다닐 수는 없지만 말일세."

"베히모스? 그럼 당신은 도대체 누구십니까! 어째서 이런 일을 하시는 겁니까!"

노인은 빙긋 미소 지으며 리오에게 말했다.

"멀린이라고 하네. 자, 자세한 얘기는 들어가서 하세. 자네도 몸 상태가 그리 좋지 않은 것 같으니 말일세."

"그렇군요. 베히모스가 저와 싸우며 수집했던 자료를 토대로 화이트 나이트의 인공지능을 만드셨군요. 그런데 화이트 나이트를 만드실 때 왜 서룡족의 기술력을 도입하신 겁니까?"

멀린은 탁자 위에 놓인 뜨거운 차를 스푼으로 저으며 조용히 대답했다.

"나는 생명체를 인공적으로 탄생시킬 수 있는 허가를 신에게 받은 유일한 사람일세. 하지만 내가 만든 생체병기가 모두 와카루라는 자의 장난감이 되어 버린 이후, 나는 생체병기들을 만들지 않기로 맹세했다네. 그런데 내가 모시고 있는 분께서 파괴신의 예언이 현실로 드러날 때가 되었다면서 나에게 작품 하나를 더 만들 것을 부탁하셔서 결국 마지막으로 내가 만들 수 있는 최고의 병기를 만들어 보기로 결심했네. 그래서 생각하던 도중 서룡족이 만든 웨드라는 것에 흥미를 가지게 됐지. 그리고 시간도 촉박해서 결국 서룡족의 기술력을 훔치기로 했네. 클로머트에게 미안했지만."

한참 얘기를 듣던 리오는 멀린의 입에서 클로머트란 이름이 나오자 의외라는 표정을 지었다.

"클로머트? 서룡족의 장로님을 말씀하시는 겁니까?"

"음, 그렇다네. 나의 오랜 친구지. 내가 생물과 전기, 전자 분야의 전문가라고 한다면 그 친구는 물리와 화학의 전문가지. 드래고니스에서 사용되는 듀얼 하이드로 레이저를 설계하고 오리하르콘 결정질을 효율적으로 사용할 수 있도록 개량한 사람이 바로 그 친구네. 어쨌든 결과적으로 나와 그 친구의 지식이 결합되어 탄생한 것이 화이트 나이트지, 그 성능은 가즈 나이트와도 대적할 수 있을 정도가 됐지. 하지만 한 가지 문제가 있었어. 자네를 기준으로 만든 인공지능으로는 화이트 나이트 역시 언제 또 와카루의 장난감으로 변할지 몰랐거든. 그러다가 우연히 저 아란이라는 아가씨를 만나게 됐지."

리오가 아란을 돌아보자 차를 마시던 아란은 눈을 내리뜨며 말했다.

"멀린 경을 뵙자마자 여쭤 보았죠. 제가 살고, 또 당신이 살 수 있는 방법을 말이에요. 유감스럽지만 저는 아롤 님에 의해 데스 발키리로 다시 태어날 때 당신의 영혼에 내 영혼이 반응하도록 되어 버렸어요. 그 덕분에 당신의 영혼이 6개월 이상 저와 같은 차원계에 있게 되면 저는 영원히 죽게 되어 있죠. 제가 데스 발키리를 떠나 당신과 함께 있는 것을 방지하기 위해 만든 방편이라고나 할까요, 후훗. 그 6개월이란 시간 이상으로 저와 당신이 같이 있으려면 둘 중 한 사람의 영혼이 이 디스파이어 안에 봉인되어야만 해요."

"그런…… 말도 안 되는……!"

리오는 도저히 받아들일 수 없었다. 리오와 한 차원계 안에서 6개월 이상 같이 있으면 영원히 죽게 되는 아란의 운명……. 미처 몰랐던 사실이지만, 알고 난 지금도 어쩔 수 없는 자신의 처지가 증오스러웠다.

아란은 차로 마른 목을 적시고 계속 말했다.

"제 궁극적인 임무는 가즈 나이트들을 제거하는 것이죠. 그런데 유감스럽게도 이 세계의 또 다른 임무가 늦어지면서 결국 그 6개월이란 시간은 점점 지나가게 됐고 저는 다급해지기 시작했어요. 이대로 돌아갈 수도 없고, 또 그렇다고 당신의 영혼을 쉽게 디스파이어 안에 가둘 수 있는 것도 아니었고……. 그러다 운 좋게도 멀린 경을 뵙게 되어 그 해결책을 찾을 수 있게 된 것이죠."

멀린이 다음 말을 이었다.

"아란의 말을 듣고 나는 화이트 나이트 계획을 완벽하게 만들 기회라고 생각하며 화이트 나이트 안에 특별한 장치를 첨가했네. 자네의 모든 것이 화이트 나이트 외부로는 절대 나가지 않도록 가두는 것이지. 그렇게 모든 준비를 갖춰 두고 있었는데 다행이라고 해야 할지 아니면 안타깝다고 해야 할지, 오늘 동룡족의 기습으로 기회가 생긴 것이네. 자네의 생사가 불분명하게 될 기회 말일세."

"예? 하지만 그런 정도는 다른 사람들에게 말을 해도……."

"이 해결 방법이 알려지면 문제가 생기고 말 것이네. 가즈 나이트를 제거할 기회를 호시탐탐 노리고 있는 악신계에서 아란에게 또 무슨 방법을 쓸지 모르는 일이거든. 이번 일이 끝날 때까지만 화이트 나이트를 사용해 주게. 그것이 전생부터 인연을 맺어 온 아란을 돕는 길일세. 괴롭겠지만 참아 주게."

리오는 양손으로 얼굴을 덮고 고민에 빠졌다.

지금의 전쟁이 언제 끝날지 모르는 상황에서 계속 동료들을 모른 체해야 한다는 것은 괴로운 일이 아닐 수 없었다. 하지만 리오 자신이 화이트 나이트가 되지 않으면 아란이 영원히 죽음에 이르기 때문에 다른 선택의 여지가 없었다. 결국 결심을 굳힌 리오는 멀린을 바라보며 말했다.

"알겠습니다. 단, 부탁이 있습니다."

"음? 뭔가?"

"화이트 나이트를 타는 동안 다른 대비책을 찾아주십시오. 제가 죽었다는 소식을 접하면 슬퍼할 사람이 너무나 많기 때문입니다."

"알겠네."

멀린은 고개를 끄덕였고, 리오는 곧 아란을 바라보며 말했다.

"진작에 말해 줬다면 마음의 준비라도 했을 텐데…… 아쉽군."

"아쉬워할 것 없어요. 아까 당신을 처치할 수 있는 기회였을 때 난 솔직히 당신 영혼을 이 디스파이어 속에 가두고 싶었거든요."

아란의 말은 차가웠지만 리오는 미소 지었다. 리오는 힘겹게 몸을 일으키며 말했다.

"다시 헤어져야만 할 것 같군. 미안해."

"사람 말을 무시하는 버릇이 생겼군요. 예전과 달리…… 후훗."

하지만 말투와 달리 아란의 표정엔 깊은 아쉬움이 배어 있었다.

「결국 너를 다시 나오게 하기 위해 그녀가 자살했다는 건가.」

리오에게 자초지종을 들은 바이칼은 안타까운 눈빛으로 말했다. 리오는 사방에서 몰려드는 비행형 바이오 버그들을 쏘아 맞추며 묵묵히 고개를 끄덕였다.

"그녀 역시 괴로웠을 거야. 자신 때문에 3개월 동안 너희 앞에서 거짓말하는 내 모습 때문에 말이야. 그녀가 데스 발키리로 다시 태어난 것도 결과적으로는 내 책임이야. 그녀는 타인이 고통당하는 모습을 모른 척하기에는 너무 착했어. 수백 년간 변함없이! 흠!"

리오는 검을 휘두르며 말을 맺었다. 바이칼 역시 다시 브레스를 뿜으며 함선들을 격침했다.

"자, 이 지크 님의 변신을 보여 주겠다! 이 스페셜한 기술에 놀라지 말라고, 대장! 음우하하핫!"

막 공격을 시작하려던 휀은 지크의 자기 선전에 자세를 풀며 그를 바라보았다. 지크는 양손을 모으고 눈을 감으며 정신을 집중했다. 곧 그의 앞에 붉은색으로 빛나는 마법진이 그려졌다. 휀은 한쪽 눈을 찡그리며 지켜볼 뿐 아무 말도 하지 않았다.

마법진이 완성되자 지크는 곧바로 눈을 뜨더니 마법진을 기합과 함께 강하게 밀어냈다.

"간다! 파이어 볼!"

피식.

"……."

"응? 아, 아니 이럴 수가! 나의 마법이!"

지크는 자신이 발사한 화염탄이 얼마 나가지 못하고 앞에서 피식 꺼져 버리자 머리를 감싸 쥐며 믿지 못하겠다는 표정을 지었다.

휀은 말없이 적 병기 쪽으로 몸을 돌리고 다시 공격할 준비를 했다. 화염탄이 사라진 곳을 멍하니 바라보던 지크는 곧바로 머리를 흔들어 정신을 차리고, 몸의 기풍력(氣風力)을 끌어 올리며 다시금 소리쳤다.

"역시! 송충이는 솔잎을 먹고 살아야 하는 법! 이 바람의 지크, 남에게 배운 것 말고 자체 개발한 신기를 보여 주겠다! 우오오옷!"

기합과 함께 지크의 몸 주위를 휘감고 있던 기류들이 그의 오른손에 집중되었다. 예상외로 강력한 힘에 휀도 움찔하며 지크를 돌아보았다.

"자, 지켜봐라! 바람이여, 폭풍이여, 대지를 뒤덮은 천공이여! 지금 그 강대한 힘으로 내 앞의 적을 부수고 찢어라! 진짜 간다! 필살! 신식(神式), 극풍(極風)!"

지크의 오른손에서 강하게 내뻗은 커다란 기류는 소름 끼칠 정도의 굉음을 내며 적 병기 쪽으로 날아갔다. 갑자기 날아오는 기류를 알아차린 적 병기는 순간 몸을 돌려 왼팔로 그 기류 덩어리를 막아 내려 했다. 그러나 기류는 예상보다 훨씬 강력했다. 지크의 극풍과 적 병기의 팔이 충돌한 순간, 적 병기의 팔에 손바닥 모양의 거대한 자국이 깊이 찍혔다. 충격을 이기지 못한 기계 팔은 마침내 큰 폭발을 일으키며 산산이 부서지고 말았다.

"엉?"

그 광경을 본 지크는 눈을 휘둥그렇게 뜨며 자신의 오른손과 적 병기를 번갈아 쳐다보았다. 역시 내심 놀라고 있던 휀은 묵묵히 시선을 돌리며 생각했다.

'2개월 동안 더욱 강해졌어. 녀석이 결국 바람을 지배하기 시작했군.'

"으하하핫! 어떠냐! 기술 개발에 보름, 대사 개발에 한 달이 걸린 초절의 신기다!"

'쓸데없는 데 시간 낭비하는 건 여전하군.'

지크에 대한 점수를 다시 깎아내린 휀은 자신들에게 몸을 돌리는 적 병기를 쏘아보며 기를 끌어 올렸다. 이윽고 적 병기는 나머지 팔과 다리에서 수백 발에 달하는 광선을 휀에게 집중 발사했다.

"윽? 이봐, 대장. 위험해!"

광선이 집중적으로 날아오는 것을 본 지크는 깜짝 놀라 소리쳤으나 휀은 눈 하나 깜짝하지 않고 말했다.

"너라면 위험하겠지."

순간 수백 발의 광선들이 진공청소기에 흡수되듯 휀의 손안으로 빨려 들어갔다. 휀은 파란색으로 빛나는 손을 불끈 쥐며 지크에게 말했다.

"이 휀 라디언트에게 광학 병기는 무의미하다."

지크는 어깨를 으쓱하며 고개를 저을 뿐이었다.

"헤헹, 우주 황태자님이 어련하시겠습니까."

그때 휀의 손에서 응축된 광선이 무서운 기세로 뻗어 나가 적 병기의 오른팔을 관통했다. 적 병기의 오른팔에서 광선 대신 연기가 뿜어 나오기 시작했다.

휀은 말을 잊은 지크를 바라보며 나지막이 말했다.

"남은 건 두 다리다. 속전으로 처리하자."

"네, 네, 네, 네, 네."

적 함선들이 에너지 딜레이 상태에 빠져 지체하는 사이 전 함대의 절반 이상을 부순 리오와 바이칼은 적 함대에서 약간 벗어나 다음 작전을 구상했다.

"바이칼, 저 녀석들 후퇴할 생각을 안 하는데 어쩌지? 이제부터 우리 둘만으로는 좀 힘들 것 같은데!"

「내려라.」

"뭐?"

리오는 움찔하며 바이칼을 쳐다봤으나 그가 지금 상황에서 헛소리를 할 이유는 만무했다.

무슨 생각이 있겠지 하고 판단한 리오는 결국 군소리 없이 그의 등에서 내렸고, 바이칼은 곧 자신의 몸을 정상 크기로 되돌렸다.

전장 120여 미터의 거대한 몸, 그리고 그 거대한 몸을 받쳐 주는 거대한 날개. 바이칼의 눈은 번뜩였고, 그의 몸을 뒤덮은 두꺼운 비늘들은 마치 상어의 아가미가 움직이듯 꿈틀거렸다.

처음 보는 친구의 모습에 리오는 깜짝 놀라지 않을 수 없었다.

"바, 바이칼, 어떻게 된 거야? 게다가 이 거대한 에너지량은……!"

「작년까지는 유년기였기에 사용하지 못했던, 용제가 대대로 지니고 태어나는 '멸성(滅星)의 힘'이다. 그리 어렵진 않아. 전신호흡을 이용해 몸의 힘을 수십 배로 응축하는 것이다.」

말하는 도중에도 바이칼의 비늘은 계속 꿈틀대며 에너지를 모았고 에너지가 적당히 모아지자 비늘들이 달궈진 쇳덩이처럼 붉게 빛났다. 그 모습은 붉은색 비늘을 지닌 보통의 레드 드래곤과 달랐다. 무서울 정도로 빛나는 붉은빛은 신룡 브리간트가 노했을 때와도 흡사했다. 리오는 감탄할 수밖에 없었다.

물론 바이칼이 힘을 발휘하기까지 시간이 필요했으므로, 리오는 앞으로 나아가 검을 휘두르며 적으로부터 친구를 엄호해야 했다.

「리오, 지금이다!」

"음!"

바이칼의 신호에 맞춰 리오는 재빨리 바이칼의 뒤쪽으로 몸을 피했다. 그와 동시에 바이칼은 입을 벌리며 온몸에 응축했던 힘을 일시에 뿜어냈다.

무서울 정도로 파랗게 빛나는 광대한 빛의 기둥에 모든 물체가 일시에 소멸됐다. 바이오 버그든, 함대든, 그 무엇이든…….

그러나 바이칼의 기가 피니셔는 지금까지와 달리 폭발하지 않았다. 그 이유는 간단했다. 그 엄청난 압력의 광선을 버틸 만한 존재가 사격 범위 내에 존재하지 않았기 때문이다.

「윽!」

바이칼의 기가 피니셔가 일직선을 그리며 대기권 바깥으로 날아간 순간, 갑자기 묵직하게 공간이 일그러졌다.

리오는 기를 끌어 올려 자세를 유지하기 위해 애썼고, 바이칼 역시 날개로 몸을 감싸며 공간이 일그러진 여파를 버텨 내려 했다.

조금 후 공간의 일그러짐이 사그라들자 리오는 곧바로 바이칼의 옆으로 다가왔다. 동룡족 함대가 사라지고, 땅이 증발되고 밀려 버린 흔적만 남은 것을 본 그는 안도의 한숨을 내쉬었다.

"후, 대단하군, 바이칼. 지금처럼 네가 강하게 보인 적은 없는데?"

그러나 바이칼은 아무런 말이 없었다. 이상하게 생각한 리오가 그의 머리 쪽으로 올라가려는 순간, 바이칼은 인간의 모습으로 변하더니 지면으로 떨어졌다.

"이런!"

당황한 리오는 곧바로 바이칼을 받아 냈다. 바이칼의 입술이 파랗게 변한 것을 본 리오는 즉시 화이트 나이트가 있는 곳을 향해 날아갔다.

"산소결핍증에 걸릴 때까지 뿜어내면 어쩌자는 거야!"

화이트 나이트의 좌석에 바이칼을 눕힌 리오는 구급용 산소 마스크를 꺼내 바이칼의 입에 댔다.

잠시 후 밀랍처럼 차갑게 변해 있던 바이칼의 얼굴에 천천히 혈색이 돌기 시작했다.

리오는 쓸쓸히 미소 지으며 바이칼의 머리를 매만져 주었다.

"녀석, 어쩐지 기세 좋게 계속 뿜어낸다 했지. 정신 들어?"

그의 말에 반응이라도 하듯 바이칼이 조용히 눈을 떴다. 그는 자신의 큰 눈을 껌벅거리며 가만히 리오를 바라보았다. 그런 그를 내려다보던 리오가 말했다.

"두 달간 너를 쭉 지켜봤는데 정신적으로 상당히 불안한 것 같더군. 아아, 나 때문이었으니 미안하다는 말밖에 할 수 없지. 뭐, 하지만 더 이상 숨을 필요가 없으니 괜찮아. 대가가 크긴 하지만. 후훗."

"내가 이런다고 좋아할 것 같나."

순간 바이칼은 손으로 리오를 살짝 떠밀며 퉁명스럽게 말했다. 하지만 리오는 여느 때처럼 반응했다.

"피망 먹어 줄 사람이 다시 생겼으니 적어도 입맛은 살겠지."

"빌어먹을 녀석."

바이칼은 고개를 돌려 버렸으나 리오는 여전히 웃을 뿐이었다.

"이제 가 보셔도 됩니다, 세이아 님."

드래고니스의 초차원 결계 위로 쓰러져 있는 웨드의 인양 작업을 지켜보던 휀은 웨드를 걱정스러운 얼굴로 지켜보는 세이아에게 넌지시 말했다. 그러나 세이아는 고개를 저으며 말했다.

"아니에요. 저 아이는 아직도 불안해하고 있어요. 리오 씨께서 돌아오셔서 기쁘긴 하지만 저 아이의 곁에 제가 계속 있어 줘야 해요. 저 아이의 마음의 손을 잡아 주어야만 해요."

"뜻대로 하십시오."

휀은 다시 시선을 웨드에게 돌렸다. 적 병기와 연결되어 웨드의 조종석 밖으로 나와 있던 파이프에서 아직도 노란색 물방울이 뚝뚝 떨어지고 있었다.

그 물방울을 바라보던 휀은 손끝으로 물방울을 찍어 냄새를 맡아 보았다. 그런 후 손수건으로 손끝을 닦으며 낮게 중얼거렸다.

"뇌수……?"

14장
동맹의 깃발

1

무너진 지하드

지크는 자신의 집 앞에 구름같이 몰려든 수많은 여성들을 바라보며 속으로 허무감과 비애를 느끼고 있었다. 자신이 알고 있는 여성들 외에도, 헤아릴 수 없이 많은 드래고니스의 서룡족 여성들이 있었기 때문에 지크는 더더욱 힘이 빠지는 것 같았다.

'리오 녀석, 연예인이냐?'

속으로 그렇게 투덜대면서 지크는 머리에 붉은색 모자를 쓰고 손에 메가폰을 든 채 여성들에게 돌아가라는 신호를 계속 보내고 있었다.

"자자, 오늘은 돌아가 주세요! 오늘은 누구와도 만나고 싶지 않다고 했습니다! 다시 말씀드리겠습니다. 돌아가 주세요!"

"그럼 이거라도 전해 주세요!"

"어허, 우리는 이런 것을 받을 처지가 아니니 가족한테나 주세요! 거기, 선물 집 안으로 던지지 말아요!"

지크가 한참 여성들을 막고 있을 무렵, 리오는 지크의 방 침대에 누워 말없이 천장을 바라보고 있었다. 리오의 귀에는 지크의 메가폰 소리도, 자신의 이름을 부르는 여성들의 목소리도 들리지 않았다. 물리적으로나 생물적으로나 분명 들리지 않을 이유가 없었지만 리오의 마음은 그것을 거부하고 있었다.

"우우우웅."

그때 벽에 기대어 두었던 디스파이어가 공명음을 내며 떠올랐다. 리오는 빙긋 웃으며 디스파이어를 바라보았다.

"무슨 얼빠진 모습이냐고? 음…… 아냐. 그냥 좀 쉬고 싶어서. 3개월간 침대에 누워 잠을 자 본 적이 없어. 푹 좀 자고 싶어."

리오의 모습은 마치 디스파이어와 대화를 하는 것처럼 보였다. 아니, 그는 실제로 디스파이어와 대화하고 있었다. 정확히 말하면 디스파이어 안에 봉인된 아란과 대화를 나누는 것이었다. 리오의 표정이 이상할 정도로 밝았다.

"우우웅…….."

"그래, 복에 겨운 소리로 들려도 할 수 없지. 하지만 너무 그렇게 화내지 마. 너도 좀 쉬는 게 좋을 것 같은데 말이야."

"우웅……."

"다른 여자들? 후훗, 날 진정으로 이해하는 여자라면, 내가 하루 정도 쉬는 건 이해해 주겠지. 저렇게 지크 녀석을 고생시키지도 않을 테고 말이야."

디스파이어는 붉은색 잔광을 남기며 다시 벽에 기댔다. 리오는 눈을 감으며 한숨을 길게 내쉬었다.

"휴, 어차피 길게 자지는 못해. 넬이 걱정돼서 그러는데 미안하지만 여섯 시간 있다가 깨워 줄래?"

"우웅……."

"음, 고마워."

리오는 곧 이불을 덮고 잠을 청했다. 디스파이어는 다시 떠올라 탁상시계가 보이는 벽 쪽으로 옮겨 기댔다.

조금 뒤 겨우 여성들을 집으로 돌려보낸 지크는 피곤한 얼굴로 자신의 방문 앞에 도착했다. 그는 모자를 벗어 던지면서 투덜댔다.

"쳇, 리오 녀석에게 여자 꼬시는 법을 배워야겠어. 난 왜 이렇게 인기가 없지?"

머리를 흔들며 방문을 연 그는 리오가 자신의 침대에서 자고 있는 것을 보고 인상을 찡그리며 리오의 어깨를 손으로 두드렸다.

"이봐, 연예인. 어서 소파로 돌아가서 자라고. 나도 긴장이 풀려서 피곤할 대로 피곤하니까 말이야."

"우웅…… 여섯 시간만 빌리자, 지크. 선심 좀 써 줘."

잠에 취한 리오의 말에 지크는 될 대로 되라는 듯 침대의 빈 공간에 털썩 쓰러졌다.

"웅? 무슨 짓이야?"

지크는 다시 잠에서 깬 리오의 몸에 팔을 거칠게 올리며 말했다.

"난 내 침대가 아니면 잠이 안 와, 인마. 으흑?"

그때 지크도 모르는 사이에 떠오른 디스파이어가 누워 있는 그의 목을 겨눴다. 지크는 침을 꿀꺽 삼키며 옆으로 몸을 움직여 침대에서 빠져나갔다.

"아, 알았어, 아가씨. 헤헷, 형제끼리 장난 좀 친 걸 가지고 과민 반응할 필요는 없잖아?"

그러나 디스파이어가 지크를 계속 방 밖으로 밀어내자 지크는 디스파이어를 노려보며 말했다.

"젠장, 이건 재산권 침해라고. 아, 알았어. 흥분하지 마."

결국 쫓기듯 거실로 내려온 지크는 거칠게 소파에 누워 재산권이 어쩌고 하면서 투덜거렸다. 하지만 그런 불만도 잠시 그는 쓸쓸한 표정을 지으며 고개를 저을 수밖에 없었다. 리오가 어째서 화이트 나이트에 타게 됐는지, 아란이 왜 리오를 죽이려 했고 또 자결했는지 알기 때문이었다.

"검으로라도 남았으니 다행이지만, 그래도 언제까지 저 상태가 계속될까."

'또 헤어질지도 모르는데'

지크는 그 마지막 말을 생략했다. 말이 씨가 된다는 말이 생각나서였다.

회수한 웨드의 내부와 조종석 안에 들어 있던 괴물체를 조사하고 나와 공장 밖에서 간단히 차를 마시던 장로는 무슨 생각이 들었는지 한숨을 폭폭 내쉬었다. 무엇이 잘못된 것일까. 장로의 한숨은 연구실로 옮겨지는 알 모양의 괴물체를 본 순간 더욱 깊어졌다.

"문제가 있습니까."

그때 멀리서 휀의 목소리가 들려왔다.

"아, 휀 님."

그는 이번 일로 피해 입은 함대의 뒤처리를 하고 오는 길이었다.

"장로님의 한숨 소리가 심상치 않게 들리는군요."

장로는 휀을 바라보며 다시 한숨을 지었다.

"음…… 휀 님, 연구실로 같이 가시겠습니까? 보여 드릴 것이 있습니다."

넬이 뭔가 잘못된 게 분명했다. 하지만 휀은 여전히 별 표정의 변화가 없었다.

얼마 후 장로의 연구실로 간 휀은 장로가 보여 준 괴물체의 엑스레이 사진을 보며 눈을 가늘게 떴다. 하얀색의 덩어리와 그 아래로 길게 늘어뜨려진 실이 찍힌 사진이었다. 휀은 연구실로 옮겨진 괴물체를 바라보며 장로에게 물었다.

"남아 있는 것은 뇌와 척수뿐이라는 말씀이십니까."

"예, 그렇습니다. 도대체 그 와카루라는 자는 왜 어린 소녀에게 이런 악랄한 짓을 한 건지!"

장로는 말하는 도중에도 분노를 금치 못했다. 휀은 여전히 표정 없는 얼굴로 당연하다는 듯 말했다.

"실험 대상의 연령을 가릴 만한 사람이었다면 상황이 지금 같지도 않을 겁니다. 일단 넬의 뇌와 척수가 살아 있다니, 당분간은 잘 보존해 주십시오."

"예? 방법이 있단 말씀이십니까?"

장로가 금세 밝은 표정을 지으며 묻자, 휀은 고개를 살짝 숙이며 무겁게 입을 열었다.

"친구들을 만나게 해 줘야 하니까요. 일단 아직 살아 있으니까."

"그, 그런……! 알겠습니다."

크게 흔들린 장로의 눈이 곧 감겼다. 휀의 마음이 이해되었다.

휀은 곧바로 연구실을 나섰다. 그는 품에서 담배를 꺼내 물고 발걸음을 옮기며 나지막이 중얼거렸다.

"차라리 넬의 웨드를 소멸시켰다면 지금 같진 않았을지도……."

"아, 휀 님!"

제궁을 나서던 휀은 우연히 제궁으로 향하던 세이아와 마주쳤다. 누군가 곁에 돌아온 탓일까. 전보다 훨씬 밝아진 그녀가 웃으며 휀에게 물었다.

"넬은 어떤가요? 무사한가요? 너무 궁금해서 견딜 수가 없어서 그만 여기까지 오고 말았습니다. 호홋."

휀은 아무런 대답도 할 수 없었다. 사실을 알고 나면 세이아의 밝은 미소가 어떻게 바뀔지 뻔했다. 그러나 어차피 알게 될 일이었다. 휀은 눈을 감으며 세이아에게 물었다.

"성계신의 직위에 있는 신들은 직위가 높은 만큼 수많은 일을 경험하게 됩니다. 즐거운 일도 있지만, 세상에 둘도 없이 끔찍한 일까지 말입니다. 세이아 님, 당신은 진정으로 이 지구라는 행성을 위한 신이 되고 싶습니까? 당신이 성계신이 되신 직접적인 이유인, 당신의 모친 이오스의 속죄가 아니라도 말입니다."

"예?"

세이아는 휀이 갑자기 심각하게 묻자 당황한 기색을 감추지 못했다. 가만 그의 굳은 표정을 보던 세이아는 곧 고개를 끄덕였다.

"예. 비록 제가 태어난 고향은 아니지만, 이 세계의 사람들이 이렇게 고통받는 이유도 어떻게 보면 저의 책임입니다. 그렇기 때문에 저는 이 세계를 위한 신이 되고 싶습니다."

휀은 곧 눈을 뜨며 말했다.

"그럼 마음을 굳게 가지십시오. 절대로 자책하지 마시고 항상 당신의 위치를 잊지 마십시오. 넬은 장로님의 연구실에 있습니다."

"예. 감사합니다, 휀 님."

휀과 세이아는 각각 반대 방향으로 걸음을 옮겼다.

무심한 척 걸어가던 휀은 담배 연기를 흠뻑 빨아들이며 마치 무언가를 잊으려는 듯 고개를 세차게 저었다.

장로의 연구실에 도착한 세이아는 문을 살짝 노크했다. 안에서 피로가 섞인 장로의 목소리가 들려왔다.

"누구요."

"예, 세이아입니다. 넬을 보고 싶어서 왔습니다만……."

안쪽에서 잠시 동안 아무 대답이 없었다.

장로는 고민에 휩싸였다. 이대로 세이아를 들여보내 충격을 줄 것인가, 아니면 철저히 숨길 것인가. 그는 곧 용기를 내어 말했다.

"세이아 님. 죄송하지만 넬 양을 아는 분들과 같이 와 주시겠습니까?"

문 안쪽에서 들려온 말에 세이아는 의아한 표정으로 되물었다.

"예? 무슨 말씀이시죠, 장로님?"

"아, 예. 허허헛. 넬 양이 다른 분들도 보고 싶다고 하는군요. 그래서……."

"아, 알겠습니다. 그럼 잠시 후 다시 오겠습니다, 장로님."

세이아는 빠른 걸음으로 복도를 걸어 나갔다. 장로는 연구실 의자에 앉아 질끈 눈을 감으며 한탄했다.

"나도 너무 늙은 모양이군."

얼마 후 장로의 연구실에 넬을 아는 모든 사람들이 모였다.

"거짓말이에요. 어떻게 넬이 저렇게 될 수 있어요! 넬이 아닐 거예요!"

라이아는 못 믿겠다는 듯 장로의 앞에서 주먹을 불끈 쥐며 소리쳤다. 하지만 장로는 아무 말 없이 고개를 숙였다.

모든 사람들이 그녀와 같은 반응이었다. 티베는 마티의 품에 얼굴을 묻은 채 흐느꼈고, 마티는 눈을 부릅 뜨고 넬의 뇌가 있는 캡슐을 뚫어져라 쳐다보았다. 챠오와 헤이그, 케빈은 묵묵히 팔짱을 끼고 있었다.

한편 세이아는 넬의 뇌가 들어 있는 캡슐 앞에서 무릎을 꿇고 앉아 있었다. 그녀의 표정은 슬픔 그 자체였지만 눈물은 흘리지 않았다. 휀에게 들은 말 때문인지도 몰랐다.

"어떻게 된 겁니까?"

연구실 문이 열리며 리오가 안으로 들어왔다.

"리, 리오 씨……!"

그 순간 한껏 인상을 구기고 있던 챠오가 그에게 달려들며 울음을 터뜨렸다. 리오는 그녀의 등을 토닥거리며 장로에게 시선을 돌렸다.

"장로님, 넬에게 좋지 않은 일이라도 생겼습니까?"

"예. 그러니까……."

장로의 설명을 듣고 리오는 시선을 캡슐 쪽으로 돌렸다. 그의 눈동자에서 시뻘건 불빛이 아른거렸다. 노기를 뿜어낼 때 나오는 가즈 나이트의 특성인 흉안(凶眼)이었다.

"아, 이러면 안 되지."

리오는 서둘러 손으로 자신의 눈을 덮고 세이아를 불렀다.

"방법이 없겠습니까, 세이아 님! 당신의 힘으로 어떻게……."

세이아는 굳은 표정으로 몸을 일으키며 말했다.

"성계신의 역할은 행성의 힘을 적절히 조정하는 것이지요. 사람을 되살리는 힘은 가지고 있지 않습니다. 성계신은 주신 하이볼크 님처럼 전지전능하지 못하답니다. 저는 할 수……."

"넬은 아직 죽은 게 아니잖습니까!"

리오가 다그치듯 소리치자 세이아는 말문을 닫았다. 연구실 안에 있는 모든 사람들이 리오에게 시선을 집중했다. 리오는 분노를 억제하려고 애썼다. 당장 혼자서라도 아메리카 대륙으로 날아가 대륙 전체를 날려 버리고 싶은 심정이었다.

그는 다시금 세이아를 다그쳤다.

"사람의 몸입니다. 재생할 수 있습니다! 뇌가 살아 있고, 신경이 살아 있습니다! 복제 기술을 통해 넬을 되살릴 수 있는 일말의 가능성이라도 있다면 세이아 님도 할 수 있습니다! 어쨌든 당신은 신이지 않습니까!"

리오의 울분과 안타까움이 섞인 외침에 한껏 참고 있던 세이아의 굳은 표정은 결국 무너지고 말았다. 세이아는 양손으로 얼굴을 가린 채 흐느끼기 시작했다.

"서, 성계신의 힘을…… 넬 한 명을 위해 사용할 수는 없어요. 저라고 왜 그러고 싶지 않겠어요, 리오 님! 저도 리오 님 못지않게 안타깝고 슬프답니다! 저를 성계신으로 만든 사람이 누군데 제 마음을 몰라주시는 거예요! 흐흑!"

리오는 순간 아무런 말도 할 수 없었다. 그를 바라보는 챠오의 표정 역시 안타까움 그 자체였다. 세이아가 흐느끼는 소리만이 한동안 연구실 안을 떠돌았다.

"야호!"

그때 갑자기 문이 열리더니 지크가 아이스크림 한 통을 들고 들어왔다. 상황을 모르는 그는 활짝 웃으며 소리쳤다.

"자, 우리에게 돌아온 바람둥이와 예비 BSP 아가씨를 위해! 하하하핫!"

"……."

"하하…… 아? 왜, 왜 그래, 모두?"

아이스크림을 높이 쳐들고 웃던 지크는 순간 연구실 안의 이상한 분위기를 느끼고는 웃음을 멈추고 주위를 돌아보았다. 리오와 시선을 마주친 지크는 그의 어두운 표정을 보고 조심스레 그에게 물었다.

"무, 무슨 일이야, 리오. 누가 죽기라도 한 거야? 모두 왜 그래?"

리오는 지크의 양어깨를 잡으며 무겁게 말했다.

"진정하고 내 말 잘 들어. 넬은 아직 저 캡슐 안에 있다. 보고 싶으면 봐도 좋아. 하지만 넬은 절대 죽은 게 아니야. 명심해. 넬은 살수 있어."

"뭐? 녀석, 도대체 무슨 소리를 하는 거야?"

지크는 표정을 찡그리며 캡슐 쪽으로 걸어갔다.

"어라?"

그는 고개를 갸웃거리며 캡슐 전면에 있는 압력 유리에 시선을 돌렸다. 그 순간 지크의 몸은 굳어 버리고 말았다. 노란색 액체 속에 들어 있는 뇌와 척수…….

"헤헷, 하하하핫!"

순간 지크는 배를 잡고 웃기 시작했다. BSP 동료들은 그만 고개를 돌리고 말았다. 지크가 왜 저렇게 반응하는지 잘 알고 있었기 때문이다.

"하하핫! 이런 이런. 누굴 놀리려고 이런 거야? 난 이런 호러 코미디는 싫어한다고. 헤헷, 모두 악취미야. 자자, 장로님. 넬은 어디 있나요? 화장실이라도 갔나요? 아니면 식당?"

장로는 뭐라고 대답해야 할지 알 수 없었다. 솔직히 대답을 해야할까, 아니면 돌려서 말해야 할까. 그는 고민 끝에 대답했다.

"보신 바와 같습니다. 넬은 와카루라는 박사에 의해 뇌와 척수만남고…… 우리에게 돌아왔습니다."

순간 지크는 들고 있던 아이스크림 통을 바닥에 떨어뜨리고 말았다. 장로는 지크를 달래기 위해 안간힘을 썼다.

"지, 진정하십시오, 지크 님. 넬은 아직 살아 있습니다. 가망은 충분⋯⋯."

"닥쳐요, 빌어먹을! 뇌와 척수만 남은 사람이 가망이 있다고요? 차라리 비프스테이크를 치료하시죠! 아니면 삶은 계란을 시작으로 양계장을 차리시거나! 이런 빌어먹을, 제기랄!"

"지크!"

흥분할 대로 흥분한 지크의 주먹이 캡슐로 향하는 순간, 리오의 손이 그를 가까스로 제지했다. 지크를 껴안듯이 캡슐로부터 멀리 밀어낸 그의 입에서 거친 목소리가 터져 나왔다.

"진정해, 지크! 흥분한다고 해결될 문제가 아니잖아!"

"엿이나 쳐먹어, 자식아! 이게 어딜 봐서 해결될 상황이야!"

"안 되면 되게 해야지! 잠깐 동안의 흥분으로 영영 기회를 잃을 생각이야?"

"닥쳐! 내가 다른 사람들처럼 눈물이나 펑펑 쏟아야 속이 시원하겠어? 시원하겠냐고!"

어느새 지크의 눈에서 뜨거운 눈물이 흘러내렸다. 그의 몸에 힘이 풀린 것을 느낀 리오가 슬며시 그를 풀어 주자 지크는 이내 바닥에 털썩 주저앉고 말았다.

"왜, 왜 내가 아는 사람들은 다 이렇게 되어야 해! 처크 할아버지도, 넬도! 난 이 세계를 지키겠다고 한 죄밖에 없단 말이야! 내가 가즈 나이트라서 나중에 헤어지는 건 그렇다 쳐도, 이렇게 억지로 헤어지는 건 못 참아! 못 참는단 말이야!"

지크가 주먹으로 바닥을 마구 내리쳤다. 그러나 장로의 연구실

바닥은 깨지지 않았다.

모두 할 말을 잃고 지크의 울분을 바라볼 뿐이었다.

"좋아, 스테이크를 치료해 보지."

그때 연구실 문이 열리며 한 노인이 들어섰다. 연구실의 모든 사람들은 얼토당토않은 말에 의아해하며 문 쪽으로 시선을 돌렸다.

"흠? 밖에서 엿듣긴 했지만 이 정도로 심각한 초상집 분위기일 줄은 몰랐군. 자네마저도 말이야, 클로머트."

장로는 노인의 출현에 반가움과 놀라움을 담아 외쳤다.

"머, 멀린!"

"멀린 경……?"

"할아범!"

리오와 지크의 얼굴 역시 밝아졌다. 멀린은 빙긋 웃으며 장로에게 다가가 손을 잡고 인사를 나눴다.

"허헛, 오랜만일세, 클로머트. 요즘 고민이 많은가 보이? 주름살이 더 늘어난 걸 보니 말이야. 하하하핫."

"아, 아니 멀린. 아, 멀린 경. 어째서 당신이……."

"이런, 사람들 앞이라고 존댓말을 쓰지는 말게. 지금 여기 있는 젊은이들은 다 이해해 줄 테니 말일세. 술 마실 때는 편한 사람이 꼭 공적인 자리에서는 존댓말을 쓴단 말이야. 하하하하핫. 아, 리오 군. 어쩌다가 화이트 나이트를 저 지경으로 만들었나? 바이오 티탄 장갑은 만들기도 어려운데 말일세."

"아, 죄송합니다. 사정이 그렇게……."

상황이 상황이니만큼 리오는 어물쩍 말끝을 흐렸다. 멀린도 자신의 질문이 지금 상황에 맞지 않는다고 판단했는지 어깨를 으쓱하며 말을 돌렸다.

"음, 얘기는 나중에 듣기로 하지. 오오, 지크 군. 시에는 어디다 두고 여기 있는 건가? 같이 온 줄 알았는데……."

"네?"

지크 역시 멍한 얼굴로 되물었다. 멀린은 미소를 띠며 고개를 저어 보였다.

"허허헛, 이 친구들 혼이 나갔군. 아아, 인사가 늦었습니다. 성계신이시여, 이 늙은이의 무례를 용서해 주시길."

"아, 예……."

문득 세이아를 알아본 멀린이 세이아에게 예를 올렸으나, 갑작스러운 상황에 역시 제정신이 아니었던 세이아는 건성으로 고개를 끄덕일 뿐이었다.

이윽고 멀린은 넬의 뇌와 척수가 들어 있는 캡슐로 향했다. 그는 압력 유리를 통해 내부를 바라보며 중얼거렸다.

"흠, 역시 와카루답군. 인간의 뇌수와 성분이 흡사한 액체를 이용해 인간의 뇌와 척수를 이렇게 오랜 시간 생존시킬 수 있는 건 그 인간과 나밖에 없지. 그건 그렇고 다행이군. 뇌만 남겨 둔 게 아니라 척수까지 남겨 놔서 클론 재생을 할 수 있으니 말이야. 하긴 보통 인간에겐 흔히 볼 수 없는 이상 신경계니 남겨 둘 가치가 있었겠지."

캡슐 내부의 상황을 살펴본 멀린은 자신의 두꺼운 남색 코트를 벗으며 말했다.

"자, 클로머트, 전력장치와 액체 산소 공급장치를 이쪽으로 보내 주겠나? 지금 이 상태로 저 아가씨를 방치해 두면 그나마 남아 있는 가능성도 없어지고 말 거야. 응급처치부터 한 다음 일하도록 하지. 자, 다른 분들은 모두 나가 주시오. 저 스테이크 아가씨는 나와 클로머트가 맡을 테니 말이오."

리오가 밝은 표정으로 물었다.

"머, 멀린 경! 정말로 넬을 살릴 수 있겠습니까?"

"허헛, 저 아가씨를 살리지 못하면 큰일이 날 것 같은데 억지로라도 살려야겠군. 어쨌든 얘기는 나중에 함세. 아, 그리고 휀 군을 좀 불러 주겠나? 그에게 얘기해 줄 게 있어서 말일세."

"예! 알겠습니다! 정말 감사합니다, 멀린 경! 정말 감사합니다!"

리오는 몇 번이고 고개를 숙이며 멀린에게 감사를 표시했다. 다른 사람들도 역시 안도의 한숨을 내쉬며 기뻐했다.

그러나 세이아는 그렇지 않았다.

기뻐하는 리오의 모습을 쓸쓸히 지켜보던 세이아는 말없이 연구실을 홀쩍 나섰다. 넬이 살 수 있다는 말에 정신이 쏠린 리오는 세이아가 나간 것도 모르고 계속 기쁨에 취해 있었다.

"미카엘 님의 환생이 이 아이란 말씀이십니까?"

휀은 캡슐에 들어 있는, 넬이 뇌에 뭉쳐 있는 유기질 덩어리를 바라보며 멀린에게 되물었다. 멀린은 고개를 끄덕이며 대답했다.

"그렇다네. 며칠 후 오실 아더 전하께서 미카엘 님의 정신감응을 직접 전해 들었다고 하셨네. 하지만 나도 잘 모르겠어. 메타트론을 막을 생각으로 환생하셨을 텐데 왜 하필 이런 모습으로 다시 태어난 건지 아직도 이해가 안 가네."

휀은 아무 말 없이 캡슐 안에 시선을 고정했다.

유기질 덩어리는 마치 심장이 고동치듯 리듬 있게 불끈거렸다. 그리고 한 번 불끈거릴 때마다 유기질 덩어리는 차츰 크기를 더해 갔다. 물론 인간의 눈으로는 구별하기 힘들지만 휀의 눈에는 미세하게나마 그 성장 과정이 보였다.

"이유를 알 것 같습니다."

"음?"

"아닙니다. 하실 말씀이 더 없으시면 저는 이만 가 보겠습니다."

"아, 수고하게."

휀은 곧 뒤도 돌아보지 않고 연구실을 나섰다. 장로와 멀린의 작업을 돕던 피엘은 그의 뒷모습을 슬쩍 바라볼 뿐이었다.

"흠, 역시나 단순한 친구군."

멀린은 어깨를 으쓱한 후 앞에 놓인 뜨거운 코코아를 마셨다. 그런 뒤 아까부터 캡슐 안의 상황을 관찰하고 있는 장로에게 말을 건넸다.

"이보게, 클로머트. 저 휀이라는 청년, 처음 가즈 나이트가 됐을 때와는 많이 달라지지 않았나?"

장로는 안경을 벗어 손가락으로 미간을 마사지하듯 누르며 고개를 끄덕였다.

"음, 그렇지. 처음 가즈 나이트가 됐을 때 휀 님은 자신에게 주어진 막대한 힘과 책임감을 이기지 못하고 방황할 정도로 심약한 젊은이였지. 그런데 어느 순간 갑자기 달라졌어. 놀라울 정도로 성장했지. 지금은 내가 우러러볼 정도로 강하고 냉철한 가즈 나이트 리더로 성장했네. 어째서 갑자기 변했는지는 잘 모르겠지만 말일세."

키보드를 두드리던 피엘의 손가락이 멈췄다. 장로와 멀린 역시 그걸 의식했지만 기밀 사항도 아니었기에 개의치 않고 얘기를 계속했다.

"옛날 떠도는 소문 중에 가즈 나이트 휀이 미카엘 님을 살해했다는 말이 있지?"

멀린의 질문에 장로는 고개를 끄덕였다. 멀린은 한숨을 길게 내쉬며 중얼거렸다.

"아무래도 미카엘 님과 휀 사이에 무슨 일이 있었던 것 같군. 아, 그냥 노인의 느낌일세. 신경 쓰지 말게나."

"허허헛, 나보다 몇 살 어린 사람한테 노인이란 말을 들으니 기분이 이상하구먼."

"예끼, 이 사람아. 수백 년 차이 나는 것도 아닌데 생색은, 하핫."

"하하핫…… 자, 우리는 치료에나 전념하세. 젊은이들에게 아직 우리가 죽지 않았다는 것을 보여 줘야지."

한참 얘기하며 웃던 두 노인은 다시 치료에 전념했다. 젊었을 적 정열이 되살아나는지 그들의 얼굴은 이상할 정도로 젊어 보였다.

3일 후.

"이 정도까지 재생될 줄이야. 과연 멀린 경과 장로님은 대단하시군요."

리오는 캡슐 안에 들어 있는, 피부가 씌어지지 않은 넬을 바라보며 놀라운 듯 중얼거렸다. 멀린은 자랑스럽게 웃으며 말했다.

"허헛, 신에게 능력을 인정받은 과학자 둘이 천재 인간 한 명에게 농락당할 수는 없는 것 아닌가. 어쨌든 내일 오후 쯤에는 피부조직과 체모까지 모두 재생될 듯하니 걱정 말고 기다리게."

멀린의 설명을 들은 리오는 안도의 한숨을 짧게 내쉬었다. 그러나 그에게는 아직 풀리지 않은 궁금증이 있었다.

"아, 그런데 넬이 정말 예전처럼 정상적인 활동을 할 수 있을까요? 아무리 그래도 뇌와 척수만 상당 시간 몸에서 떨어져 있었는데……."

멀린이 장로를 흘끔 바라보자 장로가 대신 대답했다.

"넬 양의 뇌는 영혼이 없는 상태, 소위 말하는 뇌사 상태가 아니었습니다. 지금은 제가 마법을 걸어 넬 양을 수면 상태로 만들어 뒀는데, 내일 눈을 뜨면 아마 나쁜 꿈에서 깨어난 듯한 반응을 보일 겁니다."

"그렇습니까? 다행이군요. 흠, 그럼 가 보겠습니다. 계속 부탁드립니다."

"아, 그런데 리오 군."

멀린은 막 돌아서려는 리오를 불러 세웠다.

"요즘 세이아 님께서 안색이 안 좋으신데 무슨 일 있나? 아름다운 여신께서 그런 표정을 짓고 계시니 마음이 편치 않아 말일세."

"아, 예. 제가 알아보겠습니다."

멀린의 말을 들은 순간 리오의 표정이 잠깐 흐려지는 듯하다가 이내 원래대로 돌아왔다. 하지만 그런 것을 놓칠 멀린이 아니었다. 멀린은 헛기침을 하고 리오에게 충고하듯 말했다.

"그분이 여신이라 해도 아직은 20대 초반의 여성이네. 우리나 자네처럼 세상을 오래 살지도, 험하게 살지도 않았지. 게다가 지금은 성계신이라는 중책까지 떠맡고 있으니 정신적으로 상당히 불안할 것이고, 또 의지할 곳이 필요할 거야. 지금 그분은 유리와 같다네. 깨어지면 걷잡을 수 없지."

눈을 감고 잠시 생각하던 리오는 곧 멀린을 바라보며 빙긋 미소 지었다.

"알겠습니다. 그럼 가 보겠습니다."

리오는 곧 연구실을 나섰다. 멀린은 커피 잔을 들고 장로를 바라보며 말했다.

"젊다는 건 좋은 거지. 이럴 때는 저 친구들이 부러워진다니까."

"허허헛……."

리오는 터벅터벅 제궁 밖으로 걸어 나갔다. 사실 그는 사흘 전 세이아에게 상처를 준 일이 마음에 걸렸다. 물론 충분히 흥분할 만한 상황이었지만 리오는 좀더 냉정하지 못했던 자신을 꾸짖었다.

리오는 길게 한숨을 내쉬었다. 어떻게 사과할지 고민이었다.

"어이구, 너무 늦은 것 같구먼."

그때 리오는 등산객 차림에 배낭을 멘 한 노인이 급히 자신의 곁을 지나쳐 가는 것을 보았다. 그는 고개를 갸웃거리다가 곧 움찔 놀라 노인을 불러 세웠다.

"아, 아더 왕이시여!"

리오의 외침에 노인은 발걸음을 멈추고 뒤돌아보았다.

"오, 리오 군 아닌가. 정말 오랜만일세."

"주신께서 인정하신 유일한 인간의 왕이시여. 가즈 나이트 리오 스나이퍼, 인사 올립니다."

리오는 곧바로 아더 앞에 달려가 무릎을 꿇고 예를 갖췄다. 아더는 그의 어깨를 두드리며 말했다.

"그래, 그동안 잘 있었나? 자자, 어서 일어나게. 계속 자네를 내려다보려니 내 허리가 너무 아프군."

"아, 예."

리오가 몸을 일으키자 그를 말없이 바라보던 아더가 물었다.

"요전 만났을 때보다 안색이 좋지 않군. 무슨 걱정이라도 있나?"

"예? 아, 아닙니다."

리오는 억지웃음을 지어 보이며 고개를 저었다. 하지만 아더의 눈을 속일 수는 없었다.

"음, 제궁 안에 훈련장이 있다고 들었는데 좀 안내해 주겠나?"

"예? 훈련장에는 무슨 일로……."

리오가 의아한 표정을 짓자 아더는 가볍게 대답했다.

"음, 요즘 운동이 너무 부족해서 몸이나 잠깐 풀려고 그러네. 상쾌한 기분으로 멀린을 만나 자초지종을 들어야 지금 상황에 대한 이해가 빠를 것 같거든. 허헛, 자네도 알다시피 멀린의 말은 좀 난해하지 않나."

"예. 그럼 제가 모시겠습니다."

"음, 부탁하네."

리오와 아더는 얼마 지나지 않아 제궁 내 훈련장에 도착했다.

훈련장 안에서 한참 자기 수련을 하던 전룡단장들은 리오의 모습을 보자마자 깜짝 놀라며 무기를 놓고 달려왔다. 그중 특히 반가워하는 사람은 제1전룡단장 릭이었다.

"리오 님! 안녕히 주무셨습니까!"

"나한테 할 인사는 미루지. 큰 손님이 오셨으니까 말이야. 자, 이쪽으로 오시지요."

"음, 그러지."

리오의 안내를 받아 아더가 훈련장으로 들어섰다. 전룡단장들에게는 그저 덩치 큰 등산객 차림의 노인으로 보일 뿐이었다.

"주신께서 인정하신 유일한 인간의 왕, 아더 왕이시네. 예를 갖추게."

"네?"

전룡단장들은 속으로 거짓말이라 외치며 즉시 무릎을 꿇었다. 아더는 쑥스러운 미소를 지어 보였다.

"허헛, 이거 오랜만에 이런 인사를 단체로 받으니 좀 부끄럽군.

자, 정식 인사는 나중에 하기로 하고 일단은 볼일들 보게나. 자, 리오 자네는 나와 저쪽으로 가세."

"예, 알겠습니다."

리오와 아더는 훈련장 중앙의 대련장으로 향했다. 그들의 뒷모습을 바라보던 전룡단장들은 서로를 마주 보며 중얼거렸다.

"이봐, 정말 저분이 전설의 아더 왕일까? 그냥 보통 노인처럼 보이는데?"

"그래, 배도 나왔고 말이야. 리오 님과 대련하실 것 같은데 정말 괜찮으실까?"

팔짱을 끼고 리오와 아더를 보던 릭은 곧 고개를 저으며 말했다.

"주신께서 만드신 검 중 최고라 불리는 엑스칼리버를 디엑스칼리버로 만들어 다룰 수 있는 분이라면 리오 님과도 충분히 대련하실 수 있을 거야. 어쩌면 리오 님을 능가할지도 모르고. 사실 엑스칼리버 하나만으로도 우리보다는 강하지 않나."

"그, 그래? 앗! 저분 도대체 무슨 일을……?"

그때 한 전룡단장이 외쳤다. 아더가 배낭에 들어 있던 물통을 꺼내 대련장 바닥에 물을 붓고 있었다. 갑작스러운 행동에 모두 노망이 아닐까 짐작할 뿐이었다. 그런데 그 물에서 엑스칼리버가 오색 검광을 뿜으며 튀어나왔다!

"아, 맞아. 엑스칼리버는 오염되지 않은 깨끗한 물에서만 꺼낼 수 있다고 들었어. 바닷물도 안 되고, 인공으로 정화된 물이나 증류수도 안 되지. 우리는 그냥 지켜보세."

"음……."

릭의 말에 따라 전룡단장들은 숨을 죽이고 리오와 아더를 지켜보았다.

"복장도 바꿔 볼까?"

아더가 엑스칼리버를 거머쥔 양손을 앞으로 내밀자, 등산복이 붉은 망토가 달린 화려한 플레이트 메일로 변했다. 물론 그가 쓰고 있던 등산용 모자 역시 갑옷에 걸맞은 멋진 투구로 변했다. 아더가 팔짱을 끼자 엑스칼리버는 주인의 주위를 빙빙 맴돌며 호위했다.

아더의 변신 과정을 지켜보던 리오는 긴장하지 않을 수 없었다.

'이 위엄, 그리고 위압감. 과연 주신께서 인정하신 유일한 인간의 왕. 만만히 볼 분이 아니군.'

리오가 간단히 몸을 풀고 허리를 굽혀 인사하자, 아더 역시 엑스칼리버를 잡으며 간단히 목례했다.

"그럼, 부탁드립니다. 아더 왕이시여."

"대련이지만 최선을 다해 주게."

아더가 먼저 자세를 취하자 리오는 예의상 한 발 늦게 디바이너를 꺼내며 자세를 취했다. 둘 사이에 팽팽한 긴장감이 흘렀다.

"내가 먼저 가지."

그 말과 함께 아더는 검을 내리고 리오를 향해 천천히 걸음을 옮겼다. 눈을 부릅뜬 채 아더를 바라보던 리오는 순간 디바이너를 치켜들며 외쳤다.

"가겠습니다!"

리오가 검으로 바닥을 내려침과 동시에 날카로운 충격파가 대련장 바닥을 찢으며 아더를 향해 뻗어 나갔다. 아더는 자신을 향해 오는 충격파를 보며 씩 미소 지었다.

"아직 이르네!"

충격파가 코앞까지 닥쳐온 순간 아더는 노인이라고는 믿어지지 않을 정도로 날렵하게 왼발을 뻗어 충격파를 짓밟고는 리오를 향해 검기를 날렸다.

"헙!"

리오는 몸을 날려 자신에게 날아오는 아더의 검기를 어깨로 강하게 들이받았다. 폭음과 함께 아더의 검기는 사라졌고, 둘은 다시 자세를 바꾸며 서로를 노려보았다. 짧은 순간이었지만 둘의 놀라운 실력을 눈으로 확인한 전룡단장들은 할 말을 잃고 말았다.

"세, 세상에! 리오 님의 충격파를 발로 밟아서 소거하다니! 아더라는 분 원래 저렇게 강한 분이셨나?"

"리오 님도 만만치 않아. 훈련장 천장쯤은 종이 뚫듯 뚫을 것 같던 검기를 어깨로 받아치다니 말이야."

그러나 동료들의 대화를 듣고 있던 릭의 생각은 달랐다. 상당한 위력이 실린 충격파와 검기를 몸으로 받아 낸 리오와 아더 쌍방이 분명 피해를 입었으리라 짐작되었다.

그의 생각대로 리오의 충격파를 밟아 없앤 아더의 왼쪽 다리는 잠시 동안 경련을 일으켰고, 리오의 왼쪽 어깨 역시 잠시 마비됐다. 리오는 어깨의 마비가 풀리자 디바이너를 양손으로 잡았고, 아더 역시 다리의 경련이 멈추자 몸을 옆으로 움직였다.

"가네!"

순백의 플레이트 메일에 가려진 아더의 몸이 깃털처럼 가볍게 대련장 위로 떠올랐다. 리오도 동시에 눈을 부릅떴다.

'부드럽다!'

마치 흐르는 물처럼 아더의 몸은 리오의 몸 주위를 맴돌았다. 그러나 그 흐름 속에 숨겨진 일격은 이루 말할 수 없이 강력했다.

"크윽!"

사방에서 쉴 새 없이 공격이 들어오자 리오의 얼굴은 점점 일그러졌다. 반격은커녕 피하기조차 힘들었다. 솔직히 아더의 실력을 우습게 본 그로서는 정말 뒤통수를 세게 얻어맞은 격이었다. 간신히 정면 공격을 막아냈다고 생각한 순간 투구 속 아더의 눈이 시퍼런 빛을 뿜어냈다.

"후, 반격조차 하지 않으니 재미없지 않나? 검을 휘둘러 보게. 안 되면 몸부림이라도 치든가!"

"크윽!"

아더는 힘도 만만치 않았다. 물론 안전주문이 풀린 상황이라면 다르겠지만 현시점에서 리오는 정말 괴물을 상대하고 있다는 느낌을 받았다.

'굉장하다! 파워나 스피드 같은 물리적 면에서는 도저히 따라갈 수가 없어. 기량은 특히! 이 정도라면 휀에게도 아더 전하는 벅찰 것 같은데?'

그때 아더가 리오와 거리를 벌리며 조용히 말했다.

"자네의 기술, 지하드를 보여 주지 않겠나?"

"예?"

아더의 갑작스러운 말에 리오는 순간 당황했다. 그 말을 들은 전룡단장들 역시 숨을 멈추고 말았다. 리오는 이해할 수 없었다. 진지하긴 해도 대련일 뿐인데 갑자기 지하드를 보여 달라니 황당할 노릇이었다. 그러나 투구 사이로 보이는 아더의 눈은 진지하다 못해 공포스러울 정도였다.

"어, 어째서 지하드를……?"

"최근 들어 자네는 오딘께 배운 지하드를 너무 남발하는 경향이 있었네. 물론 그만큼 상대가 강하기도 했지만 말일세. 잘 생각해 보게. 화이트 나이트라는 기계까지 자네의 지하드를 완전히 마스터할 정도인데, 상대들이 두 번 지하드를 맞을 것 같나?"

"……!"

"오딘께서도 그러셨지. 분명 지하드는 미완의 검술이라고 말일세. 내가 지금까지 인정한 공격 검술 중 최강은 휀이 쓰는 레퀴엠이야. 레퀴엠은 휀 말고도 신계의 시간으로 수천 수만 년 전부터 주신과 주신 직속 투천사의 일부가 사용했기에 거의 공개적인 기술이라 해도 과언은 아니지. 하지만 휀의 표적이 된 신들은 그 기술을 알면서도 맞고 당해야만 하네. 지하드는 분명 위력 면에서 레퀴엠에 필적, 아니 그 이상일 수도 있지만 완벽성으로 보자면 떨어지지. 자, 어서 사용해 보게. 내가 지하드의 약점을 증명해 주지."

리오는 잠시 머뭇거렸다. 잘못되기라도 하면 아더가 즉사할 수도 있는 상황이었다.

잠시 고민하던 리오는 결심한 듯 크게 심호흡을 하고 파라그레이드를 뽑아 들었다. 그는 지하드의 자세를 취하고 아더를 바라보며 말했다.

"당신을 믿겠습니다. 그럼!"

리오의 몸에서 곧 녹색의 빛이 뿜어 나왔다. 아더의 눈은 리오의 동작 전체를 꿰뚫어 보고 있었다.

리오의 지하드 발동을 바라보던 릭은 리오와 아더의 상황이 심상치 않다는 것을 깨닫고 말려야겠다고 느꼈다. 그러나 릭이 몸을 채 일으키기도 전에 리오의 두 개의 검이 새가 날개를 퍼덕이듯 펄럭였고, 순간 눈부신 녹색 섬광이 훈련장 안을 휘감았다. 그와 동시에 아더의 엑스칼리버도 움직였다.

"으, 으으윽!"

갑자기 발동된 엄청난 압력에 전룡단장들은 모두 뒤로 밀려나고 말았다. 얼마나 지났을까. 겨우 정신을 차리고 머리를 감싸 쥐며 자리에서 일어난 전룡단장들은 곧 놀라운 광경을 접했다.

"리, 리오 님!"

리오의 몸이 훈련장의 한쪽 구석에 처박혀 있었다. 그는 의식을 잃은 듯 꼼짝도 하지 않았다. 하지만 아더는 아무렇지도 않은 듯 서 있었다. 아더는 투구를 벗고 머리를 흔들어 비 오듯 흐르는 땀을 떨구었다.

'두 개의 검! 원래 하나의 검으로 사용하는 지하드를 두 개의 검으로 사용해 완성도와 위력을 높였군. 위력 하나는 확실히 무시무시한데? 이렇게 온몸에 소름이 돋는 건 정말 오랜만이군.'

"콜록, 콜록!"

그때 리오가 기침을 하며 몸을 꿈틀대자 전룡단장들이 달려가 그를 부축했다.

"리오 님, 괜찮으십니까!"

"의무병을 불러! 연락해, 빨리!"

그러나 리오는 손을 들어 전룡단장들을 제지했다. 그는 곧 쓸쓸히 웃으며 몸을 일으켰다.

"아아, 큰 충격은 아니었으니 걱정 말게. 그런데 훈련장 벽에 금이 가게 해서 어쩌지? 후훗."

"그런 건 걱정하지 마십시오, 리오 님. 정말 괜찮으십니까!"

"음, 잠시 의식을 잃었을 뿐이야. 괜찮네."

리오는 전룡단장들의 걱정스러운 눈초리를 받으며 아더에게 다가갔다. 그리고 그의 앞에 한쪽 무릎을 꿇으며 몸을 숙였다.

"저의 패배입니다. 지금의 가르침, 진심으로 감사드립니다."

"아닐세. 나도 오랜만에 땀을 흘리니 10년은 젊어진 것 같군. 허허헛. 자, 이제 나가세."

아더는 엑스칼리버를 거두고 원래의 등산복 차림으로 돌아간 뒤, 배낭에 있던 수건으로 얼굴을 닦으며 훈련장을 나섰다.

그들을 지켜보던 전룡단장들은 아더의 실력에 감탄을 금할 수 없었다. 릭은 희미한 미소를 띠며 나직이 중얼거렸다.

"사상 최고이자 살아 있는 신화로 불리는 아더 왕. 지하드를 부순 기술은 분명 궁극의 반격기라 불리는 버밀리온 크로스. 그냥 인간이라고 하기에는 너무 강하군. 그런데 어째서 저런 분이 오랫동안 표면으로 드러나지 않은 걸까!"

릭은 다른 전룡단장들에게 지시를 내리기 시작했다.

"자, 뒤처리하고 다시 수련하세. 음? 스레톨, 자네 왜 그러나?"

제12전룡단장 스레톨은 멍하니 대련장 바닥을 바라보고 있었다. 릭은 그가 바라보고 있는 쪽으로 시선을 돌렸다. 순간 릭은 숨을 멈출 정도로 놀라고 말았다.

"아, 아니 바닥이! 도대체 이 무늬는 뭐지!"

대련장 바닥에 이전에는 없던 거친 균열이 나 있었다. 릭이 멀리서 다시 한 번 대련장 바닥을 보니 균열은 대련장 바닥 전체에 두 개의 거대한 회오리 모양의 결을 이루고 있었다.

"단순히 기와 기의 충돌에 의해 이런 균열이! 도대체 두 분의 실력은 어느 정도란 말인가!"

한편 리오는 아더에게 멀린이 있는 장소를 알려 주고 제궁 밖으로 천천히 나섰다. 전룡단장들에게는 괜찮다고 했지만 사실 리오의 몸은 심각한 상태였다. 지하드로 아더와 충돌할 당시, 아더의 반격기인 버밀린온 크로스에 휘말려 양팔과 등허리의 관절이 한꺼번에 뒤틀려 버렸다.

"휴, 아직도 얼얼하군. 어쨌든 큰 교훈을 얻었는데? 지하드의 약점이 이런 어처구니없는 것이었다니…… 후훗, 음?"

제궁을 막 나가려던 리오는 제궁을 향해 날아오는 누군가를 보았다. 바람에 흩날리는 긴 은발, 신력으로 생성된 하얀 날개, 근심 어린 표정…….

리오는 그 자리에 멈춰 서서 그녀를 기다렸다.

"아니, 앞치마라니. 요리하다 말고 뛰쳐나오신 것 같군."

리오는 속으로 미안해하면서도 앞치마를 두른 채 자신을 향해 날아오고 있는 세이아를 보고 웃음을 짓지 않을 수 없었다.

"리오 님! 괜찮으세요?"

리오의 앞에 착지한 세이아는 리오의 몸부터 살펴보았다. 별 문제 없어 보이자 세이아는 길게 한숨을 내쉬며 말했다.

"다행이군요. 저는 제궁 쪽에서 지하드의 느낌이 들어 무슨 일이 있나 생각했는데……. 그런데 지하드는 왜 사용하셨나요?"

"잠시 대련을 했습니다. 그럼 이만 가 보겠습니다."

세이아는 자신도 모르게 옆으로 비켜섰다. 그러나 속으로는 리오의 냉랭한 반응에 깜짝 놀랐다. 발걸음을 옮기는 리오를 멍하니 바라보던 그녀는 애써 웃으며 말했다.

"더 이상 소중한 것을 잃기 싫어서 그러시나요."

리오는 아무 말 없이 계속 길을 걸었다. 순간 세이아의 눈이 분노로 이글이글 타올랐다. 그녀는 순식간에 리오를 앞질러 그 앞을 막아섰다.

"말씀해 주세요!"

리오는 잔잔한 미소를 띤 채 눈을 감으며 말했다.

"어떻게 생각하셔도 좋습니다. 하지만 저는 가즈 나이트, 그리고 당신은 성계신. 이런 상황에 놓일……."

철썩.

순간 세이아가 리오의 따귀를 때렸다. 세이아는 천천히 손을 내리며 떨리는 목소리로 말했다.

"리오 씨 님은 사랑하는 사람을 한두 번 잃어버린 게 아니시겠죠. 물론 같은 영혼을 지닌 분들을 잃으셨지만……. 하지만 저는 아니에요. 저는 그런 경험을 하기 싫어요!"

리오는 부어 오른 뺨을 손으로 어루만지며 말했다.

"죄송합니다. 저는 너무도 이기적인 인간인 것 같군요."

리오는 그 자리를 떠났다. 그리고 세이아는 얼굴을 양손으로 감싼 채 제궁 앞에서 말없이 울기만 할 뿐이었다.

자신의 직무실 창가에 기대어 담배를 피우던 휀은 묵묵히 담배를 비벼 끄고 창가에서 벗어났다. 릭과 한창 통화하던 지크는 휀이 갑자기 나가려 하자 눈을 동그랗게 뜨며 그를 불렀다.

"어라? 어디 가는 거야, 대장. 아더 왕인가 뭔가 하는 할아범이 오셨다는데 말이야."

그러나 휀은 아무 대꾸도 없이 회의실을 나섰다. 지크는 영문을 몰라 고개를 저었다.

"젠장, 얼굴은 옹가 밝은 사람처럼 해 가지고…… 실연당한 것도 아닌데 왜 저래? 음? 아아, 미안, 릭. 응, 그래? 그 할아범이 지하드도 깰 정도로 강하단 말이지? 오호, 이 지크 님의 뜨거운 가슴속에서 투쟁 본능이 용솟음치는걸! 내가 한번 그 할아범을…… 응? 이봐, 끊지 마, 릭!"

"자신이 벌인 일에 절대 책임지지 않는다. 그것이 네 신조인가."

"갑자기 왜 이러는지 이유나 한번 들어 볼까."

휀과 리오는 말없이 서로를 바라보았다. 먼저 휀이 침묵을 깼다.

"세이아 님께 사과하도록."

리오는 눈을 크게 뜨며 의외라는 듯 말했다.

"천하의 휀이 임무 외의 일에 신경 쓰는 건 처음 보는군. 그럼 아까 내 질문에 대답해 준다면 고려해 보지."

휀은 간단히 대답했다.

"세이아 님 마음이 흐트러지면 이 세계의 자연현상이 흐트러진다. 그렇게 되면 우리가 전투할 때 힘들어지지. 이유는 그것이다."

예상했던 대답인 듯 리오는 어깨를 으쓱했다.

"그런가. 그러나 미안하지만 난 더 이상 그녀에게 달콤한 말을 할 수가 없어."

"할 수 있다."

리오는 결국 인상을 찡그리며 휀의 멱살을 움켜쥐었다.

"제길, 왜 나에게 이러는 거지! 너하고 아무 상관 없잖아!"

여느 때처럼 냉랭한 표정으로 가만히 리오를 바라보던 휀은 곧 눈을 감으며 담담히 말했다.

"내가 그녀에게 해 줄 수 없는 것을 넌 할 수 있기 때문이다."

"뭐……?"

리오가 손을 놓았다. 휀은 구겨진 코트 자락을 툴툴 털며 말을 맺었다.

"그것뿐이다. 더 이상 일을 크게 벌이지 말도록. 특별한 지시가 있을 때까지 집에서 쉬어도 좋다."

그렇게 말을 맺은 휀은 몸을 돌려 제궁으로 걸었다. 그의 뒷모습을 말없이 바라보던 리오는 앞머리를 오른손으로 쓸어내리며 씁쓸히 중얼거렸다.

"제기랄!"

"전하, 이럴 수도 있습니까!"

완벽하게 재생되어 캡슐 속 액체 속에 웅크리고 있는 넬을 보던 멀린은 고개를 갸웃거리며 아더에게 물었다. 책을 읽고 있던 아더는 멀린 쪽으로 시선을 돌렸다.

"음? 뭐가 말인가?"

"분명 수면마법의 효과도 사라졌고, 생체기능도 완전히 회복되어 이론상으로는 살아 움직여야 하는데 이 소녀는 아직도 의식을 회복하지 못하고 있습니다. 제가 무엇을 잘못한 걸까요?"

"글쎄. 난 그쪽 방면에 아는 게 없으니 뭐라고 말해 줄 수 없군. 하지만 뇌와 척수만으로 사람을 다시 재생시켰다는 것 자체가 가치 있는 일 아닌가. 일단 계속 지켜보세. 그리고 자네도 좀 쉬어야 하지 않겠나. 오다 보니 드래고니스 안에 좋은 술집이 있던데 나하고 거기나 함께 가세."

"그러는 것이 좋겠군요. 가시지요."

아더와 멀린이 나가자 연구실 안은 텅 비었다. 조금 뒤 문이 다시 열리더니 금발의 싸늘한 표정을 지닌 휀이 들어왔다.

그는 코트 주머니에 손을 넣은 채 캡슐 앞으로 다가가, 유리벽 속에 있는 넬에게 말했다.

"꼭 그 모습으로 제 앞에 나타나셔야만 했습니까?"

알 수 없는 휀의 질문에 대답하듯 넬이 눈을 번쩍 떴다. 그녀는 휀을 보고 빙긋 웃더니 입을 움직이기 시작했다.

"만나고 싶어 하던 사람의 모습이 아니었던가. 언제나 먼 하늘을 바라보며 그리워하던 사람의 어린 시절 모습이 아니었던가."

"다른 사람의 영혼에 외양만 같은 사람이 나타나 봤자, 떠나간 이에 대한 추억을 간직한 사람들에겐 슬픔이 될 뿐입니다. 그리고 저는 지금 슬픔조차 느낄 시간이 없습니다."

휀은 눈을 감으며 대답했다. 캡슐 속의 넬은 쓸쓸한 웃음을 지으며 다시 말했다.

"정말 강해졌군. 예전에 나를 바라보던 두려움 섞인 눈은 찾아보기 힘들 정도로 말이야. 세월이 자네를 그렇게 바꿔 놓은 것인가, 아니면 그것이 자네의 본모습인가."

휀은 눈을 뜨고 책상에 걸터앉았다. 그는 품에서 담배를 꺼내며 대답했다.

"제가 냉정할수록 희생자는 줄어든다는 것을 깨달았을 뿐입니다. 어찌 보면 세월이 저를 이렇게 변화시켰다고 해도 되겠지요."

그러자 넬은 눈을 감으며 고개를 저었다.

"아냐, 그것이 자네의 본모습이라네."

휀은 아무 말도 하지 않았다. 넬은 휀의 눈을 바라보며 말했다.

"남을 위해 자신의 모든 것을 희생하는 마음. 즉, 자네의 빛나는 마음……. 예전과 달라진 것은 그 마음의 표현 방식일 뿐이지. 내가 소멸되기 전에 자네는 동료를 위해 수없이 목숨을 바쳤어. 내가 환생한 지금도 자네는 사랑하는 여성을 위해 그녀가 좋아하는 남자를 설득하고 있지, 그녀에게 돌아가라고……. 다른 게 있나."

휀의 코끝에서 담배 연기가 길게 흘러나왔다.

"저보다 리오가 그녀에게 더 어울린다고 생각했을 뿐입니다."

"후훗, 거짓말같이 들리는군……."

"사랑이란 감정이 없다는 말보다는 거짓말의 강도가 약하다고 생각합니다."

말을 마친 휀은 조용히 담배 연기를 흡입했다. 캡슐 속에서 그를 바라보던 미카엘은 다시 미소 지었다.

"그래, 이제야 내가 자네에게 죽음을 당하기 직전 왜 인간의 여성으로 환생해야겠다는 생각을 했는지 이유를 알 것 같군. 8백여 년 전에는 그야말로 애송이에 불과했던 자네가 지금 내 눈에 정말 사랑스러운 남자로 보여."

휀의 눈이 싸늘하게 떠졌다. 미카엘은 그것을 모르는 듯 계속 말을 이었다.

"자네의 지금 그 모습. 난 예전에 미래의 자네 모습을 본 것이네. 어떤 때는 무서울 정도의 냉정함을 보이지만, 내면에 따뜻함을 가진 남자. 비록 상냥함은 없지만 말이지. 후훗."

휀은 말없이 담배를 내려놓으며 물었다.

"넬의 부모, 아니 지상에서의 당신 부모님께는 어떻게 설명하실 생각이십니까?"

넬은 활짝 웃으며 대답했다.

"하하핫, 걱정 말게. 난 그분들을 사랑하니까. 때가 되어 미카엘의 기억을 되찾은 것뿐이니 별다른 문제는 없을 걸세. 그분들 앞에서는 착한 딸로 돌아가겠지."

"훗."

넬, 아니 미카엘의 말을 듣고 있던 휀은 짧게 웃음을 지었다. 그리고 책상에 일어나 캡슐 앞으로 다가서며 말했다. 물론 표정은 다시 굳어져 있었다.

"사춘기 소녀의 미소부터 되찾으셔야 할 것 같습니다. 그럼 오후

218

에 다시 뵙겠습니다."

"그래. 다른 사람들에게 전부 이야기하지 말게. 알겠나?"

"쉬십시오."

횐은 연구실을 나섰고, 넬은 눈을 감으며 다시 잠에 빠져들었다.

루이체는 리오와 소파에 마주 앉아 가만히 그를 살펴보았다. 어쩐지 리오가 예전보다 말이 없어진 것 같고 웃음도 많이 줄어든 것 같았다.

"오빠, 고민 있어?"

"……."

"리오 오빠!"

"음? 놀랐잖아, 루이체. 왜, 뭐 부탁할 것이라도 있어?"

리오가 평소와 같이 웃으며 묻자, 루이체는 속으로 괜한 걱정을 했나 생각했다. 하지만 이전의 행동은 분명 자신이 알고 있는 리오의 모습이 아니었기에 루이체는 다시 물었다.

"도대체 무슨 일이 있었던 거야? 며칠 전부터 유일한 버릇이자 취미였던 칼 닦기도 안 하고 그저 멍하니 앉아만 있으니 말이야."

"아, 그냥 그런 일이 있어."

리오는 머리를 긁적이며 슬쩍 넘어가려 했다. 분명 뭔가 있다고 생각한 루이체는 리오의 목을 조르며 협박조로 말했다.

"자, 어서 실토해! 그냥 그런 일이 뭔지 어서 말해!"

"아, 이거 놓고 말해. 별로 대단한 일은 아니라니까."

"거짓말!"

"후훗, 진짜라니까."

리오는 웃으며 루이체의 팔을 풀었다. 그리고 고개를 돌려 그녀의 볼에 살짝 키스했다. 생각지 못한 기습에 루이체는 깜짝 놀라며 뒤로 물러섰다.

"으, 으윽! 이런 걸로 그냥 얼렁뚱땅 넘어가려고 하지 마!"

"음? 어릴 때는 볼에 뽀뽀해 달라고 안기던 네가 웬일이야?"

"그땐 그때고! 어쨌든 빨리 말해!"

루이체가 계속 채근하자 리오는 체념한 듯 한숨을 길게 내쉬며 말했다.

"잠깐 이리 와 볼래."

"응?"

루이체는 눈을 동그랗게 뜨며 잠시 머뭇거렸다. 리오의 표정이 너무 이상야릇했기 때문이다. 루이체가 리오의 곁에 다가와 앉자 리오는 슬픈 얼굴로 그녀의 몸을 안으며 얼굴을 묻었다.

"오, 오빠……."

리오의 갑작스러운 행동에 루이체의 얼굴이 화끈 달아올랐다. 그러나 곧이어 들려온 리오의 낮은 음성에 그녀의 얼굴은 거짓말처럼 정상으로 돌아왔다.

"다른 사람의 체온이 이렇게 따뜻하다는 것, 정말 오랜만에 느껴 보는구나. 미안해. 너한테까지 걱정을 끼쳐서. 난 아무래도 가즈 나이트로서 자격이 없는 것 같다. 결국 이렇게 무너져 버렸으니……."

"그만둬, 오빠!"

순간 루이체는 리오를 강하게 밀쳐내고 버럭 소리를 질렀다.

"오딘 님의 말씀이 맞았어. 오빤 언젠가 다시 무너져 버린다고!"

"뭐?"

"내가 이곳으로 오기 전에 오딘 님께서 그러셨어. 지하드가 무너짐과 동시에 리오 오빠의 의지도 같이 무너진다고! 그때는 무슨 소린지 몰랐지만 지금은 알 것 같아! 리오 오빠는 무너졌어!"

"루, 루이체……."

"내 이름도 부르지 마! 지금의 리오 오빠는 내가 아는 리오 스나이퍼가 아냐!"

루이체는 그렇게 소리치며 자기 방으로 뛰어 들어갔다. 리오는 머리를 감싸 쥐며 고개를 깊숙이 숙였다.

"이거 받아, 오빠."

조금 뒤 슬그머니 방에서 나온 루이체는 리오에게 영상 자료가 담긴 투명한 기록 파일을 건네주었다. 리오는 그것을 받아 들고 다시 동생을 바라보았다. 루이체는 손으로 얼굴을 가린 채 울먹이며 간신히 말했다.

"오, 오딘 님께서, 리오 오빠가 무너졌을 때 그걸 오빠에게 건네주라고 하셨어. 오, 오빠…… 미안해."

루이체는 다시 방으로 들어갔다. 리오는 루이체가 건네준 파일을 바라보며 길게 한숨을 쉬었다.

"오딘 님……."

"도대체 뭘 하는 거냐, 리오 스나이퍼! 수련에 집중해라!"

"쳇, 어차피 마법이 더 강력하지 않습니까! 검술 따위 배워 봤자 몇 명이나 죽일 수 있단 말입니까! 이런 것 말고 마법이나 더 가르쳐 주시죠!"

"이런 못난 놈! 검은 중도에 멈출 수 있지만 마법은 그렇지 못하단 말이다! 일단 뻗어 나간 마법은 상대방이 되받아치지 않는 한 결코 물릴 수 없어! 그리고 가즈 나이트는 천사나 악마, 그리고 그

221

밖에 존재들을 꼭 죽이라고 만들어진 존재가 아니다. 단순한 킬러가 아니야! 넌 지금 가즈 나이트라는 신성한 존재를 그저 마법사의 버전업 판이라고 생각하는 거냐!"

"젠장, 저는 지금 근신 중입니다. 좀 쉬게 해 주십시오!"

"시끄럽다! 어서 검을 들어라!"

"싫다면 어찌시겠습니까!"

화면을 통해 쏟아지는 무수한 폭언들. 리오는 파일에 기록되어 있는 자신의 옛 모습을 바라보며 씁쓸히 웃었다. 게다가 오딘에게 깨끗이 패하는 장면과 패한 뒤의 처참한 모습까지 적나라하게 화면에 떠오르자 그는 결국 실소를 터뜨리며 고개를 숙이고 말았다.

그렇게 영상이 한참 흐르고 나서 오딘의 마지막 말이 나왔다.

"검이란 살생을 위해 만들어진 물건. 그러나 사용자의 역량에 따라 정반대로 쓰일 수도 있다. 가즈 나이트도 마찬가지. 전투를 위한 최상의 조건을 가진 완벽한 전투기계지만……."

"인간의 의식을 가지고 자신의 행동에 책임을 진다는 것이 기계와 다른 점이지."

리오는 스피커에서 흘러나오는 오딘의 말을 따라 하며 다시 화면으로 시선을 돌렸다.

"완벽한 기술, 완벽한 인간이라는 것이 있을 수 없듯이 가즈 나이트도 불로불사이긴 하지만 완벽하지는 않다. 다만 자신의 양심에 비추어 부끄럽지 않도록 매사에 최선을 다한다면 완벽하지는 못해도 비슷한 경지에는 오를 수 있다."

거기서 리오는 말을 멈췄다. 그리고 화면에 비친 자신의 옛 얼굴을 묵묵히 바라보았다. 화면 속의 그는 자신에 찬 미소를 띠고 오딘 앞에서 다짐하고 있었다.

"가즈 나이트로서 사람들의 신의를 저버리지 않을 것이며, 반드시 제 행동에 책임을 지겠습니다."

현실의 리오는 그 대목에서 그만 고개를 푹 숙이고 말았다.

방 한구석에 기대어 있는 디스파이어가 붉은색의 빛을 은은히 뿜어냈다.

2

하나를 위한 동맹

리오는 그로부터 3일 동안 방에서 나오지 않았다. 마치 아무도 없는 것처럼 그의 방에 불이 켜지지 않았고, 기척도 없었기 때문에 루이체를 비롯한 사람들의 근심은 점점 더 커져 갔다.

3일째 되는 날, 챠오가 근심 어린 표정으로 지크의 집을 방문했다. 현관에 서서 루이체와 이런저런 얘기를 나누던 챠오는 이윽고 리오에 대해 물었다.

"리오 씨는?"

루이체는 고개를 저으며 답했다.

"모르겠어요. 오빠는 벌써 3일째 방에서 나오지 않고 있어요. 아무래도 그때 제가 말을 너무 심하게 했나 봐요."

"그래……."

챠오는 리오가 있다는 지크의 방 창문을 잠깐 올려다봤지만 꽉 닫힌 창문과 굳게 내려진 커튼밖에 보이지 않았다. 챠오는 결국 한숨을 내쉬며 발길을 돌렸다.

"알았어. 가 볼게, 루이체. 그럼 리오 씨에게 안부 좀 전해 줘."

"예. 안녕히 가세요, 챠오 언니."

손을 흔드는 루이체의 뒤로 거대한 그림자가 소리 없이 나타났다. 그는 헝클어진 자신의 장발을 묶으며 입을 열었다.

"벌써 가시는 겁니까, 챠오 양?"

"예, 안녕히 계세요. 리오 씨. 앗?"

"어, 오빠?"

루이체와 챠오는 움찔하며 뒤를 돌아보았다. 머리를 묶은 리오는 아무 일 없었다는 듯 태연하게 챠오 앞에 섰다.

"점심 함께 하시겠습니까, 챠오 양? 며칠 동안 아무것도 먹지 못해서 배가 상당히 고프군요. 루이체도 어때?"

넋을 잃은 듯 챠오와 루이체는 아무 말이 없었다. 특히 루이체는 사흘 전 일을 기억하지 못하는 듯한 리오의 태도에 할 말을 잊고 말았다.

둘이 멍하니 서서 자신을 보기만 하자 리오는 어색한 듯 말했다.

"음, 잠깐 여기 계시겠습니까? 생각해 보니 세이아 님과 한 번도 외식을 안 한 것 같아요. 그녀도 함께 데려가는 게 어떨까요."

둘은 건성으로 고개를 끄덕였다. 세이아의 집으로 향하는 그의 뒷모습을 바라보던 챠오는 문득 무언가 생각났는지 곧 허리에 찬 전화로 자신들이 머물고 있는 숙소에 연락했다.

"아직 일세!"

"펙!"

지크는 결국 외마디 비명과 함께 대련장 밖으로 내팽겨쳐졌다.

투구를 벗은 전설의 왕 아더는 상쾌한 얼굴로 곁에 놓인 수건을 들어 땀을 닦으며 미소 지었다.

"허헛, 아직 젊은이들에게 쉽게 질 정도는 아닐세. 좀더 연습을 하고 오게나, 지크 군."

"우, 우욱! 괴물 할아범 같으니!"

지크는 충격을 받은 복부에 손을 대고 일어섰다. 충격 부위의 심한 통증 때문에 그는 전룡단장에게 부축을 받고서야 겨우 벤치에 가서 앉을 수 있었다.

"후, 점심을 먹지 않은 게 다행이네. 하마터면 날아가면서 토할 뻔했어. 어쨌거나 엄청 강하군, 저 할아범. 리오 녀석을 바보로 만든 게 어찌 보면 당연할 정도야."

지크는 길게 한숨을 쉬며 수건을 목에 둘렀다. 평소 자신 있던 기술과 속도에서 밀렸다는 것은 모든 것에서 패배했다는 말과 같았기에 그의 상실감은 이만저만이 아니었다. 물론 그가 지나치게 진지한 것이기도 했지만.

"지크 님, 괜찮으십니까?"

멀리서 지크가 날아가는 광경을 본 릭이 급히 훈련장에 들어서며 물었다. 지크는 고개를 저으며 대답했다.

"에구, 말 시키지 마. 저 오메가 영감한테 또 당했단 말이야."

"예? 하핫, 그러셨군요. 하긴 저희도 저분의 실력을 처음 봤을 때 정말 놀랐답니다. 신계에서 최강의 위력을 자랑하는 리오 님의 지하드를 받아치던 장면이 아직도 눈에 선하죠."

자존심이 상한 지크는 수건을 바닥에 내던지며 계속 투덜댔다.

"첫, 알고 있어. 붙어서 공격할 때도 어디서 검이 날아올지 알 수가 없어. 예측하고 방어할 수가 없다니까. 게다가 이상한 반격 기술까지 가지고 있어서 계속 당하기만 했어. 젠장!"

"반격 기술요? 아, 버밀리온 크로스를 말씀하시는군요."

"뭔 크로스?"

지크는 릭이 뭔가 아는 듯한 발언을 하자 눈을 크게 뜨며 그를 바라보았다. 릭은 머리를 긁적이며 대답했다.

"예, 저희 아버지께서 말씀해 주신 적이 있어서요. 전 차원계 최고의 반격 기술이랍니다. 저도 맨 처음 봤을 때는 몰랐는데 아더 전하께서 엑스칼리버를 들고 계시는 각도와 자세 등을 보던 중 갑자기 떠오르더군요. 그 반격기를 맞고 사망한 시체에 주홍색 십자가가 새겨진 데서 반격기의 이름이 유래했다고…… 읍!"

지크의 손이 릭의 안면을 덮었다. 그는 고개를 저으며 말했다.

"이봐 친구, 요점만 간단히 해. 그래, 그 검술이 뭐 어쨌는데?"

"아, 예. 버밀리온 크로스는 오직 엑스칼리버로만 가능한 검술입니다. 전설에 의하면 이 검술을 당해 낼 기술은 없다고 전해집니다. 물론 레퀴엠과 지하드 같은 반 물리적 검술은 엑스칼리버도 튕길 수 없긴 하지만요."

"엉? 저번에 지하드를 튕겼다며!"

"아, 다음 날 아더 전하께서 말씀해 주셨습니다. 만약 리오 님이 진짜로 지하드를 사용했다면 아무리 버밀리온 크로스라 해도 튕길 수 없었을 것이라고요. 물론 버밀리온 크로스를 사용한 사람이 리오 님과 맞먹는 물리력과 기력을 지닌 남자라면 얘기는 달라진다고 하셨지만 말이죠."

복잡한 말이었지만 지크는 그럭저럭 이해했는지 연신 고개를 끄덕였다.

"흠, 하긴. 압도적인 힘 앞에서는 고도의 기술이라도 깨지는 법이니까. 힘이 받쳐 주지 않는다면 깨지는 건 당연하겠지. 뭐, 좋아. 계속 말해 봐."

"예? 뭘 말씀이십니까?"

"버밀리온 어쩌곤가, 주홍색 십자가 하는 거 말이야."

지크가 인상을 찡그리며 재촉하자 릭은 미안하다는 듯 머리를 긁적였다.

"죄송하지만 저는 여기까지밖에 모릅니다."

"……."

"그, 그런 눈으로 보지 마십시오. 저는 버밀리온 크로스에 당한 일이 없어서 어떻게 말씀드려야 할지 모른다니까요?"

무서운 눈으로 릭을 쏘아보던 지크는 내던졌던 수건을 다시 집으며 얘기를 돌렸다.

"뭐, 좋아. 그건 그렇고 요즘 넬 녀석 이상하지 않아? 사흘 전 깨어난 이후, 다른 사람하고 있는 시간보다 휀 녀석하고 있는 시간이 더 많아 보이거든."

지크가 팔짱을 끼며 심각한 얼굴로 말하자, 릭은 무슨 소린지 모르겠다는 듯 고개를 갸웃거렸다.

"예? 인간은 그 나이쯤 정도 되면 사춘기니까 그럴 수도 있지 않습니까?"

"남자 쪽이 휀이 아니고 리오나 나라면 이해가 가지. 휀은 뭔가 안 어울리잖아. 게다가 넬 녀석 역시 BSP 일에만 관심이 있었지 남자한테는 별 관심 없었다고. 리오의 사탕발림에 넘어가지 않은 유일한 소녀이기도 한데……."

그 방면에 대한 지식이 전무한 릭은 아무 말도 할 수 없었다. 그러다 갑자기 배가 고파진 지크는 넬에 대한 일은 까맣게 잊고 릭과 함께 제궁 내 장교 식당으로 향했다. 물론 릭은 거의 끌려가는 입장이었다.

"이봐요, 리오 씨. 장교 식당에서의 식사는 외식이라고 할 수 없다고요."

챠오의 부름을 받고 티베, 마티와 함께 달려와 리오, 루이체들과 함께 식사를 하던 리진은 불만스러운 눈으로 리오를 바라보았다. 하지만 그는 평소대로 어깨를 으쓱할 뿐이었다.

"벌써 두 번째 스테이크를 드시면서 그렇게 말씀하시면 설득력이 부족하지 않을까요?"

"윽."

"후훗, 오늘 식사는 다른 때보다 좀더 맛이 좋을 겁니다. 제가 특별히 부탁했거든요. 사양하지 말고 드십시오."

그 말에 평소 장교 식당을 사용하던 BSP 멤버들은 맞장구치듯 고개를 끄덕였다. 그들뿐만 아니라 현재 식당에서 식사 중인 운 좋은 전룡단장들과 부단장들 역시 눈이 휘둥그레진 채 식사를 하고 있었다.

라이아와 함께 앉아 있던 세이아는 리오가 예전처럼 웃으며 식사하는 모습을 바라보며 내심 안심했다.

사실 아란이 자살했다는 소식을 들은 직후부터 리오는 툭하면 나사가 풀린 사람처럼 행동하기 일쑤였다. 특히 지금까지 상냥하게 대하던 여성들에게는 냉담하게 대했고, 하루종일 검에 갇힌 아란의 영혼과 대화를 나누곤 했다. 누군가의 말처럼 그는 정말 자폐증 초기 환자와도 같았다.

하지만 오늘은 달랐다. 그는 세이아와 처음 만났을 때보다 훨씬 더 밝은 표정으로 식탁 앞에 앉아 있었다.

"오호라, 정신을 차리더니 이젠 집단으로 데리고 다니네? 다른 사람들 보기 민망하지도 않아, 바람둥이 아저씨?"

때마침 릭과 함께 식당으로 들어온 지크가 빈정거렸다. 리오는 씩 웃으며 고개를 저었다.

"그럴 리가. 난 그저 친분을 도모하자는 취지에서 이러는 거니 오해하지 마. 아, 난 식사 다 했으니 여기 앉아. 난 아더 전하를 뵈러 갈 테니까."

"엉? 오메가 할아범 만나서 뭐 하게."

지크는 리오가 앉았던 자리에 앉으며 이유를 물었다. 리오는 허리에 찬 디바이너를 손가락으로 톡톡 두드리며 빙긋 웃어 보였다.

"후훗, 당하고 살 수 없잖아. 아, 릭도 의자 가져와서 여기 앉게."

그러나 릭은 수많은 여성들과 함께 식사를 한다는 사실에 직면한 즉시 패닉 상태에 빠져 버렸다. 지크는 머리를 긁적이며 리오에게 가 보라는 손짓을 했다.

"이런 이런. 이봐, 저 순둥이는 내가 알아서 할 테니까 훈련장으로 가 봐. 그 오메가 할아범은 거기 계셔."

"고마워."

리오는 손을 흔들며 식당을 나섰다. 식당 문이 닫히는 순간, 그의 얼굴에서 단숨에 미소가 사라졌다. 그는 진지한 얼굴로 허리에 찬 디스파이어를 매만지며 훈련장으로 향했다.

리오와 아더는 다시 한 번 대련장에 마주 섰다. 리오는 가볍게 몸을 풀었고, 아더 역시 호흡을 조절하며 대전을 준비했다.

손목을 몇 번 털고 디바이너를 뽑는 리오를 묵묵히 바라보던 아더는 곧 부드러운 미소를 지으며 그에게 물었다.

"무엇을 위해 살아갈지 이젠 결정했나?"

리오는 자신 있는 어조로 대답했다.

"예, 그렇습니다."

"들어 볼 수 있겠나?"

"가즈 나이트가 필요 없는 세상을 위해 살아갈 것입니다."

아더의 회색 눈썹이 꿈틀댔다.

"어째서인가?"

"한 번이라도 그렇게 결심했던 제 자신에 대해 책임을 지고 싶기 때문입니다."

"힘들지 않겠나?"

"힘든 걸 느낄 새도 없겠지요."

"후훗, 좋아."

리오와 아더는 마주 보며 웃었다. 아더는 천천히 자신의 투구를 머리에 쓰며 말했다.

"좋아, 조금 정신 차린 것 같군. 그럼 다시 써 보겠나, 지하드를."

그러자 리오는 곧 자세를 취하며 씩 웃음을 지었다. 살기 어린 웃음이었기에 아더의 안면 근육이 순간 꿈틀거렸다. 리오는 눈을 가늘게 뜨며 말했다.

"송구스럽지만 이번에는 전하의 목숨을 보장하지 못합니다."

그 순간 아더는 말을 잃었다. 대련장 주위에 몰려와 있던 전룡단장들과 부단장들도 숨을 죽였다. 며칠 전과는 달리, 리오의 목소리와 눈에서 진지함을 넘어서는 살기가 도사렸기 때문이다.

그러나 다른 사람들과는 달리 아더는 불안해하지 않았다.

'그래, 그것이 바로 가즈 나이트, 리오 스나이퍼의 모습이야!'

최근 전투가 거의 일어나지 않아 할 일 없이 자신의 방에서 TV를 보던 바이칼은 몸을 뒤척이며 소파에 앉아 있는 리디아를 쳐다보았다.

"리디아."

"예, 오라버니."

"심심하지 않나?"

"예?"

"아니야. TV나 보자."

바이칼은 곧 손을 내저으며 다시 TV로 시선을 돌렸다. 리디아는 가끔 이해가 되지 않는 바이칼의 행동에 실없이 웃을 따름이었다.

그때 TV 자막에 특집이라는 문구가 떠올라 리디아도 그쪽으로 시선을 돌렸다. 그 특집 프로그램의 제목을 본 바이칼은 인상을 찡그리며 투덜댔다.

"특집, 가즈 나이트 대분석? 방송국 녀석들도 어지간히 아이디어가 없나 보군. 갈아 치워야…… 음?"

— 네, 오래 기다리셨습니다, 시청자 여러분! 오늘은 특별히 드래고니스 최고의 우상으로 떠오르고 있는 일곱 빛깔의 남자, 가즈 나이트 여러분의 집중 분석과, 설문조사 결과를 여러분께 보내 드리겠습니다! 지금 이 방송은 DBS 최고의 아나운서 롤케가 전해 드리고 있습니다!

"저 공주병 아나운서는 잘리지도 않는군. 나보다 못생긴 주제에……."

바이칼이 퉁명스레 중얼거리자, 리디아가 바이칼에게 충고하듯 말했다.

"오, 오라버니. 이 세계에서 제가 있던 나라에 뭐 묻은 개가 겨 묻은 개 나무란다는 말이 있는데요."

바이칼은 일순 발끈했으나 최대한 인내심을 발휘해 리디아에게 충고했다.

"차라리 직접 말하는 게 어때. 아니면 인용 문구를 바꾸든가."

"죄, 죄송해요! 저는 그런 뜻이 아니라……."

TV 프로그램은 계속됐다.

— 네, 설문 1번! 가즈 나이트 중에서 최고 미남은 누구일까요! 7위부터 발표하겠습니다! 제7위! 아, 아쉽게도 바이론 님이 차지하셨군요. 그분께 이 결과가 알려지지 않길 진심으로 바라겠습니다. 참고로 이 설문 조사는 드래고니스에 거주하는 여성들을 대상으로 실시된 것입니다. 다음 6위!……

"이거 놔! 저 방송국을 박살 내야 내 속이 후련하겠어!"

"지, 지크 님, 참으십시오!"

"시끄러워! 우오오옷!"

식당에서 TV를 보던 전룡단장들은 갑자기 격분해 난동을 부리는 지크를 말리느라 안간힘을 썼다. 식사를 마치고 TV를 보던 리진은 피식 웃으며 중얼거렸다.

"흥, 당당히 5위나 하셨으니 저럴 만도 하지. 누가 저렇게 진지하지 못한 인간을 좋아한단 말이야?"

"나……."

그때 BSP 멤버를 비롯한 모두가 소리가 들려온 쪽에 시선을 집중했다. 멋쩍은 웃음을 지은 채 손을 살짝 들고 있는 프시케는 어쩔 줄 모르며 고개를 숙이고 말았다.

"아, 4위다. 레디 씨네? 서룡족 여자들은 미소년을 싫어하나 봐.

3위는…… 어머나, 리오 씨가 3위밖에 안 된다고? 말도 안 돼."

리진이 투덜대며 불만을 표시하자, 곧 챠오가 아니라는 듯 고개를 저으며 말했다.

"리오 씨는 3개월간 공백이 있었잖아. 아쉽지만 인정해야 할지도 몰라."

"음, 그렇군."

세이아는 TV 를 보며 너무도 진지하게 대화를 나누는 둘을 보며 미소를 띨 뿐이었다.

"2위가 휀? 웃기는군."

바이칼은 팝콘을 씹으며 씁쓸히 중얼거렸다. 그때 바이칼의 방에 설치된 직통 전화에 불이 들어왔다. 그는 귀찮다는 표정으로 전화를 들었다.

"무슨 일인가. 사바신 녀석이 전함 하나를 부쉈다고? 그것 때문에 하와이에서 여기까지 전화를 걸었단 말인가. 뭐? 심각해? 알았으니 말릴 수 있는 데까지 말려 봐. 안 되면 바이론을 동원하든가. 끊어라."

바이칼이 한숨을 내쉬며 다시 TV로 시선을 돌리자, 리디아는 궁금한 얼굴로 이유를 물었다.

"저, 오라버니 무슨 일인가요?"

"두 번째로 못생겼다는 말을 들은 어떤 녀석이 난동을 부렸다는군. 신경 끄고 TV나 봐."

"예? 예……."

"흠, 1위는 슈렌인가. 딸하고 같이 만세를 부르겠군."

설문조사 결과를 마치고 슈렌에게 축하 메시지를 띄운 여성 사회자는 곧 다음 순서를 진행했다.

— 예, 다음 순서를 진행하기 전에 기습 인터뷰! 설문조사로 3위를 차지하신 리오 스나이퍼 님을 저보다 약간 덜 예쁜 소레티 리포터가 찾아뵙겠습니다! 소레티 리포터, 나오세요!

그러나 화면이 바뀌자마자 등장한 것은 사회자보다 약간 덜 예쁜 리포터가 아니라 아더와 한참 대련 중인 리오의 모습이었다.

"하앗!"

"홉!"

리오와 아더의 공격이 교차할 때마다 대련장 사방에 불똥이 튀었다. 신기에 가까운 둘의 움직임을 보던 리포터는 감격에 휩싸인 채 눈을 반짝였다. 카메라맨은 엄청난 속도로 움직이는 리오와 아더의 모습을 잡기 위해 혼신의 힘을 다했고 자신들의 모습이 카메라에 찍히는 것도 모르고 대련에 열중하는 리오와 아더의 모습은 당사자들의 심각함과는 상관없이 아름답기까지 했다.

"리오, 자네는 아직 신화란 이름에 도전하긴 이르네!"

"기록이란 것은 깨지기 위해 존재하는 것처럼, 신화 역시 또 다른 신화를 위해 존재하는 것입니다! 지금 이 자리에서 버밀리온 크로스의 신화를 깨겠습니다!"

"후, 지켜보겠네!"

대사와 액션까지 곁들인 현장 취재는 카메라맨이 눈물을 흘릴 정도로 성공적이었다.

아더와 거리를 벌린 리오는 디스파이어를 꺼내 들었다. 디스파이어 표면에 흐르는 붉은색 섬광은 리오의 움직임에 따라 공기 중에 은은한 적색 잔광을 남기며 대련장 안의 전룡단 단장, 부단장들과 시청자들의 찬탄을 자아냈다.

"지하드를 포함한 모든 기술은 사용자의 정신 상태에 따라 기의 성질조차 달라지게 됩니다. 오딘 님께서 말씀하셨습니다. 사용자가 진정으로 무념무상의 상태일 때, 지하드는 진정한 힘을 발휘하게 된다고요. 기쁨, 분노, 슬픔, 즐거움…… 이 모든 것에서 해탈했을 그때!"

리오의 몸에서 청색 빛이 뿜어 나왔다. 보통 지하드가 발동될 때 녹색의 빛이 뿜어 나오는 것과 달랐다. 심지어 디스파이어의 검광조차 파란색을 띨 정도였다.

"가겠습니다, 지하드!"

리오의 자세가 갖춰짐과 동시에, 아더의 엑스칼리버 역시 칼 자체의 흑색과 적색의 빛을 뿜어냈다. 엑스칼리버의 흑색 표면은 요기를 띤 적색으로, 자루를 감싼 적색의 가죽끈은 흑색으로. 그리고 아더가 입고 있는 플레이트 아머 사이사이에서도 흰색 수증기가 비어져 나와 대련장 바닥에 떨어졌다.

"디엑스칼리버! 엑스칼리버조차 자네에게 두려움을 느끼고 있군. 후후후훗. 그럼 기다리겠네, 버밀리온 크로스로!"

"하아아앗!"

리오의 일갈이 터진 순간, 청색과 백색의 섬광이 충돌함과 동시에 대련장은 엄청난 광도의 빛으로 가득 찼다.

얼마 지나지 않아 빛은 잔잔히 사그라들었다. 손으로 눈을 가리고 있던 전룡단장들은 순간 이상한 느낌이 들었다. 분명 지하드와 버밀리온 크로스가 충돌했는데도 자신들은 물론 취재하러 온 방송인들까지 멀쩡히 서 있는 것이었다.

"어, 어떻게 된…… 아, 저길 봐!"

"저, 저럴 수가!"

빛이 점점 사그라들면서 대련장 중앙에 대치하고 있는 리오와 아더의 모습이 드러났다. 리오가 오른손에 들고 있는 디바이너는 엑스칼리버의 중앙에 충돌한 채 움직이지 못했고, 디스파이어는 엑스칼리버의 검 끝에 교묘히 걸려 역시 움직이지 못했다. 한 개의 검으로 두 개의 검을 한꺼번에 막아 낸 아더도 대단했지만, 더욱 중요한 것은 둘의 위치가 충돌하기 전과 정반대라는 것이었다.

"세, 세상에…… 어떻게 그 찰나에……!"

순간 아더의 플레이트 아머 내부에 축적되어 있던 수증기가 바람 소리를 내며 강하게 뿜어 나왔다. 리오와 아더는 곧 뒤로 한 걸음씩 물러났다. 리오는 디바이너와 디스파이어를 거두고 아더의 앞에 무릎을 꿇으며 힘겹게 말했다.

"감사합니다, 전하. 역시 신화란 이름에 도전하긴 일렀습니다."

"후훗, 실전이었다면 또 모르지. 어쨌든 강한 모습으로 돌아온 것을 축하하네, 리오."

아더는 다시 원래의 모습으로 돌아온 엑스칼리버를 공중에 띄우고 투구를 벗으며 빙긋 웃었다. 리오 역시 자리에서 몸을 일으키며 미소 띠었다.

"수고하셨습니다, 아더 전하. 그리고 리오 님! 감동했어요!"

대련장 위로 카메라맨과 리포터가 기습적으로 올라왔다. 갑작스러운 상황에 리오와 아더는 흠칫 놀라며 그들을 바라보았다.

"아, 아니, 언제부터……."

리오는 놀람과 어색함이 섞인 얼굴로 카메라를 주시했다. 아더는 어느 때보다 긴장한 얼굴로 카메라를 외면했다.

"휘익! 오메가 할아범, 멋진데!"

어느새 식탁 위로 올라가 휘파람을 불어 대는 지크의 모습에, 티베는 이마를 감싸고 한숨을 내쉴 뿐이었다.

"아까는 5등 했다고 발광하더니. 심각한 정서 불안이군."

그때 리포터의 음성이 식당 안에 울려 퍼졌다.

— 네, 미남 순위 3위를 하신 소감을 말씀해 주시겠습니까?

식당에 있던 사람들은 곧 TV로 시선을 돌렸다. 리오는 턱 아래로 흘러내리는 땀을 토시로 닦으며 말했다.

— 오랫동안…… 예, 오랫동안 저를 지켜봐 준 그녀에게 이 영광을 돌리고 싶군요. 그녀나 저나 서로 부끄러워서 고백하지 못했답니다. 오랫동안 말이죠.

— 예? 아니, 그 여성분이 누구시죠?

리오는 멋쩍은 웃음을 지으며 대답했다.

— 제가 말하는 그녀가 누구인지 아마 그녀는 알고 있을 겁니다. 후훗…….

"우! 우! 속지 마! 사탕발림이다! 우우!"

순간적으로 안색을 바꾼 지크는 손가락으로 TV 화면을 가리키며 오랫동안 야유를 보냈다. 한편 심각한 상황에 빠진 두 사람이 있었으니…….

"챠오! 세이아! 정신 차려!"

둘은 리진의 시끄러운 목소리에도 상당 시간 동안 얼굴이 화끈 달아오른 채 아무 반응이 없었다고 전해진다.

한편 닐과 휀은 제궁 내 공원에 마련된 벤치에 앉아 대화를 나누고 있었다. 물색 모르는 사람 눈에는 한가로이 데이트를 즐기는 남녀로 보일지도 모르지만 둘의 대화는 전혀 한가롭지 못했다.

"알겠나. 메타트론 님이 개입한 이상 악마왕 중 한두 명이 개입하지 않으리라는 보장이 없어. 데스 발키리들의 임무 중 하나도 메타트론 세력에 대한 확실한 정찰일 걸세. 만약 자네들이 메타트론 님을 막지 못한다면 최악의 경우 악마왕들의 우두머리인 사탄이 개입할 수도 있다네. 게다가 메타트론 님과 사탄의 경우 서로 감정이 상당히 좋지 않은 편이니까 더하지."

말없이 미카엘의 말을 듣던 휀이 입을 열었다.

"악마왕이라면 누가 와도 상황은 비슷할 겁니다. 디아블로가 오든, 메피스토가 오든……. 어쨌든 말씀은 잘 알겠습니다. 그럼 며칠 내로 북아메리카 대륙을 공격할 준비를 하겠습니다."

"그래, 고맙네."

넬은 곧 웃으며 고개를 끄덕였다. 휀은 묵묵히 시선을 돌렸다.

"그럼, 이만 가 보겠습니다. 장로님과 약속 시간이 다 됐습니다."

"가 보게. 나는 집으로 돌아가지."

넬은 곧 제궁 밖으로 달려나갔다. 예전처럼 활기차게 뛰어가는 그녀의 뒷모습을 바라보던 휀은 순간 싸늘한 미소를 지으며 나직이 중얼거렸다.

"후, 나를 8백 년 전의 바보로 알지 마라, 쓰레기 미카엘."

휀은 천천히 제궁 안으로 향했다.

다음 날 아침, 휀이 장로의 방에서 집무를 보고 있는데 누군가 문을 두드렸다. 휀은 피엘이 정리해 준 자료 화면을 넘기며 들어오라고 말했다. 그러자 데스 발키리 알테미스가 문을 열고 들어왔다. 휀은 알테미스를 흘끔 바라보며 물었다.

"무슨 용건인가?"

"위대하신 7인의 악마왕 중 한 분이신 디아블로 님께서 당신과 대화를 나누고 싶어 하십니다."

휀은 눈을 감으며 짧게 한숨을 내쉬었다. 드디어 올 것이 온 것인가. 잠시 생각에 잠겨 있던 휀은 다시 알테미스에게 물었다.

"직접, 아니면 간접."

"직접입니다. 통화용 크리스털을 가져왔습니다."

"좋아."

알테미스는 곧바로 품에서 흑색 크리스털을 꺼내 휀의 책상 위에 놓았다. 크리스털은 넓게 벌어지더니 빛을 뿜어내기 시작했다.

천장에 비스듬히 쏘아 올려진 빛의 장막에 붉은색의 실루엣이 드리워지더니, 곧바로 소름 돋을 정도로 강력한 요기를 띤 세 개의 붉은 점이 떠올랐다. 붉은 점을 중심으로 흉측하게 생긴 악마왕 디아블로의 모습이 나타났다. 디아블로는 수백 도의 열기가 서린 호흡을 거칠게 뿜어내며 휀에게 눈짓을 보냈다.

"오랜만이도다, 빛의 가즈 나이트 휀 라디언트. 건강한 모습을 보니 이 몸도 상당히 즐겁도다."

휀은 가볍게 목례하고 말했다.

"과찬의 말씀이십니다. 그럼 용건을 말씀해 주십시오."

"후, 여전히 재미없는 녀석이로군. 좋아, 그럼 듣거라. 지금 네가 있는 차원계에 메타트론이 나타났다는 정보가 입수됐다. 선신계에서 그 정도의 힘을 내려보냈다 함은 분명 아롤 님이 잠자고 계신 틈을 타 차원의 균형을 깨겠다는 증거. 고로 너를 비롯한 가즈 나이트와 용족들이 철수할 것과 악신계의 개입을 용인할 것을 요청하는 바이다."

휀은 다시금 눈을 감으며 생각에 잠겼다. 자신이 예상했던 최악의 사태가 코앞에 닥쳐왔기 때문이다. 휀은 곧 눈을 뜨며 디아블로에게 말했다.

"죄송하지만, 디아블로 님의 요청을 받아들일 수 없습니다. 메타트론은 이미 선신계와 관련이 없는 자. 당신과 같은 귀한 분께서 나서실 이유가 없습니다. 또한 메타트론 일은 주신께서도 별도로 지시하셨기 때문에 더욱 당신의 요청을 받아들일 수 없습니다."

"뭐!"

그 순간 디아블로의 눈에서 그의 피부색보다 더욱 붉은색의 사념이 치솟아 올랐다. 크리스털로 간접통화를 하고 있는데도 밀려오는 요기의 압력에 휀은 눈썹을 꿈틀했다. 그러나 얼마 지나지 않아 디아블로는 평온을 되찾고 다시금 휀에게 말했다.

"좋다. 내가 너무 성급했다는 생각도 드니 이번만큼은 넘어가 주노라. 하지만 너희 가즈 나이트가 메타트론의 힘을 막아 내지 못할 경우, 악신계가 직접 개입할 것이라는 사실은 분명히 밝혀 두노라. 그럼 건투를 빈다, 휀 라디언트."

곧 크리스털에서 뿜어지던 빛이 조용히 소거됐다. 알테미스는 크리스털을 챙기며 휀에게 물었다.

"디아블로 님과 잘 아는 사이십니까?"

"다른 악마왕들에 비해 친한 편이다. 그래 봤자 내가 직접 상대한 일이 있다는 것뿐이지만. 더 이상 용건이 없다면 가 보도록."

"수고하시길."

알테미스는 곧바로 방을 나섰고, 휀은 지크의 집에 연락을 취했다.

"예, 지크입니다."

"나다. 리오와 함께 장로님 방으로 오도록."

"아, 대장. 웬일이야, 밥이라도 사 주려고?"

휀은 시계를 보고 지크에게 간단히 말했다.

"식사 시간은 지났다."

"쳇, 하여튼 재미없다니까. 알았으니 조금만 기다리셔."

전화를 끊은 휀은 길게 한숨을 내쉰 뒤, 다시금 전화를 들어 이곳저곳에 연락을 취했다.

장로의 방에 모인 리오와 바이칼, 지크, 아더, 멀린, 그리고 장로는 휀이 디아블로와 접촉했다는 얘기를 듣고, 모두 심각한 표정을 지었다. 물론 지크는 제외였다. 다른 사람들의 일그러진 표정에 지크는 리오의 팔을 쿡쿡 찌르며 물었다.

"이봐, 악마왕이 그렇게 강한 녀석들이야?"

"휀이나 바이론 혹은 내가 제4안전주문까지 풀고 싸워도 이길까 말까 한 존재들이야. 아마겟돈 이후 표면에 드러나길 꺼렸지만 어쨌든 적이 된다면 무슨 일이 벌어질지 예측 못 해. 최소한 행성 하나는 날아간다고 봐도 과언은 아니야."

"그, 그래?"

그때 휀의 헛기침 소리가 들려왔고 모두 휀에게 시선을 고정했다. 휀은 여느 때와 같이 냉엄한 표정으로 모두에게 말했다.

"악마왕들까지 개입을 선포한 이상 이 전투를 늦출 이유가 없습니다. 전력도 많이 보강되었으니 이제 속전속결로 북아메리카 대륙을 공략해야만 합니다. 의견 있으신 분은 말씀해 주십시오."

"음, 북아메리카에 주둔하고 있는 적의 전력이 어느 정도인지 알고는 있나?"

아더의 질문에 휀은 고개를 끄덕이며 대답했다.

"메타트론이 이끄는 원 디바인 크루세이더가 가장 강한 전력이라 생각되며 나머지는 와카루와 바이오 버그들이 주를 이룬다고 생각합니다. 다만 최근에는 동룡족이 움직임을 보이지 않으므로 약간은 경계해야 할 것입니다. 제일 문제가 되는 것은 상상을 초월하는 전력인 원 디바인 크루세이더입니다. 지금으로서는 저희 가즈 나이트들이 그들을 맡을 수밖에 없다고 사료됩니다."

아더는 고개를 끄덕였고 곧이어 바이칼이 질문했다.

"그러면…… 동룡족의 전력은 어떻게 해야 하나. 차원이동을 통해 사라졌다는 말도 없고…… 어딘가에서 우리를 습격하려 하지 않겠나?"

"동룡족의 우두머리 쥬빌란은 두 번 다시 그런 짓을 저지를 자가 아니다. 동룡족은 예를 목숨보다 중시하는 종족. 쥬빌란을 비롯한 동룡족 장성들은 그 전의 습격 때문에 상당한 양심의 가책을 느꼈을 것이 분명하다. 어쨌든 주의해서 손해 볼 것은 없지."

"아, 그런데 미카엘 님은 왜 참석하지 않았나?"

멀린의 질문에 훼은 눈을 감으며 나직이 대답했다.

"전력에 포함되지 않는 미카엘 님은 우리에게 도움이 안 되는 존재일 뿐입니다. 메타트론과 싸울 때는 정보보다 힘이 더 필요합니다. 미카엘 님은 넬과 다를 바 없습니다. 그저 미카엘 님의 기억을 가졌을 뿐입니다."

"그, 그런가……?"

멀린은 뭔가 좀 이상하다는 생각을 지을 수 없었지만, 훼의 행동에 그만한 이유가 있다는 것을 알고 있는 리오와 지크는 아무런 말도 하지 않았다.

훼은 곧바로 전체 전투단과 4대 용왕군, 그리고 가즈 나이트가 직접적이든 간접적이든 모두 참가한 작전회의를 열었다.

일곱 시간을 넘기는 대장정 끝에 이 세계에서의 마지막 전투를 위한 최대, 최후의 작전이 수립됐다.

회의가 끝난 후, 드래고니스가 포함된 주 전력은 영국으로 이동했고, 하와이에 주둔하고 있는 4대 용왕군 역시 전력을 재정비하며 북아메리카 대륙 횡단 작전을 준비했다.

드래고니스가 이동하는 며칠 동안, 지크는 홀로 훈련장에 틀어박혀 수련에 몰두했다. 기술 개발의 필요성을 느끼기도 했지만, 이상하게도 북아메리카 대륙에 다가갈수록 피가 끓어오르는 것을 느꼈기 때문이다.

그는 지금 칼날이 최대 여덟 개로 분열되는 무명도를 활용하는 기술을 개발하고 있었다. 그러나 그가 아무리 빠르다 하더라도 여덟 개의 검을 한꺼번에 사용하는 것은 무리였다.

"에잇, 젠장!"

한참을 수련했는데도 몇 번씩이나 칼을 떨어뜨린 지크는 결국 짜증을 내며 훈련장 바닥에 주저앉았다. 고개를 숙인 채 흥분을 가라앉히던 지크는 진지한 얼굴로 턱을 괴며 중얼거렸다.

"그 올파드라는 아저씨, 분명 외팔로 이도류를 한단 말이야? 빌어먹을, 그 아저씨의 교차식 이도류를 어떻게든 배울 수 있다면 도움이 될 텐데. 상대해 본 리오 녀석에게 물어볼까?"

지크는 혼잣말로 중얼거리며 자신의 무전기를 꺼냈다. 강력한 기술을 만들어 내고 싶은 집념이 평소에는 개그맨으로 불리는 그를 어느 때보다 진지하게 만들고 있었다.

에에엥…….

그때 훈련장 밖에서 갑자기 비상 경보음이 울렸다. 리오에게 막 연락을 취하려던 지크는 인상을 찌푸리며 무명도를 원래대로 되돌리고 곧바로 훈련장 밖으로 나갔다.

"어이, 무슨 일이야!"

지크는 급히 복도를 뛰어가던 전룡단장을 붙잡고 물었다.

"동룡족입니다! 동룡족 대함대가 이쪽에 몰려오고 있습니다!"

전룡단장은 잔뜩 긴장한 표정으로 대답했다.

역시 비상 경보음을 들은 리오는 곧바로 망토를 챙겨 입으며 인상을 찌푸렸다. 자신들의 북아메리카 대륙 횡단작전이 개시되려는 시점에 동룡족의 함대가 몰려오다니, 시기가 좋지 않았다. 디바이너와 파라그레이드, 그리고 디스파이어를 장비한 리오는 소파에 앉아 걱정스러운 표정을 짓고 있는 루이체의 머리를 매만져 주며 말했다.

"자, 갔다 올 테니 기다리고 있어. 아무 걱정하지 말고, 알았지? 어머님도 걱정마십시오."

"예, 지크를 부탁해요, 리오 씨."

역시 근심 어린 표정을 짓고 있던 레니는 리오의 위로에 살며시 고개를 끄덕였다. 집을 나선 리오는 공중에 몸을 띄운 뒤 제궁을 향해 최대 속도로 날아갔다.

"최후의 발악인가? 하지만 지금 상황에서는 무의미할 텐데!"

"적의 규모는!"

황급히 사령실로 올라온 바이칼이 휀에게 적의 상황을 물었다. 가만히 레이더 전광판을 바라보던 휀은 눈을 가늘게 뜨며 대답했다.

"어림잡아 18만. 물론 함선 숫자로."

"뭐라고!"

바이칼의 침착하던 얼굴이 삽시간에 파랗게 질렸다. 곧이어 사령실에 도착한 장로 역시 전광판에 떠오른 무수한 점들을 바라보며 경악을 금치 못했다.

"이 행성에 주둔하고 있는 동룡족의 전 함대가 몰려오는 듯하다. 지금 우리 함대의 수는 8만. 4대 용왕의 12만까지 합하면 20만이지만 그들은 워프를 하지 않는 한 이곳에 올 수 없으니 상황이 상당히 심각하다. 아무래도 작전 전 마지막 고비가 될 듯하군."

휀은 담담한 표정으로 말했고, 바이칼은 얼굴을 잔뜩 찌푸린 채 고민에 빠졌다.

그때 한 오퍼레이터의 목소리가 사령실 전체를 뒤흔들었다.

"전하, 적으로부터 통신이 들어오고 있습니다! 위치는 적 기함 칠두지룡입니다!"

바이칼은 턱을 괸 채 눈을 감으며 나직이 중얼거렸다.

"오늘로 쥬빌란 녀석 상판을 보는 것도 끝이길…… 연결해!"

지상에서 한창 복구를 하고 있던 사람들은 햇볕이 비치지 않을 정도로 하늘을 뒤덮은 대선단을 올려다보며 불안해했다. 자신들의 머리 위에서 또다시 끔찍한 전투가 벌어지지 않을까, 그리고 자신들의 터전이 또 얼마만큼 파괴될 것인가…….

불안에 떨며 우왕좌왕하는 사람들의 모습과는 대조적으로 드래고니스 사령실 안은 고요하기만 했다. 모니터에 모습을 드러낸 동룡족의 주룡 쥬빌란이 막 말을 마친 직후였다. 바이칼은 믿을 수 없다는 표정으로 모니터 안의 쥬빌란에게 물었다.

"무기한 휴전 및 동맹? 도대체 무슨 저의지?"

쥬빌란은 옅은 미소를 띠며 대답했다.

"저의라 말씀하시니 유감스럽군요. 그러나 확실하게 말씀드릴 수 있는 것은 저희는 추호도 당신에게 굴복할 생각이 없으며, 또 당신이 말씀하신 불미스러운 저의도 없다는 것입니다. 저는 다만 제 동생 리디아의 안전이 염려스럽고 두 종족의 미래가 염려스러울 따름입니다."

"무슨 소린지 확실하게 말하도록. 왜 리디아의 안전이 염려스럽고, 또 두 종족의 찬란한 미래가 왜 염려스러운지……!"

"메타트론의 계획 때문입니다. 메타트론은 지금 자신의 일을 방해하는 자들을 몽땅 몰살하려는 계획을 세우고 있습니다. 게다가 와카루 박사의 힘까지 빌려 예언서에 막연히 파괴신으로 규정된 존재를 없애려 하고 있습니다. 당신도 알다시피 와카루 박사는 단순한 인간으로 규정하기에는 너무나 위험한 존재이며, 저희 동룡족 정보대가 모은 정보에 의하면 지금까지 수차례 배반에 배반을 거듭하며 자신의 목적을 추구해 온 악인입니다. 만약 저의 제안을 받아들이신다면 그에 대한 모든 정보를 제공하겠습니다."

바이칼은 묵묵히 눈을 감으며 고민에 빠졌다. 휀은 이번만큼은 관여하지 않으려는 듯 사령실 밖으로 나가 조용히 담배를 물었다.

한동안 고민하던 바이칼은 다시 쥬빌란을 바라보며 말했다.

"난 몇 달 전 용신제 직후에 기습공격을 당한 이후부터 그대들을 믿을 수가 없다. 언제 내 뒤를 칠지 모르는데 어떻게 믿을 수 있겠나. 물론 그대들이 나에게 예전의 일을 보상할 만한 성의 표시를 한다면 그대들의 제의에 대해 생각해 볼 수도 있겠지."

쥬빌란의 얼굴에선 조금씩 미소가 사라졌다.

곁에서 바이칼과 쥬빌란를 지켜보던 장로는 거의 같은 시기에 태어나, 단지 자신들의 피가 반씩 섞인 동생이 하나 있다는 이유로, 또 두 종족의 우두머리라는 이유만으로, 서로 싸워야 하는 두 젊은이의 기구한 운명에 나직이 한숨을 내쉬었다.

얼마나 지났을까. 비상대기를 하고 있는 웨드 파일럿들의 턱 아래에 땀이 맺히고, 수송기 안에서 무기를 매만지고 있는 전투단장들이 계속 마른침을 삼키고 있을 즈음 쥬빌란은 눈을 감은 채 미소를 띠며 바이칼에게 말했다.

"당신이 저희 제의를 받아들이신다면, 저는 이번 전투를 마지막으로 주룡의 자리에서 물러나겠습니다."

순간 바이칼의 눈이 크게 떠졌고 드래고니스 사령실 내부는 술렁거렸다. 놀라기는 동룡족 역시 마찬가지였다. 한동안 모니터에 비친 쥬빌란의 눈을 응시하던 바이칼은 갑자기 한숨을 내쉬며 고개를 획 돌려 버렸다. 그러고는 귀찮다는 듯 손을 휘휘 내저으며 쥬빌란에게 말했다.

"흥, 재미없는 대답이군. 그딴 건 필요 없으니 앞으로 한 시간 내에 칠두지룡을 드래고니스에 접근시키도록. 그 시간을 어기면 우린 즉시 사격을 개시하겠다."

장로와 쥬빌란의 얼굴에 동시에 화색이 돌았다. 쥬빌란은 빙긋 웃으며 바이칼에게 감사를 표했다.

"감사합니다, 서룡족의 제왕이여. 그럼 잠시 후에 뵙겠습니다."

통신이 끊긴 직후, 장로는 곧바로 바이칼에게 다가가 칭찬을 아끼지 않았고, 사령실의 오퍼레이터들은 비상 해제 신호를 전 함대에 보내며 안도의 한숨을 쉬었다. 아직 진짜 상대가 남아 있긴 했지만 서룡족으로선 동룡족이 적이 아닌 아군이 됐다는 사실만으로도 바늘방석에서 침대로 자리를 옮긴 것 같은 정신적 안정을 얻을 수 있었다.

"전하, 정말 대견하시옵니다! 이제까지 단 세 번밖에 체결되지 못했던 두 종족 간의 동맹을 전하께서 이루시다니……. 이 일은 서룡족, 아니 전 용족의 역사에 길이 남을 일입니다. 브리간트 님께서도 상당히 기뻐하실 것이옵니다!"

그러나 바이칼의 반응은 냉담하기만 했다.

"흥, 난 뭐든 처음이 아니라면 재미없소. 어쨌든 저들을 맞이할 준비나 해 주시오, 장로. 쳇, 낮잠 잘 시간인데……."

바이칼은 머리를 긁적이며 일어나 사령실 밖으로 나갔고, 장로는 곧 오퍼레이터들에게 다가가 명령을 내렸다.

"여, 이게 진짜란 말이지? 진짜 잘됐는데!"

지크는 신이 나서 동룡족과의 동맹을 찬성했고, 리오 역시 마찬가지였다.

"음…… 근거리 공격에 강한 서룡족과 원거리 공격에 강한 동룡족이 연합을 한다면 아무리 원 디바인 크루세이더라 해도 우리를 만만하게 볼 수는 없을 거야. 물론 서룡족의 전룡단 같은 특수부대가 동룡족에는 적다는 것이 문제지만, 어쨌든 우리로서는 대환영이지."

둘의 대화에는 아랑곳없이, 휀은 눈을 감고 묵묵히 동룡족 측 수뇌부가 도착하길 기다렸다. 그 옆에는 아더 왕이 팔짱을 낀 채 무언가를 골똘히 생각하고 있었다.

한편 지크는 마치 선물을 기다리는 아이처럼 손바닥을 비비며 안절부절못했다. 리오는 의아한 표정을 지으며 그에게 물었다.

"근데 넌 뭘 기다리는 거야? 동룡족 수뇌부 사람에게 뭘 꿔 준 것도 아닐 텐데……."

"후훗, 황새의 큰 뜻을 참새가 어찌 알리오. 그 올파드 아저씨를 만나면 반드시 배울 거야. 그 교차식 이도류의 비밀을……!"

"아아, 그렇군. 너나 올파드 모두 도검술을 쓰니 기술이 뛰어난 올파드에게 네가 배울 게 있겠지. 하지만 그의 교차식 이도류는 의외로 쉬운데……."

"뭐라! 그럼 너 그거 어떻게 하는지 알고 있는 거야?"

"음…… 대충은. 하지만 실전에 응용할 필요는 없다고 생각해서 그냥 눈으로 익혀 두기만 했어. 사용하는 검부터 다르고 게다가 난 두 팔이 멀쩡하잖아."

"이 녀석! 가르쳐 줘! 그럼 너에 대한 비밀을 여자들에게 말하지 않을게!"

"이, 이봐. 난 수치스러운 비밀 따위 없다고."

둘이 한참 투닥거리는 동안, 쥬빌란을 비롯한 동룡족 수뇌부가 제궁에 도착했다는 소식이 들어왔다. 휀은 그제야 감았던 눈을 뜨며 옆에 앉은 아더에게 물었다.

"전하, 전하께서는 이번 동맹에 대해 어떻게 생각하십니까?"

등산 복장을 벗고 정식 복장으로 차려입은 아더는 여유 있는 웃음을 띠며 대답했다.

"음, 이번만큼은 믿어도 된다고 생각하네. 그들은 예와 신의를 중요시 하는 종족이니까. 지난번 일로 그들도 느낀 바가 있겠지. 아무튼 환영할 만한 일이야. 동룡족이 아군이 되어서 전력의 낭비를 줄일 수 있게 되었으니. 이제 수적으로 보나 무엇으로 보나 이쪽이 유리하게 되었네. 성급한 판단일지 모르지만 전투의 승패는 아마 메타트론과 와카루가 있을 마지막 장소에서 완전히 결판날 걸세. 그 마지막 장소에서의 승패는 가즈 나이트 자네들에게 달려 있겠지. 자네도 미리 마지막 장소에서의 전투에 대해 고민해 두는 게 좋을 걸세. 그런데 자네는 어떻게 생각하나? 이번 동맹 말일세."

"나쁘게 생각하지 않습니다."

곧 바이칼과 함께 동룡족 수뇌부가 회의실 안으로 들어섰다. 바이칼의 맞은편에 쥬빌란이 나란히 앉자 역사상 네 번째 동맹 회의가 시작됐다.

"뭐라고? 자네 지금 팔과 손만으로 여덟 개의 검을 동시에 사용하겠다고 했나? 허헛, 그런 무모한 짓을……. 나도 두 개의 칼을 동시에 쓸 때 그러지는 않는다네.'

회의가 끝난 후 올파드에게 교차식 이도류의 방법에 대해 질문하던 지크는 올파드의 답변을 듣고 의아한 표정을 지었다. 가만히 지크를 바라보던 올파드는 곧 손을 펴 보이며 지크에게 설명했다.

"잘 듣게. 도검은 뽑을 때의 속도가 리오나 다른 가즈 나이트들이 쓰는 소드 계통의 검과는 다르네. 훨씬 더 쉽고, 빠르게 뽑을 수 있지. 그리고 한 가지 더. 자네가 열 개의 칼을 동시에 사용하겠다고 하면 난 그냥 웃고 말지 이렇게 설명을 하지 않네. 물론 자네의 손가락이 여섯 개씩 열두 개였다면 모르지만 말일세. 내 이론상 분명 자네가 개발하고자 하는 교차식 팔도류는 가능하다네. 왜냐, 인간과 용족의 손가락은 다섯 개씩 열 개니까."

그 순간 지크의 얼굴은 놀라움으로 굳어졌고 올파드는 이해가 빠른 청년이라고 생각하며 고개를 끄덕였다. 그러나 올파드는 아직 지크를 잘 모르고 있었다.

"무슨 소린지 모르겠어요."

"음, 아무래도 실습을 통해 가르치는 것이 더 빠를 것 같군. 자, 나와 함께 칠두지룡으로 가세. 내가 외팔이여서 여덟개의 칼은 사용할 수 없지만 네 개의 칼은 사용해 보일 수 있을 걸세. 물론 좀 느리겠지만."

"오, 그래요? 하핫, 그럼 진작 그렇게 해 주시지. 자자, 어서 가요, 아저씨."

지크는 걸어가며 올파드의 어깨에 정답게 팔을 걸쳤다. 올파드는 난처한 표정을 지은 채 지크와 함께 칠두지룡으로 향했다.

"당신이 정말 아더 왕이십니까? 아아, 진심으로 사죄드립니다. 제 스승께 말로만 들어서 미처 알아뵙지 못했습니다."

회의가 끝난 뒤 조촐하게 식사하는 자리에서 바이칼에게 아더에 대한 얘기를 들은 쥬빌란은 그제야 왜 그 노인이 자신들과 함께 식사를 하고, 또 인간이면서 서룡족의 수뇌부가 되어 있는지 이해할 수 있었다.

쥬빌란과 잠깐 얘기를 나눈 아더는 곧 바이칼과 쥬빌란 둘 모두를 번갈아 바라보며 말했다.

"동룡족과 서룡족, 두 종족 모두 높은 계층 사람일수록 평화에 대한 의지가 약해진다네. 하지만 자네들도 알다시피 변방에 있는 작은 마을들은 아무리 두 종족이 붙어 있어도 싸움이 일어나는 일이 없지. 아니, 오히려 친하게 지내지. 물론 지금 자네들에게 영원한 평화와 타협을 요구하는 것은 아닐세. 두 종족 간의 분쟁은 신룡 브리간트 님께서 자네들 종족에게 내린 가혹한 운명이니까. 하지만 잘 알아두게. 브리간트 님께서 그런 운명을 자네들에게 내리신 이유는 살아 있는 생물 중에 최고인 용족의 지위를 타 종족에게 넘기지 않게 하려는 깊은 뜻이 담겨 있다는 것을 말일세. 선의의 라이벌 관계에서는 더욱 강해지게 마련이거든."

"……."

"자네들은 오늘 최고의 선택을 해 주었네. 비록 그리 중요하지 않은 일 때문에 두 종족이 이곳에서 싸움을 벌이긴 했지만, 그 싸움의 결과에 책임지기 위해 힘을 합하기로 했으니까. 젊기 때문에 자존심이고 뭐고 다 버리고 그랬을 수도 있지만, 분명 오늘의 선택은 옳은 일일세. 자네들 스스로를 자랑스럽게 생각하게나."

아더의 말을 들은 바이칼은 순간 말도 안 된다는 듯 퉁명스레 중얼거렸다.

"흥, 요구를 들어준 제 쪽이 더 자랑스러운 것 아닙니까."

쥬빌란은 바이칼에게 시선을 돌리고 고개를 저으며 말했다.

"용제님, 쓸데없는 말씀으로 힘든 일을 결정한 제 마음을 상하게 하지 말아 주십시오."

"말 다 했나?"

"당신과 저는 동급. 밑질 것은 없다고 생각합니다."

두 사람 사이에 갑자기 전의가 감돌기 시작하자, 아더는 자신의 말을 후회하며 둘을 제지했다. 그런데도 아더의 얼굴에서 미소가 사라지지 않았다. 섣부른 실망을 하기에도 둘은 아직 젊었다.

종장
최종 결전

1

종결로 가는 그들

가즈 나이트 중 칠두지룡의 첫 손님으로서 평화적인 방문을 하게 된 지크는 함선 내에 마련된 무도장에서 올파드의 시범을 보고 있었다.

왼쪽 허리에 네 개의 도검을 매단 올파드는 무릎을 꿇은 경건한 자세로 정신을 집중했다. 잠시 후 기합이 잔뜩 들어간 표정으로 자리에서 일어난 그는 종이 한 장을 품에서 꺼내 지크에게 보였다.

"자, 자네가 원하는 교차식 팔도류의 절반인 사도(四刀) 발도술일세. 성공한다면 이 종이는 여섯 개로 늘어나겠지."

"휘익! 멋지게 보여 주세요, 아저씨."

지크는 박수와 휘파람으로 올파드를 응원했다. 올파드는 고개를 가볍게 젓고 나서 종이를 공중으로 날렸다.

"흡!"

올파드의 손이 첫 번째 칼로 향한 순간부터, 지크는 정신을 집중해 동작 하나하나를 머릿속에 집어넣으려고 애썼다. 네 번의 도광이 공중을 가른 순간, 올파드가 띄운 종이는 그의 말대로 처음 종이와 면적이 같은 여섯 장의 종이로 변하여 바닥으로 떨어졌다. 올파드는 멈췄던 숨을 길게 내쉬며 지크를 바라보았다.

"휴, 자 어떤가? 이제 좀 실마리가 풀리는…… 음?"

"모, 목숨을 걸라는 말은 안 하셨잖아요!"

지크는 올파드의 손에서 미끄러져 나간 칼을 목을 움직여 아슬아슬하게 피한 상태였다. 올파드는 멋쩍은 듯 머리를 긁적였다.

지크는 귀 옆 바로 뒤 벽에 꽂힌 칼을 빼며 올파드에게 던져 주었다. 칼을 받아 든 올파드는 헛기침을 한 번 하고 말했다.

"험, 방금 본 바와 같이 나 역시 네 개의 검을 동시에 사용한다는 것은 웬만한 상황이 아니고서야 어렵다네. 어쨌든 이제 알겠는가?"

"약간은요. 그럼 제가 한번 해 볼게요."

지크는 곧바로 몸을 일으켜 무명도를 공중에 띄웠고, 공중에 부드럽게 떠오른 무명도는 곧 잔상과 함께 여덟 개의 다른 무명도로 변하며 바닥에 떨어졌다. 물론 원래의 무명도와는 길이가 달랐고, 강도 역시 상당히 떨어진 상태였다. 그러나 무명도는 다른 가즈 나이트가 가진 어떤 무기보다 강했기에 여덟 개로 분열된 상태라 해도 리오의 디바이너보다 강도가 좋았다.

어쨌든 분열된 여덟 개의 무명도를 네 개씩 나누어 허리 양쪽에 찬 지크는 올파드에게 종이를 건네받은 뒤 눈을 감고 자세를 취했다. 올파드도 자신의 애도(愛刀) 중 하나인 낭아를 꺼내 들고 방어 자세를 취했다.

"응? 아저씨, 뭐 하세요?"

살짝 눈을 뜬 지크는 올파드가 방어 자세를 취하고 자신을 노려

보자 흠칫 놀라 물었다. 올파드는 당연하다는 듯 대답했다.

"자네가 나처럼 칼을 놓치면 난 두 개의 칼을 받아 내야 하네. 칼을 쓰는 게 좋겠지."

"쳇, 아예 실패하라고 굿을 하시죠. 하여튼 갑니다! 아잇!"

기합과 함께 지크의 몸에서 강한 기류를 동반한 스파크가 뿜어나왔고 올파드는 내심 지크의 숨은 힘에 감탄하면서도 경계를 늦추지 않았다.

"영식, 극뢰! 응용 기술 2탄!"

기합과 함께 몸에서 뿜어지는 스파크와 바람을 멈춘 지크는 종이를 공중에 띄웠고 곧바로 양손을 칼에 가져갔다. 올파드는 그 순간 놀라운 광경을 목격했다. 쉴 새 없이 움직이는 지크의 팔에 무수한 잔영들이 맺히기 시작했다.

"신식, 천수관음(千手觀音)!"

"흡!"

지크의 새로운 기술 천수관음이 발동되는 순간 올파드는 자신의 몸이 지크를 향해 강하게 빨려 들어가는 것을 느꼈다.

그는 곧바로 자세를 낮춰 낭아를 바닥에 꽂고, 진공청소기처럼 주위의 모든 사물을 빨아들이고 있는 천수관음에 휘말리지 않기 위해 안간힘을 썼다. 그러나 무도장 안의 사물은 그렇지 않았다. 가구와 장판을 비롯한 모든 것들이 지크를 향해 빨려 들어갔다.

"봤죠! 성공이에요, 아저씨! 종이가 수십 조각…… 엉?"

자신의 눈앞에 수십 조각의 종이가 흩어져 날리는 것을 보며 즐거워하던 지크는 올파드의 놀란 표정을 보고 움찔 놀라 주위를 둘러보았다. 무도장의 모든 집기들이 한꺼번에 그를 향해 몰려들고 있었기 때문이다.

"헉! 어머니!"

처참한 비명과 함께 지크는 집기들에 깔리고 말았다.

올파드는 손으로 눈을 가린 채 고개를 돌렸다.

"의원을 불러야겠군."

지크가 잘라 낸 종이 조각들이 허공을 맴돌다 하나둘씩 땅으로 떨어졌다.

"아야야야야! 하여튼 어땠어요, 아저씨? 괜찮은 기술이죠?"

"음? 음…… 허술해. 이름에 비해서는 너무 허술한 것 같군."

"엉? 그럴 리가요!"

"잔말 말고 무도장 정리나 계속하게."

올파드는 사실 내심 놀랐다. 수십 보 떨어진 곳에 위치했던 자신이 겨우 버틸 정도의 흡입력을, 그것도 가볍게 시전한 상태에서 보여 준 지크의 천수관음은 대인 기술 중 최고 클래스의 기술이었다.

하지만 전투 경험으로 따지면 휀마저 울고 가게 만들 수 있는 올파드가 쉽게 칭찬할 이유가 없었다. 그러나 한편으로, 올파드는 지크를 가르치고 싶다는 열정을 강렬하게 느꼈다.

지크가 무도장 정리를 끝내자, 올파드는 지크를 불러 자기 앞에 앉히며 조용히 물었다.

"자네, 솔직히 시간 많은 편이지?"

"네."

지크가 머리를 긁적이며 대답하자 올파드는 곧 위엄이 섞인 목소리로 말했다.

"작전 지역인 영국으로 갈 때까지는 시간이 아직 많다네. 이렇게 많은 선단이 이동하려면 시간이 상당히 걸리거든. 그 시간 동안 나에게 도검술을 배우지 않겠나?"

"네?"

지크가 깜짝 놀라 올파드를 쳐다보자 그는 빙긋 웃었다.

"내가 보기에 자네의 도검술은 거의 경험에서 나오는 실전 검술 같더군. 조금 전 개발한 천수관음도 그렇고……. 상당히 창의적이고 훌륭한 자세와 기술이긴 하지만 자네의 동작 하나하나에는 중요한 것이 빠져 있다네."

"뭔데요?"

"바로 기초지. 자네와 같은 수준, 아니 그 이하의 수준을 가진 사람이 자네 자세와 기술을 본다면 상당히 훌륭하다고 생각할 테지. 그러나 이렇게 말하긴 그렇지만 내가 볼 때는 자네의 도검술에는 커다란 결함이 있네. 대인 위주의 기술만으로 짜여져 있기에 자네보다 수십 배 큰 상대와 싸울 때는 상당히 고전하게 되지. 인간에게 통하는 목 꺾기가 자네보다 수십 배 큰 괴물들에게 통할 리 없는 것처럼 말일세."

지크는 올파드의 날카로운 지적에 아무런 반문도 할 수 없었다. 실제로 자신보다 훨씬 큰 괴물과 싸울 때마다 상당히 고전해 왔기 때문이다.

"내가 알기로 리오 군은 고신 오딘 님께 검술을 다시 배운 이후 눈에 띄게 강해졌다고 하더군. 비록 나는 오딘처럼 신을 초월한 검술을 가르쳐 주지는 못하겠지만, 자네에게 도검술의 기초와 그 밖에 도움될 만한 것들을 가르쳐 줄 수는 있네. 어떤가. 해 보겠나?"

지크는 아무런 대답이 없었다. 주먹을 불끈 쥔 채 한참 고민을 하던 지크는 곧 올파드의 손을 불끈 잡으며 말했다.

"사부로 모시죠!"

"좋네. 그럼 우선 예절부터 배우세."

"싫어요."

"사부로 모신다고 했잖나!"

"무술만 가르쳐 줘요, 무술만! 아저씨."

"어허, 이 사람이!"

그렇게 둘의 첫 수업은 말싸움으로 시작되었다.

며칠 후, 홍차를 마시며 조간신문을 읽던 리오는 지크가 피곤에 찌든 모습으로 방에서 내려오자 호기심을 누르지 못하고 슬쩍 물었다. 평소 늦잠꾸러기인 지크가 요즘 매일같이 아침 일찍 일어나 옷을 차려입고 나가고 있었다.

"이봐, 지크, 요즘 무슨 일이라도 있는 거야?"

"하아아암…… 귀찮은 사부 한 분을 모시게 됐지. 젠장, 최근에는 말도 트더니 이놈저놈 하며 계속 나를 두들겨 패는 거야. 배우는 시간보다 맞는 시간이 더 많다니까. 우하아암."

연속으로 하품하며 들려 준 지크의 대답은 리오를 놀라게 하기 충분했다. 리오는 속으로 과연 누가 그의 사부일까 생각해 보았다.

"사부? 음…… 너를 가르칠 정도라면 아더 전하, 아니면…… 설마 올파드 님?"

"딩동댕. 그럼 저녁에 보자."

지크는 연신 하품을 하며 집을 나섰고, 리오는 곧 어깨를 으쓱하며 신문으로 시선을 돌렸다.

"별일이군. 지크 녀석이 스승을 다 두고. 어쨌든 올파드 님이라면 믿을 수 있지."

"네 이놈! 모든 무술은 기초가 중요하다고 하지 않았느냐. 기초
가 중요하다고! 그런데 준비운동도 안 하고 내 수업을 받겠다는
얘기냐!"

"에고, 잘 들리니까 좀 상냥하게 말씀하세요. 소리 많이 지르면
노화가 빨라진다고요."

지크의 빈정거림은 올파드의 화를 더욱 부추겼다. 그는 손에 든
죽도로 바닥을 내리치며 크게 소리쳤다.

"시끄럽다! 이틀 전 가르쳐 준 초식으로 30분 동안 몸과 기를 깨
끗이 정돈하도록! 꾀를 부렸다간 무사하지 못할 줄 알아라!"

"쳇, 네, 네, 네, 네, 네."

지크는 곧 재킷을 벗고 올파드가 가르쳐 준 태극권의 초식을 전
개하며 몸과 진기를 가다듬었다. 다른 제자들은 제쳐 두고 지크를
쏘아보던 올파드는 한숨을 내쉬며 속으로 중얼거렸다.

'조금 빈정거리긴 해도 가르칠 맛이 나는 청년이군. 준비운동으
로 살짝 가르쳐 주기만 했는데 이틀 안에 이렇게 깨끗한 자세로 태
극권을 익힐 줄은 몰랐어. 머리로 배우는 것은 몰라도 몸으로 배우
는 건 어느 누구보다 빨라.'

"저, 올파드 님?"

그때 무도장 출입구 쪽에서 그를 부르는 소리가 들렸다. 올파드
가 그쪽으로 시선을 돌리자 출입구 밖에 동룡족 고위 관직자의 부
인들이 입는 전통 의상 차림의 아름다운 중년 여성이 서 있었다.

"아, 부인. 혼자서 여긴 웬일이오?"

올파드는 미소 지으며 아내에게 다가갔다. 부인은 보자기에 싸
온 도시락을 그에게 내밀며 말했다.

"예, 초밥을 싸 왔답니다. 제자들과 함께 드시라고 많이 준비했

습니다."

"오, 그렇소. 이거 부인까지 내 제자들 걱정을 하니 피곤이 절로 사라지는구려. 하하핫, 정말 고맙소, 부인."

"호홋, 올파드 님도 참……."

올파드의 부인은 부끄러운 듯 얼굴을 붉히며 초밥을 건네주었다. 물론 그 순간을 놓칠 지크가 아니었다.

"휘익! 획! 깨가 쏟아지누만! 휘익!"

지크의 휘파람 소리가 터진 순간, 올파드의 얼굴은 붉게 달아올랐다. 그는 즉시 죽도를 휘두르며 호령했다.

"네, 네 이놈! 어디에 정신을 팔고 있는 거냐!"

"오오! 홍조를 띤 중년의 모습, 반해 버렸어요! 부러워서 그러니 너무 화내지 마세요, 사부님. 솔직히 좋으시면서, 뭐."

"시끄럽다! 다른 녀석들도 어디에 정신을 팔고 있는 게냐! 어서 준비운동에 집중하지 못하겠느냐!"

"아, 네!"

그렇게 호통을 치는 올파드의 모습을 본 그의 부인은 이상하게도 기분이 좋았다. 자신의 남편이 오랜만에 젊어 보였기 때문이다. 그녀의 생각처럼 올파드는 지크가 불러일으키는 활발한 분위기에 자신도 모르게 녹아들고 있었다.

"플루소 장군님!"

해변의 임시 초소에서 보초를 서고 있던 4대 용왕군 보병들은 플루소에게 경례를 붙였다. 플루소는 고개를 끄덕이고 초소의 망루에 올라서며 병사들에게 말했다.

"작전 지시가 있을 테니 자네들은 사령부 연병장에 집합하도록.

난 작전 지시를 받았으니 대신 여기 있겠네."

"예? 하, 하지만 단장님께서 직접 보초를 서시다니……."

"이것도 명령이야. 어서 가 보게."

"예!"

병사들은 다시 경례를 붙이고 연병장 쪽으로 뛰어갔다.

플루소는 한숨을 길게 내쉬며 망루 위로 올라갔다. 하와이란 이름의 커다란 섬. 그 섬의 밤은 바다에 흐르는 은은한 월광과 함께 아름다움을 더해 갔다. 사실 플루소는 높은 망루에서 달밤을 감상하기 위해 일부러 보초를 자청했다.

"음?"

시원한 바닷바람을 맞으며 밤바다를 감상하던 플루소는 문득 멀리 해변가에서 느껴지는 인기척에 시선을 돌렸다.

팔시온 계열의 대검을 든 거대한 남자가 달빛 아래서 기술을 전개하고 있었다. 바이론이라는 것을 알고 있는 플루소 자신도 믿지 못할 정도로 그의 검술은 아름답기까지 했다.

평소 그가 사용하는 파괴적인 검술과는 완전히 달랐다. 회색 근육에 반사되는 회색 월광, 그리고 일식 때만 보이는 태양의 코로나처럼 검 표면에 은은히 흐르는 암흑투기. 파도처럼 휘날리다가도 어느 순간 잔잔한 호수처럼 가라앉는 길고 거친 머리채. 그 모든 것의 조화는 남자가 지닐 수 있는 아름다움의 극치를 이루고 있었다.

"여기 있었군, 플루소."

플루소의 귓가에 슈렌의 목소리가 들려왔다. 망루 위로 가볍게 뛰어오른 슈렌은 플루소 뒤에서 그녀를 가볍게 안아 주며 말했다.

"무얼 보고 있을까. 아, 바이론이군. 바이론의 검무는 신계에서도 알아주지."

"예. 그런데 정말 놀랍습니다. 평상시의 바이론님 같아 보이지 않는군요."

"저것이 바로 바이론의 진짜 모습이야."

플루소는 이해가 가지 않는다는 표정을 지었다. 슈렌은 옅은 미소를 띤 채 설명했다.

"어둠의 진정한 의미는 평안이지. 오직 밤에만 대다수의 생물이 휴식을 취할 수 있지. 식물마저도 말이야. 바이론의 넓은 가슴에는 많은 사람이 알지 못하는 슬픔이 서려 있어."

"……."

"물론 바이론은 다른 사람의 이해를 바라지 않아. 그가 평상시에 뿜어내는 광기는 그 깊은 슬픔의 일부가 표출되는 것일 뿐이지. 그래서 바이론은 강해. 훤과 더불어 말이야. 바이론은 자신이 광기를 뿜어내며 싸워야만 다른 사람들이 편해진다고 생각하지. 그 자신만의 위안일지도 모르지만."

플루소는 고개를 끄덕이며 다시 바이론을 바라보았다.

바이론은 미리 가져온 오크 통 안의 깨끗한 술을 몸에 뿌리며 자신의 몸을 식혔다. 그는 알고 있었다. 이제 자신과 자신의 동료들이 이 세계 최후의 전투를 눈앞에 두고 있다는 사실을.

한편 연병장 구석의 조명등 아래에서 사바신이 레디와 함께 수련을 하고 있었다. 등에 중력식 바벨을 얹은 채 팔굽혀펴기로 몸을 단련하는 사바신을 보며, 레디는 걱정스러운 눈으로 말했다.

"이봐, 사바신. 아무리 네가 힘이 좋다지만 4백 톤을 등에 지고 팔굽혀펴기를 하면 관절에 무리가 가지 않을까?"

레디의 걱정대로 사바신의 손은 지면 깊숙이 파고든 상태였다. 하지만 사바신은 개의치 않고 계속 단련에 열중했다. 어차피 말을 해 봤자 통하지 않는다는 걸 알고 있는 레디는 어깨를 으쓱하며 정좌를 한 채 몸을 공중에 띄웠다.

"휴, 2백 번……!"

2백 번째 팔굽혀펴기를 마친 사바신은 곧 한 팔로 몸무게를 지탱하고 등에 진 중력식 바벨의 중력제어기 스위치를 내렸다. 곧 그의 등에 가해지던 4백 톤의 힘은 40킬로그램으로 떨어졌다. 가볍게 몸을 일으킨 사바신은 팔을 이리저리 돌리며 관절을 풀었다. 무게가 무거웠던 만큼 그의 관절에서 수차례 우드득 소리가 났다. 하지만 탈골 등 부상은 전혀 없었다. 수건으로 몸과 얼굴의 땀을 닦으며 사바신은 레디에게 물었다.

"이상하게 긴장되지 않냐? 바이론도 오늘 한 마디도 안 하고 말이야. 보통 때 같으면 게으르다고 야단칠 텐데."

조용히 명상을 하던 레디는 빙긋 웃으며 대답했다.

"바이론 선배 역시 우리가 가즈 나이트라는 것을 믿기 때문에 그럴 거야. 큰 전투 전의 긴장감은 우리도 느낄 거라고 믿는 거겠지. 우리가 할 수 있는 건 그 기대에 부응하는 것뿐이야."

"음, 그래."

사바신은 고개를 끄덕인 뒤 자신의 무기 팔봉신 영룡을 들고 다시 무술 수련을 했고, 레디는 눈을 감고 명상에 잠겼다. 알게 모르게 자신들의 정신적 지주가 되어 있는 바이론의 믿음과 기대에 부응하기 위해서였고, 분명히 닥쳐올 마지막 싸움을 위해서였다.

같은 시각, 지크는 올파드와 마주 앉아 정신 수련을 하고 있었다. 둘 다 정좌를 한 채 편안한 얼굴로 수련에 임했다. 한참 동안 정신 수련을 하던 올파드는 눈을 살며시 뜨며 지크에게 물었다.

"자, 어떠냐. 이제 마음이 조금 진정되느냐?"

"……."

"후훗, 떨리는 모양이구나. 그래, 이제 이 세계에서의 마지막 전투가 우리를 기다리고 있다. 가장 힘들고 처절한 전투가 될 것이다. 각오는 되어 있느냐?"

"드르렁……."

"……."

뉴욕.

한때 미국을 대표했던 대도시의 모든 건물에 온통 녹색 체액이 엉겨 붙어 있었다. 이곳저곳에 젤리와 같은 괴물질이 엉겨 붙어 마치 괴기 영화의 한 장면 같았다. 바쁘게 돌아다녀야 할 사람들의 모습은 찾아볼 수 없었다. 그렇다고 곤충이나 동물의 모습이 보이는 것도 아니었다. 다만 수만에 가까운 바이오 버그가 득시글거릴 뿐이었다.

드래고니스와 분리한 동맹군 주 기함 브리간테스의 사령실 안에서 수백 킬로미터 떨어진 뉴욕의 모습을 묵묵히 지켜보던 휀은 더 이상 볼 것 없다는 듯 자리에 앉으며 지시를 내렸다.

"3, 5, 7, 10, 13, 19, 25, 28, 37 함대에게 지시를 내린다. 보유한 장거리 구축함과 지상 폭격함으로 저 도시를 초토화하도록."

순간 오퍼레이터들의 눈이 크게 벌어졌다.

"예? 하, 하지만 생존자가 있을지도……."

"생존자도 죽여 달라고 울부짖고 있을 거다. 저런 상황이라면."

"알겠습니다!"

10분 후, 지시를 받은 함대가 본격적으로 구축함의 함포와 지상

폭격함의 공대지 미사일을 발사하면서 마지막 전투가 시작되었다. 마지막 전투라고는 하지만 가장 길고 지루한 전투라고 후세의 서룡족과 동룡족의 역사가들은 기록했다. 그만큼 북아메리카 대륙에서 번식한 바이오 버그의 수는 상상을 초월하는 것이었다.

예상과 달리 전투가 장기전으로 접어들자 웨드들이 사용하는 라이플 탄은 금세 바닥났고, 결국 각국의 군수공장에서 임시로 생산한 탄들까지 투입되기에 이르렀다. 물론 드래고니스의 저장량이 떨어졌을 때가 전투의 후반부여서 그리 큰 문제는 없었지만, 임시로 생산된 탄을 사용한 웨드들은 전투 후 꼭 새 라이플을 지급받았을 정도로 임시 탄은 불량품이 많았다.

정비 문제도 만만치 않았다. 1개월 이상 지속된 전면전으로 인해 웨드 부품이 바이오 버그들의 체액 때문에 부식되어 못 쓰는 경우가 허다했다. 전투 전에는 1만 기에 가까웠던 웨드의 기체 수가 전투가 종결된 뒤 5천 기도 채 남지 않았다는 사실은 그만큼 전투가 격렬했다는 것을 보여 주었다.

하지만 전투는 마지막 작전 직전까지 어렵지 않았다. 전투가 길어진 이유는 바이오 버그의 전력이 강해서가 아니라 단지 수가 엄청나게 많은 탓이었다. 게다가 마지막 작전 직전까지 원 디바인 크루세이더는 전혀 찾아볼 수 없었다.

1개월간의 긴 북미 대륙에서의 사투가 끝나고, 결국 남은 것은 와카루 파더(FATHER)와 마더(MOTHER), 그리고 메타트론이 있는 본거지뿐이었다. 하지만 그 본거지에는 중대한 문제가 있었다. 사막 한가운데 지름 2백 킬로미터로 자라 있는 생체 요새의 전체를 인공적으로 만든 차원결계가 감싸고 있다는 점이었다. 물론 바깥쪽의 방어진도 원 디바인 크루세이더를 위시한 강력한 것이었기에 쉽지 않았지만 가즈 나이트에게는 차원결계 안쪽에서의 전투가 더욱 문제였다.

결국 마지막 전투는 가즈 나이트 일곱 명만 나서게 되었다. 가즈 나이트들은 전투가 벌어지기 직전 새벽에 모두 한자리에 모이기로 했다.

새벽 6시.

자신의 디지털 시계로 시간을 확인한 지크는 숨을 길게 내쉬며 하늘을 올려다보았다. 6시라고는 하지만 아직 어두컴컴했다. 지크의 코와 입에서 대량의 입김이 뿜어 나왔다. 겨울이었고, 또 상당히 추운 날씨였다. 물론 가즈 나이트들의 생체 능력은 그런 추위쯤은 무시할 수 있었지만.

거의 1년 가까이 계속된 이번 전투는 지크를 다른 어느 때보다도 성장하게 만들어 준 계기가 되기도 했다. 지크는 여느 때와는 달리 굳은 표정으로 주위 동료를 둘러보았다.

바이론은 바위 위에 걸터앉아 사바신과 함께 술을 들이켰다. 바이론과 사바신 둘 다 표정이 굳어 있었다. 레디는 스마일 맨이라는 별명과 달리 진지한 얼굴로 멀리 보이는 바이오 버그의 본거지를 바라보고 있었다. 슈렌은 죽어 버린 고목에 기대서서 팔짱을 낀 채 눈을 감고 무언가를 생각하는 중이었고, 휀은 코트 주머니에 손을 찔러 넣은 채 말없이 하늘을 올려다보고 있었다.

리오는 자신의 앞에 떠 있는 디스파이어를 보며 웃고 있었다. 디스파이어가 한 번 번쩍일 때마다 그는 무슨 말인지 알아들은 사람처럼 대답하기도 했다.

"난 뭐 하지?"

지크는 무명도의 칼집으로 자신의 어깨를 툭툭 두드리며 힘없이 중얼거렸다. 그때 휀이 일행을 돌아보며 말했다.

"일단은 기지 중심부에 들어가지 않고 외곽에서 전투를 벌인다. 차원결계를 깨는 것은 용제와 주룡이 맡는다고 했으니 그들이 작전에 성공할 때까지 적의 중요 인물은 건드리지 않는다."

"음, 보스급들은 건들지 말라는 소리군. 그럼 그 녀석들이 우리한테 덤비면 어떡해, 대장."

지크의 질문에 휀은 적의 기지 쪽을 바라보며 대답했다.

"도망치도록. 괜히 힘 뺄 생각은 하지 마라. 아직 우리가 모르고 있는 무언가가 있으니 말이다."

"모르는 것?"

수수께끼 같은 휀의 말에 바이론을 제외한 모두가 그를 응시했다. 바이론이 피식 웃으며 말했다.

"크큭, 파괴신의 세계 강림이라는 예언 문구가 가리킨 날이 오늘이기 때문이다. 휀 녀석도, 서룡족, 동룡족의 수뇌부도 생각지 못한 게 있었지. 사실 그들은 아니, 우리라고 해야 하나? 크크큭…… 바이오 버그 녀석들의 수라는 개념을 우습게 보고 있었다. 공장에서 못을 찍어 내는 속도보다 더 빨리 번식하는 녀석들인데 아무리 가즈 나이트가 나서고 서룡족, 동룡족이 연합한다 해도 이기기 어려웠지. 작전이 처음 수립됐을 때는 그리 걱정 없었다. 하지만 예언서에 나온 파괴신 강림의 날이 가까워질수록 걱정은 더해 갔지. 그리고 그날이 바로 오늘이다. 정확히 언제인지는 모르지만."

"덧붙이면 장소도 이곳이다."

바이론의 말을 휀이 마무리하는 순간, 모든 가즈 나이트의 얼굴은 한층 더 굳어지고 말았다. 와카루, 메타트론 말고 미지의 존재가 또 나타난다는 사실이 그들에게 압박감을 주었다.

"메타트론과 파괴신이 관련 있다는 것만 알아두도록. 그런 이유로 메타트론은 마지막에 친다. 예언이 실현되든 안 되든, 우리는 오늘 주어진 일에 최선을 다하면 된다. 그렇게 생각하면 약간은 편하겠지. 모두 각자의 위치는 알고 있을 테지. 그럼, 시작한다."

휀의 신호에 맞춰 같은 조가 된 지크와 사바신, 그리고 슈렌과 레디는 고개를 끄덕이며 자신들이 맡은 방향으로 향했고, 조가 짜여지지 않은 리오와 휀, 그리고 바이론 역시 자기 위치로 걸음을 옮겼다.

리오는 상공에 떠올라 있는 적과 디바인 크루세이더를, 휀은 남쪽을, 바이론은 북쪽을, 지크와 사바신 조는 서쪽을, 슈렌과 레디의 조는 동쪽을 각각 맡기로 했다. 사실 리오 혼자 공중을 다 떠맡는 건 무리였지만, 특별히 화이트 나이트를 사용하기로 했기 때문에 큰 무리는 없을 터였다.

사바신은 한 조가 된 지크의 어깨를 툭툭 두드렸다. 지크가 돌아보자 그는 씩 웃으며 엄지를 펴 보였다.

"이봐, 지크, 난 널 처음 본 순간부터 마음에 들었다."

그러자 지크의 안색은 새파래졌다. 사바신은 움찔하며 물었다.

"이, 이봐, 왜 그래?"

지크는 껄끄러운 표정을 지으며 말했다.

"너, 나한테 고백한 거지?"

둘 사이에 묘한 정적이 흘렀다. 잠시 후 겨우 분위기를 파악한 사바신은 지크를 향해 펀치를 내뻗으며 소리쳤다.

"이 빌어먹을 자식! 이 사바신 님에게 할 소리냐!"

"이봐, 형씨. 농담도 못 하나, 농담도."

"시끄러워! 이번 일만 끝나면 널 죽여 버리겠다!"

"이러니 인기가 없지. 그러고 보니 너 지난번 미남 투표에서 6위 했지? 헤헷, 이런 난폭자를 누가 좋아해."

지크의 비아냥은 사바신 이마에 힘줄을 솟게 하기에 충분했다.

"뭐라고! 그러는 너는 5위잖아!"

"헤헹, 넌 5와 6이란 숫자의 차이도 구분 못하냐? 어쨌든 여자들이 더 선택한 건 나이고, 덜 선택한 건 너야."

"으, 으으윽! 이 자식!"

결국 사바신은 지크의 멱살을 잡고 손에 힘을 넣었다. 사바신이 흥분할 대로 흥분한 것을 본 지크는 순간 눈을 반짝이며 귀여운 목소리로 말했다.

"오호, 좋아한다고 고백했으면서 이러기야?"

퍽.

"우엑! 이 빌어먹을 자식! 진짜로 때리기냐!"

"너 같으면 용서하겠냐!"

지크와 사바신은 투닥거리면서도 나름대로 목표 지점을 향해 나아가고 있었다.

그런 둘의 모습을 멍하니 지켜보던 레디는 자신의 뺨을 두드려 기합을 넣은 후, 슈렌 쪽으로 시선을 돌렸다.

"슈렌 선배, 잘 부탁해요."

레디는 빙긋 웃으며 슈렌에게 손바닥을 펴 보였다. 레디의 뜻을 잘못 이해한 슈렌은 무겁게 고개를 끄덕였다. 그러고는 목표 지점을 향해 서둘러 걸음을 옮겼다. 손바닥을 마주치기를 기대했던 레디는 허망한 얼굴로 머리를 긁적이며 슈렌을 따라갔다.

"그런데 사바신하고 지크는 잘할까요? 둘이 어찌 보면 성격이 비슷한데 말이에요."

레디의 말에 슈렌은 살짝 고개를 저으며 대답했다.

"비유하자면 지크는 광대이고, 사바신은 차력사다. 둘은 엄연히 다른 성격이야. 하지만 서커스단의 일원이라는 점에서는 같으니 잘할지도."

"그렇군요."

그렇게 대답하긴 했지만 솔직히 레디에게는 슈렌의 비유가 코미디 그 자체로 들렸다. 그의 성격상 대놓고 웃지 못할 뿐이었다.

바이칼과 쥬빌란은 드래고니스에 있는 브리간트 상 앞에서 조용히 의식을 올리고 있었다. 이전에 공통된 적을 처단하기 위해 맺은 세 차례의 동맹 때 두 종족의 우두머리가 모여 행했던 의식을 이번에도 거행한 것이었다.

의식이 끝난 뒤, 둘은 자신들 앞에 무릎 꿇고 있는 4대 용왕과 군주들을 비롯한 장성들에게 각자 선언을 했다. 바이칼은 마지막에 말하는 것이 더 멋있다며 고집을 부려 결국 쥬빌란이 먼저 선언을 시작했다.

"아주 사소한 일이 빌미가 되어 우리 두 종족은 이 세계에서 끊임없이 충돌해 왔습니다. 그러나 지금 우리는 공통된 적을 없애기 위해, 전 차원계를 위해 힘을 합했습니다. 지금까지 그대들은 정말 잘 싸워 주었습니다. 비록 파괴신이란 미지의 존재가 남아 있긴 하지만, 우리는 반드시 승리할 것이며 두 종족의 미래는 찬란하게 빛날 것입니다."

박수와 함께 쥬빌란은 뒤로 물러섰다. 자신의 차례가 되자 바이칼은 겉으로는 내색하지 않았으나 상당히 곤혹스러웠다. 자신이 말하고자 한 것을 쥬빌란이 모조리 말해 버렸기 때문이다.

"험……."

바이칼이 헛기침만 하고 잠시 동안 말이 없자, 4대 용왕을 비롯한 장성들은 의아한 표정을 지으며 바이칼을 바라보았고, 옆에 서 있던 장로까지 불안한 표정을 지었다. 그러나 멀리서 멀린과 함께 의식을 지켜보고 있던 아더는 이해한다는 듯 실소를 터뜨렸다.

"말할 게 없어진 모양이군. 젊은 용제께서 말일세. 하하하핫."

계속 서 있기만 하던 바이칼은 결국 얼굴을 붉히고 말았고 예상치 못했던 사태에 쥬빌란마저 당황했다. 그때 4대 용왕 중 한 명인 풍왕 가루다가 일어나 박수를 치며 말했다.

"하하하핫. 전하께서는 언제나 최고의 연설을 하시는군요. 저희와 차례차례 눈을 맞추시며 믿음을 불어넣어 주시다니, 역시 전하께선 최고의 제왕이십니다. 안 그런가, 모두들?"

"아, 그, 그렇습니다! 하하하핫!"

곧 모두는 약속이라도 한 듯 어색한 웃음을 띠고 박수를 치며 동조했다. 쥬빌란은 속으로 다행이라고 생각하며 한숨을 내쉬었다.

곧 드래고니스의 상공에서 찬란한 빛과 함께 두 마리의 거대한 용이 위용을 드러내, 빠른 속도로 적 기지의 상공에 떠 있는 차원 결계 생성장치를 향해 날아갔다.

차원결계 내부의 적 기지 상공, 리오가 타고 있는 화이트 나이트는 결계 안으로 들어서기가 무섭게 전투를 개시했다.

적의 숫자는 일순간 리오를 아찔하게 만들 정도였다. 하이드로 레이저 라이플을 꺼낼 틈도 없이 적들은 리오를 향해 밀려 들어왔다. 오로지 두 개의 오리하르콘 소드에 의지해 적들을 자르던 리오는 결국 조종석 내에서 웃음을 지으며 중얼거렸다.

"후, 휀이 왜 나를 공중으로 내몰았는지 이해가 가는군. 끝이 없잖아, 빌어먹을. 좋아, 그렇다면!"

일순간 검기를 발휘해 주위의 적들을 몰살한 화이트 나이트는 오리하르콘 소드를 접은 뒤 자유로워진 손을 불끈 쥐며 마법력을 전개하기 시했다. 사실 모든 CDS 방식의 웨드들은 사용자가 원하기만 한다면 손쉽게 마법을 기동시킬 수 있었다. 마력 증폭기가 달린 웨드의 경우 그 효과가 극대화될 수 있지만 아쉽게도 화이트 나이트에는 마력 증폭기가 달려 있지 않았다. 하지만 가즈 나이트의 모든 것들을 소화할 수 있게 만들어졌다는 사실 하나만으로 화이트 나이트는 백점 만점의 기체였다.

이윽고 화이트 나이트 앞에 플레어의 거대한 마법진이 생성되었다. 물론 바이오 버그들이 그 틈을 놓치지 않고 괴성과 함께 이빨과 손톱을 앞세워 화이트 나이트에게 돌진했으나, 불행하게도 플레어의 마법진은 순식간에 완성되고 말았다.

"가랏!"

리오의 일갈과 함께, 화이트 나이트 앞에 생성된 마법진에서 진홍색의 거대한 빛이 전방으로 분출되었다. 그 영향권 안에 들어 있던 모든 바이오 버그들은 비명도 지르지 못한 채 플레어의 빛이 지닌 가공할 열에 의해 산산이 휩쓸려 갔다.

주위를 일단 깨끗이 청소한 화이트 나이트는 나머지 오리하르콘 소드마저 접은 뒤 양손에 하이드로 레이저 라이플을 들고 다시 밀려드는 바이오 버그에게 사격을 개시했다. 대량의 적을 일일이 검으로 상대하느니 마법 플레어 이상의 높은 위력을 지닌 하이드로 레이저 라이플로 한꺼번에 밀어 버리는 것이 더 낫다고 판단했다. 그리고 그것이 탑승자의 체력을 위해 더 좋은 길이었다.

2

바람의 천수관음

"어이, 뻗침 머리! 너 도망가고 싶다는 생각 안 드냐!"

"이불 속에 드러누워 자고 싶다, 바람 얼간이!"

지크와 사바신은 정말 눈물이라도 흘리고 싶었다. 이렇게 대량의 적과 싸워 보기는 처음이었고, 보기도 싫은 바이오 버그의 체액을 온몸에 뒤집어쓴 채 30분이 넘게 싸우기도 처음이었다.

"나에게는 수건이 필요해! 넌 내 심정 알고 있겠지!"

지크의 비명과도 같은 외침에 사바신은 눈을 번뜩이며 영룡으로 주위의 바이오 버그를 쓸어버린 뒤 소리쳤다.

"핵폭탄 안고 녀석들과 키스하고 싶다!"

일순간 허공에 그어진 수십 개의 검광. 역시 보이지 않을 정도의 속도로 바이오 버그를 쓸어버린 지크는 장갑으로 얼굴에 묻은 체액을 닦으며 사바신에게 소리쳤다.

"너 오랜만에 멋진 말을 하는구나! 지크 인용구에 넣어 주지! 이봐! B급 녀석들이 몰려오는데, 뻑 가는 소리 한마디 해 보시지!"

"좋아! 크크큭, 죽는 거다!"

"죽이는데!"

그동안 B급 바이오 버그들은 동료들의 시체를 밟고 올라서서 포효했다. 그 포효를 들은 지크는 진지한 표정으로 무명도를 다시 잡으며 말했다.

"이제 진짜로 가볼까? 장난할 타임은 끝난 것 같군."

"흥, 어울리지 않는 말투군. 그냥 놀던 대로 노시는 게 어떤가."

둘은 서로의 주먹을 살짝 부딪치고는, 몰려오는 바이오 버그를 향해 돌진했다.

"없애 주마, 벌레 같은 녀석들! 바람이여, 폭풍이여, 대지를 뒤덮은 천공이여!"

지크의 몸은 곧 엄청난 기풍력에 휩싸였다. 그가 뭔가 시도하려 한다는 것을 깨달은 사바신은 뒤쪽으로 돌아가 지크를 받쳤다.

"지금, 그 강대한 힘으로 내 앞의 적을 부수고 찢어라! 신식! 극풍!"

지크의 몸을 휘감고 있던 기류는 일순간 그의 오른손에 압축되었다가 내뻗는 동작에 맞춰 귀곡성에 가까운 굉음을 일으키며 바이오 버그들을 향해 날아갔다.

지크의 손바닥 모양을 갖춘 채 날아가던 기류 덩어리가 바이오 버그 한 마리에게 적중한 순간, 사방 수십여 미터 내에 있던 모든 바이오 버그들이 마하 단위의 폭풍에 휘말리며 갈기갈기 찢어졌다. 범위 밖에 있던 바이오 버그 일부도 그 폭풍에 빨려 들어갔다. 지크의 신기술 중 하나인 극풍의 놀라운 위력을 본 사바신은 휘파람을 획 불며 지크에게 소리쳤다.

"오호, 죽인다! 근데 꼭 그렇게 길게 말해야만 나가는 기술이냐?"

"멋있잖아. 자, 너도 한번 멋진 거 보여 줘 봐! 관람료는 받아야 직성이 풀리는 성격이거든!"

"하핫, 기다리고 있었다!"

사바신은 곧 영룡을 땅에 박고 자신의 양손을 모아 기를 끌어 올렸다. 그의 힘이 급격히 올라감에 따라 주위의 땅이 흔들리는 것을 느낀 지크는 움찔하며 사바신을 바라보았다. 자신의 예상보다 강력한 기술이 나올 것 같은 예감이 들었다.

"주문은 생략! 토룡(土龍)!"

염력이 응축된 주먹으로 사바신이 지면을 내리친 순간, 무언가 불길한 생각이 든 지크는 잽싸게 공중으로 솟구쳐 올랐다. 사바신 역시 영룡을 잡고 공중으로 높이 뛰어올랐다. 그와 동시에 사바신이 내리친 지면을 중심으로 수십 미터의 지면이 진동에 휩싸이더니 순식간에 흙가루로 변했다. 물론 그 범위 내에 있던 바이오 버그들 역시 산산이 부숴진 건 말할 필요도 없었다.

"하하하핫! 어떠냐, 이 사바신 님의 힘이!"

"이 자식, 나까지 죽일 뻔했잖아! 그런 기술이라고 말을 해 줬어야지!"

하지만 둘의 대화는 오래가지 못했다. 바이오 버그들이 또다시 무더기로 몰려들었다. 사바신과 지크는 정말로 울고만 싶었다.

"제 이름은 넬슨. 당신들은 더 이상 안으로 들어올 수 없습니다."

슈렌과 레디 쪽은 바이오 버그를 거의 만나지 않았기에 어렵지 않게 기지 근처까지 갈 수 있었다. 하지만 기지 입구 쪽에 인간형 바이오 버그 하나가 팔짱을 낀 채 그들을 기다리고 있었다. 슈렌은 그 바이오 버그가 피부색과 구성 물질만 인간과 다를 뿐, 인간과 다름없다는 것을 느낄 수 있었다. 게다가 그 바이오 버그의 입에서 놀라운 말이 튀어나왔다.

"지크가 이쪽으로 올 줄 알았는데, 그렇지 않군요. 한번 만나 보고 싶었는데……."

슈렌은 눈을 가늘게 뜨며 그에게 물었다.

"무슨 의미지?"

넬슨이라는 바이오 버그는 고개를 끄덕이며 무표정하게 대답했다.

"지크 스나이퍼. 그는 J계획의 첫 성공체로서 만들어진 바이오 로이드입니다. 저와 헤럴드는 실패작으로 버려졌으나, 그는 운좋게 마더에게 구조되어 강화된 것이죠. 저는 그저 완전체를 만나 보고 싶었을 뿐입니다."

그 순간 슈렌과 레디의 얼굴은 굳어지고 말았다. 슈렌은 자신도 모르게 말을 내뱉었다.

"거짓말 마라."

넬슨은 고개를 저으며 덤덤히 말했다.

"그렇지 않습니다. 그 증거로 J-001로 이름 붙여진 그에게 지크라는 이름을 붙여 준 사람은 J계획에 참여한 처크 켄트라는 사람입니다. 그는 J계획이 중간에 취소되자 제거 대상이 된 지크를 급히고아원에 맡겼고 그 후 자신이 다시 그 아이를 되찾아서 J계획에 대한 모든 것을 베일 속에 던져 버렸습니다. 후훗, 나쁜 아저씨죠."

그제야 슈렌은 지금까지 바이론과 휀이 지크에게 말했던 '지크자신의 힘'이라는 말뜻을 깨달았다. 슈렌의 눈에서 차츰 살기가 흐르기 시작했다.

"그래서 지크가 바람 대신 자기 자신의 힘, 바이오 로이드의 힘인 전기력을 썼다는 것인가."

"그렇습니다. 그 생체학적 전류 발생 현상은 바이오 로이드가 가진 특별한 구조의 근육이 필요 이상의 긴장 상태가 될 때 전류가 발생시키는 것일 뿐입니다. 후훗, 별것 아니죠."

슈렌은 오른손에 들고 있던 그룬가르드를 왼손에 옮겨 들고 눈을 감으며 넬슨에게 다시금 물었다.

"그 사실을 알고 있는 건 누구누구인가?"

"저와 제 형제 헤럴드. 마더, 그리고 와카루 파더입니다. 처크 켄트도 알고 있지만 그는 죽었으니……."

넬슨은 중간에 잠시 말을 흐리고 말았다. 바로 슈렌에게서 느껴지는 무서운 기운 때문이었다. 슈렌에게서 이런 정도의 살기가 느껴지리라고는 생각지 못한 레디 역시 상당히 당황했다.

슈렌은 그룬가르드의 끝을 오른손으로 잡고 아래쪽으로 약간 비틀며 레디에게 말했다.

"지금 이 일은 누구에게도 비밀이다, 레디. 특히 지크에게는 절대 말하지 마. 부탁이다."

"예? 아, 알았어요."

그룬가르드를 잡은 슈렌의 손에서 불길이 치솟았다. 그는 눈을 부릅뜨며 말했다.

"알고 있는 자는 네 명뿐인가. 그럼 너부터 없애지. 진실을 알기에 지크는 너무 감수성이 여리거든."

넬슨은 피식 웃으며 이해하지 못하겠다는 반응을 보였다.

"알 수가 없군요. 고작 바이오 로이드에 불과한 그를 그렇게 감싸는 이유가 무엇입니까?"

슈렌은 대답 대신 즉시 그룬가르드에서 수라도를 빼 들었다. 사방으로 개방된 화염의 기운에 레디는 더욱 놀라며 뒤로 물러섰다.

슈렌은 눈을 부릅뜨며 넬슨에게 말했다.

"너에겐 고작 바이오 로이드지만, 나에겐 형제다. 그것뿐이다."

"재미있군요. 그럼 상대해 드리겠습니다. 그리고 당신의 그 뜨거운 마음도 식혀 드리지요. 영원히!"

순간 넬슨의 눈이 날카롭게 번뜩였고 동시에 슈렌의 푸른 장발이 크게 넘실거렸다. 그의 깨끗한 오른쪽 볼에 긴 상처가, 그리고 양팔과 두 다리 역시 면도날에 베인 듯한 상처가 났다.

"큭!"

동맥을 다쳤는지 슈렌의 두 팔과 두 다리에 난 상처에서 피가 분수처럼 솟구쳤다. 레디는 깜짝 놀라며 치유 주문을 쓰려고 했다. 그러나 슈렌은 껍데기가 된 그룬가르드를 든 왼손으로 레디를 저지했다.

"나중에."

"예? 예……."

레디는 근심 어린 표정을 지으며 주문을 멈췄다. 약간 몸을 숙이고 있던 슈렌은 곧 몸을 추슬렀고, 넬슨에게 천천히 다가가며 나직이 말했다.

"인조 단백질 덩어리에게 식혀질 마음이라면 7백여 년 이상 타오르지도 않았다. 천천히 느껴 보도록. 지옥의 업화를."

"오호, 저를 인조 단백질 덩어리라 하셨습니까? 미안하지만 저는 당신의 형제인 지크와 같은 부류입니다. 제가 인조 단백질 덩어리라면 지크 역시 마찬가지겠죠?"

넬슨은 어깨를 으쓱하며 슈렌을 비웃듯 말했다. 그때 레디는 보았다. 천천히 걸어가던 슈렌의 몸이 마치 섬광처럼 순식간에 넬슨에게 다가간 것을. 레디는 놀란 가슴을 채 진정시키기도 전에 다시

한 번 놀라야 했다. 수라도의 일자형 날이 어느 틈에 넬슨의 몸을
두 동강 낸 것이었다.

"뭐, 뭐야!"

갑작스러운 기습에 당한 넬슨은 흠칫 놀라며 조직을 재생시키려
했으나 수라도의 날은 틈을 주지 않았다. 넬슨의 한쪽 몸은 이미
불덩이로 변해 고약한 냄새를 풍기며 타들어 갔다.

"이런, 방심했군!"

넬슨은 결국 불리하다는 생각이 들었는지 남은 몸을 추스려 도
망치려 했다. 물론 순순히 놓아줄 슈렌은 아니었다. 수라도로 하나
남은 다리와 팔을 자른 슈렌은 곧 넬슨의 머리를 발로 짓이겼다.
이미 기동력을 잃은 넬슨은 제대로 싸워 보지도 못하고 죽는 것이
억울한지 몸을 뒤틀며 슈렌의 발밑에서 빠져나가려 애썼다. 그러
나 분노에 휩싸인 슈렌은 결코 그를 놓아주지 않았다.

"네가 지크 얘기를 꺼내지만 않았어도 넌 나와 조금 더 오래 싸
울 수 있었다. 전적으로 네 실수니 억울해하지 마라. 그럼, 자라."

"시, 싫어! 난 너희에 대한 것을 파악하기 위해 파더에게 수개월
동안 강화수술을 받았어! 완전체가 되지 못한 것도 서러운데, 이렇
게 죽긴 싫어!"

넬슨이 갑자기 발악했다. 생명에 대한 집착 때문일까. 하지만 슈
렌의 분노 앞에서 그의 발악은 너무나도 무의미했다. 넬슨의 머리
는 곧 슈렌의 부츠 바닥에 밟혀 으깨졌다. 화염으로 넬슨의 사체를
모조리 불사른 뒤에야 안심한 슈렌은 레디에게 돌아왔다.

"회복을 부탁해."

슈렌은 수라도를 땅에 박으며 힘없이 무릎을 꿇었다. 그것이 과
다출혈에 의한 증상이라는 것을 알고 있는 레디는 치유 주문으로

슈렌의 몸에 특별한 액체를 공급했다.

"저, 슈렌 선배. 아까 그 속도를 낸 건 어떻게 하신 거죠? 보니까 지크보다도 훨씬 빠른 것 같던데요?"

레디가 궁금한 듯 묻자 슈렌은 천천히 숨을 고르며 대답했다.

"아드레날린 성분은 육체를 일시적으로 강하게 만들지. 물론 그만큼 육체를 무너뜨리기도 한다. 수라도는 누구를 막론하고 사용자의 몸이 다량의 아드레날린을 생산하도록 촉진한다. 그 때문에 수라도의 주인들은 말 그대로 싸우는 귀신이 되어 버리고 말아. 과다출혈 상태라 해도 아드레날린의 힘을 빌려 잠깐 동안 그 정도의 속도를 낼 수 있어. 마비 증상까지 오는군. 어서 치료를……."

"아, 알았습니다!"

레디의 몸은 곧 아쿠아블루빛을 발하였고, 그 빛은 양손에 집중되었다가 슈렌에게 쏟아졌다. 가즈 나이트 중에서 유일하게 자체 능력으로 다른 대상을 치료할 수 있는 레디에 의해 슈렌의 상처는 급속도로 회복되어 갔다.

얼마 지나지 않아 슈렌의 상처는 깨끗이 회복되었다. 상처가 회복된 슈렌은 곧바로 몸을 일으켰고, 수라도를 다시 그룬가르드 속에 넣은 뒤 레디와 함께 차원결계가 깨지기를 기다렸다.

'제발 다른 바이오 로이드를 만나지 마라, 지크, 누구도 아닌 너 자신을 위해 부탁한다.'

슈렌은 평상시와 같은 눈빛으로 그렇게 생각했다. 그는 알고 있었다. 지크가 자신의 출생의 비밀을 알게 된다면 분명 큰 상처를 받고 완전히 이성을 잃을 것이 분명하다는 것을.

사바신은 미리 챙겨 온 손수건을 코트 속에서 꺼냈다. 그러나 그 손수건 역시 바이오 버그의 체액에 흠뻑 젖어 손수건으로서의 기능을 상실한 지 오래였다. 사바신은 어쩔 수 없이 손수건에 묻은 체액을 짜낸 다음 얼굴에 묻은 체액을 닦았다.

"이렇게 많은 체액을 온몸에 뒤집어쓰기도 처음이야. 넌 어때?"

그러나 지크는 대답할 여력이 없었다. 그는 땅바닥에 쓰러져 조용히 휴식을 취하고 있었다.

"쳇, 허약한 녀석. 근데……."

사바신은 말끝을 흐리며 이곳으로 오기 전 바이론이 자신에게 당부한 말을 떠올렸다.

"바이오 로이드라고 말하는 녀석이 나타나면 말도 꺼내기 전에 무조건 쳐 죽여라. 만약 입을 뻥긋하게 놔둔다면 자기가 나를 쳐 죽이겠다고 했는데 도대체 무슨 소린지 알 수가 없네. 괜히 또 나만 혼나는 거 아냐?"

사바신은 자신의 솟구친 머리카락을 긁적이며 힘겹게 중얼거렸다. 바이론의 성격을 알고 있는 사바신은 제발 그 바이오 로이드가 자기 앞에 나타나지 않기를 바랄 뿐이었다.

"담배나 피울까. 다행히 담배는 비닐봉지에 싸 왔지. 쿠하하핫."

사바신은 즐거운 표정으로 품을 뒤적거렸다. 그러나 아쉽게도 비닐봉지 속에 넣어 온 열 개비의 담배 중 무사한 건 단 두 개비뿐이었다. 담배를 입에 문 사바신은 불을 붙이고 하늘을 올려다보았다. 물론 이유는 단순했다.

"횐은 자주 이렇게 하던데, 멋있단 말이야."

한참 연기를 공중에 날려 보내던 사바신은 순간 자기 옆에 쓰러져 있는 지크를 발로 깨웠다. 지크는 피곤하다는 표정으로 고개를 들며 투덜거렸다.

"젠장! 뭐야, 뻗침 머리. 머리에 무스 기운이 빠진 거야?"

"난 무스 따위 안 쓰는 오리지널이야! 아, 그게 문제가 아니고 저 길 봐! 드디어 쇼가 시작됐어!"

"쇼? 으악!"

적지 상층부에서 쏟아져 나오는 백색의 날개들. 그것은 원 디바인 크루세이더들이 활동을 개시했다는 증거였다. 그와 함께 지크는 멀리서 날아오는 화이트 나이트의 모습도 보았다. 지크는 핸드 스프링으로 몸을 일으킨 뒤 옷을 털며 중얼거렸다.

"리오 녀석, 혼자 괜찮을까."

"제 이름은 헤럴드. 당신들을 더 이상 이 안쪽으로 들여보낼 수 없습니다."

"바이오 로이드인가."

온몸에 체액을 뒤집어쓴 채 숨을 거칠게 몰아쉬던 바이론은 전 방을 막아선 바이오 로이드 헤럴드를 바라보며 물었다. 헤럴드는 고개를 끄덕이며 대답했다.

"그렇습니다. 그런데 지크는 이쪽으로 오지 않은 모양이군요. 아쉽습……."

순간 헤럴드는 말문을 닫았다. 바이론이 마치 폭주하는 기관차 처럼 자신을 향해 달려왔기 때문이다. 그 엄청난 속도를 피할 수 없겠다고 생각한 헤럴드는 양팔을 날카로운 칼날로 변형해 되받아치려 했다.

"크큭, 크하하핫! 이제 단 두 명이다! 대머리 늙은이와, 고물 전 자계산기 단둘이란 말이다! 그럼 넌 죽는 거닷!"

바이론은 광소와 함께 헤럴드의 앞에서 다크 팔시온을 치켜 들었다. 그의 원시적인 자세는 바이오 로이드인 헤럴드에게도 충분히 공포감을 주었다. 순간 공포로 얼어붙은 헤럴드의 눈빛을 읽은 바이론은 광소와 더불어 검을 일직선으로 내리그었다.

"크하핫! 쿠오오오웃!"

순간 바이론의 다크 팔시온이 지면에 박혔다. 조금 후 연두색의 투명한 액체가 바이론을 향해 뿜어졌다. 따뜻하긴 했지만 인간의 피와 달리 거부하고 싶은 액체였다.

"이, 이럴 수가? 방어했는데……!"

머리에서부터 사타구니까지 두 동강 난 헤럴드는 신음을 내뱉으며 양쪽으로 나뉘어진 채 바닥에 쓰러졌다. 바이론은 곧바로 화염계 주문으로 헤럴드의 몸을 연소시키고 숨을 길게 내쉬었다.

얼마나 휴식을 취했을까. 근육을 불끈거리며 천천히 고개를 든 바이론은 왼손으로 헝클어진 머리카락을 쓸어 넘기며 공중으로 시선을 돌렸다. 그곳에는 수백에 달하는 디바인 크루세이더들이 날개를 펄럭이며 적 기지 상공을 선회하고 있었다.

"리오 녀석은 무사한가. 크큭, 잘도 날아다니는군. 그건 그렇고 휀 녀석은 어떻게 하고 있을까?"

바이론은 다크 팔시온을 거머쥔 채, 자신을 향해 내려오는 천사들을 바라보며 광기 어린 미소를 지었다.

휀은 왼쪽 가슴에 난 큰 상처를 손으로 눌렀으나 출혈은 쉽게 멈추지 않았다. 그는 묵묵히 앞에 있는 존재에게 시선을 돌렸다.

"운이 없군."

휀의 말에 메타트론은 고개를 저으며 아쉽다는 듯 중얼거렸다.

"후훗. 아직도 당당하구나, 휀 라디언트. 하지만 속지 않은 것은 칭찬해 주마."

메타트론은 그렇게 말하며 자기 옆에 서 있는 넬의 머리를 쓰다듬었다. 넬은 아무 말 없이 고개를 숙이고 있었다.

"그리 아쉬워할 것은 없다. 미카엘이 너보다 나를 조금 더 생각해 주었을 뿐이니까 말이다. 그런데 넌 속지 않았어. 미카엘이 어떤 조언을 해 줘도 따르지 않았지. 따랐다면 너희의 작전은 완전히 초전 박살이 났을 텐데 말이야. 나 역시 그 점이 아쉽긴 하지만 그래도 이 에릭튜드를 얻은 것에 만족해야겠지."

메타트론은 그렇게 말하며 오른손에 든 에릭튜드를 높이 쳐들었다. 그 모습을 지켜보던 휀은 곧 몸을 추스리며 말했다.

"예상은 하고 있었다. 어차피 미카엘 님이 나를 갑자기 사모할 이유가 없을 테니까. 원래 미카엘 님의 생각이 무엇인지는 모르겠지만 지금은 상황이 이렇게 됐으니 하는 수 없지. 미카엘 님과 함께 없애주겠다, 타천사 메타트론."

휀은 곧 상처가 난 왼쪽 가슴에서 손을 뗐다. 그의 상처는 놀랍게도 거의 아물어 있었다. 한편 메타트론은 휀의 타천사라는 말에 비웃음을 터트렸다.

"타천사? 후훗, 웃기는군. 내가 사탄과 같은 존재란 말인가? 난그저 이 세상에 나타날 파괴신을 물리치기 위해 온 것일 뿐이다. 타천사라니, 어림도 없는 소리 마라!"

휀은 상처가 가심에 따라 점점 냉정을 되찾았다. 다시 예전처럼 코트 주머니에 손을 찔러 넣은 채 휀은 차가운 눈빛으로 미카엘과 메타트론을 번갈아 바라보며 말했다.

"미카엘 님…… 아니, 미카엘에게 듣지도 못한 모양이군. 미안하지만 넌 이미 신계에서 타천사로 지목된 자다. 선신도 네 운명을 알고 있었기 때문에 널 선신계와 관련되지 않도록 타천사로 만든 것이다. 하긴 태고의 대천사장이었던 자가 파괴신으로 변하는 데 관련되면 귀찮아지겠지."

"뭐라고? 무슨 소리인가!"

메타트론의 얼굴은 순간 일그러졌다. 그의 노호와도 같은 질문에 휀은 조용히 플렉시온을 빼 들고 말했다.

"미카엘도 네 운명을 알고 있었다. 먼 미래의 네 자신을 없앤다며 이 세계 강바닥 밑에 잠든 네가 불쌍해서 도저히 못 견뎠겠지. 별 실감도 나지 않는 사랑 타령을 연기하며 나에게도 접근했다. 일단 너를 죽일 확률이 가장 높은 가즈 나이트는 나였기 때문이지. 에릭튜드를 이용해 나를 움직여 보려고도 했고 말이다."

넬은 아무런 대답이 없었다. 휀의 말은 무서우리만치 정확하게 미카엘의 의중을 파악하고 있었다. 그는 구멍이 난 자신의 코트를 재생시키며 나직이 중얼거렸다.

"어쨌든 넌 십중팔구 파괴신이 된다. 어떤 이유로 인해 파괴신이 될지 모르지만 지금까지 예언이 너무나 정확히 적중했기에 나도 부정하지 않는다. 내 희망 사항은 단 하나. 지금 파괴신이 되기 전에 너를 없애는 것이다."

여태껏 충격에 휩싸여 있던 메타트론은 크게 조소를 터뜨렸다.

"푸홋! 하하하하핫! 미친 모양이구나, 휀! 나와 네 자신의 차이를 아직까지도 느끼지 못한단 말이냐! 단 한 대도 나를 치지 못한 주제에!"

"알고 있다. 지금 내 상태로는 너를 이길 가능성이 희박하겠지. 하지만 얼마 후의 내 상태로는 가능성이 높아진다."

"뭐라고?"

메타트론은 이해하지 못하겠다는 표정을 지었다. 메타트론은 현재 이 기지 상공을 덮고 있는 차원결계의 생성장치에 바이칼과 쥬빌란이 향하고 있다는 사실을 꿈에도 모르고 있었다.

기지 상공에 떠 있는 거대한 차원결계 생성장치. 그것은 단순한 기계장치라고 보기엔 너무나 거대했다. 접근할수록 거대해지는 그 기계장치를 보며 바이칼은 힘겹게 중얼거렸다.

"재수가 없군. 괜히 리오 녀석과 약속한 것 같아."

"후, 두려우신 모양이군요."

"큭!"

쥬빌란의 도발적인 말에 바이칼은 그를 흘끔 쏘아보았다. 그러나 쥬빌란의 악의 없는 웃음은 그의 흥분을 차츰 누그러뜨렸다.

"저도 두려우니 괜찮습니다. 예상외의 방어 장치가 있는 듯합니다. 아니, 장치라고 보기는 좀 그렇군요. 생물이라고 해야 할까요."

"도대체 무슨…… 음?"

순간 바이칼의 눈에 차원결계 생성장치 앞에 실험용 흰색 가운을 입은 누군가가 떠 있는 것이 보였다. 분명 보통 인간이라면 호흡하기가 곤란해서라도 저 높이에 있을 수는 없었다. 게다가 그는 바이칼과 쥬빌란 둘 다 알고 있는 자였다.

"허허헛. 어서 오시오. 두 용족의 최고권력자이며 최강자이신 두 분. 오래 기다리고 있었다오."

바이칼과 쥬빌란은 그 자리에서 멈추고 말았다. 설마 와카루가 여기 있을 줄은 꿈에도 몰랐다. 인간의 모습으로 변신한 바이칼은 씁쓸한 표정으로 팔짱을 끼며 거칠게 고개를 내저었다.

"오늘의 운세는 모든 갈등이 해소되어 상당히 좋을 거라고 나왔는데……. 재수 더럽게 없군."

"저는 운세 같은 건 믿지 않는 편이지만……. 재수가 없다는 말씀엔 동감입니다."

역시 인간의 모습으로 변신한 쥬빌란도 인상을 살짝 찡그리며 바이칼의 곁에 다가와 말했다. 와카루는 천천히 그들 쪽으로 내려와 멈춰 서서 껄끄러운 수염을 매만지며 말했다.

"가즈 나이트 중 한 명이 올 줄 알았는데, 설마 당신들이 올 줄은 몰랐구려. 뭐, 그래도 상관은 없소이다. 난 이미 용족들의 신체 데이타도 흡수한 상태니 당신들 둘이라 해도 별문제 없을 거라고 생각되니 말이오. 허허허헛. 어쨌든 이 차원결계 장치는 부수지 못한다오."

"뭐?"

"쩝, 솔직히 나는 메타트론인가 하는 그 천사 양반도 믿지 못하고 예전에 잠깐 아군이 됐던 쥬빌란 전하도 믿지 못했다오. 물론 양측에서도 나를 믿었다고는 생각지 않지만 말이오. 차라리 내가 진작에 직접 나설 걸 하는 후회가 들 따름이외다. 내 머리를 따라갈 사람이 있어야 말이지. 허허, 정말 안타깝소이다."

쥬빌란은 묵묵히 와카루의 말을 듣기만 했다. 바이칼은 머리를 긁적이며 쥬빌란의 저쪽으로 슬그머니 물러섰다. 와카루는 헛기침을 한 뒤 계속 말을 이었다.

"험, 어쨌든 이젠 선택의 길이 없다고 생각하고 저 장치를 파괴할 사람을 기다리고 있었소. 마지막 카드라 생각한 메타트론도 별 효용 가치가 없었기 때문이오. 미카엘인가 뭔가 하는 천사…… 넬인가 하는 아이로 다시 태어났지, 아마? 좀 모험이긴 했지만 미카엘로 각성시킨 뒤 당신들의 작전을 교란할 생각이었소. 근데 그 휀이란 청년은 정말 무서울 정도의 통찰력을 가지고 있더군. 미카엘에겐 의견 한 번 묻지 않고 자기 맘대로 작전을 구사해서 애초에 미카엘이 개입할 여지를 주지 않더군."

와카루는 아쉬운 듯 머리를 긁적였다.

"마지막으로 설마 쥬빌란 전하가 그 대쪽 같은 자존심을 버리고 서룡족과 붙을 줄은 상상도 못 했소. 이건 전적으로 내 실수였소이다. 당신들을 그냥 놔주는 게 아니었는데. 뭐, 어쨌든 결과는 이렇게 됐소. 수적으로 나는 당신들에게 대항할 수 없고, 전력 면에서도 당신들을 상대할 수 없게 됐으니 말이오. 그러니 이제부턴 이해해 주길 바라오."

순간 와카루의 몸은 순식간에 불어나기 시작했다. 주름살이 가득한 그의 몸은 젊은이의 늠름한 육체로 변해 갔다. 곧 그의 넓은 등에서 바이오 버그의 외피와도 같은 괴물체가 솟아났고, 그 물질은 마치 갑옷처럼 젊은 와카루의 몸을 뒤덮었다. 곧이어 와카루의 포효가 이어졌다.

"최후의 발악이 될 테니 너희를 모조리 없애 버리겠다, 모조리! 그리고 이 세계도 없애 버릴 것이다!"

와카루의 몸에서 뿜어지는 무서운 기운, 그것은 중급 투신 이상의 강력함이었다. 그러나 쥬빌란의 얼굴에서는 여유 있는 미소가 사라지지 않았다.

"후, 맘대로 지껄이시지요, 와카루 박사. 그런데 자신의 연설이 너무 길었다고 생각하지 않습니까. 그리고 시선도 너무 저에게만 고정됐고 말이지요."

"뭐라고?"

순간 쥬빌란은 몸을 위로 솟구쳤다.

와카루는 쥬빌란을 찾아 사방을 두리번거렸다. 그의 눈에 상당히 멀리 떨어진 전방에 붉은색으로 빛나는 작은 드래곤이 들어왔다. 물론 거리가 멀어 작게 보이는 것이었다.

드래곤으로 모습을 바꾼 바이칼이 멸성의 힘을 사용한 상태에서 와카루를 쏘아보고 있었다. 그는 쥬빌란이 몸을 피하자마자 한참 동안 응축했던 브레스를 일시에 뿜어냈다. 무서우리만치 푸른색을 띤 빛이 공간을 일그러뜨리며 앞으로 뻗어 나갔고, 자신을 향해 빠른 속도로 다가오는 그 빛을 멍하니 바라보고만 있던 와카루는 곧 비명을 지르며 양팔로 그것을 가로막았다.

"으, 으아아아악!"

드래고니스 안의 모든 이는 초조한 마음으로 결과를 기다렸다. 세이아는 사령실에서 라이아와 함께 계속 무릎을 꿇고 기도를 올렸다. 다른 사람들은 잔뜩 긴장한 채 모니터를 뚫어져라 응시했다.

장로는 이번만큼은 사령실의 금연 조치를 해제했다. 따라서 사령실 안은 동룡족 장성들과 4대 용왕들, 그리고 오퍼레이터들이 뿜어내는 담배 연기로 자욱했고, 장로 역시 커피를 열 잔 이상 들이키며 초조함을 달랬다.

"어떻게 될 것 같나, 멀린?"

커피를 새로 잔에 따르며 장로가 묻자, 멀린은 한숨을 길게 내쉬며 대답했다.

"이번만큼은 아직……. 게다가 파괴신도 아직 나타나지 않았으니 모르지."

"아닐세."

그때 아더의 낮은 목소리가 들렸다. 장로와 멀린이 그를 돌아보왔다. 아더는 눈을 감은 채 천천히 말했다.

"선이냐 악이냐 하는 개념도, 정의냐 불의냐 하는 것도 모두 저 젊은이들의 전투에는 도움이 되지 않아. 오직 이기고자 하는 집념이 더 강한 쪽이 승리할 걸세. 누가 됐든 말이지. 우리는 그냥 우리 측 젊은이들의 집념이 더 강하길 빌 수밖에 없겠지."

"그렇겠군요."

세 노인들은 다시금 모니터로 시선을 돌렸다. 아직도 먼 거리에서 잡은 적 기지의 모습만 보일 뿐이었다. 그때 모니터 위쪽에서 파란빛 한 줄기가 선을 그리며 번뜩였다. 순간 아더는 기도하고 있는 세이아와 라이아 자매에게 몸을 날리며 있는 힘껏 소리쳤다.

"전원 충격에 대비하라! 몸을 숙여!"

"예?"

사령실에 있던 모든 사람들이 바닥에 엎드리기가 무섭게 사령실은 물론이고 적 기지 외곽에 정박 중인 모든 함선들은 하늘에서 번쩍인 폭발광에 휩싸였다.

"에, 에너지 반응 관측 불가. 거대 에너지 폭발의 파장이 지역 일대를 뒤덮고 있습니다! 으, 으아아아악!"

끈질기게 계기판에 달라붙어 있던 오퍼레이터의 비명과 함께 드래고니스는 중력 브레이크 장치에도 불구하고 크게 흔들리기 시작했다. 중력 브레이크가 약한 동룡족 전함 몇십 대는 위쪽에서 내려오는 엄청난 압력을 견디지 못하고 지면에 처박히기도 했다.

잠시 뒤 에너지 파동이 멈추자 각 함대들은 다시 정상으로 돌아왔고, 드래고니스 역시 중심을 회복했다. 오퍼레이터들이 피해 상황을 확인하는 동안, 세이아와 라이아를 덮쳐 보호하던 아더는 몸을 일으키며 믿어지지 않는다는 표정으로 중얼거렸다.

"멸성의 힘이 가해진 기가 피니셔가 폭발하다니, 이게 무슨……! 설마 기가 피니셔에도 버틸 수 있는 강력한 존재가 지금 이 세계에 있단 말인가!"

바이칼의 몸은 점점 작아지더니 곧 인간의 모습으로 돌아왔다. 그의 현재 상태는 최악이었다. 소비한 에너지의 양도 만만치 않았지만, 자신이 쏜 기가 피니셔가 목표물을 밀고 대기권 밖으로 튕겨 나가지 않아 바이칼의 기력이 빠져나갔다.

폭발광이 사라지고 천천히 공간이 회복되면서, 바이칼의 눈앞에 더욱 믿어지지 않는 광경이 펼쳐졌다.

"빌어먹을 영감!"

바이칼은 그 말을 끝으로 지면을 향해 추락했다. 쥬빌란은 그를 받치러 가야겠다고 생각했지만 몸이 따라 주지 않았다. 멸성의 힘이 가해진 상태의 메가 플레어를 견뎌 낸 생물이 자기 눈앞에 있다는 사실에 너무 놀란 나머지 몸을 돌릴 수 없었던 것이다.

"와카루, 도대체 어떻게……!"

와카루는 그 자리에 그대로 떠 있었다. 물론 몸이 멀쩡하지는 않았다. 그의 머리와 몸의 절반은 어디로 갔는지 사라지고 없었다. 하지만 그의 남은 육체는 다시 불끈거리기 시작했고, 쥬빌란은 마지막 일격을 가하기 위해 자신의 양손을 앞으로 모았다.

"쿠큭, 쓸데없는 짓은 하지 마시길 바랍니다."

"아, 아니!"

마지막 일격을 가하려던 쥬빌란의 몸은 와카루의 목소리가 들려온 순간 멈추고 말았다.

눌어붙은 와카루의 상처 부위에 사람의 입 모양 물체가 튀어나와 있었다. 그곳에서 나온 말이리라. 곧 그 육체에서 머리와 반쪽 몸체, 그리고 팔과 다리가 자라나더니 와카루의 몸은 정상으로 되돌아왔다. 마지막으로 몸에서 다시금 외피가 솟아올라 육체를 감싸자 와카루는 길게 한숨을 내쉬며 말했다.

"후우…… 하하핫, 정말 아찔했소. 설마 이 정도의 파괴력을 낼 수 있는 생명체가 있을 줄은 몰랐으니까 말이외다. 이것이 용제님의 진짜 실력이었다니 감탄, 감탄, 또 감탄했소. 어쨌든 이제 쓸데없는 장난은 통하지 않는다, 주룡. 용제의 그 공격을 받아 낸 나에게는 어떤 공격도 통하지 않는다는 것을 알았겠지! 크카카캇! 난 무적이다! 난 신이다! 우하하하핫!"

와카루는 마치 정신분열증 환자와도 같이 광소를 터뜨렸다. 쥬빌란은 침을 꿀꺽 삼키며 이제 어떻게 해야 할까 고민했다. 바이칼의 공격을 막아 낸 이상 자신의 주술 역시 통하지 않을 것은 확실했기 때문이다.

"덕분에 바깥으로 나올 수 있었다, 와카루. 오랜만에 그 주책스러운 모습을 보니 감동적이군, 후훗."

부스터가 작동하는 소리와 함께 들린 목소리에, 와카루의 눈은 주황빛으로 번뜩였다. 그는 혀로 입술을 훑으며 환희에 찬 목소리로 중얼거렸다.

"쿠훗! 리오 스나이퍼! 그런데 그 하얀 갑옷은 뭐지? 어서 벗고 나와라. 오늘에야말로 결판을 내고 네 육체를 먹어 주겠다!"

화이트 나이트와 동화한 상태인 리오는 안고 있던 바이칼을 쥬빌란에게 넘겨주고 말했다.

"바이칼의 기력 소모가 심하니 즉시 드래고니스로 데리고 돌아가 주십시오. 와카루와 차원결계는 제가 맡겠습니다."

"귀공의 힘을 믿어도 되겠소?"

쥬빌란은 긴장된 표정으로 물었다. 리오는 곧 고개를 끄덕였다.

"결계 밖으로 나온 이상 제4안전주문까지 풀 수 있을 겁니다. 그러니 너무 걱정 마십시오. 그럼 부탁드립니다. 이곳은 이제 위험하니 어서 벗어나십시오."

"알겠소. 그럼 드래고니스에서 기다리겠소."

쥬빌란은 곧 용의 모습으로 변한 뒤 바이칼을 등에 태운 채 드래고니스가 있는 쪽으로 빠르게 날아갔다.

리오는 화이트 나이트 전용의 오리하르콘 소드를 뽑아 들며 와카루에게 말했다.

"지난번에는 용케 지하드의 충격에서 벗어날 수 있었지만, 지금은 그렇지 않을 것이다. 너와는 여기서 결판 짓겠다, 와카루. 이젠 너무 지겨워서 신물이 다 날 정도니까 말이야!"

가만히 리오 말을 듣던 와카루는 곧 큰 소리로 비웃기 시작했다.

"우핫, 우하하하핫! 지하드? 그게 뭐지? 내가 너랑 언제 싸웠더라? 아, 그래, 크리스마스이브였나? 크리스마스…… 난 선물을 받지 못했는데? 하하하! 리오 스나이퍼, 널 죽여 주겠다! 크하하핫!"

지금의 그 반응은 지금까지 익히 알고 있던 와카루의 영악한 모습이 아니었기에 리오는 약간 의아한 기분이 들었다.

리오는 양손에 든 오리하르콘 소드를 내리며 가만히 생각해 봤다. 아무래도 와카루의 정신이 분열된 것 같았다. 만약 진짜 그렇다면 절호의 기회였기에 리오는 마음을 비우며 신계와 교신을 시도했다.

"여기는 리오, 드래고니스는 제 말이 들립니까? 멀린 경, 들리십니까?"

한참 소란스럽던 드래고니스의 사령실은 갑자기 들려온 리오의 목소리에 쥐 죽은 듯 조용해졌다. 멀린은 곧바로 마이크를 잡으며 대답했다.

"들리네. 무사한가, 리오 군? 바이칼 전하와 쥬빌란 전하는 무사하신가?"

"예, 모두 무사합니다. 바이칼이 탈진을 하긴 했지만 별다른 이상은 없었습니다. 쥬빌란 전하께서 바이칼을 데리고 그쪽으로 돌아가고 계십니다."

사령실 이곳저곳에서 안도의 한숨이 터져 나왔다. 장로 역시 십년감수했다는 표정을 지으며 자리에 주저앉았다. 멀린 역시 한숨을 내쉬고 리오에게 물었다.

"그런데 무슨 일인가, 리오? 나를 찾은 이유는?"

"예, 저는 지금 와카루와 대치 중입니다. 생체조직이 최고조로 변형된 상태의 와카루입니다만, 뭔가 이상합니다. 이전까지의 와카루와 좀 다른 것 같습니다. 정신분열이 된 것 같기도 하고……."

"그래? 자네 지금 화이트 나이트에 탑승하고 있겠지? 그럼 엑스레이로 와카루를 투시해서 이쪽으로 전송해 주게나. 한번 알아보지."

"예, 부탁드립니다."

이윽고 사령실에 준비된 모니터 중 하나에 리오가 전송해 준 와카루의 엑스레이 투시 사진이 들어왔다. 잠시 동안 와카루의 머리 부분을 살펴보던 멀린은 곧바로 마이크를 잡고 리오에게 물었다.

"리오, 와카루 말일세, 언제 머리 부위가 날아간 적 있나?"

"예, 조금 전 바이칼의 메가 플레어 공격에 상당한 피해를 입었던 것으로 알고 있습니다만……."

"내가 보기에 와카루의 뇌가 백 퍼센트 재생된 것이 아닌 것 같네. 와카루가 아무리 자기강화 수술을 통해 강해졌다고는 하지만 그도 결국 생물이기 때문에 뇌의 기능이 완전히 돌아오지 않는 한 정상적인 전투도 불가능하다는 결론일세. 자네가 정신 착란 증세라고 느낀 것도 뇌가 아직 재생되지 않아서 그렇게 보인 것일세. 어쨌든 지금이 기회네! 시간이 지나면 뇌가 완전히 재생되어 버리고 말아!"

"예!"

"어이, 바이론!"

"회색분자!"

바이론은 자신을 부르는 소리가 들린 방향으로 고개를 돌렸다. 그의 주위에 천사들의 광혈로 보이는 액체들이 흥건히 흩뿌려져 있었다. 그를 향해 달려오는 지크와 사바신 역시 몸 군데군데에 광혈이 묻어 있었다.

"끝냈나?"

바이론이 등을 돌린 채 묻자 지크는 피곤에 찌든 얼굴로 머리를 긁적이며 대답했다.

"아아, 겨우 끝냈어. 빌어먹을 녀석들! 엄청 쎄더라고. 그런데 다음 목표는 뭐지? 디바인 크루세이더도 다 해치웠는데 말이야."

"메타트론과 이 기지 내부에 있는 대형 컴퓨터 마더…… 두 개다. 와카루는 리오 녀석이 알아서 상대하겠지. 그 녀석은 방금 전의 폭발 충격에 의해 차원결계 밖으로 튕겨 나갔으니까."

"엉? 와카루는 기지 내부에 있는 거 아니었어?"

"그 녀석에게 있어서 차원결계는 자신의 생명줄과도 같은 것이다. 우리가 안전주문을 풀면 얼마만큼 강해지는지 아는 녀석이니 그것을 지키기 위해 안간힘을 쓰겠지. 크크크크크큭. 어쨌든 지크와 사바신 너희 둘은 휀이 있는 남쪽으로 가라. 휀 녀석, 소식이 없는 것을 보니 메타트론과 상대하고 있는 것 같다. 불쌍한 녀석. 크크큭."

"뭐라고? 잠깐, 그럼 이 기지는 언제 부술 건데? 마더를 부수지 않으면 그 징그러운 바이오 버그들이 다시 번식할 거란 말이야!"

지크의 강력한 항의에, 바이론은 손을 뻗어 지크의 머리를 쿡 누른 뒤 광기 어린 미소를 띠며 조용히 말했다.

"크크큭. 안전주문이 풀어지지 않아도 이 기지는 몇 번이든지 묵사발로 만들 수 있다. 기지 문제는 네가 상관할 바가 아니야. 가서 우유나 더 먹고 마법이나 배우고 오도록. 크크큭."

"쳇, 언제나 맘에 안 드는 녀석."

지크는 바이론의 두꺼운 팔을 밀쳐내고 말없이 휀이 있는 남쪽으로 향했고, 사바신은 머뭇거리다 바이론의 따가운 눈총을 받고 나서야 지크를 따라 남쪽으로 향했다. 그들이 떠난 것을 확인한 바이론은 천천히 기지 입구 쪽으로 걸어갔다.

피잉.

순간 가늘고 날카로운 빛줄기 하나가 바이론에게 날아들었다. 머리를 슬쩍 옆으로 젖혀 그 광선을 피한 바이론은 다시금 미소를 띠며 다크 팔시온의 날을 혀로 핥았다.

"크큭, 최후 방어용 장난감들인가! 좋아, 가지고 놀 장난감을 제공해 준다면야 사양할 이유가 없지. 크크크크큭!"

스텔스 장치가 가동되어 보이지 않는 적 기계병기들이 빠르게 기지 밖으로 나와 바이론의 앞을 가로막았다. 하지만 바이론은 마치 보이는 듯 다크 팔시온을 거머쥔 오른손에 힘을 주며 적 병기들을 향해 질주했다.

"크하하하핫! 없애 주마!"

바이론이 움직인 순간, 적 병기들은 쉴 새 없이 그에게 공격을 퍼부었다. 바이론이 달리던 지면은 순식간에 화염이 이글거리는 지옥으로 바뀌었다. 네이팜 탄도 섞여 있었는지 한번 퍼진 불꽃은 사그라들 기미가 보이지 않았다.

화염에 의해 적외선 장치가 마비된 병기들의 공격이 잠시 수그러들었을 때였다. 그 순간 온몸에 화염을 휘감은 바이론이 광소를 터뜨리며 공중으로 치솟아 올랐다.

"짜릿했다! 크하하하핫!"

바이론의 공격 범위에 들어간 적 병기들은 땅에 추락해 대폭발을 일으켰다. 그 화염 속에 보이는 것은 흑색의 암흑투기를 뿜어내며 원시적으로 몸을 꿈틀대는 바이론의 모습뿐이었다.

레디와 슈렌은 방어 병기가 없는 구역의 벽에 기대앉아 휴식을 취하고 있었다. 왼팔에 큰 상처를 입은 레디는 씁쓸한 얼굴로 회복 주문을 외우며 말했다.

"사바신이 운동하자고 할 때 같이 할 걸 그랬나 봐요. 가즈 나이트치고 저는 정말 너무 허약한 것 같아요. 근데 슈렌 선배는 괜찮으세요?"

"음."

레디가 여기저기 상처를 입은 데 반해, 슈렌은 별다른 상처 없이 눈을 감고 휴식을 취하고 있었다. 그렇게 얼마간 휴식을 취하던 중 슈렌은 자신의 품에서 작은 펜던트를 꺼내 뚜껑을 열었다.

그러자 아름다운 선율이 흘러나왔다. 슈렌은 펜던트 안쪽에 박혀 있는 자신의 사진을 바라보며 희미한 미소를 지었다. 레디는 호기심을 이기지 못하고 그의 곁에 다가가 펜던트를 흘끔 쳐다보았다.

"아, 아니, 슈렌 선배, 그 사진은……."

"플루소와 내 사진."

슈렌은 곧 펜던트를 접고, 엄지로 둥글고 작은 펜턴트 뚜껑을 매만지며 나직이 중얼거렸다.

"플루소는 이번 일이 끝나면 더 이상 나와 함께 다닐 수 없어. 그녀도 알고 있겠지. 나와 자신의 운명이 다른 걸 말이야. 이런 기념이 될 만한 거라도 만들어 두면 조금이라도 위안이 될 거라고 생각했지. 리오의 기분을 조금 이해하겠군."

슈렌은 펜던트를 품속에 넣고 몸을 일으키며 말했다.

"바이론과 합류하자. 그 역시 기지 내부에 들어온 것 같으니까."

"아, 그래요."

슈렌과 레디는 재빨리 바이론의 기가 느껴지는 곳을 향해 달려갔다.

리오는 깨달았다. 절대로 와카루와 차원결계 장치를 동시에 공략할 수 없다는 것을.

자신의 모든 기술력을 집대성하여 완전체로 거듭난 와카루의 공격은 강도와 속도 면에서 절대 만만치 않았고, 처음 리오와 직접 대결했을 때처럼 미숙한 기술도 아니었다.

반면 리오의 상황은 약간 달랐다. 화이트 나이트에 적용되어 있는 오리하르콘 소드는 멀린이 만든 만큼 강도 면에서는 좋았지만 유감스럽게도 멀린은 대장장이가 아니었기에 검의 중심이 잘 맞지 않았다. 그런 이유로 리오는 디바이너나 파라그레이드를 잡았을 때처럼 자유자재로 기술을 발휘하지 못했다.

'이런, 엑스칼리버와 비교하면 하늘과 땅 차이군. 보통 때는 몰랐는데 도대체 왜 이러지! 지하드까지 사용해도 무리가 없었는데…… 상대가 상대인 만큼 다른 건가?'

리오가 고민하는 동안 와카루의 공격은 점점 강해졌다.

"하하하핫! 덤벼라, 리오. 덤벼 봐라! 네 녀석의 파란 머리를 아니, 빨간 머리였나? 하하하하핫! 어쨌든 짓이겨 주마!"

"치잇!"

"윽!"

휀은 결국 쓰러지고 말았다. 그는 플렉시온을 들고 있는 오른팔로 자신의 몸을 겨우 지탱했다. 그의 왼팔은 메타트론의 공격에 의해 떨어져 나간 지 오래였다. 그의 몸은 한마디로 엉망이었다. 그러나 휀은 결코 표정 하나 흐트러뜨리지 않았다.

"건방진 녀석, 네 녀석의 무표정이 난 마음에 안 들어!"

메타트론의 발이 휀의 얼굴에 직격했다. 휀은 결국 멀찌감치 나가떨어져 바닥에 나동그라지고 말았다. 메타트론은 천천히 걸어가 발로 휀의 얼굴을 짓이기며 말했다.

"광황? 그랜드 크로스 나이트? 후후, 그런 거창한 이름은 너에게 어울리지 않는다! 너의 모든 것을 부정해 주겠다! 그리고 치욕을 안겨 주마!"

"좋을 대로."

"뭐?"

메타트론은 황당한 표정을 지으며 휀을 바라보았다. 휀의 차가운 눈빛은 여전히 흐려지지 않았다. 그는 나직이 말했다.

"광황이니, 그랜드 크로스 나이트니 하는 말은 나 스스로 지은 것이 아니다. 그런 이름 따위 어찌 되어도 상관없어."

"이, 이 녀석!"

메타트론은 다시금 휀을 강하게 걷어찼고, 휀의 몸은 맥없이 지면 위를 몇 바퀴 굴렀다. 메타트론은 매우 흥분하여 자신의 투창을 휀의 등판에 세게 내리꽂았다.

"흡!"

휀의 눈이 순간 크게 꿈틀거렸다. 메타트론은 인상을 잔뜩 구긴 채 투창에 힘을 가하며 소리쳤다.

"어떠냐? 네 자신의 무력함을 느껴 본 소감이! 누가 뭐라고 해도 넌 진 거다! 나에게 진 거란 말이다!"

"이성을 잃었군, 메타트론."

"뭐라고?"

메타트론의 안색이 대번에 바뀌었다.

"틀린 말인가. 그럼 지금 네 마음속을 알아맞혀 보지. 미카엘을 이용한 계략은 나에게 확실히 간파당했다. 결국 상황은 역전되어 지금까지 왔지. 선신계 대천사장직을 역임한 두 명의 고위 천사가 내 놀잇감이 된 것에 넌 자존심이 상했고, 지금 현재 자신의 계략을 간파한, 자신보다 더 뛰어난 남자에게 질투를 퍼붓고 있다. 이성을 잃고 말이야. 틀린 말이라면 할 수 없겠지."

"크으윽!"

결국 흥분할 대로 흥분한 메타트론은 휀의 몸에 박아 넣은 투창을 뽑아 휀의 머리 쪽에 들이대며 소리쳤다.

"네 녀석의 더러운 입을 여기서 없애 버리겠다!"

하지만 휀의 말은 끝나지 않았다.

"아, 하나 더. 이성만 잃은 것이 아니고 지능까지 낮아졌군. 천사는 뇌에 강물이 들어가면 다 그렇게 되나."

"이 녀석!"

메타트론의 팔이 움직였다. 그러나 휀의 표정은 변함없었다.

"넌 졌다."

퍽, 퍽.

순간 두 차례의 발차기가 날아와 메타트론의 후두부와 목에 내리꽂혔다. 몹시 흥분한 나머지 휀에게 정신이 팔려 있던 그는 큰 타격을 입으며 멀찌감치 나가떨어졌다.

"천하의 휀 씨가 팔 한 짝이 날아간 상태로 뻗어 있네? 이거 사진이라도 찍어 놔야겠는데? 하하하핫!"

"내가 오기 전에 방수 카메라 한 대 가져오자고 했잖아, 땅강아지. 이거 진짜 걸작인데 말이야. 헤헤헷."

메타트론에게 거의 동시에 발차기를 먹인 둘은 손을 마주치며 웃었다. 그사이 휀은 비틀거리며 일어나 둘에게 말했다.

"너무 늦었군."

"어라? 이 아저씨 말하는 것 좀 봐? 물에 빠진 사람 구해 줬더니 배낭 달라는 격이잖아?"

"이봐, 봇짐이라고, 친구."

지크와 사바신은 킥킥거리며 서로를 바라보았다. 휀은 조용히 끊어진 왼팔을 재생시키며 저 멀리 쓰러진 메타트론에게 말했다.

"일어나라, 패배자. 애인 앞에서 뻗으면 기분이 좋지 않겠지."

"큭, 비겁한 녀석! 3대 1로 싸우자니, 그러고도 가즈 나이트인가!"

메타트론은 자신의 뒷머리를 손으로 쓰다듬으며 몸을 일으켰다.

휀은 어깨를 살짝 으쓱하며 말했다.

"뭐라고 하는지 잘 들리지 않는군."

사바신과 지크는 손으로 입을 가린 채 쑥덕거렸다.

"비겁하긴 비겁하다, 그렇지?"

"대장은 원래 그런 녀석이라고. 놀랄 것도 없어."

그 말을 들었는지 못 들었는지 휀은 둘을 슬쩍 지나치며 당부하듯 말했다.

"내 상처가 적당히 회복될 때까지 너희가 상대하도록. 가급적이면 시간을 끌며 도발하는 쪽으로 이끌어."

"예!"

휀의 지시를 받은 지크와 사바신은 거수경례를 붙인 뒤 메타트론 앞에 섰다. 가만히 메타트론의 곱상한 모습을 바라보던 사바신은 코트를 벗어 러닝셔츠 차림으로 메타트론에게 자신의 근육미를 한껏 자랑하며 소리쳤다.

"자! 중성 천사 따위에겐 이런 근육이 없겠지! 부럽지, 우하핫!"

뒤에서 메타트론과 사바신의 모습을 번갈아 바라보던 지크 역시 질세라 곧 자신의 붉은 재킷을 벗고 윗옷의 소매를 어깨까지 올려붙인 뒤 팔의 근육에 힘을 주며 소리쳤다.

"이런 정도는 기본이야! 하하하핫!"

휀은 자기 몸이 빨리 회복되길 바랄 뿐이었다.

장시간의 격전 끝에 리오가 탄 화이트 나이트와 와카루는 만신창이가 되었다. 물론 리오는 손해 본 것이 없었다. 그 자신의 체력은 유지된 채 화이트 나이트의 에너지만 소모되었기 때문이다. 지칠 대로 지친 와카루는 조용히 양팔을 내리더니 체념한 듯 피식 웃으며 고개를 위로 쳐들었다. 리오는 조용히 와카루에게 물었다.

"도대체 무엇 때문에, 이렇게 오랜 시간 수많은 사람들을 괴롭혔나! 당신의 진짜 목적은 무엇인가!"

와카루는 아무런 대답도 없었다. 잠시 침묵하던 와카루는 이윽고 힘겹게 입을 열었다.

"신이 되기 위해서…… 하하하하핫……."

똑같은 대답이었다. 리오는 분개한 나머지 하이드로 레이저 라이플의 출력을 최대로 올려 와카루를 향해 발사했다. 그러자 와카루의 몸은 충격으로 뒤로 밀려나, 결국 자신이 만든 차원결계 생성장치의 외벽에 깊숙이 박히고 말았다.

"그것이 목숨을 걸고 추구하는 목적이라면, 당신만의 정의라면 나도 어쩔 수 없다! 내 정의를 위해, 세상의 정의를 위해!"

화이트 나이트의 몸에서 회색의 빛이 뿜어 나왔고, 냉각기에서는 흰색의 수증기가 뿜어졌다. 이어서 화이트 나이트의 두상에 여섯 개의 회색 무늬가 떠올랐고, 눈은 푸른색으로 번뜩였다.

"제3안전주문 해제! 여기서 끝내겠다, 와카루!"

"훗……."

와카루가 희미한 미소를 지음과 동시에 화이트 나이트는 온몸에서 파란색의 기를 뿜어냈다. 지하드를 최대한 가동했을 때 나타나는 반응이었다. 곧이어 화이트 나이트는 부스터에서 길게 불꽃을 뿜더니 차원결계 생성장치를 향해 돌진했다.

"끝이다! 지하드!"

그때였다.

갑자기 리오의 눈앞이 하얘졌다. 그는 시력을 잃을까 두려워 잠시 주춤했다. 그러나 이상했다. 분명 강력한 빛인데도 리오의 눈이 전혀 눈부시지 않았다.

'뭐지! 음?'

그 빛 속에 한 소년이 서 있었다. 학생복을 입은 까까머리의 동양인 소년이었다. 그 소년은 리오에게 천진난만한 미소를 지으며 말했다.

"신이 되어 엄마를 보고 싶어. 천국에 계신 엄마를 만나서 날 왜 고아원에 맡겼는지 물어보고 싶었거든. 난 그게 제일 궁금했어."

리오는 순간 할 말을 잃고 말았다. 결국 그는 눈을 질끈 감으며 외쳤다.

"이런 바보 같은!"

다시금 밝은 빛이 소년의 몸에서 뿜어져 나오는가 싶더니 거대한 폭발이 일어났다.

"큭!"

리오는 본능적으로 그곳에서 벗어났다. 차원결계 생성장치는 와카루의 몸과 함께 화염 속에서 사라져 갔다.

화이트 나이트의 몸은 곧 정상 크기로 돌아왔고, 조종석이 열리며 안에 타고 있던 리오가 나왔다. 리오의 붉은 장발이 세찬 바람에 넘실거렸다.

"그렇게 약하면서도 강한 존재였던가…… 인간이란 존재는."

리오는 눈을 감으며 중얼거렸다. 그리고 생각했다. 어린 날의 상처가 어느덧 강한 집념으로 변하여 한 인간을 그렇게 황폐화시키고, 그리고 이 세상을 이렇게 끔찍한 전쟁터로 만든 것인가 하고…….

"좋은 경험을 했군. 후훗, 두고두고 이야기할 수 있겠어."

리오는 씁쓸히 웃으며 조종석를 닫았다. 화이트 나이트 밑으로 보이던 차원결계는 점차 사라져 갔다.

— 비상 작동 개시. 비상 작동 개시. 연구소 안의 모든 직원들은 즉시 밖으로 탈출해 주시기 바랍니다. 반복합니다. 비상 작동 개시, 비상 작동 개시…….

"음?"

기계음이 섞인 안내 방송에 바이론은 움찔하며 주위를 둘러보았다. 기지 내부를 밝히던 불빛이 적색으로 바뀌고 있었다. 바이론은 인상을 구기며 나직이 중얼거렸다.

"차원결계는 사라졌는데…… 뭐지? 기지 전체가 움직이고 있군."

그때 복도 저편에서 두 사람이 달려오는 소리가 들려왔다. 레디와 슈렌이었다.

"너희도 들어왔나. 크큭…… 쓸데없는 짓을 했군."

"바이론 선배! 어떻게 된 거죠?"

레디가 겁에 질려 물었지만 바이론은 아무런 대답도 하지 않았다. 같이 온 슈렌 역시 당혹스럽기는 마찬가지였다. 기지 전체를 감싸기 시작한 진동은 점차 커졌고, 점점 중심을 잡기조차 어려웠다. 바이론은 곧 둘을 바라보며 말했다.

"안전주문을 4단계까지 개방해라. 힘으로 탈출한다."

"뭐? 아니, 무슨 말씀이세요 바이론 선배! 마더를 없애야 이 일이 끝나는 거 아닙니까?"

하지만 바이론은 레디의 멱살을 거칠게 잡아 올리며 광소를 흘렸다.

"잔말 말고 탈출하는 게 좋을 거다. 그게 싫으면 자살하든가. 크 크크크큭."

레디와 슈렌은 더 이상 아무 말도 하지 않았다.

여유 있게 몸을 회복하고 안전주문을 4단계까지 개방한 휀과는 달리, 사바신과 지크는 만신창이가 되어 바닥을 뒹굴고 있었다. 아무리 둘이라고는 했지만 메타트론의 막강한 힘 앞에서는 무의미했다. 물론 둘은 차원결계가 파괴되기 전에 당한 것이었다. 둘의 기가 점점 약해지는 것을 느낀 휀은 코트를 벗어 던진 뒤 플렉시온을 다시 빼 들었다. 그는 메타트론에게 걸어가며 쓰러져 있는 사바신과 지크에게 말했다.

"수고했다. 너희의 활약에 경의를 표한다."

지크와 사바신은 아무런 대답도 하지 못했다. 어쨌든 휀은 조용히 손목을 풀며 자신 앞에 있는 메타트론에게 말했다.

"아까는 지능 면에서, 그리고 냉철함에서 내가 이겼지만 이번에는 힘에서도 내가 이길 차례. 와카루도 정리된 듯하니 남은 건 너하나다. 메타트론, 주신의 명으로 너를 소거하겠다."

그 말에 메타트론은 비웃음을 터뜨렸다.

"뭐라고? 하하하하핫! 동료들을 희생양으로 삼아 자신의 몸을 회복한 비겁자 주제에, 입은 뚫려 있구나!"

"상대에게 두려움을 느낀 자들이나 자신의 약점을 최대한 숨기기 위해 정정당당함을 따지는 법. 명계에 가서나 웃어라."

휀은 그렇게 말을 맺으며 메타트론에게 접근했다. 메타트론은 곧 쓴웃음을 지으며 중얼거렸다.

"그렇다면 나도 비겁해져야겠군."

순간 뒤에서 누군가 휀을 덮쳤다. 휀은 움찔하며 뒤를 돌아보았다. 넬, 아니 미카엘이 눈을 꼭 감은 채 자신을 붙잡고 있었다. 물론 보통 10대 소녀의 힘으로 휀을 붙잡은 것이 아니라 미카엘로서 가진 모든 힘을 발휘하고 있었다.

메타트론은 투창을 잡은 손에 힘을 넣으며 휀에게 천천히 다가갔다.

"미안하지만 안전주문을 푼 보람이 없겠군. 우선은 네 그 더러운 눈부터 찔러 뇌를 관통해 주겠다. 처음부터 난 너의 그 눈이 마음에 들지 않았어!"

탁.

그러나 누군가 메타트론의 발목을 잡았다. 메타트론은 놀란 눈으로 발아래를 내려다보았다. 다름 아닌 지크였다.

"헤헷, 그렇게는 못 하지. 발목 잡은 건 미안해, 중성."

지크는 힘겹게 몸을 일으키며 메타트론의 앞에 바짝 붙어 섰다. 키가 큰 지크가 메타트론을 내려다보며 오랜만에 진지한 표정으로 말했다.

"궁둥이를 쳐 주마, 떼쟁이 녀석."

"쳇, 혼자만 멋있게 보이려고 하지 마, 바람개비 녀석."

사바신도 골절된 다리가 고쳐지자마자 몸을 일으켰다. 지크는 피식 웃으며 고개를 옆으로 돌리고 휀에게 물었다.

"어이, 대장. 이 중성 녀석은 내가 좀 만져 줘도 되겠지? 어차피 대장이 손해 볼 건 없잖아."

미카엘에게 붙들린 채 서 있던 휀은 묵묵히 지크를 바라보다가 곧 눈을 감았다.

"좋을 대로."

"헤헷, 좋아, 좋아."

휀에게 허락을 받은 지크는 메타트론에게서 한 발짝 물러섰다.

그는 장갑을 강하게 조이며 메타트론에게 말했다.

"차이라는 말의 뜻, 알고 있나?"

"후, 머리에 큰 충격이라도 받은 건가. 무슨 말을 하고 싶은지는 몰라도, 한 번만 더 그 더러운 입으로 지껄여 봐라."

지크가 꺼내 든 무명도는 특성대로 천천히 분열을 시작했다. 분열 과정이 끝나길 기다리며 지크는 계속 메타트론에게 말했다.

"내가 지금 이렇게 객기를 부리는 것이 사실 넌 이해가 안 갈 거야. 헤헷, 미안하지만 난 맘에 안 든다고. 네 그 재수 없는 얼굴부터 모두 말이야. 미안하군. 헤헷, 어쨌든 눌러 주겠다. 옛날 신계에서 최고라 불렸던 징징이를 말이야. ……아아, 그래. 가즈 나이트의 일원으로서!"

지크의 말이 끝났을 때, 무명도는 여덟 개로 분열을 마친 상태였다. 그는 즉시 허리 양쪽에 여덟 개의 무명도를 나누어 찼다.

그를 가만히 바라보던 메타트론은 싱겁다는 듯 피식 웃으며 자신의 투창을 들어 올렸다.

"개그는 끝났나?"

"대답은 노(NO)다!"

순간 지크의 이마에 여덟 개의 하늘색 무늬가 떠오르더니 엄청난 양의 기가 뿜어 나왔다. 지크의 기가 갑자기 증가한 것에 놀란 메타트론은 얼굴에서 미소를 싹 지우고 자세를 취했다.

"후, 인간이 만든 바이오 로이드 주제에 잘도 가즈 나이트라 부르짖는군."

지크와 사바신의 눈이 동시에 커졌다. 휀은 잠시 눈을 부릅떴다가 다시금 감으며 고개를 저었다. 지금 메타트론의 입에서 나온 말에 아무 영문도 모르는 미카엘까지 놀랐다.

얼마간의 침묵이 흘렀고, 분노가 폭발한 사바신이 팔봉신 영룡을 불끈 쥐며 고래고래 소리를 질렀다.

"이 더러운 녀석 같으니! 죽고 싶지 않으면 잘못했다고 빌어, 이 자식아! 네놈의 머리통은 내가 날려 버리겠다!"

"음? 난 정직하게 말한 것뿐인데? 후후후훗."

메타트론은 어깨를 으쓱했다. 결국 사바신은 분을 참지 못하고 메타트론에게 돌진하려 했다.

"죽여 버리겠다, 이 자식!"

"쳇, 시끄러워, 땅강아지."

"응?"

지크의 한마디에, 사바신은 태엽 끊긴 시계처럼 움직임을 멈췄다. 지크는 올 것이 왔다는 듯 씁쓸한 미소를 지은 채 중얼거렸다.

"나만 알고 있을 줄 알았는데 웬만한 인간은 다 아는 사실이었군. 헤헤헷. 사실 난 처크 할아버지께서 돌아가신 지 얼마 안 되어, 내 이모에게 그 사실을 들었지. 난 그런 녀석이라고 말이야. 물론 그땐 울고도 싶었지만 처크 할아버지가 돌아가시면서 하신 말씀이 떠올라 아무렇지 않게 넘기기로 했어. 누가 너에게 무슨 말을 하더라도 넌 우리의 가족이라는 사실을 부정하지 마라, 하고 유언을 남기셨지. 미안하지만 난 지크 스나이퍼야. 바이오 로이드가 아니라고. 어머니가 있고, 이모가 있고, 할머니가 있고, 또 세 명의 의형제가 있는 가즈 나이트 지크 스나이퍼라 이거야. 자자, 뒷북치기는 끝났냐, 심술이? 헤헤헷."

"흥."

메타트론은 묵묵히 말문을 닫았다. 그때 가만히 지크의 얘기를 듣고 있던 사바신이 지크를 향해 엄지를 쳐들며 크게 소리쳤다.

"지크! 너 최고로 멋지다! 으흐흐흑!"

"쳇, 징그럽게 울긴. 하여튼 간다, 메타트론! 난 지금 기분이 최고로 좋으니 어서 붙자고!"

"버릇없는……!"

메타트론은 곧바로 자신의 투창을 휘두르며 지크를 공격했고, 거기에 맞춰 지크는 몸을 빠르게 움직이며 공격을 피해 나갔다.

지크는 간발의 차이로 메타트론의 공격을 피했다. 재킷 끝이 잘리고 옷이 찢어졌지만 몸에 상처를 입지는 않았다. 지크의 움직임을 말없이 지켜보던 휀은 옅은 미소를 띠며 중얼거렸다.

"처음으로 안전주문을 4단계까지 개방했을 텐데도, 힘을 백 퍼센트 소화하고 있군. 언제나 나를 놀라게 하는 녀석……."

지금 지크는 오직 메타트론과 싸우는 것에만 집중하고 있었다. 자신이 인간의 손으로 만들어진 바이오 로이드라는 사실도, 몸에 가벼운 상처를 입고 있다는 사실도 지크를 방해하진 못했다. 그의 신경세포와 피부조직들은 단순히 자체적인 힘인 전기력을 뿜어낼 때와는 달리 가즈 나이트의 몸 일부분으로서 기류를 읽고, 상대방의 숨소리를 읽고, 상대방의 기를 읽으며 지크의 전투 능력을 최고로 끌어 올리고 있었다.

'기분 좋아! 죽이는 기분이야!'

알 수 없는 흥분이 지크의 온몸을 휘감았다.

지크가 얼마 동안 메타트론의 창을 피했을까. 시간이 흐를수록 메타트론의 투창은 점점 빗나가 지크의 옷깃조차 스치지 못했다. 태고의 대천사장 메타트론의 표정은 점차 일그러졌다.

"이, 이 녀석!"

메타트론은 자신의 움직임을 지크가 읽고 있다는 느낌이 들자 당혹감을 감출 수 없었다. 분명 이랬던 적은 없었다. 적어도 자신이 현역으로 뛰었던 옛날에는 상상할 수조차 없던 일이었다. 메타트론은 자존심이 상해 견딜 수가 없었다.

"딴생각하지 마라, 메타트론!"

"크윽!"

순간 지크의 첫 공격이 메타트론의 복부에 직격했고, 메타트론은 큰 충격을 입으며 뒤로 밀려났다. 곧바로 지크의 발차기가 쉴 새 없이 그의 얼굴에 내리꽂혔고 메타트론은 결국 중심을 잃고 쓰러졌다. 지크는 곧 회심의 미소를 지으며 주먹을 불끈 쥐었다.

"자, 어떠냐, 메타트론! 불만 있으면 일어나 봐! 다시 지껄여 보라고! 나 하나도 이기지 못하면 내 위의 슈렌도, 리오도, 휀도, 바이론도 이기지 못한다!"

"으윽! 닥쳐라, 벌레 같은 놈!"

순간 메타트론의 몸에서 강한 기운이 뿜어 나왔다. 지크와 사바신은 알 수 없는 벽에 밀려 일정 범위 밖으로 튕겨 나갔다.

"뭐야!"

지크는 주먹으로 자신의 앞에 펼쳐진 장벽을 쳐 보았으나 꿈쩍도 하지 않았다. 조용히 지켜보던 휀은 나직이 중얼거렸다.

"오러인가. 하긴 쉴 때도 됐지."

메타트론은 강력한 절대 방어막인 오러 안에서 지크에게 입은 충격을 회복하려고 애썼다. 하지만 쉽지 않았다. 상당히 강한 충격이 머리에 연속적으로 들어온 데다 마음의 평정마저 되찾기가 쉽지 않았다.

"빌어먹을 녀석. 좋아! 오늘을 위해 준비한 신기술을 보여 주겠다! 난 분명히 말했어. 너를 눌러 버리겠다고!"

지크는 허리 양쪽에 나누어 찬 무명도에 손을 가져가고는 조용히 발도 자세를 취했다. 곧 지크의 기가 다시금 급격히 올랐다. 오러 안에서 몸을 회복하던 메타트론은 움찔하며 그를 바라보았다.

"저, 저 녀석……?"

그 광경을 지켜보던 휀은 조용히 자신의 뒤에 있는 미카엘을 돌아보았다. 상황이 어떻게 될지 깨달은 미카엘은 곧 휀의 허리를 잡은 팔을 풀어 주었다.

휀은 곧장 주머니 안에서 구겨진 담배 하나를 꺼내 물고는 미카엘에게 들으라는 듯 말했다.

"지크의 대인 전투 기술은 전 가즈 나이트 중 최고다. 그래서 인간형의 상대와 일대일의 대결을 벌일 때 상당히 유리하다. 만약 사바신이나 슈렌이었다면 메타트론을 상대하기 벅찼겠지만 지크라면 얘기는 달라진다. 힘과 경험만 뒷받침되면 앞으로 천하무적이 될 것이다. 내 말에 이의는 없겠지, 미카엘."

"할 말 없군."

"어쨌든 메타트론과 얼굴 마주칠 일도 이젠 없겠군. 난 감상이나 해야지."

휀은 말을 마친 후 길게 담배 연기를 뿜어냈다. 그사이 몸의 기가 최고조에 달한 지크가 눈을 뜨며 크게 외쳤다.

"간다! 초절정기! 천수관음(千手觀音)!"

지크의 천수관음이 발동된 순간, 메타트론은 자신의 몸이 지크를 향해 빨려 들어가는 것을 느꼈다. 분명 오러가 깨지지 않았는데도 몸이 지크 쪽으로 강하게 빨려 들어가는 것을 느낄 수 있었다.

"이, 이 녀석? 어떻게 이런 일이!"

지크에게 한참 빨려 들어가고 나서야 메타트론은 이유를 알았다. 절대 방어막인 오러를 지크의 천수관음이 진공청소기처럼 빨아들여 그의 뒤쪽으로 흘려보내고 있는 것이었다. 마치 흐르는 강물 중간에 설치된 펌프와도 같이……

메타트론은 안간힘을 썼으나 천수관음의 힘은 너무나도 강력했다. 결국 뒤로 물러서기는 불가능하다고 생각한 메타트론은 될 대로 되라는 식으로 투창을 앞세워 지크에게 역으로 돌진했다.

"나를 우습게 보지 마라, 벌레 같은 녀석!"

"눌러 버리겠다! 크오오오옷!"

지크와 메타트론이 충돌하면서 엄청난 마찰 불꽃이 일어남과 동시에 둘은 각자의 뒤쪽으로 튕겨져 날려가고 말았다.

지크는 이를 악물며 공중에서 자세를 바꿔 안전하게 착지했다. 그러나 메타트론은 그렇지 못했다.

"컥!"

바닥에 떨어지자마자 메타트론은 상처가 터지며 광혈이 분출되었다. 아직 그의 몸 주위에 남아 있는 천수관음의 진공 현상에 의해 메타트론의 광혈은 더욱 빠르고 강하게 분출되었다.

"메, 메타트론 님!"

미카엘은 절규하며 메타트론에게 달려갔다. 그 광경을 바라보던 휀은 안전주문을 푼 뒤 멍하니 서 있는 지크에게 다가갔다. 휀이 다가온 것을 느낀 지크는 피식 웃으며 물었다.

"어땠어, 대장?"

"네 식으로 하자면…… 죽여 줬다고 해야겠지. 수고했다, 지크. 기대 이상의 활약이었다."

휀은 덤덤히 지크의 어깨를 두드려 주었다. 지크는 곧 힘이 빠진 사람처럼 무너져 내리며 힘없이 중얼거렸다.

"헤헷, 처음인데. 대장에게 칭찬을 다 받아 보고……. 헤헤헷."

지크는 그 자리에서 의식을 잃고 말았다. 곧 사바신이 달려와 부축하며 소리쳤다.

"이봐, 지크! 정신 차려, 녀석아!"

지크는 더 이상 대답할 기운조차 없었다. 하지만 그의 입가에 흐르는 미소에 사바신은 그나마 안심했다.

휀은 묵묵히 담배를 바닥에 비벼 껐다. 그도, 사바신도, 그리고 지크도 지금은 다시 안전주문을 해제하고 보통의 상태로 되돌아와 있었다. 메타트론이 필살의 충격을 입은 상태로 쓰러진 이상, 남은 건 뒤처리뿐이었다.

그러나 아직 끝난 게 아니었다.

"휀 라디언트! 지금 뭐 하는 건가!"

그때 기지 입구 쪽에서 바이론의 고함이 들려왔다. 휀은 순간 아차 하며 기지 쪽을 바라보았다. 바이론은 완전히 흥분한 상태로 다시금 휀에게 악을 썼다.

"메타트론을 죽여라! 그러지 않으면…… 크윽!"

순간 지면에서 수백 개의 전선들이 튀어나오더니 메타트론을 향해 뱀처럼 기어가서는 그의 몸을 휘감기 시작했다. 곁에서 그를 돌봐 주던 미카엘이 급히 에릭튜드를 꺼내려 했으나 때는 이미 늦었다.

미카엘은 다른 전기선들에 의해 멀찌감치 밀려났고. 메타트론의 육체는 거짓말처럼 전기선에 묶여 땅속으로 빨려 들어가고 말았다. 너무나 갑작스럽게 벌어진 상황에 휀과 바이론, 그리고 그 밖에 모든 가즈 나이트는 당황했다.

생각지도 못한 일이 자신들이 밟고 서 있는 기지 내부에서 일어난 것이다. 심상치 않은 일임을 깨달은 걸까. 휀의 얼굴은 냉정을 잃고 심하게 일그러졌다.

"할 수 없다. 전원 드래고니스로 퇴각해라. 슈렌은 미카엘을 부탁한다."

휀의 말에 따라, 슈렌은 곧바로 기절한 미카엘에게 달려가 그를 부축했다. 그렇게 다들 재빨리 기지에서 벗어났다.

상공에서 기지를 내려다보던 리오 역시 위험을 감지하고 있었다. 그는 휀을 비롯한 동료들이 드래고니스 쪽으로 퇴각하자 자신도 퇴각했다.

"도대체 무슨 일이지?"

3

광휘의 칼날

"저것이 그 파괴신일까?"

리오는 사령실 창을 통해 거대한 물체를 바라보며 휀에게 물었다. 파괴신의 거대한 모습을 바라보던 그는 시선을 돌리며 대답했다.

"파괴신이 아니면 무엇이겠나."

칠흑 같은 밤. 시각은 0시 27분. 가즈 나이트뿐만 아니라 전 용족들이 긴장에 휩싸여 있었다.

기지가 있던 자리에는 누에고치와 같은 모양의 기계 덩어리가 솟아올라 있었다. 용족들이 드래고니스의 듀얼 하이드로 레이저 주포를 이용해 몇 번이고 그 물체를 공격해 봤으나 아무 소용 없었다. 리오 역시 지하드를 한 차례 적중시켜 봤으나 효과가 없었다. 안전주문 4단계 해제 상태의 풀파워 지하드를 맞고도 끄떡없는 존재가 있다는 사실에 모두 충격에 휩싸였다. 지하드가 통하지 않으면 휀의 레퀴엠 역시 통하지 않을 게 뻔했기 때문에, 속절없이 시간만 흘러 어느덧 밤이 되었다.

"멀린 경의 말로는 오늘 6시가 되면 저 고치 안에 있는 물체가 깨어난다는군. 어떤 괴물이 나올지는 몰라도 그 전에 빨리 없애야 해."

리오가 말했다. 그러나 훤은 고개를 가로저었다.

"어떤 공격 방법도 통하지 않았다. 심지어 제4안전주문이 개방된 상태의 지하드조차 먹혀들지 않았다. 그 지하드가 들어갔을 때 이 행성 대기 전체가 뒤흔들렸는데도 말이야."

"……."

"그 이상의 파워를 가진 공격법은 사바신의 지령도나 너의 데이브레이크뿐이다. 하지만 그것을 저 물체에 직격시킨다면 이 행성까지 파괴되어 버릴 거야. 운이 좋아 파괴되지 않더라도 이 대륙이 위태로워진다고."

훤의 말은 엄연한 사실이었다. 리오는 한숨을 길게 내쉬며 고뇌에 잠겼다. 다른 가즈 나이트 역시 아무런 의견도 내지 못하고 침묵으로만 일관했다.

"공중에 띄울 수만 있다면 데이브레이크를 써도 되지 않나요?"

루이체가 의견을 제시했다. 하지만 훤은 고개를 가로저었다.

"지하드를 맞고도 제자리에서 꿈쩍도 하지 않는 존재를 무슨 수로 띄운단 말인가. 그리고 만약 띄운다 하더라도 데이브레이크는 피해 반경이 크기 때문에 이 행성 절반이 날아가 버릴 거야. 리오도 아마 제4안전주문이 개방된 상태에서 데이브레이크를 사용해 본 적은 없을 것이다."

이어서 바이론이 한 말에 루이체의 사기는 완전히 떨어졌다.

"크큭, 그리고 지금은 밤이다, 꼬마. 데이브레이크를 사용하려면 지구 반대편으로 가서 이곳까지 태양에너지를 모아 와야 한다."

결론은 절망적이었다. 그때 피엘이 안경을 매만지며 앞으로 나섰다.

"가즈 나이트는 2인 이상의 공조 기술이 있다는 사실, 알고 있죠, 모두들? 아마 사바신 님과 레디 님, 그리고 슈렌 님은 자주 임무를 같이 했으니 잘 알고 계실 겁니다."

모두의 시선이 피엘에게 쏠렸다.

"여러분들, 특히 리오 님이나 휀 님, 바이론 님과 같은 분들은 단독기술에 한해서는 거의 마스터가 되셨지만, 2인 협동 기술을 터득하지는 못하셨죠. 휀 님이 사용하시는 광황포는 모든 가즈 나이트의 기술 중 태양광선에 가장 가까운 속성을 지닌 기술입니다. 그리고 리오 님의 데이브레이크는 태양에너지를 사용하는 기술이죠. 아마 리오 님께서 데이브레이크 대기 상태가 된다면 충분히 광황포를 태양에너지 대신 사용할 수 있을 겁니다. 그리고 리오 님의 몸에서 변환된 데이브레이크의 무속성 파괴 에너지를 마법검처럼 검 안에 응축할 수 있습니다. 그 에너지를 사용할 수 있다면 99퍼센트의 확률로 파괴신을 소멸시킬 수 있습니다."

그 말에 휀과 바이론을 제외한 모두의 얼굴에 화색이 돌았다. 지크는 웬일이냐는 표정을 지으며 피엘의 어깨를 두드려 주었다.

"오, 머리 좋은데요, 큰누님! 역시 모셔 오길 잘한 것 같아! 하하하하핫!"

"그래, 저 물체를 대기권 한계선까지 띄울 방법만 있다면 가능할지도 몰라. 물론 파괴되지 않는다면 어쩔 수 없지만. 밑져야 멸망이니 한번 해 보지."

리오는 씩 웃으며 루이체의 머리를 쓰다듬었다. 루이체는 얼굴을 붉히며 멋쩍은 미소를 지었다.

"나머지 1퍼센트는 저 물체를 띄우는 것인가."

휀의 한마디에 좋던 분위기가 다시금 가라앉았다. 거기에 바이론이 한 번 더 찬물을 끼얹었다.

"꿈 같은 이야기까지는 아니군. 크크큭…… 하지만 문제는 두 가지다. 휀이 말한 대로 저 물체를 어떻게 공중에 띄울 것인가. 그것도 기술 사용 시 행성에 충격을 주지 않을 대기권 한계선까지 말이다. 그리고 또 한 가지. 리오의 디바이너가 과연 데이브레이크의 강대한 파워를 견뎌 낼 수 있을까? 예상대로라면 위력이 사용 불가능이라 전해지는 영급 마법검, 테라 플레어에 가까울 듯한데, 아마 그 정도라면 디바이너는 공기에 노출된 필라멘트처럼 깨끗이 타 버리겠지. 크크크큭. 미안하지만, 그 두 가지를 해결하지 않는 한 방법은 없다."

일행은 다시금 침묵에 빠져들었다. 시간이 흘러가는 가운데 지크의 질문이 날아들었다.

"아, 그런데 말이야. 저 기지가 왜 메타트론의 몸을 삼키고 저렇게 변한 걸까?"

"음? 그건 마더의 자기보호 강화 프로그램의 영향이야. 사실 마더는 컴퓨터로서는 최상이지. 멀린 경께서도 그러셨어. 드래고니스에 있는 오리하르콘 제어기 형식의 슈퍼컴퓨터도 마더의 성능을 따라가지 못한다고 말이야. 아마 와카루는 지금까지 우리를 귀찮게 한 모든 기계병기나 차원결계 생성장치의 설계, 그리고 새로운 바이오 버그의 설계를 마더를 이용해서 완성했을 거야. 마더는 그 데이터를 흡수, 통합했을 거고. 전세가 불리해지자 결국 위기를 느낀 마더는 메타트론의 몸을 이용해 마지막 진화를 꾀했겠지. 그리고 그 결정체가 저것일 거야. 와카루의 모든 지식이 들어 있을

게 뻔한 만큼 메타트론과 융합하는 것은 어렵지 않았을 거야. 마더로서도 최후의 선택이었겠지."

리오의 설명을 들은 지크는 고개를 끄덕였다.

"휀 님! 괴물체의 주위를 감싸고 있는 에너지가 5분 전부터 계속 상승하고 있습니다! 지금도 상승 중입니다!"

오퍼레이터의 상황 보고를 들은 휀은 눈을 감고 잠시 생각하다가 문득 뭔가 떠오른 듯 루이체에게 말했다.

"미카엘을 데려와라."

"예?"

"데리고 있어 봤자 짐덩이일 뿐이다. 상황이 시급하니 이럴 때 이용해야지. 일단 미카엘의 성력이라면 저 파괴신을 대기권 한계점까지 떠오르게 할 수 있을 것이다."

"이, 이용하다니! 아무리 미카엘이 속에 들어앉아 있다고는 하지만 넬이잖아! 넬을 죽일 셈이야!"

지크가 황급히 따지고 나섰지만 휀의 표정은 변함없었다.

"지금 필요한 건 넬의 몸이 아니라 미카엘의 영혼이다. 이제 저 물체를 떠우는 일은 해결되었으니 그 신기술을 사용할 무기를 해결해 보도록. 난 사령실 밖에 있을 테니 루이체는 미카엘을 그쪽으로 데려와라."

휀은 조용히 사령실 출입구 쪽으로 갔다. 루이체는 걱정스러운 표정으로 리오를 바라보며 물었다.

"어쩌지, 오빠?"

리오도 이번에는 방법이 없었다. 파괴신으로부터 뿜어지는 에너지의 양을 표시한 그래프가 점점 올라가는 것을 바라보던 그는 결국 고개를 저으며 말했다.

"하는 수 없지. 휀의 말대로 해 보자."

휀은 벽에 기대어 묵묵히 미카엘을 기다렸다. 그의 표정에서는 아무 감정도 느껴지지 않았다. 공포감도, 증오심도, 집념도, 그 무엇도. 하지만 그가 피워 올리는 담배 연기는 다른 어떤 때보다 자욱했다.

이윽고 루이체가 미카엘을 데리고 왔다.

"휀 님, 말씀하신 대로 미카엘 님을 모셔 왔어요."

휀은 루이체에게 들어가 보라는 듯 고개를 살짝 옆으로 움직였다. 루이체는 말없이 사령실 안으로 들어갔다. 휀은 곧 미카엘이 눌러쓰고 있는 모자를 벗기고 조용히 시선을 마주쳤다.

그런 상태로 얼마나 시간이 흘렀을까. 휀의 뜻을 알아챈 듯 미카엘은 고개를 끄덕이며 빙긋 미소 지었다.

"이 아이를 부탁하네. 아마 이 아이는 와카루 박사에게 끌려간 것까지만 기억할 테니까. 그럼 난 밖에 있을 테니 시간이 되면 불러 주게. 잠시 동안이지만 자네를 괴롭혔던 것 사과하지."

"……"

"마지막으로 키스해도 되겠나. 이 넬이란 소녀도 자네를 좋아했으니 아마 이 소녀도 허락할 걸세. 백설공주라는 동화에도 이런 대목이 있지. 왕자님의 키스를 받자 독이 든 사과를 먹은 백설공주가 다시 살아났다는 말도 안 되는 대목 말이야. 자네의 키스로 넬은 다시 자신의 몸을 되찾을 걸세. 후훗, 너무 속이 보이나?"

휀은 몸을 낮추어 미카엘과 눈높이를 맞추고 나직이 말했다.

"저는 동화 따위 좋아하지 않습니다."

휀은 미카엘, 아니 넬의 입에 자신의 입술을 가져갔다. 그 순간 넬의 몸에서 강한 빛이 뿜어 나왔고, 곧 그 빛은 하나로 뭉쳐 천장

325

속으로 사라졌다. 휀은 쓰러지는 넬의 몸을 안으며 중얼거렸다.

"고통에서 벗어나신 걸 축하드립니다. 편히 쉬시길."

넬이 움찔하며 눈을 떴다. 자신이 휀에게 안겨 있다는 사실을 알
아차린 그녀는 멍하니 그의 얼굴을 바라보며 말했다.

"훼, 휀? 저, 돌아온 거예요?"

휀은 넬을 안은 팔에 힘을 주어 그녀를 더욱 꼭 안았다. 슬픔에
젖은 표정을 보이기 싫어서였지만, 넬은 상당히 놀랐다. 리오나 지
크보다, 지금의 휀이 이상스러울 정도로 따뜻하게 느껴졌다.

"힘드셨나 봐요?"

휀은 살며시 고개를 끄덕였다. 이제 끝날 전쟁이 힘들었다는 뜻
일까, 아니면 지금껏 살아온 8백여 년의 세월이 힘들었다는 뜻일
까. 어쨌든 넬은 그의 등을 토닥거려 주었다.

"알았으니 일 끝난 다음 아이스크림이나 먹으러 가자. 됐지, 바
이칼?"

"흥, 네 녀석의 약속 따위 이젠 믿지 않는다."

떠나기 직전, 리오는 막 깨어난 바이칼을 달래기 위해 애썼으나
그의 기분은 좀처럼 풀어지지 않았다. 결국 리오는 몸을 획 돌리며
나직이 말했다.

"싫으면 말아."

순간 바이칼의 눈이 꿈틀거렸다. 결국 그는 선심을 쓰듯 인상을
쓴 채 침대에서 몸을 돌리며 말했다.

"초콜릿 맛과 메론 맛이 7대 3으로 배합된 파르페로 하지."

"후훗, 좋아. 그럼 다녀올게, 바이칼."

리오는 바이칼의 머리를 매만져 주고 옆에서 간호하던 리디아의

이마에도 살짝 키스하고 조용히 방을 나섰다.

문밖에는 리오가 나오길 기다리며 챠오가 서 있었다. 리오는 그녀 앞에 서서 조용히 물었다.

"아란에게 들었습니다. 챠오 양께서 저를 어떻게 생각하시는지 말이죠."

챠오는 고개를 살짝 저으며 희미한 미소를 지었다. 그녀의 입술은 연분홍색으로 빛나고 있었다. 리오가 자신에게 준 처음이자 마지막 선물인 립스틱을 바르고 온 것이었다.

"예, 저는⋯⋯."

챠오는 더 이상 말을 하지 못했다. 순간 리오는 양손으로 챠오의 얼굴을 부드럽게 감싸고 그녀의 이마에 입술을 대며 말했다.

"이것 외에는, 제가 해 드릴 수 있는 일이 없군요. 아니, 미래의 문을 열어 드리는 것이 남아 있을까요."

"⋯⋯."

"너무 힘겨워하지 마십시오. 챠오 양의 잘못은 없으니까요."

"⋯⋯!"

챠오는 곧 양팔로 리오의 몸을 끌어안았다. 둘은 그렇게 오랫동안 서로의 체온을 나눴다.

휀과 리오는 마치 심장처럼 불끈거리기 시작한 파괴신의 알을 바라보며 묵묵히 시간을 보냈다. 세 대째 담배를 멀리 지상에 버리며 휀은 리오에게 물었다.

"세이아 님은 어떤 신으로 하면 좋겠나?"

"무슨 말이지?"

"빛의 여신, 사랑의 여신, 별의 여신 등등⋯⋯ 쓸데없을 것 같지만 전문 분야는 나눠야 하니까. 비어 있는 새벽의 여신 자리는 라이아 님이 쓴다고 했으니 새로운 자리를 만들어야겠지."

"그렇군. 생각해 둔 것은 있나?"

"광휘의 여신. 이 전투가 마무리된 후 이 세계에는 광휘가 필요할 테니까."

"광휘의 여신이라…… 좋군. 그럼 기념으로 우리의 2인 기술 이름을 세이아 님의 이름에서 따오는 건 어떨까?"

"라디언스 소드로 하지."

"좋아. 그럼 시작할까?"

훼은 곧 리오의 뒤로 멀찌감치 물러섰다. 그가 물러섬과 동시에 드래고니스에서 미카엘의 영혼이 변한 작은 빛 덩이가 솟아올랐다. 그 빛 덩이는 빠른 속도로 훼과 리오를 스쳐 정면의 괴물체에 직격했다. 그러자 메타트론을 삼킨 그 괴물체는 곧 은회색 빛에 휘감기며 천천히 떠올랐다.

괴물체 안에서 발생한 자체의 힘이 다시 지상 쪽으로 가기 위해 뿜어졌지만 미카엘의 막강한 힘 앞에서는 무력할 뿐이었다. 물체는 빛에 휩싸인 채 대기권의 한계 지점을 향해 빠르게 올라갔고, 그것을 본 훼은 제4안전주문을 개방한 뒤, 자신의 기를 최대한 끌어 올렸다.

"한 발이다. 잘 기억해 두도록."

훼의 몸에서 곧 찬란한 빛이 뿜어졌고 등 뒤에서 거대한 형상을 갖췄다. 그것은 다름 아닌 광(光) 계열 최고위 신인 라가 인정한 자에게만 생긴다는 광익진(光翼陳)이었다. 그 광익진에서 뿜어 나온 빛은 주위 전체를 마치 낮처럼 환히 밝혔다.

등 뒤에서 느껴지는 강한 빛의 힘을 느낀 리오도 곧 제4안전주문을 개방했고, 허리에서 디스파이어를 꺼내 들며 중얼거렸다.

"다시 만나길 바라."

"우우웅……."

공명음을 끝으로, 리오가 준비된 것을 느낀 휀은 곧 양손을 앞으로 내밀었다. 그는 순간 눈을 번뜩이며 중얼거렸다.

"진(眞), 광황포."

일순간 휀의 몸에서 뿜어지던 빛과 광익진은 휀의 몸속으로 사라졌다. 응축된 그 힘은 휀의 양손에 모여 거대한 광휘로 변했다. 휀은 그 빛을 리오에게 뿜었다.

"데이브레이크!"

리오의 낮은 음성과 동시에, 그의 등에 휀이 쏜 광익진 광황포가 직격했다. 그 거대한 빛은 마치 거짓말처럼 리오의 몸속으로 빨려 들어가기 시작했다.

갑자기 엄청난 힘이 몸속에 들어오자 리오는 통증에 휩싸였지만 개의치 않고 몸에서 회색 빛을 뿜어내며 괴물체, 파괴신이 있는 대기권의 한계 지점을 향해 급속도로 날아갔다. 그러나 리오가 생각해 둔 공격 범위 안에 파괴신이 들어왔을 때, 예상치 못한 일이 벌어졌다. 파괴신을 떠받치던 미카엘의 힘이 사라져 버린 것이다.

"이런!"

기계 뭉치로 이뤄진 파괴신의 알이 천천히 벌어졌다. 그 틈새로 보이는 거대한 날개는 전율 그 자체였다.

"우어어어어!"

파괴신은 아직 열리지 않은 틈새를 통해 붉은빛을 사방으로 뿜어냈다. 지상에 떨어진 붉은색의 빛은 그 막대한 에너지량에 의해 대폭발을 일으켰고, 드래고니스와 함께 정박해 있던 함선들의 일부는 그 빛에 의해 큰 타격을 입으며 지상으로 곤두박질쳤다.

"으, 으으윽!"

한계였다. 리오의 체세포 하나하나가 응축된 에너지를 발산하기 위해 심하게 꿈틀댔다. 리오는 디스파이어를 움직이려고 애썼지만 팔 근육이 마비됐는지 움직일 수 없었다.

"이런! 빌어먹을!"

이윽고 파괴신의 몸을 감싸고 있던 껍질이 완전히 떨어져 나갔다. 한 쌍의 거대한 날개를 지닌 그 존재는 기계로 이뤄진 거대한 신상처럼 보였다. 메타트론의 말끔한 얼굴과 비슷하게 생긴 파괴신의 얼굴이 드래고니스를 향했다.

"뭘 하나, 리오!"

휀의 외침에도 불구하고 리오는 움직이지 않았다. 그사이 파괴신은 입을 벌렸고, 날카로운 이빨로 이뤄진 입속에 모든 것을 파멸시킬 것 같은 무한정의 에너지를 응축했다.

"마지막이다! 제발, 제발 움직여!"

순간 디스파이어에서 빛이 뿜어졌다. 그 빛은 디스파이어가 통상적으로 뿜던 붉은빛과 다른 흰색의 빛이었다. 그 빛은 아이를 안는 어머니의 손길처럼 리오의 몸을 부드럽게 감쌌다.

「리오, 힘내요!」

리오의 눈앞에 수십 명의 얼굴이 스쳐 지나갔다. 자신이 처음 사랑했던 베니카를 시작으로 레나, 키세레, 그리고 아란까지…… 그와 동시에 자유로워진 리오의 몸에서 데이브레이크의 에너지가 빠른 속도로 흘러 디스파이어 안으로 흡수됐다. 그 에너지가 모조리 흡수된 순간, 디스파이어의 날은 굉음을 내며 폭발했고 날이 있던 자리에는 강력한 회색의 빛을 뿜어내는 광인(光刃)이 커다랗게 솟아올랐다. 리오는 회심의 미소를 지으며 전력을 다해 파괴신에게 돌진했다.

"부질없다 생각하지 않나, 주신의 노예여. 넌 주신의 농간에 의해 그 모든 것을 잃고, 운명도 바뀌어 가즈 나이트라는 전투 인형이 되었다. 자신이 너무 불쌍하다고 생각되지 않나."

파괴신의 목소리가 리오의 뇌리로 흘러들었다. 그러나 그 말은 리오를 막기에 역부족이었다.

"미안하지만 나는 단 한 번도 하이볼크 님을 위해 싸운 적이 없다! 다른 가즈 나이트도 마찬가지다! 휀과 바이론이, 왜 자신을 희생하며 싸운다고 생각하나! 자신이 인조인간이라는 것을 알면서도 왜 지크가 즐겁게 웃어넘기고 싸웠다고 생각하나! 네 말대로, 모든 것을 잃어버린 내가 왜 지금 이 검을 들고 있다고 생각하나! 네 말대로 하이볼크 님께 잘 보이기 위해? 집어치워라!"

리오가 든 거대한 검이 잔광을 남기며 움직였다. 검을 한껏 뒤로 젖힌 리오가 다시금 외쳤다.

"단 하나의 존재를 위해 우리가 싸워왔다면, 가즈 나이트라는 이름은 수백 년 전 사라졌다! 우리는 수백 년을 살아오며 만난 모든 이들에게 우리가 못다 이룬 꿈을 대신 이루어 달라고 부탁했다! 이 세상의 모든 존재는 꿈을 현실로 이루기 위해 존재한다! 그들의 순수한 꿈을 위해 우리는 싸워 왔다! 우리는 싸운다! 고로, 존재한다! 우리가 없애 왔고, 또 없앨 존재가 뭐냐고? 바로 너처럼, 맘에 안 드는 녀석들이다! 없애 버리겠다! 라디언스 소드!"

달에 위치한 나사(NASA) 기지. 1년 넘게 지구와 연락이 끊겨 지구로의 귀환을 서두르던 한 우주인이 무심코 지구를 바라봤다. 지구는 현재 태양을 가리고 있었다. 간단히 말해 그들에게 보이는 지구는 밤이었다, 칠흑같이 검은. 그래도 아름답다고 그는 생각했다.

그때 회색의 거대한 칼날과도 같은 빛이 아메리카 대륙이 위치한 곳에서 거의 보이지 않을 정도의 속도로 솟아올랐다가 사라졌다. 달에서도 보일 정도의 거대한 빛이 솟아오르는 것을 목격한 우주인은 눈을 동그랗게 뜬 채 동료 우주인의 백팩을 멍하니 손가락으로 두들겼다.

"뭐야, 오스틴. 유성들이라도 오는 거야?"

"그, 그게 아니라…….'

"나, 참, 그럼 왜 그래?"

동료 우주인은 귀찮다는 얼굴로 뒤를 바라보았다. 그 순간 지구 쪽에서 두 개의 붉은빛이 커다랗게 번뜩이며 지구 전체로 퍼져 나가자, 우주인은 놀란 나머지 허둥대다가 스페이스 셔틀의 벽에 충돌하고 말았다.

"무, 무슨 일이야! 다시 휴스턴에 연락을 취해! 움직여!"

우주인들은 바삐 스페이스 셔틀 안으로 향했다. 달 기지에 있던 모든 사람이 혼란에 빠졌다.

지구를 감쌌던 붉은빛은 점차 사라졌다. 그리고 다시 어둠에 휩싸인 지구의 절반은 자전으로 인해 다시 빛을 받아 파랗게 빛나기 시작했다. 마치 공포 영화를 보고 난 후 가슴을 쓸어내리며 나가는 사람들의 길을 인도하기 위해 켜지는 등불처럼…….

epilogue

서룡족, 동룡족 총 사열식. 드래고니스와 칠두지룡을 중심으로 사방에 퍼진 전 용족의 함대는 원추형의 대열을 유지한 채 사열식이 끝나길 기다렸다.

바이칼과 쥬빌란을 위시해 자리에 선 각 용족 간부들은 서로 악수를 나누며 아쉬운 감정을 달랬다. 특히 릭과 란바랄은 서로의 어깨를 두드리며 더욱 안타까움을 표했다.

"다음번에는 봐주지 않을 겁니다, 란바랄 장군님."

릭은 살짝 윙크를 던졌다. 란바랄은 씩 웃으며 고개를 끄덕였다.

"후훗, 부디 그러길 바라네. 자네가 전력을 다해야 이긴 후에도 맘이 껄끄럽지 않거든."

릭과 란바랄은 서로의 주먹을 살짝 부딪치고 자신의 자리로 돌아갔다.

간부들이 정렬한 후, 바이칼과 쥬빌란은 서로를 돌아보며 동맹 해제의 의식을 거행했다. 의식은 생각보다 간단했다. 두 우두머리가 서로의 무기를 부딪치는 것이 의식의 전부였다.

바이칼의 드래곤 슬레이어와 쥬빌란의 도검이 부딪친 직후, 바이칼은 떫은 표정을 지으며 쥬빌란에게 말했다.

"동맹 해제를 기념해서 귀공에게 벌을 내리도록 하지."

쥬빌란의 얇고 긴 눈썹이 무지개를 그렸다. 어느 정도 바이칼에 대해 파악한 그는 웃으며 물었다.

"오호, 그렇습니까? 제게 벌을 내리실 정도로 위치가 높아지신 모양이군요. 후후, 그럼 어떤 벌인지 들어 볼까요?"

바이칼은 이내 입을 비죽 내밀며 리디아를 가리켰다.

"데려가."

"예?"

쥬빌란의 미소는 단숨에 사라졌다. 너무나 의외의 제안이었기 때문이다. 리디아는 어느 정도 알고 있었는지, 묵묵히 쥬빌란의 옆으로 자리를 옮겼다.

바이칼은 드래곤 슬레이어를 거두며 투덜대듯 말했다.

"솔직히 짐이었어. 내숭만 떨고, 또 솔직하지 못하고……. 이래저래 싫었지. 계속 데리고 있느니, 조금이라도 더 관리를 잘하는 귀공에게 맡기는 게 더 나을 것 같아 그런 것뿐이야. 오해는 말도록."

그 말에 쥬빌란은 웃었다. 그뿐만 아니라 근처의 모든 간부들이 웃음을 지었다. 바이칼이 얼굴을 붉히자 쥬빌란은 그에게 살짝 고개를 숙이며 말했다.

"후훗, 내내 오해하도록 하겠습니다. 생각할수록 기쁜 오해라서요……. 리디아는 특별한 존재로 하겠습니다. 마음 내키는 대로 나와 당신의 곁을 오갈 수 있게 하겠습니다. 그래야 당신께서도 내내 섭섭하지 않으시겠죠."

"흥, 내내 귀찮겠군."

바이칼의 얼굴은 펴지지 않았다. 그때 리디아가 그의 앞으로 다가왔다. 그녀가 바이칼에게 미소를 지어 보이자, 바이칼의 표정은 슬그머니 풀어졌다. 리디아는 그의 볼에 살짝 키스하며 말했다.

"기뻐요. 멋진 오라버니가 또 한 명 생겼으니까요. 또 올게요, 오라버니. 다음에 오면 맛있는 거 많이 주셔야 해요?"

"으, 응."

바이칼은 웃음도, 울음도 아닌 멋쩍은 표정으로 얼굴을 붉혔다.

브릿지 내의 대형 모니터를 통해 서룡족의 제왕과 동룡족의 주룡, 그리고 그들 사이에 선 두 용족의 공주 리디아를 바라보며 장로는 미소를 지었다. 그는 전대 용제, 바이칼의 아버지를 떠올리며 생각했다. 그가 정말로 바라던 두 용족의 이해와 화해의 시작이 바로 이 모습이 아닐까. 그리고 수많은 갈등을 뚫고 이 모습을 만들어 낸 희망의 존재가 바로 리디아가 아닐까. 전대 용제는 이 모습을 위해 리디아를 태어나게 하지 않았을까. 장로 클로머트는 자신도 모르게 양팔을 들어 만세를 불렀다.

휀은 피엘과 함께 자신의 직무실을 정리했다. 휀이 도와 달라고 한 것도 아니었지만, 피엘은 스스로 나서서 그를 도왔다. 물론 휀역시 싫다는 말은 하지 않았다.

책장을 다 정리한 피엘은 옅은 미소를 띠며 휀을 돌아보았다. 서류를 모두 정리한 그는 창가에 서서 담배를 피웠다. 가장 그다운 모습이었지만 왠지 모르게 서글퍼 보이기도 했다.

"세이아 님께 말씀 안 하고 떠나실 겁니까?"

피엘의 물음에 휀은 대답 대신 담배 연기를 내뿜었다. 피엘은 호주머니에서 무언가 꺼내 그에게 내밀며 말했다.

"자, 가지고 계십시오. 이제 오랫동안 그분을 뵙지 못하실 테니까요."

휀은 피엘이 내민 것을 흘끔 바라보았다. 그것은 다름 아닌 세이아의 사진이었다. 그가 꿈쩍도 하지 않자, 피엘은 사진을 책상 위에 내려놓으며 방을 나섰다.

"휀 님은 8백 년 전이나, 지금이나 변하지 않으신 게 있답니다. 바로 부끄러움을 너무 잘 타신다는 것이죠. 저는 루이체에게 가 볼테니 이 사진은 잘 챙겨 두십시오."

피엘은 곧장 방을 나섰다. 잠시 후 책상에 앉은 휀은 그 사진을 들고 깨끗이 태우며 나지막이 중얼거렸다.

"미련을 남길 필요는 없겠지"

그는 흩날리는 재를 뚫고 방을 나서며 짧게 한숨을 지었다. 그가 나간 후 아무도 없는 직무실의 등불이 쓸쓸히 꺼졌다.

휀은 천천히 워프 게이트로 향했다. 평온을 되찾은 지구의 바람이 그의 금발과 코트 자락을 살며시 뒤흔들었다. 그러나 그런 평온함도 잠시 멀리서 지크의 시끄러운 목소리가 들려왔다.

"뭐라고! 아니 마더가 사라졌는데 바이오 버그가 왜 또 나타나! 난 쉬고 싶단 말이야!"

그를 둘러싼 동료 BSP들은 하나같이 한숨을 내쉬었다. 헤이그는 그의 머리를 비비며 얼굴을 찡그렸다.

"지크가 쉬고 싶다고 해서 같이 쉬어 줄 바이오 버그였다면 BSP는 존재하지도 않아. 일단 각 지역에 남은 마더의 네트워크 단말기가 의심되니, 며칠 후에 다른 나라 BSP들과 연합해서 단말기 제거

작전에 돌입하도록 하지."

"제기랄!"

지크는 머리를 감싸며 괴로워했다.

멀리서 그들의 모습을 바라보던 휀은 고개를 살짝 저은 후 다시 워프 게이트로 향했다. 이윽고 게이트 발생장치에 도달한 그는 막 출발하려던 바이론과 레디, 사바신과 그들을 배웅하는 리오, 라이아, 그리고 세이아의 모습을 볼 수 있었다.

"오호, 광황님께서 늦게 오시는군. 어쨌든 난 녀석과 같이 출발하면 몸에 두드러기가 나니 먼저 가겠다. 크큭."

바이론의 모습은 이내 게이트 저편으로 사라졌다. 그를 따르려던 레디, 사바신은 어깨를 으쓱하며 몸을 돌렸다.

"젠장, 여기서 더 놀고 싶은데……. 따님하고 미리 떠난 슈렌처럼 신계에 가서 쉬어도 괜찮지만, 거긴 후덥지근한 게 영 맘에 안들어서 말이야."

"그래도 어쩌겠어, 사바신. 아직 견습인 우리에게 바이론 선배의 말은 하늘과 같잖아. 자, 그럼 안녕히 계세요, 모두들!"

둘은 명랑하게 손을 흔들며 게이트 안으로 사라졌다.

휀은 말없이 마중 나온 이들을 지나쳐 게이트로 향했다. 그때 세이아가 그를 막아서며 도시락 바구니를 내밀었다.

"자, 받으세요, 휀 님. 가시는 길에 출출하실 것 같아 준비했어요. 이걸 드시면서 가세요. 제가 직접 만든 샌드위치랍니다."

휀은 도시락 바구니를 향해 손을 내밀었다. 순간 세이아는 바구니를 등 뒤로 돌리며 짓궂은 미소를 띠었다.

"물론 공짜는 아니랍니다, 휀 님. 저에게 웃는 모습을 보여 주시면 이걸 드리겠어요."

의외의 행동에 라이아와 리오는 눈을 휘둥그레 떴다. 하지만 훵의 표정은 변함이 없었다. 그는 웃고 있는 세이아를 향해 가까이 다가가며 말했다.

"제 눈을 보십시오. 제 눈동자 속에 웃고 있는 당신의 모습이 비칠 것입니다."

"예?"

훵의 말에 세이아뿐만 아니라 모두의 표정이 굳어졌다. 훵은 게이트 안으로 향하며 말을 남겼다.

"제가 할 수 있는 건 이런 것뿐입니다. 그럼 안녕히 계십시오, 광휘의 여신이여."

훵은 그렇게 그 세계를 떠났다. 세이아는 손에 든 도시락 바구니를 바라보며 걱정스레 한숨을 쉬었다.

"어쩌지……."

한편 그 모습을 지켜보는 리오의 기분은 좋지 않아 보였다. 그의 떨떠름한 표정에 라이아는 눈을 반짝이며 물었다.

"왜 그러세요, 리오 기사님?"

리오는 가볍게 어깨를 으쓱하며 답했다.

"음, 연적(戀敵)이 생긴 것 같아서요. 어쨌든 꽤 강력한 라이벌의 등장인데요? 후훗."

"아하."

무슨 말인지 이해한 라이아는 킥킥 웃으며 언니를 쳐다보았다. 세이아는 여전히 얼굴이 붉어진 채 어쩔 줄 몰라 했다.

다시 바람이 불어왔다. 세이아는 흩날리는 머리를 쓸며 드래고니스 주위를, 아니 온 세상을 돌아보았다. 넓게 펼쳐진 하늘은 풍요로웠고, 상처 입긴 했지만 여전히 활기에 넘치는 대지에는 복구에 여념이 없는 사람들의 모습이 보였다.

"리오 님, 한 가지 여쭤 볼 게 있어요."

"예?"

워프 게이트 발생장치에 기대어 디바이너를 닦던 리오는 움찔하며 세이아를 바라보았다. 그녀는 웃으며 물었다.

"뭔가, 가슴속에 뭔가 가득 차오르는 것 같아요. 굉장히 좋은 느낌인데, 이것이 리오 님께서 말씀하시던 그 성취감이란 것일까요?"

"후훗, 그냥 좋은 느낌이죠. 성취감이라는 세 글자로 그 느낌을 표현하기는 어렵죠."

"그렇군요."

그렇게 모두는 웃었다.

그리고 멀리 구석진 곳에서 그들을 지켜보던 존재도 웃음을 지었다. 그녀는 자신의 진홍색 머리를 묶으며 뒤를 돌아보았다. 그녀의 동료, 데스 발키리 셋이 나름대로 특색 있는 표정을 지은 채 서 있었다. 기다리기에 지친 듯 레베카는 그녀를 향해 가자는 신호를 보내며 투덜댔다.

"빨리 가자. 하데스 님께서 기다리고 계실 거야. 그건 그렇고 우리 모두 혼나게 생겼어. 넌 그 좋은 디스파이어를 깨먹었고, 우리는 각자 정했던 목표를 모조리 실패했고 말이야. 가즈 나이트 제거는커녕 녀석들 뒤치다꺼리만 하고, 쳇."

츄우도 거들었다.

"맞아, 맞아. 하지만 우리한테 거짓말하신 악마왕들이나 하데스 님도 나빠. 우리 정도라면 가즈 나이트 하나쯤은 상대할 수 있을 거라 하셨는데, 휀이나 리오 같은 사람들에게 덤빌 엄두도 못 냈잖아. 너무해. 우리 같은 소녀들을 속이다니 안 그러니, 아란?"

하지만 데스 발키리 아란 슈발츠는 예전보다 밝은 웃음만 지을 뿐이었다.

"후, 여기서 이러지 말고 하데스 님께 가서 따지는 게 어때? 어쨌든 우리도 가자."

"그래."

알테미스를 시작으로 데스 발키리들은 차례차례 그 세계를 떠났다. 잠시 그 자리에 서 있던 아란은 리오가 있는 쪽을 돌아보며 희미한 미소를 띠었다.

"변하지 말아요, 리오. 다시 만날 때까지……."

아란의 모습도 이내 사라졌다.

그것으로 그 세계를 둘러싼 모든 일이 종결되었다.

"전하! 야만족들의 군대가 성문을 부수려 하고 있습니다! 이대로는 위험합니다!"

올해 갓 스무 살이 된 동방 대륙의 젊은 왕은 병사의 급박한 보고에 한숨을 쉬었다. 무슨 이유에서인지 갑자기 강한 세력을 지니게 된 야만족에게 시달림을 받은 지 일주일. 결국 정문이 위협받는 극한 상황까지 오고야 말았다. 결국 왕은 자신과 스물두 살 차이 나는 중년의 누이에게 시선을 돌렸다.

"누님, 먼저 신하들과 함께 성을 탈출하십시오. 저는 병사들과 함께 막는 데까지 막아 보겠습니다."

"아닙니다, 전하. 아직 움직이실 때가 아닙니다."

올해로 42세인데도 여전히 청초한 아름다움을 자랑하는 련희는 덤덤히 고개를 저었다. 젊은 왕은 자신의 옥좌를 박차고 일어서며 결국 화를 내고 말았다.

"누님! 그 리오 스나이퍼라는 작자가 나타나지 않은 지 벌써 12년의 세월이 흘렀습니다! 누님은 아직까지 그자가 올 거라고 믿고 계시는 겁니까! 그리고 그자가 온다고 해서 상황이 어떻게 바뀌겠습니까! 포기하십시오!"

련희는 지그시 눈을 감았다. 포기의 뜻으로 받아들인 젊은 왕은 자신의 검을 뽑아 들며 병사들에게 외쳤다.

"잘 들어라! 이제부터 우리가 할 일은 퇴로를 확보하는 것이다! 도망치는 거라 생각지 말고, 목숨 걸고 길을 사수하라! 알겠느냐!"

"예!"

곧 왕과 병사들은 함성을 지르며 제궁 밖으로 나왔다. 그러나 상황은 이미 끝나 있었다.

"아, 아니?"

중무장을 한 채 달려와야 할 야만족은 이미 싸늘한 시체로 변해 바닥에 누워 있었다. 언제, 어떻게 끝났는지 몰라도 분명 살아 있는 야만족은 없었다. 있다 하더라도 후퇴하고 있는 극소수였다.

그 시체 더미 속에 서 있는 사람은 단 한 명, 영혼을 빨아들이는 듯한 독특한 보라색을 띤 검을 든 붉은 장발의 사내뿐이었다.

련희는 멍한 표정을 짓고 있는 왕 옆에 서며 웃음을 지었다.

"저분은 극적인 상황에 나타나시는 것을 좋아하신답니다. 저분과 10년을 한 방에서 생활한 저랍니다."

"아, 예."

젊은 왕은 자신의 옆을 지나쳐 붉은 장발의 사내에게로 향하는 련희를 보며 고개를 갸웃거렸다. 그녀의 말이 맞기도 했지만, 그녀가 웃는 모습을 본 것이 딱 12년 만이었기 때문이다.

"흠, 어쨌든 진짜 돌아왔군, 리오 스나이퍼. 변한 게 하나도 없이 말이야."

젊었을 때처럼 사내의 품에 안기는 련희를 보며, 왕은 씁쓸해하면서도 안도감에 찬 미소를 지었다. 왠지 모르게 자신의 누이가 부러웠다.

〈가즈 나이트 오리진 3부작 완결〉

외전 12
라이벌

"아니, 파이터형 웨드에는 MDS(Motion Drive System)를 쓰기로 했으면서 또 다른 운전장치를 가지고 오는 것은 또 무슨 생각이란 말이오!"

"이런 답답한 사람 보게나. 전투병기는 이길 수 있도록 만드는 것이지 시스템 자랑하라고 만드는 게 아니란 말이오! 우퍽 박사, 당신이 개발한 MDS는 분명 인간의 움직임을 자유롭게 표현할 수 있지만, 10미터를 겨우 넘는 작은 기체 안에서 인간이 그 모든 동작을 표현한다는 것은 방구석을 차는 애들 장난이나 똑같단 말이오!"

"뭐, 뭐라? 그럼, 카만 박사, 당신이 들고 온 CDS(Combine Drive System)에 대해 말해 봅시다! 이곳 사람들이 쓰는 사이보그에서 힌트를 얻어 인간을 기체와 일체화한다는 것까지는 좋지만, 사고가 발생해 정신파가 역류해서 파일럿이 정신이상이라도 일으키면 어쩔 거요! 그건 살인행위나 다름없지 않소! 살인보다는 장난이 더 나은 것 아니오?"

"뭐, 뭐라!"

챠오와 마티, 지크, 그리고 리오는 회의실에서 옷자락을 잡고 몸
싸움을 벌이기 시작한 두 과학자를 말렸다.

그들이 겨우 진정하자 뒤늦게 들어와 리오에게 사정을 들은 서
룡족의 장로는 두 박사의 어깨를 두드리며 한 가지 제안을 했다.

"흠, 그럼, 이렇게 하면 어떻겠소? 저기 계시는 챠오 양과 마티
양은 격투 감각으로 보나 능력으로 보나 거의 비슷한 수준이라오.
그렇죠?"

장로는 길고 하얀 수염을 매만지며 둘을 바라보았다. 가만히 서
로를 보던 둘은 자신 있게 대답했다.

"제가 더 강해요."

"제가 더 세요."

둘의 입에서 동시에 같은 말이 나오자 장로는 당황했으나 헛기
침으로 무마한 뒤 다시 두 박사에게 말했다.

"여하튼 여러분은 서로의 시스템에 맞춰 기체를 만든 다음, 저
두 아가씨를 테스트 파일럿으로 해서 어떤 운전장치가 더 좋은지
평가해 보는 것이오. 기간은 한 달 반 정도를 주겠소. 아, 그리고 후
원자가 필요한데……."

장로는 리오와 지크를 바라보며 뒷말을 흐렸다. 장로의 말을 알
아들은 둘은 곧 고개를 끄덕이며 각자 대답했다.

"헤헷, 좋아! 난 마티를 지원해 주지!"

"흠, 그럼 난 당연히 챠오 양인가?"

그러나 마티와 챠오는 리오와 지크를 쳐다보지 않았다. 이미 두
여성 사이에 옛날부터 타오르던 라이벌 의식이 폭발한 상태였다.

"증명하나마나 내가 더 강해."

"키만 크다고 강한 게 아냐."

"그만해, 둘 다. 내가 점심 살 테니까 일단 나가자."

지크가 둘을 끌고 밖으로 나가자 리오는 장로에게 말했다.

"생각은 정말 좋으셨는데, 파이터형 웨드만 비약적으로 강해지는 것 아닙니까?"

장로는 고개를 저었다.

"파이터형 웨드는 기본이 되는 기체입니다. 인간의 행동을 1백 퍼센트 소화할 수 있는 기체가 나올 수 있다면 다른 기체들 역시 강해질 수 있겠지요. 저는 다른 생물에게 없는 인간의 잠재능력을 믿거든요."

"그렇군요."

리오는 장로의 뜻을 이해하겠다는 듯, 빙긋 웃으며 고개를 끄덕였다.

첫 번째 테스트 날.

"이봐, 알았지! 모조리 부숴 버리는 거야!"

마티는 자신의 어깨를 안마하고 있는 지크의 요란한 응원을 들으며 정신을 가다듬었다. 그 옆자리에서 리오가 챠오의 몸을 안마로 풀어 주며 조용히 조언했다.

"그냥 테스트니 무리하지 마십시오. 효율적으로 해 주시는 것이 가장 좋을 겁니다. 기체를 위해서라도, 챠오 양을 위해서라도 말입니다."

챠오는 말없이 고개를 끄덕였다.

리오는 그녀와 마티가 상당히 긴장하고 있다는 것을 느낄 수 있었다. 시뮬레이션 기계가 아닌 진짜 기체를 처음으로 타보는 날이기 때문이었다. 이윽고 파일럿 탑승 신호가 들어왔고, 둘은 기체를 향해 천천히 걸어갔다.

마티의 기체는 전체적으로 흑색이었다. 열을 많이 받을지도 모른다는 소수 의견이 있었지만 파일럿의 이미지상 흑색이 괜찮다는 다수의 의견 때문에 흑색으로 도장했다. 운전장치는 MDS. 그것 말고는 챠오의 CDS 탑재형 웨드와 장갑, 기동성 등에서 다른 점은 없었다.

챠오의 기체는 적색이었다. 눈에 잘 띈다는 소수 의견이 있었지만 적갈색에 가까웠기 때문에 문제될 것이 없고, 이미지상 적색이 괜찮다는 다수의 의견 때문에 짙은 적색으로 도장했다. 운전장치는 CDS. 역시 그것 말고 별다른 점은 없었다.

마티는 구체로 된 약간 좁은 조종석 내부에 들어간 다음 그 안에 설치된 원반에 올라섰다. 그러자 구체의 안쪽이 밝아지며 곧바로 외부 전경이 드러났다. 시뮬레이션 기계로 많이 해봤던 것이라, 그리 낯설지 않았지만 그래도 가슴이 두근거리기는 마찬가지였다. 마티는 천천히 몸을 풀었다.

마티의 기체가 자연스레 움직이는 것을 본 챠오는 아랫입술을 깨물며 조종석 내부로 들어갔다. MDS와는 달리 CDS형 기체의 조종석는 의자 하나만 있을 뿐이었다.

역시 시뮬레이션 기계로 해봤기에, 챠오는 어색함 없이 의자에 앉아 해치를 닫은 뒤 자신의 머리카락을 풀었다.

머리를 편하게 정돈한 그녀는 곧 헬멧을 쓰고 조용히 눈을 감았다. 이윽고 환한 빛이 그녀의 시야를 밝혔다.

그녀는 천천히 자신의 팔을 바라보았다. 인간의 팔이 아닌 장갑

질로 이루어진 기계의 팔이었다. CDS는 인간 자신이 웨드가 되어 움직이는 것으로 겉으로 보기에는 MDS의 개념과 비슷했지만 상당히 다른 것이었다.

챠오는 몸을 움직여 보았다. 자신의 몸을 움직이는 것보다 약간 불편했지만 그래도 할 만했다.

조금 후 테스트가 시작되었다.

테스트 장소는 드래고니스의 한 지역이었고, 테스트 목표는 테스트 전용으로 쓰기 위해 수거하고 조정된 BX-F를 테스트 장소에 설치된 강물과 숲, 평지, 그리고 사막 지형에서 격파하는 것이었다.

상황실에서 리오와 지크, 바이칼이 담소를 나누며 화면을 지켜보고 있었고, 장로는 화면을 주시한 채 신중히 기록할 준비를 했다.

"자, 두 테스트 파일럿은 잘 들어 주시길 바랍니다. 1차 지형인 강에서 일곱 대의 목표물이 나오고, 평지에서 아홉 대, 사막에서 다섯 대, 그리고 숲에서 세 대의 목표물이 각각 나오게 됩니다. 이 점, 잘 유의하시기 바랍니다."

장로는 마이크를 통해 챠오와 마티에게 얘기를 한 뒤 테스트 시작 신호음을 보냈다. 두 대의 웨드는 신호음과 동시에 목표인 강을 향해 질주했다.

챠오는 자신을, 아니 자신의 웨드를 향해 잉크탄을 발사하는 맨 앞 열의 BX-F를 향해 손쉽게 탄막을 뚫고 주먹을 휘두르려 했다. 그 순간 챠오의 머리 위로 그림자 하나가 빠르게 지나가더니 곧 챠오가 목표로 삼았던 BX-F를 공중 발차기로 정확히 뚫어 폭파한 뒤 챠오를 슬쩍 바라보았다. 흑색의 웨드 마티였다.

"재미있군!"

한 대를 먼저 빼앗긴 챠오는 씩 웃으며 중얼거리고 다른 목표물을 향해 돌진했다. 다음 목표가 된 BX-F의 전면 기총을 돌려차기로 부순 챠오는 곧바로 무술 자세를 취했다. 무방비 상태가 된 BX-F의 가슴으로 집안에서 전수되는 석충권을 찔러넣었다.

"하아앗!"

석충권을 맞는 순간 BX-F의 기체 전체에서 환한 빛이 뿜어 나왔고, 이내 폭발하며 흩어졌다.

챠오는 예상보다 엄청난 파괴력에 상당히 놀랐다. 그보다 더욱 놀란 것은 마티와 MDS의 스태프들이었다.

"마, 말도 안 돼! 저건 분명히 파워 제네레이터를 바꾼 것이야!"

우펙 박사는 그렇게 소리쳤으나 그것도 아니었다. 드래고니스 최고의 과학자라 지칭되는 장로가 직접 두 테스트 기체의 스펙을 면밀히 검정한 탓이었다. 한편 CDS의 스태프들은 희희낙락이었고, 그쪽의 책임자 카만 박사는 회심의 미소를 지으며 MDS 스태프들을 향해 중얼거렸다.

"저건 챠오 양에게 들은 걸 토대로 만들어 기체의 운동장치에 추가한 '오버드라이브 시스템'이오. 파일럿의 '기'를 이용해, 순간적으로 파괴력을 높이는 장치죠. 저 시스템을 응용해서 새로운 격투 기술도 많이 만들 수 있을 것이라 생각되는데, 어떻소? 헛헛헛헛."

카만 박사의 웃음 앞에, 모든 MDS 스태프들은 분함을 감추지 못했다. 그러나 우펙 박사의 얼굴에는 미소가 흐르고 있었다.

"후, 후훗. 무식하게 부수기만 해서는 이길 수 없지 않겠소? 맞지 않는 것도 중요하겠지. 후후후훗."

카만 박사는 우펙 박사가 왜 그런 웃음을 지었는지 그때까지는 이해할 수 없었다.

"강물 지형의 테스트 종료! 1차 테스트에서는 3대4로 CDS가 앞섰습니다!"

"오오오"

오퍼레이터의 목소리가 들려온 순간, CDS 스태프들은 환호했다. 그 광경을 보던 리오는 머리를 긁적이며 중얼거렸다.

"용족이나 인간이나 별 다른 것 없다니까."

"그럴지도."

바이칼은 조용히 레몬차를 마시며 고개를 끄덕였다.

"제2차 지형으로 넘어가겠습니다! 2차, 평지형 테스트 개시!"

오퍼레이터의 목소리와 동시에 환호하던 CDS 스태프들과 인상을 구기고 있던 MDS 스태프들은 다시 긴장하며 스크린에 시선을 집중했다.

평지형 테스트에서 아홉 대의 BX-F가 머신건을 난사해 뚫기 힘든 포화를 날리기로 되어 있었다. 아직 기체의 운전에 익숙지 못한 마티와 챠오는 쉽게 움직이지 못하고 기회만 노리고 있었다.

"쳇."

그때 마티가 무슨 생각에서였는지 엄폐물 위로 몸을 날렸다. 그보다 앞쪽의 엄폐물에 있던 챠오는 움찔하며 마티의 웨드를 바라보았다.

"무슨 짓이야!"

"빨리 움직이면 될 것 아냐!"

사실 속도는 마티가 더 빨랐다. 게다가 마티의 기체에는 우펙 박사가 특별히 고안한 시스템이 포함되어 있었다.

"오, 오옷?"

화면을 지켜보던 CDS 스태프들은 순간 경악을 금치 못했다. 지면을 미끄러지듯이 마티의 검은색 웨드가 잔상을 일으키며 엄청난 속도로 움직이기 시작한 것이다.

잉크탄을 한 발도 맞지 않고 탄막을 뚫은 마티는 세 대의 BX-F를 순식간에 날려 버렸고, 우펙 박사는 회심의 미소를 지은 채 경악하고 있는 카만 박사를 향해 소리쳤다.

"하하하핫! 오버드라이브 시스템? 이쪽은 '하이스피드 컨버터'라는 새로운 장치를 운동장치에 장착했소이다. 파일럿의 능력에 비례해 순간 속도를 음속 이상으로 끌어 올릴 수 있지! 저 장치를 응용해서 새로운 격투 기술도 만들어 낼 수 있다고 생각되는데……? 핫핫핫!"

카만 박사를 비롯한 CDS 스태프들은 분함을 감추지 못했다. 전혀 생각지 못한 장치였기 때문이었고, 또 반격을 당해 이상한 느낌이 들어서였다.

이윽고 오퍼레이터의 결과 보고가 들려왔다.

"평지형 테스트 종료! 2차 테스트에서 6대 3으로 MDS가 앞섰습니다!"

"오오오!"

MDS 스태프들은 마치 복수라도 하듯, 더욱 큰 소리로 환호하며 기뻐했다. 그 광경을 보던 지크는 콜라와 얼음이 든 컵을 손으로 빙빙 돌리며 바이칼에게 말했다.

"진정 좀 시키는 게 어때. 과열된 것 같은데."

"흥."

바이칼은 입을 비죽 내밀 뿐이었다.

"3차 테스트에 들어가기 앞서, 30분 가량 휴식 시간이 있겠습니다. 양측 스태프들은 각 기체를 점검해 주시기 바랍니다."

오퍼레이터의 말과 함께 스태프들은 우르르 밖으로 빠져나갔다.

물론 서로 다른 문으로 나감으로써 양측의 신경전이 얼마만큼 치열한지 단적으로 보여 주기도 했다.

"3차, 사막 지형 테스트 개시!"

테스트용 웨드의 정비를 끝내고 상황실 안에 들어가 있던 각 스태프들은 다시 모니터에 시선을 집중하며 아까와 다름없이 긴장했다.

한편 세 개째 햄버거를 먹어치운 지크는 네 개째 햄버거를 뜯내다. 리오는 세 통째 우유를 비우기 시작했으며, 바이칼은 일곱 잔째 레몬차를 마셨다. 그들도 즐기고 있었지만 내심 긴장하고 있었던 것이다.

"어이 리오, 내가 나가서 팝콘이라도 사 올까?"

자신의 햄버거가 마지막 햄버거라는 것을 알고 있는 지크의 제의에 리오는 고개를 끄덕였다. 지크는 후에 나올 아까운 장면을 놓치지 않기 위해 재빨리 상황실을 빠져나갔다.

그사이 리오는 자신이 옆에 앉아 화면을 주시하고 있는 장로에게 넌지시 물었다.

"기체들은 어떻다고 보십니까? 생각보다는 잘 만들어진 것 같습니다만."

장로는 시선을 모니터에 고정한 채 조용히 대답했다.

"예, 확실히 예상보다는 잘 만들어졌지만, 파괴력과 기동력 면에서는 확실히 초기 기체들이라 합격 점수에는 미달입니다. 하지만 저 두 박사가 탑재한 오버드라이브 시스템이나, 하이스피드 컨버터 같은 추가 장비는 조금 보완하면 합격점을 충분히 줄 수 있을 듯합니다. 아, 그리고 파일럿의 미숙 문제도 있습니다. 하지만 이 모든 문제점은 시간이 해결해 주리라 생각됩니다."

"그렇군요."

한편 테스트를 위해 사막 지형으로 앞다퉈 간 챠오와 마티는 그곳에 도착하자마자 놀라지 않을 수 없었다. BX-F는 한 대도 보이지 않았고, 오직 모래만이 바람에 휘날릴 뿐이었다.

"다섯 대가 있다고 하지 않았나?"

"그러게. 왜 한 대도 없지?"

둘은 계속 주위를 살펴보았다. 현재 그녀들이 타고 있는 웨드로는 시각장치에 의해 제공되는 영상 말고는 적을 확인할 수 있는 방법이 없었다. 물론 테스트 버전이라는 것 때문이기도 했지만, 레이더가 고장났을 때 사용자가 시각장치만으로 얼마나 적을 잘 찾아낼 수 있는가를 시험해 보는 것이기도 했다.

한참 주위를 두리번거릴 무렵, 갑자기 모래를 뚫고 BX-F 한 대가 공중으로 날아올랐다.

BX-F는 챠오의 등 뒤에 달라붙으며 잉크탄을 쏘려 했다. 분명 실제 상황이라면 챠오의 웨드는 머리가 날아갔을 것이다. 그러나 테스트용 BX-F는 기동성 말고는 모든 성능이 하향 조정됐기 때문에 그만큼 사격하는 시간도 느렸다.

등에 붙은 BX-F를 가볍게 던져버린 후 챠오는 뒤집혀진 BX-F를 향해 돌진했다. 그러나 웨드의 무게로 모랫바닥이 함몰되는 바람에 챠오는 제대로 뛸 수 없었고, 그사이 BX-F는 다시 몸을 일으켜 챠오의 웨드를 향해 사격했다.

동시에 모래 속에 숨어 있던 BX-F들이 한꺼번에 튀어나와 이동하며 챠오와 마티에게 사격했고, 결국 모래 위에서 웨드를 움직이는 것에 익숙지 못한 둘은 잉크탄의 잉크를 기체 전체에 뒤집어쓰고 말았다.

"테스트 중단!"

결국 오퍼레이터의 신호와 함께 테스트는 중단됐다. 둘은 힘없이 모래 위에 주저앉고 말았다.

오퍼레이터의 마이크를 대신 잡은 장로는 몇 번 헛기침을 한 뒤 모두에게 말했다.

"챠오 양. 그리고 마티 양. 여러분들은 지금 인간의 움직임을 따라 할 수 있는 파이터형 웨드에 타고 있습니다. 분명 여러분이라면 웨드를 타지 않은 상황에서 사막은 물론이고 인간이 행동할 수 있는 모든 지형에서 전투를 할 수 있을 것입니다. 하지만 지금은 웨드에 타고 있습니다. 제가 이 테스트에서 지켜보고자 하는 것은, 웨드의 성능뿐만 아니라 여러분의 웨드 조종 능력이 얼마만큼 되는가입니다."

"……."

"오늘의 테스트 결과는, 기계이나 파일럿이나 모두 불합격입니다. 다음 숲 지형 테스트는 취소됐으니 각 스태프와 파일럿들은 편히 쉬고 일주일 후 있을 테스트를 준비해 주기 바랍니다. 그럼 이상."

장로는 마이크를 놓았다. CDS와 MDS 스태프들은 한숨을 길게 쉬며 고개를 내저었다.

카만 박사와 우펙 박사 역시 씁쓸한 얼굴로 모니터에서 시선을 돌렸고, 한참 팝콘을 먹으며 관람하던 지크와 리오 역시 약속이나 한 듯 동시에 머리를 긁적였다.

"마티, 마티…… 로봇이 나오는 SF물을 한 번도 안 봤니? 사막 지형에서 그렇게 싸우는 로봇이 어디 있어. BX-F는 네 개의 다리로 보행하기 때문에 사막이나 어디나 자유자재로 빠르게 이동할 수 있다고. 심지어 건물 벽까지 타고 다닐 수 있단 말이야. 다른 곳은 몰라도 사막에서 그런 적을 뛰어서 잡겠다는 것은 무리야."

마티는 아무 말이 없었다. 지크는 계속해서 말했다.

"하이스피드 컨버터를 보고 사실 놀라긴 했지만 그것은 아직 시험 단계의 운동장치야. 평지 외에 쓸 수 없어. 공중이나 수상, 그리고 사막 지형에서는 아직은 무리란 말이야. 그러니까⋯⋯."

"알았어, 알았다고! 알고 있으니 제발 날 좀 가만히 내버려둬!"

순간 마티는 자신의 머리에 쓰고 있던 수건을 내던지며 짜증을 부렸다. 말을 끊은 지크는 한숨을 휴 쉬며 말했다.

"네가 겉보기보다 자존심이 강하다는 것은 이해해. 하지만 테스트 결과는 이 지구상에 있는 바이오 버그를 얼마나 빨리 없앨 수 있느냐 없느냐를 말하는 것이야. 자자, 오늘은 쉬고 내일부터 다시 하자. 아무래도 내가 돌봐 주지 못한 책임도 있는 것 같으니, 내일부터 나와 함께 특별 훈련을 하는 거야!"

"알았어⋯⋯."

기분이 누그러진 마티는 다시 고개를 숙였다. 지크는 씩 웃으며 마티의 머리를 쓰다듬어 준 뒤 그녀의 방에서 조용히 나갔다.

다음 날.

새벽부터 챠오는 어제 있었던 테스트 기록 파일을 모니터로 확인하며 빵으로 요기를 했다. 수상 지형에서 어찌어찌해서 자신이 앞섰지만, 평지형에서는 마티에게 완전히 압도당한 것이다.

물론 사막 지형에서 둘 다 제대로 운전하지 못하고 잉크를 뒤집어썼지만, 챠오의 결론은 자신의 패배였다.

"후⋯⋯."

챠오는 기판 위에 머리를 대고 엎드린 뒤, 다시 기록을 앞으로 돌리기 시작했다.

"벌써 스무 번째 다시 보고 있군요."

그때 낯익은 목소리가 그녀의 뒤에서 들려왔고 챠오는 곧바로 뒤를 돌아보았다. 드래고니스의 주거 지역에서 판매하는 치킨 세트를 오른손에 들고 있는 리오였다.

그는 챠오 앞에 치킨을 내려놓은 뒤, 의자에 앉으며 말했다.

"챠오 양은 치킨을 좋아한다고 지크가 말하더군요. 맘에 드실지는 모르지만 좀 먹어 두십시오. 빵만으로는 오늘 일과를 수행하기가 힘들 겁니다."

챠오는 살짝 고개를 끄덕인 뒤, 어제의 기록을 다시 보았다. 그녀가 먹는 것도 잊은 채 기록만 계속 보고 있자, 결국 리오는 모니터를 강제로 끄고 말았다.

챠오는 깜짝 놀라며 그를 쳐다보았다. 리오는 진지한 얼굴로 팔짱을 끼며 말했다.

"어제의 기록은 두세 번 정도 보면 충분합니다. 어제 챠오 양이 탄 웨드는 챠오 양의 몸에 맞지 않게 조정되어 있었죠. 평상시의 80퍼센트 능력밖에 발휘하지 못하게 되어 있었습니다. 그리고 사막 지형의 테스트는 완전히 잊어버리시길. 사막 지형에서 웨드를 운전하는 방식은 보통 방식과는 다르기 때문입니다.

챠오는 아무 말 없이 고개를 숙였다. 그러다 다시 리오를 바라보며 짧게 물었다.

"그럼 어떻게 해야 하죠?"

리오는 빙긋 미소 지은 뒤 치킨 세트의 박스를 열며 말했다.

"다 드시면 가르쳐 드리죠, 후훗."

챠오는 고개를 돌리고 조용히 치킨을 먹었다. 그러자 리오는 옆에 있는 빈 우유팩을 들며 천천히 설명했다.

"웨드의 백팩에는 부스터가 있죠. 공중에서도 자세 제어가 어렵지 않도록 각 부분에도 작은 서브 부스터들이 존재합니다. 하지만 어제 챠오 양은 그것을 한 번도 사용하지 않았습니다. 오로지 지상전이었죠. 뛰고, 달리고……."

육질을 씹는 챠오의 턱이 멈췄다. 리오는 말을 이었다.

"웨드는 아무리 경량화한다 해도 사람의 몸보다는 무겁습니다. 사람의 몸도 사막에서 움직이기 힘든데 웨드는 더하겠죠. 챠오 양도 아시죠? 호버 크래프트라는 것 말입니다. 그것은 본체를 바람의 힘으로 띄워 이동하기 때문에 수면에서도, 지면에서도, 그리고 모래 위에서도 자유로운 이동이 가능합니다."

"……."

"CDS형 웨드는 챠오 양 자신이 되는 기체입니다. 그리고 덧붙여서 챠오 양이 할 수 없던 것을 가능케 해 주는 기체이기도 하죠. 좀 더 넓어진 자신의 행동 반경을 잘 익혀 보시길."

리오는 그녀의 어깨를 몇 번 두드린 후 모니터실을 나섰다.

두 번째 테스트 날.

"자자, 한번 해 보는 거야! 특별 훈련의 성과를 보여 주자고!"

"알았으니 조용히 좀 말해."

마티는 고개를 저으며 지크를 뒤로한 채 자신의 웨드에 탑승했다. 웨드 안에서, 그녀는 자신의 뺨을 양손으로 톡 치며 정신을 집중했다.

"속전속결, 속전속결!"

한편 챠오 역시 웨드에 탑승했다. 그녀의 뒤에서 리오는 걱정하지 말라는 듯 손을 흔들어 주며 말했다.

"웨드에 탄 순간부터 웨드는 챠오 양이 되는 겁니다. 자유로워진 자신을 확실히 느끼며 테스트에 임해 주시길."

"예."

웨드에 탑승한 둘은 호흡을 조절하며 기체에 시동을 걸었다. 곧 둘의 웨드는 엔진 소리를 내며 기동했고, 곧 테스트가 시작됐다.

"테스트 시작 20초 전! 1차 지형은 전과 같이 강물 지형부터 시작됩니다!"

오퍼레이터의 신호를 들으며, 장로는 조용히 두 대의 웨드를 바라보았다. 그는 확실히 느끼고 있었다. 일주일 전과는 다른 두 웨드의 분위기를.

"자, 기대하겠소."

"1차, 강 지형 테스트 개시!"

개시 신호가 떨어진 순간, 두 웨드는 등과 다리에 장착된 부스터를 최대로 가동하며 예전과 같이 달리지 않고 지면 위에 몸을 살짝 띄운 채 고속으로 테스트 지역을 향해 갔다. 그것을 본 지크는 인상을 살짝 쓴 채 옆에 앉은 리오를 바라보며 중얼거렸다.

"하여튼 생각이 똑같다니까. 좀 다른 걸 가르쳐 보지."

"그 상황에서 저것 말고 가르쳐 줄 것이 없었잖아. 너나, 나나."

리오는 웃으며 화면을 계속 지켜볼 따름이었다.

한편 일주일 전과 비교도 할 수 없을 정도의 엄청난 속도로 BX-F를 격파한 둘은 마지막 한 대를 두고 서로 신경전을 펼치기까지 했다. 결국 마지막 남은 BX-F는 간발의 차이로 챠오가 격파했고, 마티는 아쉽다는 듯 어금니를 깨물며 다음 테스트 장소로 방향을 돌렸다.

"강물 지형 테스트 종료! 1차 테스트에서 CDS가 3대4로 앞섰습니다!"

"우오오오오!"

오퍼레이터의 종료 메시지가 들려온 순간, CDS 스태프들은 일주일 전과 같이 환호성을 지르며 기뻐했다. 덤블링까지 하며 좋아하는 그들을 보고 지크는 힘없이 중얼댔다.

"저 사람들은 일주일 동안 저것만 연습했나 봐."

두 번째 평지형 테스트도 일주일 전과 비교조차 할 수 없을 정도로 빨리 끝나 버리고 말았다. 그 테스트는 역시 간발의 차이로 마티가 마지막 BX-F를 처리해 2차 지형의 승리는 MDS 스태프들이 거머쥐게 되었다. 그들이 기뻐하는 모습에 결국 리오마저 인상을 찡그리고 말았다.

"저 탬버린은 어디서 들고 왔지?"

"점점 감정적으로 변하는 것 같은데, 저 두 팀?"

지크는 턱을 괸 채 고개를 저었다.

휴식 시간 후, 드디어 문제가 됐던 사막 지형 테스트가 시작되었다. 챠오와 마티의 웨드가 도착했을 때 예전과 마찬가지로 BX-F들은 모래 속에 숨어 있었다.

그녀들은 모래 속에 있는 BX-F들을 어떻게 찾을까 고심했다. 결국 모래 위에 웨드의 발을 대고 걷기 시작했고, 그걸 노린 BX-F들은 한꺼번에 모래를 뚫고 솟아올라 두 대의 웨드를 덮치기 시작했다.

순간 두 웨드는 공중으로 솟아오르며 BX-F 두대를 격추했다. 목표물이 갑자기 고속이동을 하기 시작하자 BX-F들은 지면에 착지하기 무섭게 모래 속으로 숨어들었다.

그러나 두 대의 웨드는 때를 놓치지 않고 숨기 직전의 BX-F 두 대를 격파했고, 마지막 남은 BX-F가 숨어든 곳을 향해 엔진을 급가동해 돌진했다.

그때 약간 앞서가던 챠오의 웨드가 뒤쪽에 있는 마티를 향해 신호를 보냈다. 그것을 본 마티의 웨드는 뭔가를 알았다는 듯 고개를 살짝 끄덕였다. 지면 위에 약간 떠서 호버 이동을 하던 챠오의 웨드는 다시 모래 위에 착지했다.

챠오의 웨드에 장치된 감각 센서가 가동되기 시작했다. 모래 밑에서 BX-F의 움직임이 다리를 통해 느껴졌다. 지면의 진동을 통해 BX-F의 이동을 완전히 포착한 챠오의 웨드는 일순간 고속으로 몸을 움직여 모랫바닥을 향해 주먹을 찔러 넣었다. 그러자 그 일대에 일시적인 대폭발이 일어났고 모래 속을 이동하던 BX-F는 폭발의 충격 때문에 공중으로 튕겨 올라가고 말았다.

공중으로 솟았다가 다시 떨어지는 BX-F를 향해 달려간 챠오는 BX-F를 높이 차올렸다.

"이겼다!"

그 장면을 본 CDS 스태프들은 주먹을 불끈 쥐며 흥분했으나, 유감스럽게도 아직 상황이 끝난 것이 아니었다. 챠오가 BX-F를 차올리는 것과 동시에 공중으로 솟아오른 마티가 양 주먹으로 올라오는 BX-F를 재차 강하게 쳤고, 마치 공을 받듯 지면에 있던 챠오가 돌려차기로 떨어지는 BX-F에게 결정타를 날렸다.

화면을 보며 평가를 하던 장로는 그 순간 몸을 움찔하며 미소를 지었다. CDS와 MDS 스태프들은 말을 잊은 채 폭발해서 사라지는 BX-F와 모래 위에 서 있는 검은색, 적색의 두 웨드를 번갈아 바라볼 뿐이었다.

"아, 아니…… 저런 훈련은 한 적이 없는데?"

"시뮬레이션 프로그램에도 저런 건 없었어."

결과는 무승부로 처리됐고 두 스태프들도 결과에 어느 정도 수긍하는지 잠자코 있었다.

한편 상황을 지켜보던 지크는 의아한 눈으로 계속 화면을 응시하며 리오에게 물었다.

"둘이 저렇게 잘 맞았나? 만날 흥흥거리며 식사도 같이 안 하던 녀석들이 갑자기 쇼를 하네?"

리오는 웃으며 고개를 끄덕였다.

"라이벌이니까 언제나 서로의 모든 것을 파악하고 있을 거야. 연습도 안 한 상태에서 저렇게 할 수 있는 건 서로의 모든 것을 알고 있다는 것이지. 저 콤비가 실전에 들어간다면 우리 가즈 나이트 이상의 악명을 떨치게 될 것 같은 느낌이 드는군."

이윽고 그날의 마지막 테스트가 시작되었다. 숲 지형 안에 있는 목표물은 스텔스 기능을 가동하고 있는 정상의 BX-F였다. 지금까지 테스트에 투입된 기능 저하형 BX-F가 아닌 실전형이었다. 잉크탄을 쓴다는 걸 제외하면 안심할 수 없는 상대였기에 챠오와 마티는 내심 긴장하지 않을 수 없었다.

테스트에 들어가기 직전, 챠오의 시야에 통신 화면이 떴고, 거기서 얼굴을 내민 리오는 빙긋 웃으며 그녀에게 말했다.

"제가 한 말 기억하시죠. 웨드를 기계가 아닌 몸의 일부분으로 생각하십시오. 웨드로서 느끼고, 웨드로서 행동하시길. 그러면 스텔스 기능을 가동한 BX-F라 해도 문제 없이 처리할 수 있을 겁니다."

한편 마티 역시 지크에게 조언을 듣고 있었다. 떫은 얼굴로 화면에 나타난 지크는 한숨을 쉬며 마티에게 말했다.

"감각기관과 기체의 싱크로가 얼마나 잘될지 모르겠지만, 하여튼 잘해 봐. 고생했던 일주일을 헛되게 하지 말고 말이야. 뭐, 그렇다고 해서 부담 가질 건 없어. 알았지? 무리하지 마."

잠시 후 둘은 마지막 테스트 지형인 인조 숲으로 들어갔다.

인조 숲이라고는 했지만 나무를 그대로 옮겨 심고 이끼까지 재현을 해 놨기 때문에 거의 숲이나 다름없었다. 물론 파괴될 숲에 그런 정성까지 들일 필요까지 있느냐는 의견이 있었지만 정확한 테스트를 위해서는 어쩔 수 없었다. 정말 테스트용 숲은 거의 완벽했다.

사방 1킬로미터의 숲은 고요했다. 생물체라고는 식물뿐이었다. 마티와 챠오는 서로의 거리를 약간 좁힌 채 숲을 이동했다.

지금까지와는 다른 묘한 적막감이 느껴졌다. 상대가 생물이라면 모를까, 기계이기 때문에 기척도 느낄 수 없었다.

레이더 장치가 없는 상황에서 정상의 BX-F는 둘에겐 최대의 적일 수 있었다. 그때 통신 화면이 갑자기 둘의 눈앞에 떠올랐다. 장로는 미소를 머금은 채 둘에게 부드러운 노년의 목소리로 말했다.

"아 지금 전달하는 것이지만, 여러분이 숲 지형 테스트에서 만날 BX-F에는 잉크탄이 아닌, 실탄이 장전되어 있습니다."

"네?"

마티와 챠오의 긴장한 얼굴과는 달리, 장로의 얼굴은 변하지 않았다. 장로는 자신의 수염을 쓰다듬으며 계속 말했다.

"실전이라 생각하시고, 주의를 기울여 테스트에 임해…… 욱!"

순간 화면에는 장로에게 번개같이 몸을 날리는 지크의 모습이 나타났다. 지크는 흥분한 얼굴로 장로의 옷자락을 잡은 채 고래고래 소리 질렀다.

"이 할아버지 노망 든 게 분명해! 그러다가 동력부에 맞아서 웨드가 터지기라도 하면 어쩌겠다는 거예요!"

"아, 지크 님. 그, 그건……."

"잠깐 지크."

그때 화면이 또 하나 열리며 리오의 얼굴이 나타났다. 화면 안의 리오는 지크를 바라보며 모두에게 말했다.

"장로께서 이런 실전 난이도를 챠오 양과 마티 양에게 주시는 이유는, 이미 두 분께 합격 점수를 주셨다는 증거입니다. 장로께서는 여러분의 최대 능력을 알아보고 싶은 것이죠. 과연 이런 실전 상황에서 여러분이 어떻게 대처할 것인가 말입니다. 개인적으로 이 테스트를 넘기셔도 좋고, 협력을 한다 해도 무방합니다. 각자의 기체 성능과 조종 능력을 최대로 발휘하시길 바랍니다. 사고가 난다 해도 걱정하지 마시길. 저와 지크가 괜히 여기 있는 게 아니니까요."

"예."

마티와 챠오는 동시에 대답했다. 곧 지크는 리오의 목에 팔을 두르고 끌고 나가며 통신이 끝날 때까지 말을 계속했다.

"그럼 어서 나가자고! 저 애들 다치기라도 하면 어떡해!"

"아, 알았으니 이것 좀 놔!"

곧 통신이 꺼졌다. 묵묵히 있던 챠오와 마티는 이윽고 서로의 웨드를 바라보았다. 둘은 동시에 통신을 켰고, 챠오가 먼저 마티에게 말했다.

"그때처럼 하는 거야."

"좋아."

둘의 웨드는 서로 손바닥을 마주쳤다. 기계의 마찰음과 동시에 둘은 빠른 속도로 숲을 달리기 시작했다.

챠오의 웨드 '바티스'는 전장 17.4미터, 비무장 시 중량 19.9톤
이었고, 마티의 웨드 '메디치'는 전장 17.4미터, 비무장 시 중량
18.2톤이었다. 외관상 차이는 없지만 무게에서 나오는 내부적인
차이는 있었다. '바티스'의 경우 '메디치'와 비교해 볼 때 테스트 파
일럿인 챠오의 이미지에 맞게 파괴력과 장갑을 중시했고, '메디치'
는 파일럿인 마티의 이미지에 맞게 기동성을 중시했는데 보통 상
태의 두 기체는 장갑 말고 다른 점이 없었다.

두 기체의 차이가 확연히 드러날 때는 바로 양 파일럿의 능력이
발휘될 때였다.

챠오는 마티보다 '기'를 잘 이해하고 있었다. 그래서 기체 개발자
인 CDS팀은 그녀의 기를 더욱 파괴적인 에너지로 바꾸기 위해 기
의 증폭 변환장치인 '오버드라이브 시스템'을 기체의 양팔과 다리
에 설치하여 파괴력을 더욱 증가시켰다.

메디치는 파일럿인 마티의 선천적으로 빠른 다리와 유연한 몸
의 특징을 살리기 위해 장갑을 약간 얇게 했다. 대신 메인 부스터
를 포함한 기체의 모든 운동장치에 '하이스피드 컨버터'라는 새로
운 증폭기를 장치해 마티의 능력에 따라 기체의 속도를 가공할 정
도로 높일 수 있게 했다.

이렇게 양 파일럿의 능력을 최대한 끌어 올릴 수 있게 설계된 두
파이터형 웨드는 지금 인공적으로 만들어진 숲에서 스텔스 기능
을 갖춘 고성능의 대인 살상용 병기를 상대로 실전과 다름없는 테
스트를 하고 있었다.

한편 리오와 함께 테스트가 한참 벌어지고 있는 숲으로 향하던
지크는 갑자기 움찔하며 멈춰 섰다. 리오 역시 멈춘 뒤 의아한 눈
으로 지크를 바라보았다.

"왜 그래? 뭐 이상한 점이라도 생각났어?"

"BX-F가 사용하는 머신건 말이야. 그게 현재 웨드에 사용된 하이퍼 티탄 장갑을 뚫을 수 있을까?"

지크의 그 말을 들은 순간 리오는 머리를 긁적거리며 생각에 잠겼다. 그는 이내 힘없이 말했다.

"혹시 모르잖아. 여기까지 왔으니 가 보기나 하자."

"쳇, 괜히 열을 냈잖아. 장로 할아버지께 나중에 사과해야지."

둘은 다시 테스트 지역으로 향했다.

테스트를 위해 인공 숲을 이루고 있는 나무는 웨드보다 큰 수목들이었다. 그렇기 때문에 은폐물로도 사용할 수 있었고, 움직임 역시 상당히 제약을 받았다. 그런 곳에서 챠오와 마티는 힘든 테스트를 계속하고 있었다.

"윽!"

또 한 번의 저격이 챠오의 어깨를 스치고 지나갔다.

가까스로 피한 것이 몇 번째인가. 지금까지 자신들이 상대하던 BX-F와는 비교가 되지 않았다. 분명 세 대가 있다고 들었지만 그렇게 느껴지지도 않았다. 엄청난 속도로 이곳저곳 옮겨 다니며 저격했기 때문에 그녀들은 마치 10여 대의 BX-F에 둘러싸인 것 같았다.

'어떻게 하지! 어떻게 하면 되는 거지?'

마티는 생각하며 몸을 움직였다. 움직이지 않으면 집중 공격을 받을 것이 뻔했다. 챠오 역시 몸을 움직이면서 BX-F를 맨몸으로 잡는 지크나 리오가 얼마나 대단한 사람들인지 뼈저리게 느꼈다.

결국 둘은 레이더가 장비되지 않은 지금으로서는 단독으로

BX-F를 부수기에 무리라는 결론을 내렸고, 둘은 각자의 통신 화면을 켜며 작전을 짰다.

"마티, 여기서 서쪽으로 50미터 정도 지점에 약간 큰 공터가 있어. 내가 그곳으로 이 녀석들을 유인할게."

"무슨 소리지?"

"기척도 느껴지지 않는 녀석들의 위치를 잡을 수 있는 방법은 녀석들이 공격하는 순간을 노리는 것 외에 없어. 내 웨드가 장갑이 더 두꺼우니 내가 미끼가 될게."

"좋아. 나도 확실히 할게."

곧 챠오는 마티보다 한 걸음 더 빨리 약속된 장소로 이동하기 시작했다. 거기에 맞춰, 그녀가 가는 길을 따라 BX-F의 머신건 탄이 또 다른 길을 만들었다.

그 순간 나무 위쪽에서 머신건의 불꽃을 목격한 마티는 약간 느린 속도로 챠오를 따라 이동하며 희미하게나마 보이는 화약 연기에 시선을 집중했다. 잠시 후 챠오는 약속한 대로 숲에 마련된 공터에 섰고 그녀가 웨드를 멈추자마자 사방에서 또다시 사격이 시작됐다.

챠오는 최소한의 움직임으로 탄을 피하며 위치를 크게 벗어나지 않도록 노력했다.

BX-F들의 사격이 챠오의 웨드에게 집중된 사이 마티는 웨드의 속도를 하이스피드 컨버터가 동작할 정도로 올려, 나무에 거꾸로 매달려 있는 BX-F 한 대를 드디어 잡을 수 있었다.

네 개의 다리로 나무에 매달린 채 사격하던 BX-F는 마티의 웨드에 의해 나무에서 떨어졌다. 게다가 마티의 추격타까지 맞은 BX-F는 스텔스 기능을 잃어버려 모습을 드러냈다.

물론 전투도 불가능할 정도로 일격을 맞은 탓에 더 이상 BX-F는 목표물로서 가치를 잃어버리고 말았다. 다른 한 대 역시 마티에게 미리 위치가 포착된 탓에 상당히 빠른 움직임으로 다른 나무로 이동했는데도 움직임을 읽은 마티에 의해 바닥으로 떨어졌다.

두 번째로 떨어진 BX-F는 순간적으로 자세 제어를 하며 네 다리로 안전하게 땅바닥에 착지했으나, 이를 놓치지 않은 챠오는 그대로 파괴했다.

그때 마지막 남은 BX-F가 공중에 떠 있는 마티에게 몸체를 날렸다. BX-F의 네 다리로 인해 움직임이 봉쇄된 마티는 BX-F를 떨쳐내기 위해 기체의 전 부스터를 작동하며 몸부림을 쳤으나, 생각지도 못한 기체의 결함이 나타나고 말았다.

"아, 아니……"

화면을 통해 테스트를 지켜보던 MDS 스태프들 역시 자신들이 상상도 못한 시스템의 결함을 보며 경악을 금치 못했다. 마티는 BX-F에게 공중에서 움직임을 봉쇄당했을 때 아무런 저항도 할 수 없었다. 기체의 모든 부스터를 가동했다 하더라도 마찬가지였다. 뻗어 나가는 펀치는 힘이 없었고, 메치기 동작을 한다 해도 BX-F를 매단 채 공중에서 빙글빙글 돌 뿐이었다.

모션 드라이브 시스템은 파일럿이 특별히 만들어진 조종석 내부에서 자신이 하고자 하는 웨드의 움직임을 그대로 하는 것이었다. 물론 점프 동작이나 공중 동작 등은 조종석 내부에 있는 마티를 고정해 주는 반중력 고정장치에 의해 어려움 없이 할 수 있었다. 그러나 공중에서 정지한 상태로 상대방과 밀착했을 때 시스템의 문제점은 여실히 드러나고 마는 것이다.

웨드가 공중에 뜨면 마티의 몸 역시 반중력 고정장치에 의해 조종석 바닥에서 약간 떠오르게 된다. 그야말로 중력의 구애 없이 뜨게 되는 것이었다.

챠오의 웨드에 사용되는 CDS는 인간의 의식을 이용해 웨드를 조종하기 때문에 공중에 떠 있는 상태라도 파일럿이 웨드의 부스터를 이용해 발을 지면에 댄 것 같은 상황을 만들어 웨드를 움직일 수 있었다. 하지만 MDS를 사용하는 마티의 웨드의 경우 발을 지면에 댄 것과 같이 하려면 사용자가 조종석 바닥에 반드시 발을 붙여야 했다. 그렇기에 현재의 상황이 벌어지면 속수무책이 되고 마는 것이었다.

결국 테스트는 챠오가 마티의 등에 달라붙은 BX-F를 떼어 내 파괴하는 것으로 끝났다. 하지만 MDS 스태프들의 얼굴에 그림자가 가득했다. 특히 팀장인 우펙 박사는 안경마저 벗으며 고뇌에 찬 한숨을 내쉬었다.

CDS 스태프들 역시 생각지 못했던 상황에서의 시스템 우위가 나타났기 때문에 약간 어리둥절한 표정들을 짓고 있었다. 팀장인 카만 박사는 아무 말 없이 우펙 박사를 바라볼 뿐이었다.

"마지막 숲 지형 테스트 종료! 1대2로 CDS가 앞섰습니다! 전체적으로는 2승 1무 1패의 CDS가 앞선 것으로 나왔습니다!"

오퍼레이터의 보고가 끝난 후, 장로는 인자한 웃음을 지은 채양 스태프들을 향해 박수를 보냈다. 상황실에 있던 모든 사람들은 장로를 바라보았다. 그는 박수를 멈추고 고개를 끄덕이며 말했다.

"잘해주었소. 양 팀 다. 그럼 양 시스템에 대한 전체적인 평가를 내리기로 하겠소. 잘 들으시오."

양 스태프들은 긴장한 채 장로의 말을 기다렸다. 이윽고 장로는 수염을 쓰다듬으며 평가 결과를 말했다.

"MDS의 경우, 별다른 기계 조작 없이 누구나 웨드를 간편히 조종할 수 있게 만들어졌다는 장점을 가지고 있소. 반면 CDS는 웨드와 파일럿의 파장이 일치해야만 파일럿의 능력을 100퍼센트 발휘할 수 있다는 단점을 가지고 있소. 하지만 테스트를 봤다시피 CDS는 파일럿의 동작을 웨드가 어떤 상황에서도 완벽히 소화할 수 있다는 절대적인 장점을 보여 주었지만 MDS는 그렇지 않았소. 마지막 숲 지형 테스트에서 나타난 단점이 전부가 아니었다오. 모든 테스트 중에도 그랬고, 테스트 후의 설문에도 파일럿인 마티 양이 그랬지만 MDS는 조종의 쾌적함을 제공하는 데 CDS에 비해 약간 뒤떨어지고 말았소. 어쨌든 이런 것들 외에 두 장치 모두 결점을 찾아보기 힘들었소."

장로는 잠시 말을 쉰 후, 서류를 뒤적거리며 다시 얘기했다.

"앞으로 MDS는 공중에서의 자세 제어에 대한 개량을 거친 뒤 양산형 웨드에 사용될 것이며, CDS는 파장의 조정 문제를 고려해 특별히 우수한 파일럿들을 위한 전용 기체에 사용될 것이오. 그 외의 오버드라이브 시스템이나 하이스피드 컨버터와 같은 장치들은 자원과 가격 문제를 고려해 역시 전용 기체에 사용될 것이오. 두 팀 모두 수고하셨소. 앞으로도 더욱 수고해 주시길 바라며 CDS와 MDS의 테스트를 마치겠소."

장로는 바이칼과 함께 자리를 떠났다. 절대 승자가 없는 결과 때문에 잠시 말을 잊고 있던 두 팀들은 이윽고 우폑 박사와 카만 박사의 악수로 서로에게 수고했다는 말을 하며 얼굴에 미소를 띠었다.

그날 저녁, 마티는 격납고에 있는 의자에 홀로 앉아 자신의 검은색 웨드 '메디치'를 바라보고 있었다.

원래 테스트가 끝난 후 해체될 기체였지만, 마티와 지크의 부탁으로 후에 완전형 기체로 개조될 예정이었다. 그래서 모든 장치의 표준이 정립될 때까지 챠오의 웨드와 함께 격납고에 두기로 결정했다.

"어이, 여기서 뭐 해?"

누군가 마티의 어깨를 잡으며 그녀를 불렀다. 마티는 덤덤한 얼굴로 자신의 뒤에 있는 인물을 바라보았다. 지크가 햄버거를 들고 서 있었다.

그는 씩 웃으며 마티에게 햄버거를 건네주었고, 그녀는 햄버거를 들고 다시 자신의 웨드를 바라보며 중얼거렸다.

"진짜 전투가 시작되면, 잘할 수 있을까?"

"글쎄올시다. 동룡족들과 싸운다는 것이 결코 쉽지는 않겠지만, 설마 너 하나만 저거 태워서 싸우라고 하겠어! 헤헤헷."

"흥, 변함없는 헛소리꾼."

마티는 그렇게 중얼거리며 건네받은 햄버거를 도로 밀었다. 지크는 눈을 동그랗게 뜨며 그녀에게 물었다.

"음? 화난 거야!"

그러자 마티는 미소를 지은 채 지크를 돌아본 뒤 자리에서 일어나며 말했다.

"그거 말고 피자나 사줘. 양이 안 찬단 말이야."

"헤헷, 좋지! 가자고!"

지크는 곧 자신의 팔을 마티에게 걸치며 격납고를 나섰다.

한편 챠오는 깊은 밤이 됐는데도 모니터실에서 테스트 내용을 담은 동화상을 계속 돌려보고 있었다. 그때 모니터룸의 문을 열며 리오가 들어왔고, 변함없이 챠오에게 치킨 세트를 주며 물었다.

"이제 좀 쉬시죠. 오늘로서 테스트도 다 끝났는데 말입니다."

"실전이 남았잖아요."

챠오는 화면에 시선을 고정한 채 냉정히 말했다. 리오는 어깨를 으쓱하며 고개를 저었다.

"그렇군요. 그럼, 뭐 어려운 점은 없나요?"

"아직은요."

여전히 화면에 시선을 고정하고 있는 챠오. 리오는 그녀의 그런 모습을 보며 이런 게 학생을 가르치는 선생의 기분이구나 생각했다.

그때 챠오가 치킨 세트에 손을 가져가며 리오에게 나지막이 자신 없는 목소리로 말했다.

"고…… 고마웠어요, 리오 씨. 앞으로도 계속 부탁드려요."

리오는 그제야 빙긋 미소를 지으며 모니터실을 나섰다. 물론 챠오의 볼에 키스하는 것도 빼먹지 않았다.

"후훗, 별말씀을요. 그럼 수고하시길."

모니터실의 문이 닫힌 뒤에도, 리오에게 기습을 당한 챠오는 상당히 오랫동안 문 쪽에 시선을 둔 채 앉아 있었다. 챠오가 정신을 차리고 치킨을 먹기 시작한 것은 치킨이 모두 식어 버린 몇 시간이 지난 뒤였다.

〈외전12 끝〉

외전 13
엇갈린 윤회

"누나, 피해!"

붉은 장발의 청년이 맨티스 크루저들에게 돌진했다. 하지만 그 청년은 상대가 되지 않았다. 헌터일 때도 제일 상대하기 귀찮은 존재 중 하나였던 맨티스 크루저. 보통 인간은 절대 혼자 상대할 수 없는 존재였다.

"크윽!"

맨티스 크루저들에게 덤비던 그 청년은 검을 놓쳐 위기에 처하고 말았다. 그러자 그녀는 재빨리 카운터 밑에 숨겨 둔 검을 청년에게 던져 주었다.

"이걸 써, 리오!"

검을 받은 청년은 이를 악물고 맨티스 크루저들과 싸웠다. 그러나 끝없이 밀려오는 맨티스 크루저들을 상대하기에는 아무래도 벅찼다.

한참을 싸우던 청년은 맨티스 크루저에게 등을 보이고 말았다. 맨티스 크루저의 거대한 앞발이 청년의 등을 노린 듯, 요사스러운 빛을 흘렸다.

그녀는 청년을 구하기 위해 있는 힘껏 몸을 날렸다. 운이 좋으면 그 청년도 살고 자신도 사는 것이었다.

"위험해!"

그러나 그녀는 운이 나빴다. 그 청년을 살리는 데는 성공했지만 자신의 목숨을 부지하는 데는 실패하고 만 것이다.

허리 아래가 이상할 정도로 가벼웠다. 일격에 하체가 떨어져 나간 것인가. 자신이 살린 붉은 머리카락 청년이 경악하며 절규하는 것을 보니 그런 게 분명했다.

"누, 누나? 으, 으아아앗!"

청년은 복수심에 미친 듯 사방으로 검을 휘두르기 시작했다. 그 모습을 안타깝게 지켜보던 그녀는 몸에서 힘이 빠져나가는 것을 느꼈다. 의식도 점점 흐려져 갔고 허리에서 전해지던 통증도 이젠 느껴지지 않았다.

그녀는 결국 자신의 운명을 깨달았는지 사력을 다해 청년에게 말했다.

"죽지 마, 리오……."

그 말을 끝으로, 그녀의 눈앞은 어두워져 갔다. 자신의 이름을 처절하게 부르며 싸우는 그 청년의 목소리도 점점 멀어져 갔다.

얼마나 오랜 시간이 지났을까.

그녀가 다시 눈을 떴을 때, 방금 전 본 붉은 머리카락 청년이 미소를 지은 채 자신을 안고 있었다. 청년은 무사했다. 게다가 표정도

밝아 보였다. 그녀는 청년의 이름을 불러 보려 했으나 말문이 열리지 않았다. 게다가 청년의 체구가 자신에 비해 너무나도 커 보였다.

청년은 옆에 서 있는 다른 남자에게 그녀를 넘겨주며 말했다.

"아이 이름은 무엇으로 할 건가? 외동딸이니 잘 지어 줘야 하지 않겠어?"

뼈가 굵직한 남자는 그녀의 작은 볼에 자신의 뺨을 비비며 기쁘게 말했다.

"예, 벌써 지어 뒀답니다. 아이가 태어난 어제가 바시엘 여신의 날이었으니, 바시엘로 할 생각입니다. 너도 좋지?"

남자는 활짝 웃었다. 그녀는 자기 이름이 베니카라고 말하려 했지만 여전히 말문이 트이지 않았다. 아니 말소리가 아닌 갓난아이의 울음소리였다.

온몸에 피로가 밀려왔다. 그녀는 자고 일어나면 이 꿈에서 깨어나겠지 생각하며 눈을 감았다.

그녀가 다시 눈을 떴을 때, 눈앞에는 붉은 장발의 청년이 또다시 서 있었다. 예전에 비해 훨씬 긴 장발과 당당해진 몸, 성숙해진 얼굴, 그리고 멋진 회색 망토가 그녀의 마음을 뒤흔들었다. 하지만 그가 들고 있는 보라색 검은 낯설었다.

"괜찮습니까? 다친 곳은 없고요?"

청년은 자신을 처음 보는 사람처럼 대했다. 그러나 이상하게도 그녀는 서운하지 않았다. 오히려 당연하게 느껴졌다.

그녀의 주위에 10여 마리의 흉악한 마물들이 거친 숨소리를 내며 도사리고 있었다. 몇몇 마물은 무참히 베여 쓰러져 있었다. 아마도 그 청년이 가진 검에 당한 것이리라.

그녀는 아무래도 상황이 안 좋다는 것을 느끼고 청년을 바라보며 말했다.

"연약한 여자 혼자서 싸우는 것을 보고만 계실 건가요? 너무하잖아요."

"예? 아, 그렇군요."

청년은 미소를 지으며 보라색 검을 뽑아 들고 주위의 마물들을 쏘아보았다.

순간 갑자기 눈앞이 캄캄해졌다. 불안한 느낌에 다시 눈을 뜬 그녀의 눈앞에는 붉은 장발의 청년이 무시무시한 살기를 뿜어내고 있었다.

"레나! 어떻게 이럴 수가 있어! 지금 네 손에 수천의 목숨이 날아가 버렸다는 것을 알기나 하는 거야! 제발 정신 차려!"

도대체 무슨 소리인가. 자신이 무슨 잘못을 했단 말인가. 그녀는 아니라고 말하려 했지만 정작 입 밖으로 나온 말은 달랐다.

"난 타르자 님의 명령에 따라 쓰레기들을 처리한 것뿐이에요. 저를 원망하진 말아요, 리오."

청년의 눈이 힘없이 풀렸다. 곧 청년의 입꼬리가 사악하다고 느껴질 정도로 추켜올라 갔다. 붉게 변한 청년의 눈은 살의로 불타고 있었다.

"후, 후후…… 좋아. 그럼, 너를 여기서 없애 버리겠어! 정신 차리지 못한다면 방법은 이것밖에 없겠지!"

그녀는 그만하라고 소리치려 했으나 말이 나오지 않았다.

이윽고 그녀의 목에 그 남자의 보라색 검이 닿았다. 목을 파고드는 차가운 금속의 느낌. 그리고 그녀의 눈앞은 다시 어둠에 휩싸이고 말았다.

그녀는 자신도 모르게 소리쳤다. 영혼의 목소리로……

'미안해요, 리오……'

그리고 오랜 시간이 지나 그녀가 다시 눈을 떴을 때, 그녀의 시야에 붉은색의 거대한 마법탄이 보였다. 저것이라면 분명 한 도시를 날리고도 남았다.

그녀는 주위를 살펴보았다. 자신은 여러 사람들과 함께 있었고, 또 위험했다. 이대로 있다간 성안에 있는 사람들 모두 저 마법의 영향권 안에 들어 몰살당할 것이 불 보듯 뻔했다. 그녀는 주문을 외우기 위해 팔을 움직였다. 그러나 팔이 움직이지 않았다. 아니, 아예 존재하지 않았다. 그녀의 늘씬한 팔이 있던 부위에서 피가 분수처럼 뿜어 나오고 있었다.

"키세레 님! 키세레 님!"

마법사 모자를 쓴 소년이 자신을 향해 달려왔다. 하지만 밀려오는 마법탄의 영향으로 소년은 멀찌감치 나가떨어졌다.

그녀의 머릿속을 스쳐 지나가는 것이 있었다. 자기희생주문. 부족한 마력을 생명으로 대치해서 최대, 최후의 마법을 사용하는 방법이었다. 그녀는 혼신 힘으로 공간이동 주문을 외우기 시작했다.

그 거대 마법탄이 성에 닿은 순간, 그녀의 십자가와 성안의 모든 사람들은 다른 곳으로 공간이동을 하는 데 성공했다. 그러나 그녀 자신은 그럴 수 없었다. 자신의 온몸을 덮치는 초고열의 느낌, 순식간에 타버리는 몸, 그리고 다시 닥쳐오는 어둠……

그녀는 다시금 영혼의 목소리로 소리쳤다. 자신의 마음속 깊은 곳에 오래전부터 있던 한 남자를 향해……

'미안해요, 리오……'

그녀는 다시 눈을 떴다. 몸은 존재하지 않았다. 아마도 이런 상태를 영혼이라 부를 것이라고 생각하며 그녀는 주위를 둘러보았다.

사방은 캄캄한 어둠이었다. 그곳을 정처 없이 떠돌던 그녀는 저 멀리 붉은빛이 이글거리는 것을 보았다. 곧 그녀는 그곳으로 향했고, 커다란 의자에 앉아 있는 한 남자를 보았다.

칠흑의 옷과 칠흑의 피부. 그리고 붉은색의 눈을 가진 그 남자는 턱을 괴고 있던 손을 그녀에게 뻗었다.

"네가 바로 리오 스나이퍼와 전생의 인연으로 얽혀 있는 그 가련한 영혼인가."

남자의 물음에 그녀의 영혼이 반짝였다. 남자는 흐릿한 미소를 지으며 말했다.

"후후, 내가 두려운 모양이군. 그러나 날 두려워하지 마라, 가련한 영혼이여. 난 어둠과 안식, 그리고 악의 최고위 신 아롤이다."

자신을 아롤이라고 밝힌 남자는 천천히 일어섰다.

"이것을 보라."

펼쳐진 그의 손 앞에 하얀 거울이 나타났다. 그 거울 안에 그리운 붉은 장발 청년의 모습이 떠올랐다. 그녀의 영혼은 반가운 나머지 거울 앞으로 바짝 다가섰다. 그러나 거울 속에 나타난 사람은 청년만이 아니었다.

검은 머리카락의 여성과, 은색 머리카락의 두 여성이 차례로 떠올라 청년과 행복한 시간을 보내고 있었다. 특히 은색 머리카락 여성은 상상할 수 없을 만큼 아름다웠기에 그녀의 영혼은 서서히 거울에서 물러났다.

"네가 그토록 사랑하고 아껴 왔던 남자 리오 스나이퍼는 지금 네가 가지지 못한 것을 가진 여자들과 함께 있다. 너라는 존재를 잊은 채 그야말로 인생을 즐기고 있지. 난 저 녀석에게 배신당한 네가 너무나도 가련하구나."

그러나 그녀의 영혼은 강렬히 두 번 반짝였다. 부정의 의미였다. 아롤은 박장대소를 터뜨렸다.

"후후, 하하하핫! 지금 저 리오라는 녀석은 네가 그를 믿고 있다는 사실조차 모르고 있다! 자신을 가장 생각하는 존재가 너라는 것도, 또 자신이 가장 생각했던 존재가 너란 것도 완전히 잊은 채, 살육과 파괴만을 일삼으며 살아오고 있다. 물론 틈틈이 여자들을 희롱하면서 말이다. 후후후."

그녀의 하얀 영혼이 미세하게 흔들렸다. 아롤은 그녀의 영혼을 양손으로 포근히 감싸며 말했다.

"녀석을, 리오 스나이퍼를 영원히 네 것으로 만들고 싶지 않나? 아아, 마음을 숨기려 하지 마라. 난 신이다. 넌 나를 속일 수 없다. 부정하려 들지 마라. 난 네 모든 것을 보고 있다."

그녀의 영혼이 다시금 흔들렸다. 아롤은 미소를 띠며 계속 말했다.

"절망에 빠진 너에게 힘을 주겠다. 저 리오 스나이퍼를 네 것으로, 아니 너만을 생각하게 할 강한 힘과 육체를 주겠다. 오, 거기에 대한 대가? 그건 생각지 마라. 난 모든 것을 가질 수 있는 신이다. 가련한 영혼에게 대가를 받아 만족할 그런 작은 존재가 아니다."

그녀의 영혼은 곧 잠잠해졌다. 아롤의 말이 이어졌다.

"자, 절망의 힘을 받거라. 넌 이제부터, 데스 발키리 아란 슈발츠로 다시 태어나게 되는 것이다! 하하하핫!"

아롤의 양손에서 붉은색 기운이 뿜어 나왔다. 동시에 그녀의 영혼도 점차 붉은색으로 변해 갔다.

가즈 나이트 지크 스나이퍼와의 대결은 아란으로서는 상당히 힘들었다. 아직 힘이 깨어나지 않은 상황이라고는 하지만, 가즈 나이트라는 이름은 결코 허울 좋은 명분이 아니었다.

"어머, 아란. 고생하는구나?"

그때 뒤에서 동료 츄우의 목소리가 들려왔다. 그녀는 자신이 싸우고 있는 주차장 입구 쪽으로 시선을 돌렸다. 그곳에 츄우와 또 다른 동료 레베카가 미소를 지은 채 서 있었다.

"츄우, 레베카? 후훗, 너희가 어쩐 일이지?"

"호홋, 어쩐 일이긴. 동료를 도와주러 온 착한 소녀들이지. 안 그래, 레베카?"

"그럼. 그리고 네가 가즈 나이트에게 당하기라도 한다면 아롤 님이 깨어나신 뒤에 할 말이 없어진다고. 도와주러 왔으니 감사해."

아란은 다행이다 생각하며 검을 거뒀다. 동료들과 지크 스나이퍼 사이에 말싸움이 벌어진 사이, 또 다른 두 명의 남자가 주차장 입구에 모습을 드러냈다.

"거기까지다. 그건 그렇고 뭐 하는 거야, 지크."

낯익은 남자의 목소리가 들려왔다. 아란은 두근거리는 가슴을 진정시키며 주차장 밖으로 나갔다. 자신이 그토록 찾던 남자, 리오 스나이퍼가 슈렌과 함께 서 있었다.

'리오 스나이퍼…… 죽이겠어!'

나가자마자 리오를 베어 버리려 한 그녀는 일순간 행동을 멈췄다. 츄우를 어이없다는 표정으로 보고 있는 리오의 장발 때문이었다.

자신이 예전에 묶어 준 그 모양 그대로였다. 그리고 그보다 더 중요한 건 그 머리칼을 묶고 있는 머리끈이 1백 년 전 자신이 선물한 것이라는 점이었다. 이윽고 리오의 시선이 그녀에게 향했다.

아란은 당장 리오에게 안기고 싶었다. 그러나 그럴 수 없었다. 그녀는 리오를 영원히 봉인하기 위해 태어난 존재였기 때문이다.

입술을 깨문 아란은 곧 가식적인 미소를 지으며 말했다.

"후훗, 당신이 바로 소문난 바람둥이 리오 스나이퍼 씨군요. 과연 그 말이 어울릴 정도인데요? 딱 내 타입이야. 후후."

"음? 아아, 그런가? 이상하게 소문이 났군."

리오는 머리를 흔들고는 빙긋 웃으며 답했다.

처음 만났을 때부터 지금까지, 자신의 눈으로 봐도 변한 게 없는 리오의 모습에 아란은 아무 말도 할 수 없었다. 그녀는 땀에 젖은 머리카락을 풀며 마음속으로 중얼거렸다.

'미안해요, 리오……'

그녀는 자신의 운명을 거부하고 싶었다.

〈외전13 끝〉

외전 14
부하를 찾는 소년 I

"다섯 명이라고?"

리오는 어이없다는 듯이 물었다. 그의 앞에 버티고 있는 소년 소녀들은 진지한 표정으로 목소리에 힘을 주었다.

"정말이에요. 드래곤의 제왕을 쓰러트린 사람들은 다섯 명이에요."

"아니, 무슨 수로 다섯 명이 용제를 쓰러뜨렸지?"

"불가능할 건 없죠. 그들은 영웅이자 이 세상을 구할 용사니까요!"

아이들은 강한 어조로 말했다. 할 말을 잃은 리오는 자신의 늘씬한 턱선을 엄지로 쓸었다.

드래곤의 제왕, 즉 용제는 서룡족의 최고 자리에 있는 드래곤이자 웬만한 신은 가뿐히 능가하는 최강의 생명체 중 하나다. 일반적인 드래곤도 10명이 안 되는 인간의 힘으로는 잡기 불가능한데, 하물며 용제가 다섯 명의 인간에게 쓰러졌다는 것은 정말 말이 안 되는 사건이었다.

아이들과 헤어진 리오는 거리를 거닐며 지금까지 자신이 모은 정보를 종합해 봤다.

현재 이 세계는 자칭 마왕(魔王)이라고 하는 고위 마족이 시체를 재료로 하여 만든 불사체(不死體), 즉 언데드(Un-dead) 괴물들을 이용해 벌인 정복전쟁에 시달리고 있었다. 인간의 왕국들은 마왕의 군대에 대항해 싸웠지만 몸이 완전히 부서질 때까지 멈추지 않는 언데드를 이기지 못하고 처절하게 밀렸다.

그 위기의 상황에서 다섯 명의 용사들이 나타났다. 그들은 뛰어난 무술과 마법 실력, 그리고 독특한 언데드 대처 능력으로 다수의 언데드 괴물들과 마왕의 고위 부하들을 쓰러트리면서 용사로 불리게 됐다.

그 용사들이 얼마 전 대단한 사건을 저질렀다. 이 세계에 갑자기 나타난 거대 드래곤 용제를 쓰러트리고 그를 소환수로 만들어 강력한 힘을 얻은 것이다. 용사들은 소환수 용제와 그의 시신을 이용해 만든 무기로 전세를 단숨에 바꾸었고 지금은 마왕의 본거지를 목전에 두고 있다고 한다.

리오는 갑자기 걸음을 멈추고 한탄했다.

"말도 안 돼."

땅을 보며 한숨을 쉰 그는 다시 길을 걸었다. 한참 길을 가는 그를 덩치 좋은 중년의 남자가 붙잡았다.

"어이, 젊은이! 빨간 머리 젊은이!"

리오는 고개를 돌렸다. 선명하고 풍성한 붉은 장발이 목의 움직임을 따라 묵직하게 움직였다.

"날 불렀소?"

"그렇소이다. 젊은이 몸이랑 무기를 보아하니 꽤 강할 것 같은

데, 혹시 우리와 함께 싸울 생각 없소?"

"뭐 하는데 그러시오?"

"마왕과 싸울 거요. 용사들에게만 세상을 맡길 수는 없지! 한 명이라도 더 싸워야 전쟁이 빨리 끝날 것 아니오? 하하하!"

"후훗, 됐소."

리오는 남자의 어깨를 두드리고 돌아섰다. 하지만 남자는 자신이 발견한 남자의 훌륭한 몸과 허리에 찬 검, 그리고 회색의 망토에서 눈을 떼지 못했다. 50년 가까이 쌓아 온 그의 경험이 붉은 머리의 남자를 반드시 잡으라고 말해 줬기 때문이다.

"젊은이! 마왕과 싸우는 건 위대한 일이란 말이오!"

"알고 있소. 열심히 위대해지시오."

냉소적인 반응이었다. 남자는 다시 한 번 그를 설득했다.

"위기에 처한 세상을 그냥 보고만 있을 생각이오? 힘이 있으면서? 좀 들으시오, 젊은이!"

리오는 듣는 둥 마는 둥 하며 인파 속으로 사라졌다. 남자는 고개를 흔들며 깊은 아쉬움을 드러냈다.

"다시 가서 잡을까? 정말 괜찮은 젊은이 같은데……."

고민하는 그의 앞에 인기척이 났다.

"이보게."

위엄을 더하려고 애를 쓴 미성(美聲)이었다. 남자는 두리번거리며 목소리의 주인을 찾았지만 주위에 없었다. 뒤에도 방금 전 자신이 모은 근육질의 장정들뿐이었다.

"어딜 보나?"

남자는 다시 들린 목소리를 쫓아 고개를 숙였다.

그의 앞에는 군청색 머리의 미소년이 서 있었다. 나이는 대략

12세에서 13세 정도로 보였는데, 소년이라고 하기에는 얼굴과 체형이 애매했다. 복장은 수수한 스타일의 하얀색 옷이었는데, 미모와 가녀린 몸매 때문인지 이상할 정도로 고급스러워 보였다.

아무튼 남자는 고개를 갸웃했다.

"나를 불렀니?"

소년, 일단 소년이라고 하자. 그의 얇고 진한 눈썹이 꿈틀했다.

"무엄하다."

소년의 당당함에 남자는 할 말을 잃었다. 뒤에 있던 장정들은 갑작스러운 상황에 당황하면서도 웃음을 터뜨렸다.

남자는 내심 이를 부드득 갈며 물었다.

"무슨 일로 나를 불렀지?"

"너, 용사라는 자가 어디 있는지 알고 있나?"

"허허, 웃기는 꼬마로군. 어디서 굴러온 부잣집 도련님인지 모르겠는데, 우리는 전쟁을 하기 위해 여기 있단다. 목숨을 걸고 말이야."

남자의 경고에도 소년의 표정은 변하지 않았다.

"인간들의 전쟁에는 관심 없다. 용사들이 어디 있는지 어서 말하라."

"아니, 이 꼬마가……!"

남자는 손을 올렸다. 그러나 소년은 눈 하나 깜짝하지 않았다. 어른을 두려워하기는커녕 벌레만도 못하게 보는 눈초리였다. 남자는 자신도 모르게 놀라 손을 내렸다.

그가 어찌할까 고민하는 그때, 거리 북쪽에서 요란한 소리가 들렸다.

"대장, 대장!"

남자가 고개를 돌렸다.

"무슨 일인가?"

한 남자가 헐레벌떡 뛰어왔다.

"대장, 마왕군이오! 마왕의 군대가 도시 북쪽으로 몰려오고 있소!"

"이런! 수는?"

"한 50명 정도 되오! 경비병들이 맞서고 있지만 무리요!"

"좋아, 그럼 우리가 나가세! 이보게들, 준비됐나?"

"물론이오!"

장정들이 무기를 우르르 꺼내 들었다.

남자는 출발하기 전 아직도 제자리에 서 있는 군청색 머리의 소년에게 충고했다.

"꼬마야. 우리는 영웅놀이 내지는 용사들에게 사인을 받기 위해서 모인 게 아니야. 그러니 어서 부모님을 찾든지 집에 돌아가든지 해라."

소년의 눈빛이 표독스러워졌다. 남자는 등이 따가웠지만 애써 무시하며 동료들을 이끌고 북쪽으로 향했다.

마을 북문을 통과한 남자와 의용군은 경비병들을 둘러싼 채 학살하고 있는 마왕의 군대를 보고 눈살을 찌푸렸다.

언데드 병사의 모습은 끔찍했다. 썩을 대로 썩어 검게 탄 피부, 드러난 골격은 악취와 공포를 같이 흘렸다. 그나마 뼈만 남은 언데드 병사는 봐줄 만했지만 죽은 지 얼마 안 된 언데드 병사는 갑옷 사이로 내장을 흘리는 등 참혹함의 끝이었다.

그들에 맞서 용감히 싸우다 죽은 경비병들은 안타깝게도 시체조차 거두지 못할 정도로 철저히 파괴당했다. 분함에 자신의 무기인 전투망치를 꽉 거머쥔 남자는 분노하고 있는 의용군 동료들을 응원했다.

"자, 가세! 저들의 용기가 헛되지 않도록 필사적으로 싸워 이 도시를 지키세!"

"오오!"

남자를 선두로 60명의 의용군들이 괴성을 지르며 공격을 개시했다.

인간과 인간이었던 자들의 격전이 벌어졌다. 살아 있는 자들은 자신의 목숨과 다른 이들의 목숨을 지키기 위해 싸웠고, 살아 있었던 자들은 상대의 삶을 저주하고 질투하며 빼앗기 위해 싸웠다.

남자와 의용군들은 베테랑 싸움꾼들이었다. 많으면 30년, 적게는 10년 이상 전장을 휘젓고 다닌 자들이라 먼저 쓰러져 간 젊은 경비병들과는 비교할 수 없는 전투 능력을 발휘했다.

수적으로도 열세였던 마왕군이 전멸의 나락으로 빠지는 한편, 도시의 중앙로를 한 명의 경비병이 뛰었다. 북쪽에서의 전투가 끝나길 기다리던 사람들은 남쪽에서 뛰어온 경비병의 모습을 보고 경악했다. 그는 팔꿈치 아래의 단면을 헝겊으로 대충 막고 있었다.

그와 한 남자의 어깨가 스쳤다. 경비병은 계속 북쪽으로 달렸고 어깨를 스쳤던 남자 리오는 묵묵히 남쪽으로 걸어갔다. 그리고 그것이 어떠한 의미를 가지고 있는지 사람들은 아직 알지 못했다.

이윽고 도시 북문을 통과한 경비병은 정리에 한참이던 의용군에게 사력을 다해 외쳤다.

"큰일 났습니다! 마왕군이, 마왕군의 본대가 남쪽으로 왔습니다!"

남자들이 움찔했다.

"본대라니, 무슨 소린가!"

"3백 명 정도 되는 마왕군이 남쪽으로 갑자기 몰려왔습니다! 저는 겨우 목숨을 건졌지만 동료들은……!"

그는 잘린 팔을 잡으며 무릎을 꿇었다.

남자와 의용군은 막막했다. 시간을 따졌을 때 도시 남쪽은 이미 엄청난 피해를 입었을 것이다. 그리고 경비병이 말한 숫자가 사실이라면 자신들이 간다 해서 쉽게 해결될 문제가 아니었다.

"젠장, 용사들이 없는 이때……! 이건 의도적으로 노린 거야!"

남자가 한탄했다. 의용군 중 한 명이 그를 다독였다.

"이럴 때가 아닐세. 어서 가세! 남은 주민들이라도 대피시켜야 할 것 아닌가!"

"음……! 자, 다들 가세! 목숨을 바쳐서 주민들을 구하세!"

함성을 지른 의용군들은 다시 거리를 달렸다.

한참 달리던 의용군들의 속도가 차츰 떨어졌다. 지쳐서 그런 것이 아니라 분위기가 이상해서였다.

도시 남쪽으로 갈수록 주민들의 모습이 보이지 않았다. 그렇다고 해서 시체나 핏자국이 있는 것도 아니었다.

주민들은 어른 아이 할 것 없이 남문 밖에 있었다. 남문에 도착한 의용군은 넋을 잃은 채 뭔가를 구경하는 그들의 모습에 아연실색했다.

'적들이 대기하고 있나?'

의용군들은 즉시 그 생각을 지웠다. 인정사정없는 마왕의 군대가 대기라는 것을 할 리가 없기 때문이다.

인파를 뚫고 도시 밖으로 나온 의용군들은 주민들과 마찬가지로 입을 벌린 채 그 자리에 멈췄다.

남문 밖에는 언데드 병사들을 이루고 있던 물질들이 난잡하게 널려 있었다. 그리고 그 중앙에 대여섯 명의 언데드 병사와 그들의 대장으로 보이는 마왕의 부하, 마족과 대치하고 있는 한 남자가 있었다.

언데드 병사들이 남자를 일제히 공격했다. 검은 피부의 마족은 겁에 질린 얼굴로 마법을 난사했다.

남자는 가공할 만한 속도로 그들의 공격을 모조리 피했다. 의용군들은 입을 다물고 침을 삼켰다. 남자의 움직임은 인간의 근육이 만들어 낼 수 있는 것이 아니었다.

남자가 공격했다. 보라색 빛이 언데드 병사 하나를 때렸다. 공격당한 언데드 병사는 마른 흙더미가 철퇴에 맞아 부서지듯 간단히 박살 났다.

그의 다음 공격이 다른 언데드 병사를 노렸다. 병사는 골격에 심어진 본능에 따라 방패를 들었지만 남자의 보라색 검은 방패를 무시하고 언데드 병사의 육체를 파괴했다.

붉은 장발의 잔광이 파괴적이고 야성적으로 움직였다. 언데드 병사들은 아무것도 못해 보고 부서져 사라졌다. 병사들이 모조리 정리되자 그들을 이끌던 마족은 비명을 지르며 뒤로 물러났다.

"누구냐! 넌 뭐 하는 녀석이냐!"

그의 손에 검은색 빛이 뭉쳐졌다. 그것이 발사되려는 순간 남자의 적동색 손이 구체를 덮쳤다.

"으악……!"

구체가 마족의 손과 남자의 손 사이에서 터졌다. 언덕 크기의 화염이 그 자리에서 치솟았다.

언데드 병사들의 잔해가 섞인 흙먼지가 위로 솟았다가 비처럼 쏟아졌다. 그 위로 마족도 쓰러졌다. 구체를 움켜쥐던 그의 손과 팔은 온데간데없었다. 팔의 단면은 갑각류의 속살처럼 선명한 흰색을 띠었다.

반면 구체를 덮쳤던 남자의 손은 멀쩡했다. 흰 연기를 잠깐 뿜어

낼 뿐이었다.

짙은 붉은색 눈썹 밑으로 보이는 남자의 눈이 차갑게 빛났다.

"마족과 언데드가 무슨 관계지? 너희에게는 언데드를 창조하거나 조작할 능력도, 권한도 없을 텐데?"

리오의 질문에 마족이 이를 악물었다. 무쇠를 갈아 만든 듯한 날카로운 이빨이 빛났다.

"우리의 지도자이신 볼로냐스 님의 힘을 무시하지 마라!"

리오는 고개를 옆쪽으로 까딱했다.

"힘을 무시하는 건 아니야. 다만 그런 질 낮은 놈에게 어울리는 힘이 아니라서 말이지."

마족의 눈이 흔들렸다.

"너, 인간 주제에 그걸 어떻게 알고 있지?"

그를 비롯한 마족들은 자신이 모시고 있는 고위 마족, 자칭 마왕인 볼로냐스의 힘이 어떤 것인지 알고 있었다. 그것은 인간을 초월한 존재만이 가치를 알고 사용할 수 있는 거대한 힘이었고, 인간 세계에는 결코 존재하지 말아야 할 위험한 힘이었다.

질문을 한 마족은 긴장했다. 자신을 바라보고 있는 인간의, 아니 인간의 껍질을 뒤집어쓴 괴물의 눈빛이 어이없을 정도로 차가웠기 때문이다.

"너한테 질문할 권한을 준 기억은 없어. 내가 묻는 말에 대답이나 해."

마족의 입이 꾸물거렸다. 따지려는 뜻했지만 결국 그의 입에서 아무 말도 나오지 않았다.

"용사인가 하는 패거리는 어디 있지?"

"뭐라고?"

그가 볼로냐스의 위치를 물을 것이라고 생각했던 마족은 어이 없다는 반응을 보였다.

"그 인간들은 왜 찾나?"

리오는 대답 대신 마족의 왼쪽 무릎을 발로 밟았다. 인간의 몇 배에 달하는 강도를 지닌 마족의 뼈가 간단히 으스러졌다.

"으아악!"

마족은 비명을 질렀다. 리오는 즐기듯 발을 좌우로 움직여 마족의 고통을 증폭시켰다.

"대답이나 하랬지?"

리오는 마족이 입을 다물고 끙끙대자 그제야 발을 떼었다.

"다시 묻지. 용사 패거리는 어디 있지?"

"일주일 전에 사라졌다."

"사라져?"

"정확히 말하자면 우리의 추적에서 벗어났다. 다섯 명이라는 소수로 움직이는 만큼 아무리 우리라 해도 잡을 수가 없지. 게다가 그들의 수호자는 강력하다."

"소환수 용제 말인가?"

마족은 고개를 번쩍 들었다. 그것을 어떻게 알았냐는 반응이었 지만 그에 대해 입을 열었다가는 상대가 또 다른 고통을 줄 것만 같아 입을 열지는 않았다.

"녀석들이 마지막으로 발견된 곳은 어디지?"

"여기서 북서쪽, 인간의 걸음으로 나흘 정도의 거리에 작은 마을이 있다. 그곳이다."

"그렇군."

마족의 머리 쪽으로 다가온 리오는 상대의 이마에 발을 올려놨다. 물리력이 가해지진 않았지만 예고되는 상황의 공포는 있지도 않는 통증을 마족에게 안겨 주었다.

"이, 이봐! 다른 궁금한 사항은 없는 건가? 녀석들의 이동 방향이라든가, 우리의 전력이라든가, 내가 왜 이 도시를 공격하려고 했는가 등등!"

겁에 질린 마족의 말에 냉정하기만 하던 리오의 안색이 밝아졌다.

"아, 말해 줄 게 있어."

리오의 발이 마족의 머리에서 벗어났다. 안도의 한숨을 쉬는 마족에게 리오는 싱긋 웃으며 말했다.

"넌 볼로냐스보다 높은 위치를 차지하게 될 거야."

"높은 위치?"

"저승에서는 선착순 우대거든."

"무, 무슨!"

리오의 발이 다시 마족의 머리를 눌렀다. 마족은 잘린 팔을 휘적거리며 저항했지만 그의 머릿속에 흐르던 뜨거운 액체는 탁한 소음과 함께 주변의 땅을 적셨다.

발로 땅을 차서 신발 바닥에 묻은 물질들을 털어 낸 리오는 도시쪽을 돌아봤다. 사람들 모두 겁에 질린 눈으로 자신을 보고 있자 그는 쓴웃음을 머금었다.

'또 저질렀네.'

마음속으로 자신을 질책한 그는 도시로 향했다. 그가 다가오자 사람들은 누가 먼저랄 것 없이 좌우로 움직여 길을 터주었다.

모두가 그 자리에 얼어붙어 있는 가운데 오직 한 명, 군청색 머리의 미소년이 리오를 진지한 얼굴로 바라봤다. 의용군 대장 앞에서 무례함을 뽐내던 소년이었다. 소년은 왼손 엄지의 지문을 입술에

댔다. 연분홍색 입술의 좌우가 압력을 받아 지그시 부풀어 올랐다.

리오가 인파에서 벗어났다. 사람들은 웅성대며 흩어졌고, 소년은 리오의 뒤를 따랐다. 소년이 그를 따라간다는 사실은 사람들은 물론 리오 자신도 알지 못했다.

도시를 벗어나 북서쪽 길을 걷던 리오는 밤이 될 무렵, 문득 걸음을 멈추고 뒤를 돌아봤다.

"저건 또 뭐야?"

헛웃음을 터트린 그는 걷던 길을 되돌아갔다. 그가 가는 곳에는 흰옷을 입은 소년이 뒷짐을 지고 서 있었다. 소년 앞에 선 리오는 자신을 보고도 눈 하나 깜빡하지 않는 소년의 당당한 모습에 어이없어했다.

'옷을 보니 고아 내지는 미친 꼬마는 아닌 것 같은데……'

고개를 갸웃하며 생각한 그는 일단 부딪혀 보자고 생각했다.

"너, 날 따라왔나?"

"그렇다."

반말, 그것도 아랫것을 상대하는 듯한 말투였다. 리오의 붉은 눈썹 사이에 골이 파였다.

"어디서부터?"

"인간의 도시부터다."

"허, 그래? 무섭지 않았니?"

"무서워할 것이 있었나?"

듣고 보니 그랬다. 도시를 떠난 뒤부터 지금까지 리오는 짐승의 울음소리는커녕 기척조차 느끼지 못했다. 이유를 곰곰이 생각해 본 리오는 소년을 이리저리 살피며 다시 물었다.

"어째서 날 따라왔지?"

"널 내 부하로 삼기 위해서지."

"부하?"

당황하여 눈을 깜박인 리오는 한숨을 푹 쉬고 소년 앞에 웅크리고 앉았다. 그렇게 소년과 눈높이를 맞춘 그는 소년의 파란 눈동자를 똑바로 쳐다봤다.

"날 부하로 삼아서 뭐하게?"

"하찮은 것이 알 필요는 없다."

소년의 건방짐은 하늘을 찔렀다. 참을성이 없는 어른이라면 단숨에 호통 쳤겠지만 리오의 얼굴에 오히려 미소가 감돌았다. 왠지 모르게 재미있었던 것이다.

"그래? 흠, 알았어. 그럼 넌 부하에게 뭘 시킬 생각이지?"

"아바마마의 복수를 명령할 것이다."

소년은 하얀 주먹을 꽉 쥐어 들며 의지를 보였다. 그러나 오래가지는 못했다.

"무례한 것! 감히 이 몸을 능멸하려 드는 건가!"

"응."

리오는 양손을 뻗어 소년의 볼을 꼬집었다.

"으윽!"

기습을 당한 소년은 눈물을 찔끔 뺄 정도로 아파했지만 리오는 그 상태로 볼을 좌우로 당겼다. 백옥 같은 치아가 밤공기 속에 하얗게 드러났다.

"송곳니가 기네?"

볼을 놓은 리오는 소년이 반항할 틈도 주지 않고 군청색 머리에 파묻힌 귀를 각각 잡아당겼다. 아프게 당긴 것은 아니지만 소년의 얼굴은 물감이라도 칠한 것처럼 빨갛게 달아올랐다.

"귀도 좀 길군. 너, 용족이지? 눈동자 색이 파란 것을 보니 서룡족 같군."

"……."

"아아, 알았어. 미안해."

귀를 놓아주고 리오는 빙긋 웃었다.

"너, 용제의 아들이야?"

"아들이자 황태자다."

왠지 웃긴 소년의 대답에 리오는 고개를 숙였다.

"그렇군. 이름은?"

"미천한 자에게 가르쳐 줄 이름은 없다."

"그래? 난 이름도 가르쳐 주지 않는 자의 명령은 받고 싶지 않은데?"

소년이 쓴웃음을 지었다.

"흥, 말꼬리를 잡는군. 목을 날려야 하지만 자비를 베풀어 주마."

"후후, 고맙군."

자리에서 일어난 리오는 살짝 쥔 주먹으로 소년의 정수리를 쿡 눌렀다.

"꼬마야, 저녁 식사는 했어?"

"꼬, 꼬마? 이 하등동물이!"

소년은 불같이 화를 냈지만 머리를 누른 리오의 힘 때문에 아무 것도 하지 못하고 제자리에서 부들부들 떨기만 했다.

"그러니까 이름을 말해 봐. 꼬마라고 부르지 않을 테니까."

리오는 장난스럽게 웃었다. 파란 눈으로 자못 사납게 리오를 쏘아보던 소년은 급기야 엉엉 울음을 터트렸다. 꺼이꺼이 우는 소년은 뭔가 말하려고 애썼지만 어깨만 들썩일 뿐 말을 하지 못했다.

"바……."

소년이 뭔가 말했다. 리오는 다시 그를 쳐다봤다.

"바?"

"바이칼이다."

자신의 이름을 어렵게 내뱉은 소년은 아예 통곡까지 했다. 리오는 핏기가 빠진 얼굴로 소년을 바라볼 뿐이었다.

'이상한 것에 잘못 물린 느낌이군.'

앞날이 깜깜하긴 했지만 리오는 그 바이칼이라는 소년을 데려가기로 결심했다. 그 소년이 용제의 아들이라는 이유도 있지만 이대로 버리고 가면 소년이 수많은 사람들을 귀찮게 할 것 같아서였다.

'난 지금 희생을 한 거야.'

리오는 자신을 달래며 소년을 끌고 밤길을 걸었다.

용족이어서 그런지 소년은 숨소리 하나 변치 않고 리오의 빠른 걸음을 쫓아왔다. 인간이었다면 30분을 못 넘기고 다리의 통증을 호소했을 것이다.

달이 중천에 뜬 야심한 밤이 되자 리오는 모닥불을 피우고 미리 준비한 고기를 구웠다.

바이칼은 모닥불 건너편에 앉아 고기가 구워지는 모습을 가만히 지켜보고 있었다. 고기를 굽는 데 열중하다가 문득 소년을 본 리오는 낮게 웃었다.

"고기 굽는 거 처음 봐?"

"구워진 고기는 많이 봤지."

"그렇군."

리오는 고기를 작게 잘라 꼬챙이에 꿰어 소년에게 건네주었다.

"똑바로 들면 기름이 손으로 흐르니까 조심해."

소년은 리오의 당부대로 꼬치를 눕혀 들고 고기를 하나씩 빼 먹었다. 작은 입술이 육즙에 젖어 반짝거렸다.

"맛이 없군."

"양념이 안 되어 있으니까. 그리고 그다지 고급 고기는 아니야."

리오는 단검에 찌른 고기를 한입 물어 씹었다.

"흠, 맛이 없긴 없다."

"이 몸은 진리만을 말한다."

씹던 것을 잠시 멈춘 리오는 숨을 천천히 내쉬며 턱을 다시 움직였다.

"그런데 부하는 왜 필요해?"

"고귀한 자에게 부하는 필수불가결이지."

"그래? 그런데 왜 하필 나야? 서룡족의 황태자 정도 되면 동원할 수 있는 부하들이 많을 텐데? 전룡단도 있고."

"서룡족을 동원하는 것은 불가능했지."

"왜?"

"아바마마께서 그 어떤 서룡족도 이 세계에 머물지 말라는 명을 내리셨기 때문이다. 이 세계에 터전을 잡고 살던 서룡족도 아바마마의 명에 따라 이곳을 떠났지."

"그렇군."

리오는 자신의 임무를 떠올리며 바이칼에게 들은 이야기를 해석해 봤다.

"그런데 넌 왜 여기 있어? 아버지의 명령에 거역하는 거야?"

"그건 아버지께서 서룡족의 용제로서 내리신 명령이다. 난 서룡족의 황태자로서 이곳에 온 것이 아니라 아버지의 아들로서 복수를 위해 온 것뿐이지."

"그래? 그럼 넌 네 아버지가 왜 돌아가셨는지 알고 있어?"

"하찮은 인간들의 손에 돌아가시지 않았나!"

바이칼이 벌떡 일어났다. 리오는 진정하라는 듯 위에서 아래로 손짓을 했다.

"난 '어떻게' 말고 '왜' 돌아가셨는지 물은 거야. 서룡족의 용제나 되는 존재가 인간들 몇 명의 손에 죽을 이유가 없잖아? 뭔가 이유가 있으니 그런 자살에 가까운 일을 벌였겠지."

꼬마 용족의 눈망울이 크게 흔들렸다.

"너, 보통 인간치고는 꽤 자세히 아는군?"

"빠리도 아네."

피식 웃은 리오는 고기를 다시 단검으로 찍어 올리며 말했다.

"난 용제의 시신을 처리하려고 이곳에 왔어."

"누가 그런 명령을 내렸지?"

"주신이지."

주신이라는 말에 소년의 작은 어깨가 덜썩였다.

"주신? 네가 뭔데 주신의 명령을 받나?"

"정말 몰라?"

바이칼은 고개를 끄덕였다.

"고귀한 황태자치고는 무식하네."

직설적으로 말한 리오는 조소를 머금은 채 고개를 옆으로 돌렸다. 바이칼은 속이 상했지만 꾹 참고 리오가 말할 때까지 기다렸다.

"꽤 오래전의 일이야. 주신은 인간 몇 명을 선택해서 그들을 자신의 명에 따라 움직이는 존재로 개조했지."

"그럼 너도 그중 한 명이란 말인가?"

"맞아."

가볍게 대답한 리오는 적당히 구워진 고기를 입안에 넣었다.

"그래서 마족과 언데드 괴물들을 혼자서 간단히 없앴군."

"그렇지. 보통 인간이라면 아무리 좋은 무기와 갑옷을 입고 있다고 해도 불가능해."

"그렇다면 아바마마는 왜 돌아가신 거지?"

"글쎄?"

리오는 턱을 매만지며 고개를 갸웃했다.

"나도 자세한 내막은 몰라. 인간이 벼룩 다섯 마리에게 피를 빨려 죽은 것과 같은 일이라서 나도 좀 의아해. 일단 난 용제가 어떤 이유로 자살에 가까운 행동을 한 거라고 예상할 뿐이야."

"설마 아바마마께서는 인간들로 하여금 이 세계에 있는 마족을 물리칠 수 있게끔 희생하신 것인가?"

"그건 아닐 거야."

흥분된 바이칼의 눈빛과 리오의 차분한 눈빛이 마주쳤다.

"이 세계에서 마왕이랍시고 앉아 있는 마족 볼로냐스는 이름 있는 마족이 아니야. 녀석이 인공의 영혼을 만드는 힘, 즉 가혼술(假魂術)을 어찌어찌 얻어 언데드 괴물들을 대량생산하고 있긴 하지만, 그렇다고 해도 서룡족 제왕이 직접 나설 가치가 있는 일은 아니지."

"그럼 아바마마께서는 왜 이곳에 오신 건가!"

"모른다고 했잖아."

리오가 쏘아붙이자 바이칼은 입을 꼭 다물었다. 복수를 부르짖는 소년의 순진한 사연을 생각해 보면 왠지 모를 죄책감이 일어날 법했지만 리오의 마음은 돌처럼 변함없었다.

"용제가 이곳에서 죽은 것은 여러모로 귀찮은 일이야. 볼로냐스의 손에 의해 사상 최강의 드래곤 좀비가 될 수도 있거든."

드래곤 좀비. 그것은 드래곤의 시신을 이용해 만든 언데드 괴물이다. 다른 생물과 달리 살아 있을 때만큼 힘은 발휘하지 못하지만 그래도 최강의 생물인 드래곤의 육체를 이용하는 만큼 언데드 괴물 중에서는 가장 두려운 존재라고 할 수 있다.

"내가 이 세계에 온 것은 그 최악의 사태를 막기 위해서야. 그러려면 용제의 시신을 찾아 거두든, 아니면 누구도 이용하지 못하게 분쇄하든 해야겠지."

모닥불이 빈약하게 흔들렸다. 리오는 미리 주워 둔 땔감을 불 속에 넣으며 이야기를 계속했다.

"하지만 용제는 이미 죽었고 시신은 어떻게 됐는지 알 수가 없어. 시신의 일부와 영혼이 인간들에게 이용된다는 것 외에는 나도 몰라."

이후 침묵이 감돌았다. 리오는 바이칼을 쳐다봤다. 소년은 소매로 눈가를 얼른얼른 훔치며 눈물을 감추고 있었다.

"화가 났나?"

소년은 고개를 끄덕거렸다.

"너, 아버지랑 친했어?"

바이칼의 눈이 휘둥그레졌다.

"아버지랑 친하지 않는 아들도 있나?"

"수두룩하지. 오히려 친한 자가 드물어."

"어째서 그렇지?"

순진하게 묻는 소년의 모습에 리오는 소리 죽여 웃었다.

"후후, 그럴 수밖에 없어. 생물의 근원은 욕심이라서 말이야."

"욕심?"

"그래. 배고프고, 목마르고, 아프고, 졸리고……. 그 모든 것은 삶에 대한 욕구에서 비롯되지. 신이 아닌 한 어느 것 하나라도 하지 않으면 죽거든."

"그 욕심이 친한 것과 무슨 관계지?"

"관계가 있지. 어떤 존재가 다른 존재와 친해지려면 뭘 해야 할 것 같아?"

소년은 고개를 갸웃거릴 뿐 답을 내놓지 못했다. 리오는 씩 웃었다.

"남을 이해해야 하지."

"흠."

"하지만 먼저 이해하려는 자는 드물어. 대부분은 남이 자신을 이해해 주길 바라지. 이해를 바라는 욕심은 피를 나눈 부자 간에도 존재하는 법이야. 상황에 맞는 말인지 모르겠지만 넌 아버지와 친했나 보군. 하지만 정말 그럴까?"

바이칼이 다시 발끈했다.

"무슨 말이지?"

"너와 네 아버지가 서로를 깊이 이해했다면 네가 아버지의 죽음에 대해 나에게 꼬치꼬치 캐물을 이유가 없잖아. 오히려 아버지는 어떤 분이라서 그 길을 택한 거라고 나에게 조언을 해주겠지. 안 그래?"

반론을 제기하지 못한 바이칼은 모닥불을 쳐다봤다. 조금 뒤 소년의 큰 눈이 다시 젖어 반짝거렸다.

"울지 마."

소년이 자신을 보자 리오는 검지로 자신의 관자놀이를 두드렸다.

"생각해봐. 네가 있는 곳은 네 방 침대가 아니라 네 아버지가 죽은 세계야. 정말 아버지의 복수를 하고 싶다면 이제부터라도 생각하고 이해해 봐."

"죽은 아바마마를 어떻게 이해하나!"

소리를 빽 지른 바이칼은 씩씩 숨을 몰아쉬었다. 소년의 상기된 얼굴을 가만히 보던 리오는 싱긋 웃었다.

"추억으로."

그 순간 바이칼은 머릿속이 깨끗해짐을 느꼈다. 가족이 아닌 남에게서는 처음으로 겪는 경험이었다.

바이칼이 리오를 부하로 삼겠다고 결심한 것은 자신에게 없는 무자비함을 그에게서 느낀 탓이었다. 기계처럼 적을 분쇄하고 즐기듯이 적을 고문하는 그라면 자신 대신 피를 묻힐 수 있을 것 같았다. 물론 그가 순순히 부하가 될지 비웃을지는 생각조차 하지 않았다.

그런데 그가 추억이라는 단어를 내뱉었다. 그때 지은 미소도 이상했다. 웃는 것인데도 이상하게 마음을 울컥하게 만들었다.

'안 어울리잖아?'

그런데도 소년의 가슴은 두근거리고 있었다.

리오는 자리에 누웠다.

"천천히 생각해 봐. 그리고 시신을 찾으려는 계획이 아주 없는 것은 아니야. 일단 용사란 놈들을 찾아서 족칠 생각이야. 그러니 잠이나 자둬."

"못 잔다."

누웠던 리오가 다시 일어났다.

"왜?"

"고귀한 서룡족의 황태자가 흙바닥에서 잔다는 게 말이 되나!"

"대지에 네 고귀함을 뿌려 준다고 생각하고 그냥 누워."

"못 한다!"

"미치겠네."

짜증스레 머리를 긁적인 리오는 결국 망토를 벗어 소년에게 던져 주었다. 바이칼은 그물처럼 자신을 집어삼킨 회색 망토 속에서 마구 꾸물거리더니 결국 탈출하여 머리를 내밀었다.

"이게 무슨 짓인가!"

"덮고 자."

"그럴 수 없다!"

"왜, 또?"

"베개가 없지 않나!"

리오의 얼굴이 일그러졌다.

"맞고 잘래? 뒤통수가 부어오르면 베개 대신 쓸 수 있을 거야."

"감히 나를 협박하는 건가!"

결국 리오는 더 이상 소년을 상대하지 않고 돌아누웠다. 5분 가까이 투덜댄 끝에 바이칼은 포기하고 리오의 망토를 펼쳐 잠자리를 만들었다.

잠에 빠져들기 직전, 바이칼은 물어보려다 말았던 것을 떠올리고 희미한 목소리로 말했다.

"너, 이름이 뭐지?"

"이름?"

목소리가 맑았다. 수풀을 이불 삼아 누워서 그런지 리오는 잠들지 않고 가만히 하늘을 바라보고 있었다.

"리오."

"그냥 리오인가?"

"리오 스나이퍼."

"그렇군, 리오 스나이퍼라······."

상대의 이름을 한번 읊조린 바이칼은 그대로 잠들려다가 버릇처럼 한마디 흘렸다.

"나를 모시게 된 것을 감사히 여겨라, 리오 스나이퍼."

리오가 누운 쪽에서 부스럭 소리가 났다.

"밤에 장난치면 오줌 싼다."

둘은 다음 날까지 단 한마디도 나누지 않았다.

사흘 뒤, 리오와 바이칼은 마족이 말했던 작은 마을에 도착했다. 밭과 작은 집, 그리고 두 개의 풍차가 돌아가는 평범한 마을이었다.

바이칼은 마을 입구에서 뛰노는 아이들을 보며 만족스러운 미소를 지었다.

"이제 문명의 혜택을 받을 수 있겠군. 어서 가서 이 몸이 쓸 만한 잠자리와 음식을 구해 와라."

명령을 내린 바이칼이었지만 리오는 다른 일에 여념이 없었다.

그는 옆에 있는 밭 중앙으로 가서 흙을 만지고 있었다. 바이칼이 팔짱을 끼고 발을 굴러 노골적인 불쾌감을 드러냈는데 리오는 멈추지 않고 옆에 자라고 있는 채소까지 살폈다.

"이 몸의 말이 들리지 않나?"

"응? 아, 미안."

리오는 손을 털고 일어나 바이칼이 있는 곳으로 돌아왔다. 바이칼은 팔짱을 낀 채 리오를 위아래로 쳐다봤다.

"이 몸을 놔두고 흙과 식물 따위를 살피다니, 어디서 나온 용기지?"

"미안하다고 했잖아."

몸을 숙여 바이칼의 등을 두드린 리오는 마을 쪽으로 걸어갔다.

사실 바이칼은 리오가 왜 밭의 흙과 채소들을 만졌는지 궁금했다. 그런데 그가 방금 전 말한 식으로 신하들 앞에서 거드름을 피우면 그들은 머리를 조아리며 사연을 보고했지만 리오는 여태껏

단 한 번도 그렇게 나온 적이 없었다. 정도가 심하면 오히려 꿀밤을 먹일 때도 있었다.

마을 입구에서 놀던 아이들이 리오들에게 달려왔다. 바이칼을 한 번 쓱 보고 리오에게 눈을 돌린 꼬마들은 신기하다는 얼굴로 그를 따르며 재잘거렸다.

밀짚모자를 쓴 꼬마가 콧물을 닦으며 물었다.

"아저씨는 누구예요?"

"그냥 떠돌이."

"그럼 여기는 왜 왔어요?"

리오는 빙긋 웃었다.

"사람을 찾고 있거든. 마왕과 싸우는 용사들을 찾고 있는데 혹시 본 적 있니?"

"네!"

아이들이 이구동성으로 대답했다.

"그럼 용사들이 어디로 갔는지 알고 있니?"

손에 흙을 잔뜩 묻힌 소녀가 대답했다.

"그건 우리도 몰라요. 용사님들은 며칠 전까지 이곳에 계셨는데요, 일이 끝나면 돌아오겠다고 하시면서 갑자기 떠나셨어요."

"그렇구나. 고맙다, 얘들아."

리오는 손을 흔들어 고마움을 표시했다. 그의 부드러운 모습을 처음 본 바이칼은 눈을 부릅뜨고 화를 냈다.

"이 꼬마들이 뭐가 좋다고 웃음을 보이는 건가! 그저 지저분한 인간의 유생들이 아닌가!"

순간 리오가 검을 빼 들며 돌아섰다. 파란 빛을 뿜는 그의 눈과 살기를 띤 보라색 검을 정면으로 대한 바이칼은 그 자리에서 굳어졌다.

소년의 군청색 머리가 풍압에 흔들렸다.

눈을 감는 것 외에 이렇다 할 저항을 하지 못한 바이칼은 조금 뒤 실눈을 뜨고 주위를 살폈다.

리오의 검은 바이칼의 어깨 위에 있었다. 직접 닿지 않았지만 검에서 흐르는 냉기는 바이칼의 뽀얀 볼을 간질였다.

바이칼의 시선이 검을 따라 어깨 뒤로 이동했다.

"아……."

소년은 믿을 수 없었다. 리오의 검은 마을 꼬마의 밀짚모자를 정확히 관통했다. 모자 주인은 눈을 뒤집은 채 멍하니 서 있기만 했다. 끔찍한 광경이었다.

바이칼은 몸서리를 쳤다.

"무, 무슨 짓인가! 넌 지금 죄 없는 사람을 죽였다!"

"큰일인가?"

냉혹한 표정으로 돌아온 리오는 발로 꼬마를 밀어 검을 뺐다. 머리에 긴 구멍이 난 꼬마의 옆으로 밀짚모자가 떨어졌다.

리오의 망토에 큰 주름이 잡혔다. 바이칼은 그의 망토를 붙잡고 흔들며 경악한 목소리를 냈다.

"큰일이냐고? 너에겐 한 생물의 목숨이 아무렇지도 않은 건가!"

"멍청한 놈."

리오는 다시 검을 내밀었다. 이번엔 바이칼의 머리 위에서 살과 뼈가 뚫리는 소리가 났다.

뒤를 돌아본 바이칼의 눈동자가 다시 벌어졌다. 방금 전 머리가 관통되어 쓰러졌던 꼬마가 어찌 된 영문인지 리오의 검에 꽂힌 채 팔다리를 버둥대고 있었다.

"크아아아아아!"

꼬마는 괴성과 함께 이빨을 딱딱 부딪치며 리오를 향해 발버둥을 쳤다. 팔다리를 휘젓는 모습이 마치 땅 위에서 달리기를 하는 모습 같았다. 그 광기 어린 모습에 바이칼은 몸을 떨었다.

"어, 어떻게 된 거지? 그건 뭐야!"

"뭐긴, 움직이는 시체지."

리오는 검을 휘둘러 꼬마를 저 멀리 던졌다. 땅에 떨어진 꼬마의 팔다리가 괴상하게 꺾였다. 뼈가 부러진 것이다. 하지만 다시 일어난 꼬마는 부러진 팔다리를 질질 끌며 리오에게 다가왔다. 그 뒤로 몽둥이와 농기구를 든 마을 주민들이 새카맣게 깔렸다.

어느새 리오의 뒤에 숨은 바이칼이 긴장된 목소리로 물었다.

"설마, 저자들 모두 언데드란 말인가?"

"그렇지. 잊었나? 이곳은 용사라는 놈들이 마지막으로 발견된 곳이야. 그 사실을 내게 알려 준 자는 마족이지. 아까 그 꼬마는 마족에게도 똑같은 대답을 했을 거야. 언젠가는 용사가 돌아온다고 말이지."

"뭐라고? 전부를, 그것도 아이들까지 언데드로 만들 필요는 없지 않나!"

"나한테 묻지 마. 그리고 마족들이 '아, 그렇습니까?' 하고 마을 사람들을 가만히 놔둘 리는 없지. 마족에게는 아무리 선량한 주민이라 해도 '하찮은 생물'일 뿐이야. 너에게도 그렇지 않나?"

"응? 그, 그렇지."

저항하는 듯한 소년의 목소리에 리오는 피식 웃었다.

"아무튼 구해 줘야 할 사람이 너무 많군."

"구하다니, 어떻게?"

"박살 내야지. 두 번 다시 움직일 수 없도록. 협조할 생각이 없으면 비켜."

작은 용족을 밀쳐 검의 범위 밖으로 밀어낸 그는 주변에 깔린 아이들을, 아니 작은 언데드 괴물들을 먼저 제거했다. 그의 우악스러운 검의 일격에 언데드들의 몸은 본래의 모습을 완전히 잃고 부서졌다. 피는 터지지 않았다. 그들의 혈액은 껍질의 생기를 겨우 유지할 수 있을 만큼만 남은 상태였다. 검게 타들어 간 내장이 변색된 뼈에 뒤섞여 바닥에 깔렸다.

바이칼은 자신의 동행인을 이해할 수 없었다. 상대가 아무리 언데드라지만 어린아이의 모습을 하고 있는 데다 정말 살아 있는 것처럼 보이는데도 리오는 망설임 없이 검을 휘둘렀다.

아이들을 처리한 리오는 자신에게 달려드는 언데드 주민들에게 눈을 돌렸다.

"자, 모두 편하게 해 주마."

팔을 벌리고 깊게 숨을 들이마신 리오는 이윽고 살기를 뿜으며 그들에게 달려갔다.

언데드들 사이에서 붉은 것이 악마의 혀처럼 날름거렸다. 피가 없는 그곳에서 유일하게 붉은색을 발하는 물체, 그것은 리오의 머리채였다.

그 이후 바이칼이 10분 동안 본 것은 전투가 아니었다. 돌풍이 갈대를 눕히는 것과 다를 바 없는, 일방적인 공격과 의미 없는 저항의 연속에 지나지 않았다.

가만히 구경하는 바이칼의 근처에 다섯 명의 인간들이 나타난 것은 리오의 파괴와 살육이 종점에 치달을 무렵이었다.

"뭐야, 이건?"

중얼댄 사람은 붉은 갑옷을 입은 청년이었다. 아직 소년 티를 벗지 못한 청년의 깨끗한 얼굴은 리오가 만들어 놓은 살육의 장 앞에서 슬프게 일그러졌다.

"막아야 돼! 저 살인자를 막아야 돼!"

청년이 앞으로 나가려 하자 검은색 법복을 입은 여성이 지팡이로 그의 가슴을 치듯이 막았다.

"기다려. 살인자가 아니야."

"무슨 소리야! 주민들을 다 죽이고 있잖아!"

"시체를 치는 것뿐이야. 잘 봐."

여성은 지팡이의 끝을 주민들의 시신이 있는 곳으로 옮겼다.

"피가 없어. 내장과 골격도 색이 바랬지. 모두 언데드야."

그녀의 옆에 하얀색 갑옷을 걸친 거한이 섰다.

"자세히 보니 그러네? 근데 저 남자 혼자서 언데드들을 모두 처리한 건가?"

"그런 것 같아요."

긴 활을 등에 멘 금발의 여성이 말했다.

"지금 봐도 알 수 있잖아요. 일격에 언데드가 박살 나고 있어요. 그런데 이상하군요. 바스타드 소드급의 검인데 어떻게 저런 파괴력이 나올까요? 한스 씨의 망치로도 저런 일은 불가능해요."

거한은 머리에 쓴 투구를 손으로 누르며 쓴웃음을 지었다.

"그건 그래. 그런데 저 꼬마는 누구지?"

그들의 시선이 바이칼 쪽으로 쏠렸다. 아까부터 청년들을 보던 바이칼은 그들과 눈이 마주치자 인상을 쓰며 적개심을 드러냈다.

청년들은 소년이 뿜어내는 이상한 기운과 또 다른 요소 때문에 움츠리는 기색을 보였다.

'설마, 아니겠지.'

붉은 갑옷의 청년은 설마 하며 고개를 돌렸다.

노인과 주부들을 마지막으로 언데드의 처리를 마무리한 리오는 바이칼 쪽으로 고개를 돌렸다. 그는 바이칼 옆에 거리를 두고 서 있는 다섯 명의 인간들을 보고 씩 웃었다.

"이거 일이 빨리 진행되는데?"

그는 오른팔을 주무르며 청년들에게 다가갔다.

리오가 가까이 오자 바이칼은 얼른 그가 있는 곳으로 후다닥 뛰어가 달라붙었다. 소년이 자신의 옷을 꽉 붙잡고 있자 리오는 자신의 예상이 맞았음을 느끼면서 소년의 등을 두드려주었다.

소년은 비에 젖은 토끼처럼 심하게 떨고 있었다.

사실 리오는 바이칼이 왜 떨고 있는지 정확히 알지는 못했다. 그저 예상할 뿐이었다. 야생동물들이 홍수와 지진을 미리 간파하는 것처럼 용족만이 느낄 수 있는 뭔가 있는 것일까? 리오는 그렇게 생각하며 발걸음을 옮겼다.

양쪽의 거리가 대화가 가능할 정도로 가까워졌다.

먼저 입을 연 쪽은 리오였다.

"당신들, 이 마을에 볼일이라도 있나?"

붉은 갑옷을 입은 청년이 대답했다.

"인연이 있는 마을이기에 잠시 들렀습니다. 헌데 당신은 누구십니까?"

"그건 알 것 없고, 당신들이 그 유명한 용사인가?"

청년이 심각한 표정을 지었다.

"저는 당신의 정체부터 알아야겠습니다."

"오호, 그래? 어째서지?"

"당신은 혼자서 수백 명의 언데드를 휩쓴 사람입니다."

"그래서?"

"경계하는 것입니다. 우리의 적은 언데드만이 아니기 때문입니다."

"흠, 그렇군."

리오는 청년과 청년의 일행을 훑어봤다.

붉은 갑옷의 청년은 장검과 방패를 가지고 있는 전형적인 전사였다. 느껴지는 마력은 미세했지만 날렵함이 몸 곳곳에서 느껴졌다.

흰색 갑옷의 거한은 마력이 전혀 느껴지지 않는, 오로지 힘만이 느껴지는 자였다. 갑옷은 매우 두꺼웠고 들고 있는 망치는 상당히 무거워 보였다.

검은 법복 차림의 여성에게서는 상당히 깊은 마력이 느껴졌다. 큰 키와 냉랭한 눈매는 그녀의 깡마른 몸매와 맞물려 이지적이고 냉정한 분위기를 풀풀 풍겼다.

스트레이트의 금발에 파란 옷을 입은 여성은 꽤 귀엽고 활달한 얼굴이었다. 그런데 그녀의 외모보다는 등에 찬 활이 더 눈에 들어왔다. 그 활은 나무 같은 것으로 만들어진 게 아니었다. 뭔가의 뼈로 만들어진 듯한 형태를 갖춘 데다 색도 상아색을 띠고 있었다.

마지막으로 흰 법복을 걸친 작은 키의 여성이 보였다. 바이칼과 마찬가지로 붉은 갑옷의 청년 뒤에 숨어 있는 그녀는 검은 법복 차림의 여성보다 더 큰 마력을 가지고 있었다. 하지만 흰색에 가까운 머리색과 소극적인 자세 때문에 눈에 잘 띄지는 않았다.

이윽고 리오가 말했다.

"일단 내 목적을 말해 주지. 난 소문의 다섯 용사를 제거하기 위해 그들을 찾고 있어."

리오는 칼집에 넣었던 디바이너를 다시 꺼내 들었다. 분위기가 일순간 냉각됐다.

붉은 갑옷의 청년이 방패와 검을 들었다.

"당신, 마왕의 앞잡이입니까?"

"마왕 같은 저급한 녀석에게는 관심 없어. 그런 녀석 정도는 언제든지 없앨 수 있지."

"그럼 왜 용사들과 싸우려고 하십니까?"

"싸워? 난 제거한다고 했지 싸운다는 말은 안 했어. 싸움이라는 것은 어느 정도 치고받을 수 있어야 성립되는 개념이 아닌가?"

"……."

"제거하려는 이유는 간단해. 자칭이든 타칭이든 용사라는 말이 그냥 좀 마음에 안 들어서 말이야."

리오의 말은 다분히 시비조였다. 그의 불량한 태도와 살기를 그냥 지나칠 수 없었던 청년의 동료들은 각자의 무기를 들고 싸울 준비를 했다.

청년이 방패를 앞세우며 말했다.

"그런 이상한 이유를 대는 사람에게 죽고 싶지는 않습니다. 당신이 우리를 해치려 한다면 우리도 당신을 해칠 수밖에 없습니다. 이쯤에서 그만두십시오."

"흠, 그래?"

리오는 검을 내렸다. 청년의 방패도 슬그머니 내려갔다.

순간 청년의 앞에서 큰 소리가 터졌다. 방패를 꽉 잡은 채 뒤로 멀찌감치 날아간 청년은 낙법으로 바닥을 굴러 충격을 최소화했다.

다시 일어나려던 청년은 방패가 묶인 왼팔의 통증에 무릎을 꿇었다.

'말도 안 돼……!'

청년은 믿을 수 없었다. 그가 막은 것은 괴한의 보라색 검이 아니라 괴한의 어깨였다. 그런데도 투석기에 맞은 것 같은 충격이었다.

'인간이 아닌가?'

청년이 일어나는 동안 흰색 갑옷의 거한이 리오에게 망치를 휘둘렀다.

"감히 아인에게 무슨 짓이냐!"

거한의 망치가 허공을 갈랐다. 상대가 가벼운 스태프로 물러나는 것을 뻔히 보면서도 치지 못한 거한은 다시 망치를 휘둘렀다.

"이 한스 님을 우습게 보지 마라!"

거한의 망치는 땅을 부수고 바위를 간단히 쪼갰다. 거한의 힘도 힘이지만 무기의 성능이 워낙 좋았다. 그러나 지금 중요한 것은 그게 아니었다. 어떻게 해도 망치가 리오에게 닿지 않았다.

리오는 피하면서 큰 소리로 중얼댔다.

"완전히 성장한 드래곤의 발뼈는 무쇠보다 묵직한 것은 물론 질기고 단단하지. 그 뼈를 깎아 무기로 만든다면 어지간한 것은 모두 부술 수 있는 좋은 둔기를 만들 수 있어. 예를 들어 네가 든 망치 같은 물건 말이야."

거한이 움찔했다. 리오는 그의 표정을 재미있다는 듯 쳐다봤다.

"좋은 표정이군. 켕기는 것이라도 있나?"

"닥쳐라!"

한스의 망치가 리오의 머리를 노리고 내려왔다.

흙먼지가 리오가 있는 곳에서 터졌다. 먼지가 지나간 후 나타난 것은 머리가 깨진 남자의 시체가 아니었다.

한스와 그의 동료들은 경악했다. 바위도 부수는 그의 망치를 붉은 머리의 괴한은 공을 받듯 한 손으로 아무렇지도 않게 붙잡고 있었다.

"이런 무기는 드래곤을 없앨 힘을 가진 자에게만 어울리지."

리오가 손을 짧게 떨자 한스는 망치를 놓치고 뒤로 넘어졌다. 망치를 등 뒤로 던진 리오는 천천히 한스에게 다가갔다.

"자세히 설명해 주지. 난 그냥 용사가 싫은 게 아니야. 분수에 맞지 않는 물건을 가진 비겁자들이 싫을 뿐이야. 싫으면 어떻게 해야 할까? 제거해야겠지?"

리오는 고개를 옆으로 살짝 꺾으며 자신의 질문에 대한 의견을 물었다. 답을 듣고 싶어서 하는 행동이 아니라 자신의 말에 대한 강조였다.

한스는 그에 대해 아무런 말도 할 수 없었다. 그는 그 어떤 언데드 괴물이나 마족에게서도 느끼지 못했던 공포를 눈앞의 괴한에게서 느끼고 있었다.

리오는 검 끝을 땅에 댄 채 계속 걸었다. 지면을 긁는 소리가 한스에게는 마치 사신의 거친 숨소리처럼 들렸다.

"한스, 엎드려!"

여성의 고성이 한스의 의식을 때렸다. 그는 반사적으로 돌아누웠고, 그의 위로 새빨간 불덩이가 날아갔다.

불덩이가 노리는 것은 리오였다. 리오는 날벌레라도 본 표정으로 불덩이를 내쳤다. 왼손 손등에 맞은 불덩이는 저 멀리 날아가더니 공중에서 폭발했다.

마법을 사용했던 검은 법복의 여성은 깊은 한숨 소리를 냈다.

'언데드 따위는 대여섯 번 정도 박살 내고도 남을 수준의 마법이었어. 그런데 그걸 맨손으로 튕겨 내? 대체 뭐지, 저 남자는?'

그사이 자리에서 일어난 한스는 자신의 망치를 향해 손을 뻗었다. 망치 가운데 박힌 녹색 보석이 빛을 내더니 하늘을 날아 그의 손으로 돌아왔다.

가까스로 망치를 되찾은 한스는 당황하여 물었다.

"세라, 어떻게 된 거야? 네 마법이……."

"지금 말 시키지 마!"

매몰차게 외친 검은 법복의 여성, 세라는 다시 한 번 주문을 외워 불덩어리를 모았다. 아까 던진 것보다 두 배는 더 큰 크기였다.

"잠깐, 세라! 이 거리에서 그게 폭발하면 모두가 위험해!"

흰 법복 소녀의 외침에도 세라는 불덩어리를 던졌다. 가만히 서서 구경하던 리오는 조소와 함께 손을 뻗었다.

리오의 손과 불덩어리가 닿았다. 그러나 폭발이 일어나지는 않았다. 불덩어리는 리오의 손에 잡힌 채 그저 활활 타오를 뿐이었다.

그가 힘을 가하자 불덩어리는 순식간에 사라졌다.

"좀 더 노력해 봐. 너희의 능력은 이게 다가 아닐 텐데?"

그의 보라색 검이 허공을 갈랐다. 촉이 부서진 화살이 땅바닥에 떨어졌다. 회심의 일격을 날렸던 금발의 여성은 아무런 소득 없이 자신의 동료들이 어째서 놀랐는지를 깨달아야 했다.

"드래곤의 늑골과 힘줄로 만든 활이군. 화살촉은 드래곤의 뿔을 깎아 만들었나? 아무튼 그 세 가지의 조합에서 나오는 정확도와 파괴력은 엄청나지. 수백 보 밖에 있는 강철 자물쇠도 박살 낼 수 있어. 하지만 인간의 수준에서 제어할 수 있는 장난감은 아니지."

"크윽!"

금발의 여성은 화살 하나를 더 꺼내 활시위에 걸쳤다. 그러나 그녀의 앞을 붉은 갑옷의 청년 아인이 가로막았다.

"그만둬, 키펠. 혼자서 상대할 수 있는 사람이 아니야."

"그럼 어쩌려고!"

"기다려 봐, 잠시만."

동료를 설득한 아인은 식은땀에 젖은 얼굴을 리오에게 돌렸다.

"우리를 정말 해치실 생각이십니까?"

"후, 살려 달라고 비는 건가?"

잔인한 냉소가 그의 얼굴에 떠올랐다. 자존심에 상처를 입을 대로 입은 아인은 검을 잡은 손을 부르르 떨며 외쳤다.

"하지만 우리는 마왕과 싸워야 할 사명이 있습니다! 우리를 마왕의 앞으로 데려가기 위해 희생된 수많은 사람들을 위해서라도 이곳에서 죽을 수는 없습니다!"

"그래? 용제도 너희를 위해 희생된 사람들 중 하나였나?"

용제라는 이름에 아인과 동료들의 얼굴색이 파랗게 변했다.

"알렉산더 님을 아십니까?"

"아니, 만난 적은 없어. 사실 용제에 대한 복수심 같은 건 없어. 복수는 이 꼬마의 사정이지 내 사정이 아니야."

리오는 자신의 뒤에 있는 바이칼을 고갯짓으로 가리켰다. 바이칼은 주먹을 꼭 쥔 채 용사들을 응시했다.

한스가 아인의 옆으로 나섰다.

"저 애가 누군데?"

"용제의 아드님이지."

그럴지도 모른다는 생각을 했던 아인은 침통한 표정을 지었다.

"알렉산더 님의 걱정이 사실로 다가왔군요."

"걱정?"

바이칼의 눈이 커졌다.

"아바마마께서 남기신 말씀이라도 있나?"

"그분께서는 당신이 이곳에 올지도 모른다는 말씀을 하셨습니다. 하지만 그뿐이었습니다. 알렉산더 님께서는 직접 말씀을 전하시겠다고 하셨습니다."

"승하하신 아바마마께서 무슨 수로 내게 말씀하신단 말인가!"

"그분은 완전히 돌아가신 게 아닙니다. 그분의 영혼은 현재 환수계에 계십니다."

아인의 표정은 매우 우울해 보였다. 용족 소년의 작은 어깨가 부르르 떨렸다.

"환수계? 환수계라고? 아바마마를, 위대한 용족의 제왕을 소환수로 바꿔 너희의 노예로 만들었단 말인가! 이 미천한 것들이!"

바이칼의 작은 몸에서 무시무시한 기운이 뿜어졌다. 그 기운과 정면으로 맞닥뜨린 아인들은 뱀을 본 개구리처럼 꼼짝도 하지 못했다.

숨조차 제대로 쉬지 못하는 가운데 아인이 가까스로 입을 열었다.

"그건 저희가 원한 일이 아닙니다! 알렉산더 님께서 스스로 자청하신 일입니다!"

"뭐라고?"

바이칼이 내뿜던 기운이 순식간에 사라졌다. 청년들은 끈이 잘린 꼭두각시 인형처럼 우르르 쓰러졌다.

그들이 호흡과 신체 리듬을 회복하는 동안 리오는 검을 땅에 꽂고 바이칼과 청년들을 지켜봤다. 팔짱을 낀 그의 표정은 바위처럼 묵직하고 냉엄했다.

이윽고 아인이 말했다.

"당신의 아버지이신 알렉산더 님은 저희에게 마왕을 물리칠 힘을 주실 것을 약속하셨습니다. 그분은 우리를 시험하셨고 우리는 그 시험을 통과하여 그분이 약속하신 힘을 얻었습니다. 하지만 그것이 그분의 목숨이 될 줄은 꿈에도 몰랐습니다. 저희가 그 사실을 알았을 때는 이미 늦은 뒤였습니다."

"가당치 않다!"

바이칼이 외쳤다.

"용족의 제왕께서 왜 너희처럼 하찮은 존재들에게 힘과 목숨을 빌려 주신단 말인가! 우리에게 있어서 너희 인간은 그저 말을 할 줄 아는 하등생물에 지나지 않아!"

소년의 말에 그 자리에 있는 다섯 명의 인간은 다시금 분노가 끓어올랐지만 내색하지는 않았다. 소년이 기세만으로 그들을 제압한 것은 불과 5분 전의 일이었다.

아인이 다시 말했다.

"좀 더 들어 주십시오. 알렉산더 님께서는 당신께서 오실 것을 알고 계셨습니다."

"아바마마께서?"

"그렇습니다. 알렉산더 님께서는 황태자가 반드시 자신을 찾아올 것이라고 말씀하셨습니다. 모든 진실은 그때 직접 말씀하시겠다고 하셨지요."

"무슨 수로?"

그에 대한 설명은 검은 옷의 마법사 세라가 대신했다.

"소환수는 소환을 한 사람의 명령만을 따르는 수동적인 존재가 아닙니다. 소환한 자의 부탁을 들어줄지, 아니면 거절할지는 소환수 자신이 결정합니다. 알렉산더 님의 의식은 여전히 환수계에 살아 계시다고 할 수 있습니다."

"그럼 지금 당장 아바마마를 모셔라!"

바이칼의 그런 반응을 예상했는지 청년들의 안색이 더욱 나빠졌다. 동료들과 함께 우물쭈물하던 아인이 결국 말을 꺼냈다.

"지금은 불가능합니다."

바이칼의 그런 듯한 눈매가 무너지듯 일그러졌다.

"불가능하다고?"

"그것이, 며칠 전에 마족의 계략에 걸려서 그만……."

"환수계와의 교신이 두절됐다 이거겠지?"

아인의 대답을 리오가 마무리했다. 꽂아 두었던 검을 뽑아 든 그는 어깨를 툭툭 치며 아인들의 코앞으로 다가갔다.

"소환을 맡은 자가 누구지?"

대답은 없었다. 코웃음을 친 리오는 아인의 일행을 가만히 살피다가 뒤편으로 손을 뻗었다.

"너지?"

리오에게 멱살을 잡힌 사람은 흰 법복의 여성이었다.

"아!"

비명을 터트리는 그녀를 리오는 장난감 들어 올리듯 들어 자신의 코앞에 가져왔다.

"너, 소환술을 쓸 줄 알지?"

그녀는 고개를 설레설레 흔들었다. 지그시 웃은 리오는 그녀가 목에 건 호리병 모양의 물건을 들어 보였다.

"이건 환수계에서 자라는 호박을 특별히 건조해서 만든 피리야. 환수계의 환수를 이쪽으로 소환할 때 사용하지. 거짓말 하려면 잘 감춰야지."

피리의 끝으로 그녀의 이마를 톡톡 두드린 리오는 그녀를 다시 내려놓았다.

"그런데 피리가 깨졌군. 마족들에게 당했나?"

그녀는 대답 없이 동료들 뒤로 후다닥 도망쳤다. 답변은 결국 아인이 대신했다.

"얼마 전 이 마을 근처를 지나던 도중에 마족의 습격을 받았습니다. 사실 우리에게 있어서 가장 큰 힘은 알렉산더 님께서 남겨 주신 이 무기들이 아닙니다. 바로 소환수가 되신 알렉산더 님이셨습니다. 그것을 적들이 모를 리가 없지요. 그나마 피리만 깨진 것이 다행이었습니다. 하마터면 조쉬가 목숨을 잃을 뻔했죠."

조쉬는 방금 전 리오에게 붙들렸던 여성의 이름이다.

"우리는 새 피리를 얻기 위해 조쉬의 스승님이 계시는 사원으로 갔습니다. 하지만 사원은 이미 마왕의 부하들에게 초토화된 뒤였습니다. 결국 우리는 이곳으로 돌아왔습니다. 혹시나 이 마을도 공격당하지 않았을까 해서였죠. 하지만 이미 늦었군요."

아인은 고개를 숙였다.

바이칼은 엄지손톱을 깨물었다. 사람들은 그가 무슨 말을 할지 기다리기만 했다.

리오가 다른 곳으로 시선을 돌릴 무렵, 소년이 손가락을 떼고 입을 열었다.

"그 피리라는 것이 있으면 아바마마를 다시 뵐 수 있는 건가?"

아인의 표정이 밝아졌다.

"예, 그렇습니다! 그리고 이 세상도 구할 수 있습니다!"

"그럼 어쩔 수 없지. 그때까지만 너희를 살려 두마."

"감사합니다! 정말 감사합니다!"

아인은 연신 허리를 굽히며 고마움을 표시했다. 그의 동료들은 한숨으로 마음속의 무거움을 털어 냈다.

리오는 목을 가릴 정도로 올라온 망토의 앞자락 쪽으로 고개를 숙여 코끝과 입가를 묻었다. 상황을 냉정하게 관망하기만 했던 그의 눈에 살기가 조금씩 스며들고 있었다.

소년이 물었다.

"피리를 구할 수 있는 곳을 알고 있나?"

"예. 하지만 그곳은 마왕군이 점령하고 있습니다. 저희의 힘만으로는 돌파하기 어려워서……."

"어디가 됐든 고민할 필요는 없어. 그리고 너희는 아직 해야 할일이 남아 있지."

말을 끊은 사람은 리오였다. 그가 모든 일을 대신 처리하는 것을 며칠 동안 경험한 바이칼은 이번에도 그럴 것이라 생각했지만 현실은 달랐다.

"자, 죽어 주겠나?"

그의 살기등등한 눈과 기세에 모두의 얼굴이 창백해졌다. 바이칼은 급히 리오와 아인들 사이를 막아섰다.

"버릇없이 무슨 짓인가! 이 몸의 일을 방해할 생각인가?"

"네 일?"

"그렇다! 이들이 없으면 난 아바마마를 만날 수 없단 말이다!"

"그거야 네 사정이지."

보라색의 검신이 바이칼의 볼에 닿았다.

"내가 네 시중 따위를 들려고 여기까지 온 줄 아나? 착각은 자유지만 내 임무까지 방해하지 마. 그러면 너도 죽인다."

리오의 눈동자 속에서 아른대던 붉은빛이 검은자위가 보이지 않을 정도로 강해졌다. 그 살기에 바이칼의 몸이 파르르 떨렸다.

"이, 이 몸은 서룡족의 황태자다! 나에 대한 도전은 서룡족 전체에 대한 도전이다!"

"나에 대한 도전은 주신에 대한 도전이다."

역시나 바이칼의 언변으로는 이길 수 없는 상대였다.

바이칼은 꾸물대다 결국 옆으로 물러났다. 일행과 함께 섭섭한 눈으로 용족 소년을 지켜본 아인은 결국 방패와 검을 다시 들었다.

"피할 수는 없겠군요. 그런데 정말 우리가 마음에 드시지 않는다는 이유로 우리를 죽이시려는 겁니까?"

"그렇지는 않아."

리오는 진지하게 말했다.

"용제, 알렉산더는 신계에 아무런 통보도 하지 않고 자신의 육체와 영혼을 인간들이 이용하게끔 했다. 이건 중대한 범죄지. 그리고 너희는 그 죄의 공범이야."

"신?"

"그래. 난 너희가 알고 있는 신의 개념보다 더 위에 있는 존재의 부하지."

좀 황당한 말이었지만 상대의 강력함을 입증하는 말이기도 했기에 아인들은 일단 그 말을 받아들이기로 했다.

한스가 께적지근한 얼굴로 물었다.

"이봐, 범죄라면서 재판도 안 하나?"

리오의 입에서 웃음이 피식 터졌다.

"재판? 후후, 변호사는 누굴 고용하고 싶으신가?"

아인의 눈에 안타까움이 서렸다.

"그럼 하다못해 마왕이라도 없애고 죽게 해주십시오! 지금 죽는 것은 억울합니다!"

"그건 받아들일 수 없어. 용제의 소환 없이 너희만의 힘으로 언제 마왕을 제거할 수 있을지는 가늠하기 힘든 상황이야. 차라리 나 혼자 하는 게 낫지."

죽음에 대한 공포와 압박감이 아인 일행을 짓눌렀다. 진짜 신의 부하이든 아니든 상대가 보유한 전투 능력은 그 끝이 어디인지 알 수가 없었다. 모험을 시작한 이후 지금까지 만난 강적들을 모두 합해도 눈앞의 남자에게는 상대가 되지 않을 것 같았다.

바이칼은 그저 지켜보기만 했다. 황태자로서 자존심은 뭉개질 대로 뭉개졌지만 어쩔 수 없었다. 소년은 리오에게 소리를 지르지도, 팔을 뻗지도 않았다.

그는 자신을 위협한 붉은 머리의 야수에게 난생처음 굉장한 공포를 느끼고 있었다.

사실 그랬다. 서룡족의 황태자인 그에게 살기를 드러낼 수 있는 자는 지금까지 없었다. 서룡족의 적대 세력인 동룡족이나 마룡족과의 싸움은 그에게 있어서 아직 먼 이야기일 뿐이었다.

그 공포에 맞서 리오를 막고 인간들과 함께 아버지를 소환할 방도를 찾아야 할지, 아니면 이대로 리오가 하는 대로 지켜봐야 할지 소년은 갈피를 잡지 못했다.

그때 아인이 외쳤다.

"이대로 당신에게 당할 수는 없습니다!"

그는 검 끝을 리오에게 맞췄다. 칼날부터 자루까지 백색에 가까운 상아색을 띤 아름다운 검이었다.

"이 자리에서 죽는다 해도 후회는 없습니다. 우리의 숙원인 마왕의 사멸은 당신이 맡아 주실 테니까요. 하지만 아무리 신의 결정이라 해도 가만히 죽을 수는 없습니다!"

리오의 붉은 눈썹이 꿈틀했다.

"발악인가?"

"의지입니다!"

"좋아. 그럼 보여 봐라. 네 의지라는 것을."

리오의 자세가 바뀌었다.

아인이 방패를 앞세우고 리오에게 돌격했다. 상당히 강한 힘이 둥글고 흰 방패 전체에 흐르고 있었다.

"하아아!"

기합을 지르는 아인을 향해 리오는 왼발을 뻗었다. 강한 앞차기였다. 아인의 전진은 멎었지만 아인 본인은 충격을 받지 않았다. 방패의 힘이었다.

"드래곤, 아니 용제의 가슴뼈로 만든 방패로군. 가슴뼈는 물리적 충격에 대한 내성을 가지고 있지. 하지만 어디까지 버틸 수 있을까?"

리오의 디바이너가 벼락처럼 방패에 꽂혔다. 새파란 불꽃이 검과 방패 사이에서 터졌다. 신발 뒷굽으로 땅을 긁으며 밀려 나간 아인은 정신을 집중하고 리오에게 다시 달려들었다. 리오도 그에 맞서 돌진하며 검을 휘둘렀다.

아인은 별다른 소득 없이 뒤로 튕겼다. 자세를 다시 잡는 그에게 리오의 일격이 다시 들어왔다.

아인은 방패를 비스듬히 꺾어 공격을 받아 냈다. 디바이너가 그리던 보라색 검광이 위로 꺾여 올라갔다. 동시에 리오의 왼쪽에 큰 틈이 생겼다.

'지금이다!'

아인은 틈을 향해 검을 찔러 넣었다. 그러나 그가 본 것은 검에 찔려 피를 흘리는 상대의 모습이 아니라 안광을 뿌리며 검을 휘두르는 상대의 맹렬한 모습이었다.

"으악!"

아인의 방패와 검이 동시에 튕겨 나갔다. 방패와 검은 아직 멀쩡했지만 그의 손이 리오의 공격력을 버틸 수준은 아니었다.

무방비 상태가 된 아인의 이마에 디바이너의 차디찬 끝이 닿았다. 손을 잡고 분통해하는 아인의 눈과 리오의 차가운 눈이 마주쳤다.

"뭐랄까? 아, 그래. 어설프다고 하면 기분이 덜 나쁘겠군."

"큭……!"

순간 리오의 얼굴을 향해 작은 화염구가 날아왔다. 리오가 왼손으로 화염구를 막는 사이 아인은 재빨리 물러나 검과 방패를 챙겼다.

"흠."

팔을 내린 리오의 눈에 망치를 들고 돌진해 오는 한스의 육중한 모습이 들어왔다.

"우리를 무시하지 마라!"

한스의 망치가 가볍게 빗나갔다. 몸을 젖혀 피한 리오에게 닥쳐온 것은 한스의 어깨 너머로 날아온 화살이었다. 화살을 검으로 막자마자 세라의 화염구가 다시 날아왔다. 이어지는 공격은 한스였다.

한스와 세라, 키펠의 3중 공격이 리오에게 계속 쏟아졌다. 조금 뒤에는 손을 회복한 아인이 합세해 4대1로 변했다.

하지만 상황이 크게 바뀌지는 않았다. 한스의 괴력도, 아인의 날카로움도, 세라와 키펠의 파괴력과 정교함도 리오의 냉정함을 흐트러트리지는 못했다.

아인은 감탄을 아끼지 않았다.

'무서운 남자다. 우리가 어떻게 나올지 전부 아는 것처럼 반응하고 있어! 운동신경도 운동신경이지만 이건 경험이야!'

그러면서도 한편으로는 걱정했다.

'왜 공격을 안 하는 거지? 이 사람의 능력이라면 언제든지 우리를 쓰러트릴 수 있어. 뭔가 생각이 있는 건가?'

그때였다.

"저 꼬마는 왜 공격하지 않는 건가?"

흰 법복의 여성 조쉬를 리오는 눈으로 가리켰다. 그의 여유에 아인은 아연실색했다. 역시나 그에게 있어서 지금의 싸움은 놀이조차 되지 않는 귀찮은 일에 불과했다.

리오는 아인의 공격에 맞춰 검을 휘둘렀다. 여태껏 그랬던 것처럼 방패로 공격을 막은 아인은 왼쪽 어깨의 감각이 갑자기 사라지는 것을 느꼈다.

"어?"

그는 전투 중이라는 것도 잊고 왼쪽 어깨를 돌아봤다. 왼팔이 이상한 각도로 돌아가 있었다. 어깨 탈구였다.

"오해는 사람을 슬프게 만들지."

리오는 아인의 머리를 툭툭 두드렸다. 아인은 어떻게든 움직이고 싶었지만 탈구된 어깨에서 살아난 통증이 그를 무릎 꿇게 만들었다.

"이 자식!"

한스가 망치를 높이 들었다. 그런 그의 복부가 묵직했다. 크게 뜬 한스의 눈앞에서 붉은 장발이 철렁거렸다.

"남자가 하얀 갑옷이라니, 좀 이해할 수 없는 패션 감각이군."

그의 복부에 닿은 리오의 주먹에서 파문이 터졌다.

"컥!"

갑옷이 박살 나면서 한스의 거구가 뒤로 날아갔다. 낙법도 하지 못하고 굴러떨어진 한스는 입에서 피거품을 뿜으며 몸을 꼬았다.

"다음은 마법사인가?"

리오가 발걸음을 옮겼다. 눈에서 뿜어지는 빛의 잔광이 그의 움직임을 쫓았다.

세라의 가는 눈이 흔들렸다.

"이대로…… 이대로 끝낼 수는 없어! 신이라는 단어 하나에 우리의 모든 것이 끝날 수는 없단 말이야!"

그녀는 허리에 찬 가방에서 책을 꺼내 하늘에 던졌다. 펼쳐진 책에서 책장들이 낙엽처럼 떨어졌다.

세라의 가는 손가락이 책장들을 하나하나 때렸다. 마력이 실린 책장들은 하나하나 빛을 내더니 마법진으로 변해 빛을 발했다.

"받아라!"

그녀는 깍지 낀 손을 앞으로 뻗었다. 대량의 마력이 뿜어지면서 마법진들이 한꺼번에 발동했다.

마법진들이 대형 화염구로 변하는 순간 세라가 본 것은 리오의 왼손에 펼쳐진 초거대 마법진이었다. 나이에 비해 마법에 대한 지식이 깊은 세라는 상대가 완성한 마법진이 지금껏 자신이 외운 마법보다 몇 급이나 높은 최고급의 주문이라는 사실을 알 수 있었다.

'저건 스승님조차 완성하는 데 몇 분이나 걸리는 주문인데……?'

리오의 행동은 멈추지 않았다. 리오는 완성한 주문이 실린 손으로 검을 때렸다. 그러자 검의 표면에 하늘색의 마법문자가 무수히 떠올랐다.

'마법검? 개인 마법검?'

세라는 넋이 나간 얼굴로 화염구들의 속박을 풀었다. 그녀의 화염구들은 리오를 노리고 일제히 날아갔다. 상대가 어떤 상태로 마법을 사용했는지 뻔히 본 리오는 비웃는 미소를 지으며 검을 휘둘렀다.

디바이너가 맹렬히 진동했다. 진동이 불러일으킨 바람은 폭풍으로 변했다. 검을 휘두름에 따라 폭풍은 파도처럼 세라를 향해 뻗어나갔다. 화염구 따위는 순식간에 먹어치우는 강렬한 일격이었다.

당하기 직전, 세라는 자신들이 어떤 존재와 싸우고 있는지 확실히 느꼈다.

'왜 저 남자를 인간이라고 착각한 거지? 그저 괴물일 뿐인데……!'

폭풍의 파도가 세라를 집어삼켰다. 그녀는 비명도 지르지 못하고 날아가 바닥에 쓰러졌다.

이제 남은 사람은 활을 든 키펠과 조쉬뿐이었다. 리오는 검신으로 어깨를 두드리며 그녀들에게 다가갔다.

"다음은 뭐지? 무릎 꿇고 빌 생각이라면 그만두는 게 좋아."

"죽이고 싶다면 죽여도 좋아!"

키펠은 활시위를 당겼다.

"하지만 우리를 농락하지 마! 우리는 신의 노리개가 되기 위해 싸운 게 아니야! 이 세상의 모든 사람들을 지키기 위해 싸워 왔단 말이야!"

"그런가?"

리오는 휘파람을 길게 불었다.

"대단하시군."

키펠의 눈에 눈물이 고였다.

"집어치워!"

화살이 바람을 가르며 날아갔다. 리오의 이마를 향해 날아가는 화살은 회전하며 강철판이라도 꿰뚫을 기세였다.

리오는 나뭇가지를 피하듯 고개를 옆으로 꺾어 화살을 피했다. 초인적인 속도의 움직임이 아니라 어린아이도 확실히 볼 수 있을 만큼 느릿느릿한 움직임이었다. 하지만 충분했다. 키펠의 화살은 어느 시점부터 앞으로 나가지 못하고 공중에서 멈춰 있었다. 다만 회전만 계속할 뿐이었다.

키펠은 연달아 화살을 날렸다. 허나 화살은 번번이 리오의 코앞에서 멈췄다. 리오는 계속 쏠 테면 쏘라는 듯 느린 걸음을 계속했다.

'이렇게 우습게 당하다니!'

화살통으로 손을 돌린 키펠의 표정이 굳어졌다. 화살통은 비어 있었다.

좌절한 키펠 앞에 리오가 섰다. 허리춤에 찬 단검을 빼 들려던 그녀의 얼굴을 리오의 왼손이 우악스레 덮쳤다.

"여행은 끝이야, 아가씨."

그의 손가락이 그녀의 머리를 서서히 압박했다.

"그만둬!"

하얀 장검이 리오의 망토를 뚫었다. 필사적으로 리오의 등 뒤를 찌른 아인은 옆으로 몸을 뺀 상대를 보고 짧게 한탄했다.

키펠을 놓은 리오는 망토 자락을 잡아 옆으로 휘둘렀다. 마지막 일격에 실패한 아인과 그의 장검은 좌우로 나가떨어졌다.

디바이너를 거꾸로 잡은 리오는 발로 아인의 가슴을 밟고는 검 끝을 상대의 머리에 맞췄다.

"의지의 종말이다."

아인은 눈을 질끈 감았다.

순간 리오의 상체를 향해 시퍼런 빛줄기가 날아왔다. 가까스로 공격을 피한 리오는 자신을 향해 손을 뻗고 있는 바이칼을 무서운 눈으로 노려봤다.

"나를 방해할 건가?"

살기의 방향이 바이칼에게 쏠렸다.

바이칼은 두려웠다. 자신이 아무리 훌륭한 혈통을 이어받은 용족이라 해도 지금은 눈앞의 남자에게 대항할 만한 힘을 갖추지 못했다는 것을 잘 알고 있었다.

복수하겠다며 이 세계에 왔을 때 바이칼이 느낀 것은 고독감과 무력감이었다. 평생 다른 이들에게 명령을 내리며 살아온 그에게 자기 스스로 뭔가를 해야 한다는 사실은 큰 부담이었다. 그나마 그가 용족으로서 최소한의 힘조차 가지고 있지 않았다면 야수의 밥이 되었거나 다른 봉변을 당했을지도 모른다.

다짜고짜 용사들을 쫓던 그에게 리오와의 만남은 행운이었다. 둘이 같은 목표를 가진 이상 만나는 것은 이상한 일이 아니었다. 인간을 초월한 리오의 모습은 바이칼에게 큰 매력이었고 소년은 당장 그를 부하로 삼을 결심을 하게 되었다.

하지만 리오는 그의 부하가 될 입장이 아니었다. 그리고 지금은 아버지의 죽음에 대해 알고자 하는 바이칼의 의사와 관계없이 자신의 임무 완수를 위해서만 움직이고 있었다.

리오가 그에게 다가왔다.

"대답해라. 나를 방해할 생각인가?"

바이칼은 선택해야 했다. 대답할 것인가, 아니면 이대로 꼬리를 내릴 것인가.

소년은 있는 힘껏 외쳤다.

"방해하는 건 너다!"

그는 싸움을 선택했다. 그의 적은 리오가 아니었다. 바로 두려움에 빠진 자기 자신이었다.

"너야말로 이 몸을 방해하고 있지 않나! 확실히, 저 하찮은 인간들이 어찌 되든 서룡족의 황태자인 내가 알 바 아니다! 하지만 저들은 내가 원하는 일을 이룰 수 있다! 장차 서룡족의 제왕이 될 내가 원하는 일을 이룰 수 있는 도구란 말이다! 나를 방해하지 마라, 주신의 졸개여!"

"진심인가? 아까도 말했을 텐데? 주신에 대한 도전이 될지도 모른다고."

바이칼은 눈을 부릅떴다.

"어르신들의 일이다! 한낱 졸개 따위가 신경 쓸 일이 아니다!"

리오는 가만히 소년을 지켜봤다. 바이칼의 팔다리는 바람맞은 사시나무처럼 후들거리고 있었다.

그의 살기가 사라졌다.

"좋아, 잘했어."

안색을 바꾼 그는 검을 들지 않은 왼손으로 용족 황태자의 군청색 머리를 두드렸다.

"사람들을 이끌기 위해서는 너부터 걷지 않으면 안 돼. 아무리 힘들다고 해도 네가 어디로 갈지 모른다면 뒷사람들도 너를 밀어줄 수 없어. 그곳이 길인지, 아니면 낭떠러지인지 모르거든."

그는 칼집에 검을 넣었다. 멍하니 그를 바라보던 바이칼은 이내 화를 냈다.

"네 이놈! 감히 이 몸을 가르치려고 든 건가? 그래서 거짓을 꾸민 건가?"

"그렇다."

"네놈의 죄를 묻겠다! 이유를 대라! 어서 무릎 꿇고 이실직고하지 못할까!"

"난 떨어진 적이 있거든."

"떨어져?"

리오는 웃으며 대답했다.

"그 낭떠러지로. 기다리는 것은 후회였지."

바이칼은 더 이상 추궁하지 않았다. 리오는 쓰러진 용사들에게 다가갔다.

"이 친구들한테 미안해서 어쩌지?"

리오는 맨 먼저 아인의 어깨부터 고쳐 주었다. 주먹으로 팔을 쳐서 빠진 어깨를 맞춘 그는 전혀 다른 얼굴로 아인을 일으켰다.

"받아 줄지 모르지만 일단 사과하지. 진심으로 그런 건 아니야. 애들 교육이라는 게 워낙 힘들어서 말이지."

"아뇨, 죽는 것이 두렵지는 않았습니다."

아인은 어깨를 붙잡은 채 씁쓸히 웃었다.

"하지만 정말 아프군요."

"후후, 미안해."

기절한 한스와 세라는 아인이 깨워 주었다. 그들은 갑자기 달라진 리오의 태도에 당황했지만 아인이 알렉산더와 바이칼을 위한 일이었다고 설득하자 순순히 받아들였다.

다만 세라가 자신들의 부상과 부서진 한스의 갑옷, 그리고 정신적인 피해 등에 대한 보상 등을 강력히 요구하여 리오를 난처하게 만들었다.

리오는 그녀를 진정시킬 겸 앞으로의 일에 대해 말했다.

"일단 나도 마왕이란 놈을 없애긴 해야 돼. 녀석은 자신이 가지고 있는 힘에 대해 조금씩 깨우치고 있어. 지금은 시체가 아닌 살아 있는 생물조차 언데드 괴물로 바꾸는 수준이야. 믿기 힘들겠지만 저기 밭에서 자라고 있는 채소조차 언데드지. 물론 공격 능력을 갖춘 괴물은 아니지만."

조쉬에게 어깨를 치료받던 아인은 오른손으로 자신의 턱을 만졌다.

"그럼 마을 사람들은 산 채로 언데드가 된 것이겠군요. 그들은 외상이 없었습니다."

"네 말대로야. 지금은 저 작은 마을을 집어삼킬 수준이지만 나중에는 이 세계 전체를 집어삼킬 수도 있겠지. 그 전에 녀석을 처리해야 돼. 그리고 알렉산더님에게 진실을 들어야 하기도 하지."

아끼던 갑옷을 그에게 바친 한스는 고개를 돌린 채 투덜거렸다.

"흥, 우리를 죽이려던 놈의 말을 어떻게 믿지?"

"믿어달라고 빈 적은 없어. 그리고 죽이려고 하긴 했지만 죽일 생각은 없었지. 정말 그럴 생각이었다면 초장에 박살을 냈을 거야. 그리 어려운 일도 아니잖나?"

"끄응!"

한스는 불편한 한숨을 내쉴 뿐 반박하지 않았다.

"아, 그리고 아까부터 묻고 싶었는데, 용제의 시신은 어디에 뒀지?"

아인은 자신의 동료들과 시선을 주고받았다. 어떻게 둘러댈까 논의하는 것이 아니라 정말로 고민하는 눈치였다.

"그건 저희도 뭐라고 말씀드리기가 그렇군요."

"어째서?"

"알렉산더 님의 시신은 저희에게 필요한 부분을 제외하고는 그 자리에서 사라졌습니다. 마치 지우개로 지워지듯이 말이죠."

"그래?"

시신 처리가 주된 임무 중 하나였던 리오에게는 상당히 난감한 대답이었다.

"결국 그것도 알렉산더 님을 직접 뵙지 않는 한 모르는 일이라는 건가?"

"그렇다고 할 수 있겠군요."

아인의 대답에는 같이 가고자 하는 속뜻이 담겨 있었다. 리오가 동료로서 같이 활동해 준다면 지금까지 능력의 한계로 인해 하지 못했던 수많은 일들을 처리할 수 있기 때문이었다. 물론 이기적으로 사용한다면 리오의 분노를 사서 죽음을 면하기 어렵겠지만 다행히 아인은 야망이 큰 남자가 아니었다.

"이래저래 같이 다녀야겠군. 앞으로 잘해 보자. 나는 리오야."

리오는 빙긋 웃으며 손을 내밀었다. 조금 전까지 살기를 내뿜으며 검을 휘두른 남자라고는 상상하기 힘들 만큼 밝은 미소였다.

아인 역시 웃으며 그와 악수했다.

"환영합니다, 리오 님."

다른 동료들은 애써 그 모습을 외면했다. 하지만 리오 자신은 그리 신경 쓰지 않았다.

"아, 그리고 앞으로 좀 피곤하더라도 참아 줘. 조금만 지나면 익숙해질 거야."

"괜찮습니다. 우리는 힘든 여행에 익숙합니다."

아인의 패기에도 불구하고 리오는 어깨를 으쓱했다.

"아니, 육체적으로 힘든 건 아니야. 정신적인 압박감…… 간단히 말해 짜증이 좀 날 거라, 이거지."

"네?"

아인은 좀 더 자세한 설명을 바랐지만 리오는 그 이상 말해 주지 않았다. 그 짜증의 원천이 자신의 옆에 있었기 때문이다.

리오의 시선을 느낀 바이칼은 얼굴을 찡그리고 화를 냈다.

"어디다 지저분한 시선을 두는 건가?"

"후후후."

그 웃음의 의미는 오로지 리오만이 알고 있었다.

외전 14

부하를 찾는 소년 II

리오와 바이칼이 아인을 비롯한 다섯 명과 합류한 후 나흘이 지나갔다.

리오 일행이 목표로 하는 곳은 '대지의 틈'이라는 곳으로, 환수계와 인간계를 연결하는 틈, 즉 공간의 균열이 존재하는 장소였다. 큰 계곡 안에 위치한 그곳은 현재 마왕군이 점령하고 있지만 고대의 마법사들이 만들어 둔 봉인만큼은 깨지지 않고 굳건히 유지되고 있었다.

봉인이 깨진다고 해서 큰일이 일어나는 것은 아니었다. 균열은 놀라울 정도로 안정적이었다. 비유하자면 창문에 구멍이 난 것에 지나지 않았다.

고대를 살았던 마법사들이 그 균열을 봉인한 이유는 혹시라도 이쪽에서 어떤 정신 나간 탐험가가 그 균열 안으로 들어가는 것을 막기 위함일 뿐, 초자연적인 위협으로부터 세계를 구하기 위함은 아니었다.

대지의 틈 옆에는 제법 큰 도시가 자리 잡고 있었다. 주둔한 병사의 수만 하더라도 몇 만에 달하는 대도시였는데, 도시 주민들은 얼마 전부터 대지의 틈 앞에 진을 치고 있는 마왕군 때문에 노이로제가 걸릴 지경이었다.

그래서인지 리오 일행이 도착하자 사람들은 대대적인 환영식을 거행하려 했다. 아인은 사람들을 간곡히 만류하여 시가행진만은 막았지만 성대한 식사와 고급스러운 잠자리만큼은 받아들일 수밖에 없었다.

시장과 대화를 마친 아인은 인사를 하고 동료들이 있는 곳으로 갔다. 시장은 청년의 뒷모습을 보며 주위 사람들과 함께 혀를 찼다.

"허허, 얼마나 힘든 여행을 해왔으면 표정이 저럴까? 마치 오랫동안 악몽이라도 꾼 얼굴이로군."

곁에 있던 부하도 동조했다.

"꽤 강한 적과 오랫동안 싸웠든가, 아니면 가슴 아픈 일을 당했겠지요. 그게 아니라면 용사들의 리더인 아인이라는 청년이 저렇게 핏기 없는 얼굴을 할 리가 없습니다."

"음. 어서 이 전쟁이 끝나야 저 젊은이들이 쉴 수 있을 텐데."

시장은 고개를 흔들며 걱정했다.

동료들이 있는 곳으로 돌아온 아인은 힘겹게 웃으며 소식을 전했다.

"숙소가 마련됐어. 시청에 있는 귀빈실을 이용할 수 있을 거야."

"개인 방이야?"

"응, 가급적 개인이 쓸 수 있는 방으로 마련해 달라고 부탁했어."

"다행이다."

아인이나 동료들에게서 이미 패기란 찾아볼 수 없었다. 볼은 움푹 꺼졌고 얼굴은 흰색에 가까웠다. 눈가에도 피로가 진하게 서려 있어서 금방이라도 쓰러질 듯 보였다.

멀쩡한 사람은 리오와 바이칼뿐이었다. 긴 의자에 앉아 쉬는 리오의 모습은 평소와 다를 바 없었고 바이칼은 내색하지 않았지만 좋은 음식과 잠자리를 사용한다는 것에 상당히 들떠 있었다.

"식사와 숙소는 언제 제공되는 건가?"

바이칼이 한마디 하자 아인 일행이 움찔했다. 그들이 대답 없이 시선을 돌리자 소년은 버럭 화를 냈다.

"인간 주제에 이 몸의 고귀한 질문을 무시하는 건가!"

이것이 아인들이 피폐해진 이유였다. 나흘 동안 꾸준히, 바이칼이 눈을 떴을 때부터 잠들기 직전까지 그의 고귀함과 관련된 악몽은 계속됐다. 리오의 경고를 우습게 들었던 아인은 후회했지만 그렇다고 해서 그들이 피할 수 있는 입장은 아니었기에 속병은 깊어만 갔다.

리오가 결국 입을 열었다.

"좀 고귀하게 참고 기다려 봐. 준다고 했는데 설마 안 주겠어? 네가 계속 그렇게 칭얼대면 적들이 쳐들어올 수도 있어."

부모가 어린아이를 혼낼 때 사용하는 거짓말과 같았다. 그보다 더 강한 말을 기대했던 아인들은 고개를 저었고, 바이칼은 그를 비웃었다.

"후, 그런 어설픈 거짓말이 이 몸에게 통할 것 같나? 이 몸은 애가 아니다."

그때 다급한 뿔피리 소리가 도시의 하늘을 뒤덮었다. 이어서 들려온 것은 병사들의 고함이었다.

"마왕군이다! 마왕군이 쳐들어온다!"

바이칼과 리오의 시선이 다시 마주쳤다.

"정말이었나?"

리오는 '그럴 리가'라고 속으로 중얼대며 울상을 지은 소년의 머리를 손으로 부볐다.

"거봐, 적당히 하라고 했잖아."

그는 풀어 놨던 검을 들고 자리에서 일어났다.

아인 일행도 일어났지만 리오는 손을 들고 그들을 말렸다.

"너희는 좀 쉬어. 나만 나가도 될 것 같으니까."

"아닙니다. 우리를 지켜보는 사람이 이렇게 많은데 가만히 있을 수는 없습니다."

"지금은 너희가 더 언데드처럼 보여."

"예?"

아인은 초췌한 얼굴을 들었다.

"가끔은 남에게 의지하는 것도 좋아. 며칠 전에 진 빚을 갚을 겸 내가 알아서 할 테니 신경 쓰지 말고 쉬어."

아인은 대답하지 않았다. 하지만 머리를 흔드는 정신적 피로감은 그의 의지조차 흔들고 있었다.

리오는 믿음직한 미소를 지으며 그의 어깨를 두드렸다. 결국 아인은 고개를 끄덕여 그의 제안을 받아들였다.

"잘 부탁드립니다."

"걱정하지 마."

대답한 뒤 도시 입구 쪽으로 가던 리오는 갑자기 발걸음을 멈추고 뒤를 돌아봤다.

"어이, 꼬마. 너도 와야지."

바이칼의 뾰족한 귀가 바짝 섰다.

"이, 이 몸이 왜!"

"그 몸이 좀 도와줘야겠어."

"거부한다! 이 몸이 너 같은 미천한 자를 왜 도와야 하나!"

소년의 거친 반항에도 리오는 소년을 옆구리에 끼고 입구를 향해 달렸다. 키펠은 점점 멀어지는 그들의 모습을 보며 중얼댔다.

"저 남자, 후일이 두렵지 않은가 봐."

그에 대한 호응은 없었다. 아인을 비롯한 다른 동료들은 이미 의자에 아무렇게나 기댄 채 잠들어 있었다.

"아, 나도 몰라."

키펠의 금발이 아인의 다리 위로 쏟아졌다. 아인은 그것도 모른 채 더욱 깊이 잠에 빠져들었다.

지금 잠든 것은 그들에게 있어서 행운이었다. 그러지 않았다면 눈을 뜨고 있는 사실 자체가 고통이었을 테니까.

다급히 모인 도시의 주둔군은 잔뜩 긴장하고 있었다. 적을 앞두고 긴장하는 것은 당연했지만 그 수준은 평소와 달랐다. 용사의 동료라며 그들 앞에선 리오와 바이칼은 마왕군의 적은 수에 우선 놀랐고, 그들의 구성원을 보고 다시 한 번 놀랐다.

처음 그들을 자극한 것은 후각이었다. 인간이나 짐승의 시체가 썩는 냄새와는 조금 다른 독특한 악취가 도시 외부에서 진동했다.

그다음은 시각이었다.

투덜대며 리오를 따라 나온 바이칼은 며칠 전 리오가 그를 거짓으로 협박했을 때만큼이나 놀란 눈으로 걸음을 멈췄다. 무슨 일이 있어도 흔들리지 않을 것 같던 리오 역시 눈을 부릅뜨고 숨소리를 낮췄다.

리오는 옆에 서 있는 꼬마의 머리에 손을 올렸다.

"너, 나한테 거짓말한 거 있어?"

소년은 리오의 손 밑에서 고개를 저었다.

"심한 거짓말을 한 적은 없다."

"그런데 왜 저런 일이 벌어진 거야? 이 세계의 모든 드래곤들은 이곳을 떠났다면서?"

"세상에 이 몸이 모르는 것도 있는 법이다!"

"네가 말한 주제에 모른다고 하면 어떡해!"

그들이 싸우는 동안에도 마왕군은 조금씩 도시로 전진했다.

마왕군의 수는 앞서 나왔던 대로 매우 적었다. 일곱 정도였다. 그러나 그들이 내뿜는 힘은 막강하기 그지없었다.

그들은 모두 드래곤이었다. 그것도 죽었으면서 죽지 않은 존재, 언데드였다.

지축을 울리며 다가오는 언데드 드래곤들 중 중앙에 위치한 붉은색 드래곤의 머리에 뭔가 보였다.

그것은 붉은색 갑옷을 걸친 남자였다. 큰 덩치, 검은 피부와 입술 양쪽으로 튀어나온 송곳니, 그리고 황색으로 빛나는 눈 등은 그가 인간이 아닌 마족임을 여실히 드러내고 있었다.

"저 마족은 뭐지?"

"손에 든 것을 보니 아무래도 저놈이 볼로냐스 같군."

리오는 눈짓으로 마족을 가리켰다.

마족의 오른손에는 상아색의 책이 들려 있었다. 책은 불길한 보라색 아지랑이를 공기 중으로 진하게 퍼트리며 자신의 존재를 알렸다.

"저 책의 이름은 '반델마이즈'야."

바이칼이 그에게 고개를 돌ㅌ렸다. 리오는 그가 묻기도 전에 답했다.

"반델마이즈는 과거에 어떤 여신이 자신의 모든 것을 걸고 만든 책이야. 그 신은 어떤 인간 남성을 사랑했는데, 너도 알다시피 인간은 죽음을 피할 수 없는 존재지. 그녀는 인간을 죽음에서 구하고 영원히 함께 있기 위해 명계의 신인 하데스에게 부탁하여 죽음을 초월할 수 있는 책을 만들었어. 결국 남자는 죽었고 신은 책을 사용했지만 남자는 육체만 살아났을 뿐, 영혼은 돌아오지 않았지. 하데스는 신들끼리 정한 생명과 죽음의 법칙을 벗어나지 않는 범위에서만 여신을 도와준 거야. 절망에 빠진 여신은 책을 공간의 틈에 버리고 스스로 소멸했다는군."

어머니에게서 그와 비슷한 이야기를 들은 적이 있던 바이칼은 서서히 멈추는 언데드 드래곤들을 보며 분노했다.

"저 마족이 그 책을 어떻게 입수한 건가?"

"그거야 나도 모르지. 하지만 그 여신이 정말 저 책을 공간의 틈에 버렸다면 누가 주워도 이상할 게 없어. 오히려 신계로서는 잘된 일이지. 언제 터질지 모를 일이 시원하게 터진 거니까."

설명을 마친 리오는 검을 들었다.

"아무튼 확실히 나설 때가 된 것 같군. 너, 나랑 같이 싸울래?"

그의 제안에 바이칼의 얼굴이 꿈틀했다.

"이, 이 몸이?"

"그래. 저번에 보니까 브레스를 손으로 쓰는 것 같던데? 일순간 모아서 쓴 것 치고는 파괴력도 좋더군."

드래곤의 브레스, 즉 숨결은 강력한 파괴력을 가지고 있다. 단순히 바람만 나오는 게 아니라 종족별 특징에 따라 강력한 마력이 실리는데, 그 위력은 보통 인간이 사용할 수 있는 마법 중 가장 강력한 것조차 능가할 수준이다.

리오를 놀라게 한 것은 바이칼이 드래곤의 모습으로 변하지 않고도 브레스를 사용했다는 점이었다. 일반적으로 브레스는 드래곤의 모습을 갖춰야만 사용할 수 있지만 소년은 그것을 간단히 무시했다.

그것을 칭찬으로 들었는지 바이칼은 잘난 듯 눈을 감고 미소를 지었다.

"고귀한 자는 모든 것이 가능하다."

"그럼 도와."

또다시 리오의 함정에 빠진 바이칼은 눈을 번쩍 떴다.

"나를 우롱하는 건가!"

"너는 여기서 나를 지원해 주면 돼. 그리고 저들은 모두 네 아버지의 백성이었어. 장차 제왕이 될 자로서 저렇게 고통받는 백성들을 그냥 놔둘 생각이야?"

"……"

"일단 해봐. 친구를 도와줄 겸."

온화한 미소를 지은 리오는 소년의 군청색 머리를 매만지고 앞으로 달려갔다.

"친구……?"

소년은 붉은 장발의 남자가 남긴 말을 되뇌었다. 친구란 것은 그에겐 상당히 낯선 단어였다.

그의 곁에는 항상 많은 사람들이 있었다. 그러나 가족 아니면 부하일 뿐, 친구라는 개념의 존재는 없었다. 그렇다고 외로운 것은 아니었다. 부하들이라고 해서 그를 겉으로만 칭송하며 돌봐준 것은 아니었기 때문이다.

평소와 모든 면에서 다른 지금의 여행은 바이칼에게 많은 것을 가르쳐 주었다. 바이칼 스스로는 몰랐지만 친구라는 개념 역시 그가 배운 것 중에 하나였다.

리오가 뛰기 시작하자 뒤에 있던 도시 주둔군이 크게 웅성댔다.

"어이, 저 남자, 미친 거 아냐? 마왕이 괴물들을 직접 끌고 왔는데 어떻게 상대할 셈이야!"

"아무리 용사들의 친구라지만 저건 너무 무모해! 용사들은 뭐하는 거야!"

그들의 외침은 바이칼의 하얀 손에 파란색의 기운이 무시무시한 기세로 맺히면서 잦아들었다.

"닥치고 지켜봐라, 하등동물."

입을 다문 병사들은 최면에 걸린 듯 리오의 모습에 시선을 집중했다.

언데드 드래곤 앞에 도착한 리오는 디바이너를 앞에 꽂고 숨을 돌렸다.

"여, 네가 자칭 마왕인가?"

그의 물음에 붉은 갑옷의 마족, 볼로냐스는 천지가 떠나갈 듯이 대소를 터트렸다.

"하하하! 네가 바로 신이 나를 없애기 위해 보낸 전사인가? 일단 반갑구나! 내 이름은 볼로냐스! 이 세계를 시작으로 모든 공간을 지배하게 될 마왕이다! 네가 용사들을 이끌고 대지의 틈으로 간다는 정보를 듣고 내 친히 행차하셨노라!"

"그런가?"

리오는 이상한 미소를 지은 채 뒤통수를 긁적였다.

"신의 명령으로 이곳에 오긴 했지만 네가 임무의 1순위는 아니야. 주된 임무는 용제와 관련된 일이지. 사실 네 이름이 볼로냐스라는 것도 네 부하에게 처음 들었어."

이름을 처음 들었다는 것은 물론 거짓말이지만 효과는 충분했다. 무시를 당한 마왕 볼로냐스는 격심한 분노에 치를 떨었다.

"건방진 녀석! 어디서 배운 버르장머리인지 모르겠지만 잘도 떠드는구나! 아무리 네가 주신에게 힘을 받은 존재라고 하지만 나를 이길 수는 없다! 나의 귀여운 드래곤들을 상대로 얼마나 버틸 수 있겠는가? 하하하!"

"그래? 언데드 드래곤들을 해치우면 넌 쉽다는 말이군. 네가 가진 건 고작 그 책 한 권뿐이잖아. 혹시 다른 재주라도 있나?"

디바이너가 땅에서 뽑혔다. 리오는 입술 끝을 추켜올린 채 볼로냐스에게 손짓했다.

"와라. 그 책이 다른 이들에게만 저주를 내리는 게 아니라는 것을 가르쳐 주지."

"소원대로 해주마!"

볼로냐스는 반델마이즈를 높이 들었다.

"들어라, 드래곤들이여! 너희에게 새 생명을 준 은인인 나, 볼로냐스를 위해 싸워라! 반델마이즈여, 이들에게 힘을 내려라!"

책에서 보라색의 기운이 하늘을 뒤덮듯 뿜어졌다. 물에 풀어진 마녀의 머리카락처럼 후들거리던 기운은 볼로냐스가 탄 붉은색 드래곤을 제외한 여섯 드래곤의 몸속으로 빠르게 파고들었다.

이윽고 드래곤들이 고개를 들며 포효했다.

"오오오오!"

그들이 풍기던 악취가 더욱 강하게 퍼졌다. 전투에 익숙한 사람이라도 구토감을 참을 수 없을 수준이었지만 리오의 눈빛은 변하지 않았다.

드래곤들이 거대한 덩치에 비해 기민한 동작으로 리오를 포위했다. 걸을 때마다 살점이 떨어지고 그들의 육체를 파고든 곤충의 애벌레들이 눈처럼 쏟아졌다.

녹색 비늘의 드래곤이 앞발을 휘둘렀다. 발바닥 크기만 해도 두 명이 살 만한 집의 넓이와 맞먹을 정도였지만 휘두르는 속도는 멀리서 구경하는 사람들이 움찔할 정도로 빨랐다.

재빨리 물러나 공격을 피한 리오는 전력을 다해 검을 휘두르려 했지만 황색의 드래곤이 입을 벌리고 브레스를 뿜어 그를 방해했다.

리오는 날아오는 브레스를 향해 손을 휘둘렀다.

"흠!"

기합과 동시에 보이지 않는 보호막이 발생하여 브레스의 진행 방향을 꺾었다. 브레스에 맞은 땅이 토사를 뿜으며 울부짖는 가운데 검은색 드래곤의 꼬리가 채찍처럼 리오의 머리 위로 떨어졌다.

드래곤의 꼬리가 땅을 쳤다. 그곳에서 흙먼지가 산처럼 솟아올랐다. 발로 그 충격을 느낀 도시의 병사들은 일제히 눈을 감고 고개를 돌렸다. 하지만 바이칼은 브레스의 충전을 늦추지 않았다.

검은색 드래곤이 몸을 돌렸다. 하지만 땅에 놓인 꼬리는 따라오지 않고 그 자리에 그대로 있었다.

붉은색의 물체가 흙먼지를 뚫고 솟아올랐다. 리오였다. 뛰어오르는 수준이 아니라 거의 날아오르는 수준이었다. 그가 든 검의 표면은 화염에 휩싸여 있었다. 공중에서 자세를 전환한 회색 망토의 남자는 검은색 드래곤의 머리를 향해 벼락처럼 떨어졌다. 폭발이 일어나면서 드래곤의 머리가 산산조각 났다.

폭발음에 놀란 병사들은 다시 리오 쪽으로 고개를 돌렸다.

"드래곤이 당했잖아?"

목의 절반까지 잃고 화염에 휩싸인 드래곤은 왼쪽으로 기우뚱하더니 네 다리를 꼿꼿이 펼친 채 쓰러졌다. 다른 드래곤이 공격했지만 리오는 회색의 날개를 가진 새처럼 땅을 질주하며 다리를 베거나 머리를 날리는 등 인간 같지 않은 강함을 과시하며 언데드 드래곤들을 하나씩 쓰러트렸다.

한참 공방전을 벌이던 리오가 갑자기 머리를 감싸고 땅에 엎드렸다. 그의 공격에 비틀대던 녹색의 언데드 드래곤은 기회를 잡았다는 듯 입을 벌리고 브레스를 쏠 준비를 했다.

순간 파란 빛줄기가 드래곤의 옆구리에 박혔다. 빛은 드래곤의 몸속으로 남김없이 주입되었고 잠시 후 드래곤은 몇 번 몸을 요동치더니 굉음을 일으키며 폭발했다.

폭발에 휘말릴 뻔했던 리오는 만족한 듯 씩 웃고 있는 소년을 노려본 뒤 전투를 계속했다.

일곱 마리의 언데드 드래곤 중 넷이 쓰러지는 동안 볼로냐스는 너무 당황한 나머지 아무것도 하지 못하고 가만히 있었다.

언데드 드래곤이 저리도 간단히 쓰러질 줄은 몰랐던 볼로냐스는 심적으로 크게 흔들렸다.

얼마 전 소환의 피리를 파괴하여 알렉산더의 힘을 막은 것은 그에게 있어서 큰 기쁨이었다. 그가 아무리 언데드 드래곤까지 부리는 힘을 지녔다고 해도 소환수인 알렉산더는 그가 가진 능력으로는 쓰러트리기 불가능한, 달리 말하자면 뺄 수 없는 가시였다.

그런 그에게 마족조차 간단히 짓밟는 인간이 나타났다는 소문은 달갑지 않았다. 이후 그가 주신이 자신을 없애기 위해 보낸 전사라는 소식이 들려오고 그가 용사들과 합세했다는 불길한 정보까지 나오자 볼로냐스는 잠을 이루지 못했다. 반델마이즈의 해석을 완전히 이루지도 못한 상태에서 이렇게 포기할 수는 없었기 때문이다.

결국 그는 승부를 걸 작정으로 부하들을 남겨 둔 채 직접 나서기에 이르렀다. 그를 위해 비장의 무기로 감춰 놨던 언데드 드래곤들까지 꺼냈다.

그러나 믿었던 언데드 드래곤들은 고생해서 얻은 보람도 없이 훼방꾼의 강력한 힘과 예상치 못한 꼬마 용족의 강력한 지원 공격으로 허무하게 쓰러졌다.

하지만 볼로냐스는 좌절하지 않았다. 최후의 카드가 있었기 때문이다.

"제법이구나! 과연 신이 보낸 전사답다! 하찮은 언데드 드래곤조차 쓰러트리지 못하면 나를 상대할 자격이 없지! 하하하하!"

그러나 리오는 그의 말을 듣고 있지 않았다. 볼로냐스가 말하는 틈을 타서 손을 신속히 움직여 주문을 외우고 있었다.

그의 오른손 앞에서 거대한 마법진이 떠올랐다. 그것이 발동되자 붉은색의 두꺼운 빛이 마법진의 중앙에서 뿜어졌다.

빛은 볼로냐스와 그가 타고 있던 붉은 드래곤을 집어삼켰다. 둘은 그 빛의 압력을 견디기 위해 사력을 다했지만 결국 드래곤의 발은 땅에서 떨어지고 말았다.

이윽고 대폭발이 둘이 있던 자리를 휘감았다. 폭발 현장으로 일순간 쏠렸던 공기는 폭풍이 되어 사방으로 달렸다.

도시의 병사들은 하늘 높이 솟아오르는 버섯구름을 보고도 믿어지지 않았다. 도저히 인간이 만들 수 있는 광경이 아니었기 때문이다.

마법을 날렸던 리오의 오른쪽 눈썹이 위로 꿈틀했다.

먼지구름이 걷히면서 검은색 구체가 나타났다. 구체를 걷고 나타난 것은 볼로냐스였다. 다친 곳 없이 멀쩡한 볼로냐스는 책을 들어 보이며 웃었다.

"하하하! 이 책이 있는 한 난 무적이다! 네가 그 어떤 마법을 사용하든 나를 죽이는 것은 불가능하다!"

책이 다시 빛났다. 마법 폭발의 피해를 최소화하기 위해 웅크리고 있던 파란색 드래곤 두 마리가 입을 벌리고 뇌력이 실린 브레스를 뿜었다.

굵은 번개와 같은 브레스를 재빨리 피한 리오는 볼로냐스에게 다른 마법을 다시 날려봤지만 소용없었다. 책에서 흘러나오는 기운이 마법을 완전히 차단하고 있었다.

'마법의 모든 효과를 무효로 만들잖아? 신이 만든 책이라서 그런가? 그렇다 해도 이상하군. 마치 책이 스스로 녀석을 보호하는 것 같아.'

그는 우선 언데드 드래곤들을 완전히 처리한 후 볼로냐스에게 집중하기로 마음먹었다.

남은 두 드래곤은 다른 드래곤들에 비해 몸이 멀쩡한 편이었다. 그만큼 전투력도 뛰어나서 리오는 둘을 처리하는 데 꽤 고생했다. 만약 바이칼의 지원이 없었다면 시간은 세 배 이상 소요됐을 것이다.

바이칼과 함께 드래곤 둘을 순식간에 처리한 리오는 검을 앞세우고 볼로냐스에게 돌격했다. 마왕은 그를 내려다보며 크게 웃었다.

"하하하! 마법은 포기했나? 그런 건가?"

"흠!"

리오의 검이 볼로냐스에게 닿으려는 순간 마법을 막은 것과 똑같은 검은색의 장막이 나타나 검을 튕겨 냈다.

'검까지?'

잠시 당황했던 리오는 곧 잔악한 미소를 지었다.

"후후, 재미있는 녀석이군. 아주 재미있어!"

리오의 회색 망토가 한쪽으로 급격히 쏠리며 원을 그렸다. 그리고 엄청난 속도의 회전이 실린 공격이 다시 한 번 장막을 때렸다.

이번에도 볼로냐스는 멀쩡했으나 상황은 방금 전과 달랐다. 마왕은 장막에 휩싸인 채 저 멀리 날아갔다.

가까스로 몸을 멈춘 볼로냐스는 다시 달려드는 상대의 광기 어린 투지를 보고 전율했다. 리오의 공격이 터질 때마다 볼로냐스는 공처럼 튕겨 이리저리 날아다녔다.

리오는 공격을 계속하며 외쳤다.

"아무래도 그 책은 발동된 마법을 무효화하는 힘도 가졌나 보군! 하지만 물리력은 어쩌지 못하는 것 같은데, 어떻게 생각하나? 내가 먼저 지치든가, 책에 서린 힘이 사라지든가, 둘 중 하나다!"

"으아악!"

장막에 둘러싸인 채 땅바닥에 꽂힌 볼로냐스는 푸른 피를 토하며 괴로워했다. 그러면서도 책을 가슴에 품어 포기하지 않겠다는 의지를 보였다.

리오는 그 모습을 보고 조소했다.

"책이 아쉽나? 너무 걱정하지 마라. 네 시체와 함께 잘게 으깨서 불태워 줄 테니까! 우오오!"

검을 아래로 내린 리오는 볼로냐스를 향해 일직선을 그리며 떨어졌다.

"나를……! 이 마왕을 우습게 보지 마라!"

고함과 함께 반델마이즈에서 빛이 터졌다. 언데드 드래곤들에게 힘을 주던 보라색 빛이었다.

"윽!"

리오는 기와 마법보호막을 동시에 사용해 자신의 앞을 막았다. 그러나 빛은 둘 모두를 뚫고 리오의 몸속으로 침투했다.

"크악!"

리오의 몸이 위로 둥실 떠올랐다가 아래로 떨어졌다. 미리 쳐놓은 보호막 덕분에 낙하의 충격을 받지는 않았지만 대신 보라색의 반점이 리오의 몸을 조금씩 좀먹었다.

"윽, 으아아아악!"

이 세계에서 한 번도 들린 적 없던 리오의 비명이었다.

"후, 후후후!"

볼로냐스가 어설픈 웃음을 터트리며 일어났다. 사실 지금의 공격은 그가 한 것이 아니라 책이 한 것이었다. 리오가 당한 것도 모든 신경을 책이 아닌 볼로냐스에게 집중한 탓이었다.

"산 채로 언데드가 되다니, 꼴좋구나! 하수인 주제에 감히 이 마왕 볼로냐스 님에게 대항하려…… 응?"

리오에게 접근하던 볼로냐스의 발걸음이 멈췄다. 그의 몸 전체로 퍼져야 할 보라색 반점이 갑자기 확장을 멈추더니 느릿하게나마 줄어들고 있었다.

"이 녀석, 설마 책의 힘에 저항하는 건가?"

"으으으윽……!"

리오는 몸 전체를 울리는 심한 경련에도 일어나기 위해 애썼다. 게다가 여전히 검을 들고 있었다. 그의 저력에 두려움을 느낀 볼로냐스는 여기서 끝장낼 결심을 하고 책을 그에게 뻗었다.

"저, 저항해 봤자 소용없다! 이 책의 힘은 무한하다!"

그러나 볼로냐스는 뜻을 이루지 못했다. 책이 빛을 발하려는 순간 파란 빛이 볼로냐스의 등을 강타한 것이다.

책이 뿜어낸 장막 덕분에 치명상을 모면한 볼로냐스는 고개를 돌려 빛이 날아온 방향을 쳐다봤다. 그곳에는 꼬마 용족이 파란 안광을 뿜으며 분노하고 있었다.

"쳇, 어쩔 수 없군!"

볼로냐스는 하늘로 날아올랐다.

"대지의 틈으로 가려는 너희의 속셈은 뻔히 알고 있다! 그곳으로 와라! 내 친히 결판을 내주겠다! 나, 마왕 볼로냐스는 숨지도, 피하지도 않는다! 하하하하!"

그의 웃음소리가 하늘 저편으로 사라졌다.

볼로냐스에 대한 분노와 친구에 대한 걱정을 동시에 하고 있던 바이칼은 충전하던 브레스를 거두고 리오를 향해 뛰었다.

"여봐라! 여봐라, 정신 차려라!"

소년이 자신에게 손을 대기 직전, 리오가 큰 소리로 외쳤다.

"만지지 마!"

바이칼은 움찔하여 손을 멈췄다. 인상을 구긴 채 자신을 침식하려는 기운과 싸우던 리오는 울상이 된 용족 소년의 얼굴을 보고 힘겹게 웃었다.

"전염될 수도 있으니 조금만 기다려. 거의 다 해결됐으니까."

그의 미소를 본 바이칼은 겨우 안도했다.

"정말 책의 힘을 이겨 낼 수 있나?"

"난 팔이 잘려 나가도 집중만 하면 다시 팔을 만들 수도 있는 몸이야. 이 정도는 방해만 없으면 충분히 저항할 수 있어. 그러니 잠깐 기다려."

리오는 눈을 감고 호흡을 가다듬었다. 바이칼은 초조한 심정으로 그와 그의 몸을 덮은 보라색 반점을 지켜봤다.

보라색 반점이 완전히 사라진 것은 30여 분 뒤였다. 리오는 몸 이곳저곳을 살피며 일어났다.

"휴, 대충 마무리됐군. 하마터면 언데드가 될 뻔했어."

"정말 괜찮은 건가?"

"아, 확실히."

리오는 망토와 몸에 묻은 흙을 털었다.

"이상한 부분이 있어."

"뭔가? 어서 보고해라."

리오는 대답이 아니라 보고라는 말을 너무 자연스럽게 내놓는 소년을 잠시 짜증 섞인 눈초리로 바라봤다.

"반델마이즈의 실체를 본 것은 이번이 처음이야. 처음에는 그저 단순한 책인 줄 알았는데 그게 아니더군. 뭔가 살아 있다는 느낌을 받았어."

"살아 있다고?"

"그래. 그 마족 녀석이 책을 조종하는 게 아니라 책이 녀석에게 힘을 준다는 느낌이었어. 마족 녀석은 싸우는 내내 그저 하하하 웃기만 했지. 정말 책이 자신의 의지로 움직인다면 이건 더 큰 문제야."

"어째서?"

"볼로냐스는 마족이지만 그 책은 신이 만든 물건이야. 격이 다르지. 추구하는 바가 이뤄졌을 때 벌어질 상황도 다를 거야."

"하지만 고작 책일 뿐이지 않나?"

"고작 책이 내 공격을 모두 막아 냈어. 너도 봤잖아?"

"……."

"아무튼 종착지가 정해졌으니 준비하자. 이제 마무리야."

몸을 숙여 바이칼의 등을 두드려 준 리오는 도시로 발걸음을 돌렸다. 바이칼은 빠른 걸음으로 그의 옆에 따라붙었다.

아인 일행과 함께 대지의 틈으로 간 리오와 바이칼은 계곡 입구에 들어서자마자 풍겨 오는 이상한 냄새에 눈을 찌푸렸다.

"이 몸에게 어울리지 않는 냄새가 나는군."

바이칼의 소감에 아인 일행은 영문을 알 수 없다는 눈으로 용족 소년을 돌아봤다.

"냄새라고요? 특별한 냄새는 나지 않습니다만……?"

"너희는 못 맡는 냄새야. 맡을 필요 없다는 것을 몸이 알거든."

리오가 설명했다.

"공간 간의 균열이 오랫동안 벌어져 있으면 반응이 일어나 독특한 냄새가 나게 되어 있어. 우리는 공간 사이에 놓인 벽을 넘어 다른 세계로 갈 수 있고, 또 갈 일이 많기 때문에 그 모든 현상이나 반응, 그리고 냄새에 민감하지."

"다른 세계에 간다는 것은 어떤 건가요?"

리오는 습관적으로 바이칼에게 고개를 돌렸다. 그러나 소년은 뭘 보냐는 듯이 입을 삐죽거릴 뿐이었다.

질문한 사람은 놀랍게도 하얀 법복을 입은 소녀 조쉬였다. 동료들 사이에서도 말이 없는 편인 그녀가 다른 사람도 아닌 리오에게 질문한 것은 그녀의 내성적인 성격을 아는 아인들에게 있어서 경악할 만한 일이었다.

리오는 아인 뒤에 숨어 꾸물대는 그녀를 보고 실소를 지었다.

"궁금해?"

소녀는 고개를 끄덕였다. 아인의 옷에 눌린 그녀의 흰 머리카락이 부슬부슬 소리를 냈다.

"그렇게 신기하고 재미있지는 않아. 다 똑같아. 어느 세계가 됐든 사람이 살고, 동물이 살고, 식물이 살고, 전혀 다를 바가 없어. 나만 그럴지도 모르지. 내가 하는 일이 워낙 재미가 없거든."

"정말 다 똑같고 재미도 없나요?"

연이어 나온 그녀의 질문에 리오는 턱밑을 긁적였다.

"음…… 여행 좋아해?"

소녀는 고개를 끄덕였다. 리오는 빙긋 웃었다.

"그럼 너에게는 재미있을 거야. 좀 더 일찍 만났더라면 많은 얘기를 해줬을 텐데, 아쉽게 됐군."

부끄럽게 웃던 조쉬의 표정이 금세 변했다. 리오는 적을 상대할 때처럼 무서운 표정으로 검을 꺼내 들었다.

"오는군. 다들 준비해."

모두 뒤를 돌아봤다. 붉은 장발의 동료가 말한 대로 적들이 오고 있었다.

처음에는 모든 것이 빽빽한 숲처럼 보였다. 그러나 시간이 갈수록 나무로 보였던 것들은 언데드 드래곤이고, 잎사귀로 보였던 것들은 인간의 언데드라는 것이 명확해졌다.

그 엄청난 숫자에 아인 일행들은 숨을 죽였다. 놀라거나 떠는 기색은 없었다. 어떻게 반응하면 좋을지 잠시 잊은 것이다.

바이칼도 넋을 놓고 있는 가운데, 리오는 검을 어깨 위에 올리며 웃었다.

"계곡이 가득 찼군. 끌어모을 수 있는 숫자를 모두 끌어모았나 봐. 후후, 필사적인데?"

모두가 리오에게 고개를 돌렸다. 미친 게 아닐까 싶을 정도로 여유로운 그의 모습을 이해할 수 없었다.

하지만 리오의 눈은 맑았다. 눈동자는 적의 수를 조금이라도 더 명확히 파악하기 위해 분주했다.

"아인, 계곡의 구조는 대충 알지?"

"예. 도시의 마법사들에게 확실히 들었습니다. 지도도 있죠. 하지만 적의 수가 저렇게 많은데 어떻게 합니까! 계곡에 물이 흘러넘쳐도 저것보다는 부족할 겁니다!"

"그렇겠지. 하지만 난 수영하라고 너희를 데려온 게 아니야."

"네?"

"너희는 소환의 피리나 신경 써. 길은 내가 만들어 준다."

리오는 장발을 흔들며 앞으로 나섰다.

아인 일행은 방금 전 리오가 한 말을 되새겼다. 또한 다행이라고 생각했다. 이 남자를 일찍 만났더라면 적과 싸우는 것보다 그와 헤어지는 것이 더 두려웠을지도 모른다고.

리오가 앞으로 달려 나갔다.

"따라와!"

모두 리오의 뒤에 바짝 붙었다.

검과 마법의 폭풍이 언데드의 물결을 가로질렀다. 적들 사이사이에는 마족들이 섞여 언데드들을 조종하고 있었다. 리오와 용사들이 공격해 올 것은 알고 있었지만 설마 정면으로 돌격해 올 줄은 몰랐던 마족들은 공황 상태에서 공격만을 부르짖었다.

그중 냉정한 축에 드는 한 마족이 큰 칼을 들고 리오의 앞을 가

463

로막았다.

"네가 바로 신의 하수인이로구나!"

유언을 마친 마족의 머리는 산산조각 나 자신의 발아래 흩어졌다.

바로 뒤를 언데드 드래곤 셋이 가로막았다. 그 위용에 뒤에서 들려오던 동료들의 숨소리가 조금 멀어지자 리오는 왼손을 위로 뻗으며 외쳤다.

"멈추지 마!"

하늘에서 빙글빙글 돌며 떨어지던 마족의 칼을 그는 왼손으로 잡았다. 그에 이어 적색의 빛줄기들이 그의 양손을 타고 무수히 꿈틀거렸다.

그 모습을 본 마법사 세라는 쓴웃음을 지었다.

'이중 주문이라고? 뇌가 네 개라도 되는 거야? 상식에서 너무 벗어나잖아!'

이윽고 그의 두 검이 진홍색으로 불타올랐다. 준비를 마친 리오는 오른손과 왼손을 차례로 휘둘렀다.

"하앗!"

반달 모양의 진홍색 섬광이 언데드 드래곤을 향해 파도쳤다. 빛에 적중한 드래곤들의 모습은 백광과 함께 폭발하여 자취를 감췄다.

강력한 후폭풍이 밀려왔지만 리오는 장작처럼 새카맣게 탄 마족의 검을 버릴 뿐 멈출 줄을 몰랐다. 그를 따르던 아인 일행은 리오의 앞에 펼쳐진 보호막을 뒤늦게 보고 혀를 내둘렀다.

'큰 주문 두 개를 동시에 외우고 나서 가속(加速)주문으로 마법보호막까지 치다니, 정말 괴물이야. 저 남자, 아군이라서 정말 다행이야.'

아인 일행이 리오의 모습을 가슴에 담으려는 것을 본 바이칼은 표정을 구겼다. 자신만이 리오를 보고 감탄해야 하는데 저급한 인간들까지 환호하는 모습을 보니 가슴이 쓰라리도록 불쾌했다.

돌진해 온 리오 일행은 연두색으로 빛나는 동굴 앞에 도착했다. 언데드 드래곤 넷이 앞을 지켰지만 리오의 공격 앞에서 추풍낙엽이었다.

"이곳이 대지의 틈으로 가는 길이지?"

아인은 급히 지도를 펼쳤다.

"예, 맞습니다. 확실합니다."

"그럼 어서 들어가."

"예!"

리오의 옆을 지나 동굴 안으로 우르르 들어간 일행은 흠칫 놀라 고개를 돌렸다. 리오는 따라올 생각을 않고 동굴 밖을 주시하고 있었다.

"뭐 하십니까, 리오 님! 어서 들어오십시오! 적들이 추적해 올 겁니다!"

리오는 웃기만 할 뿐, 대답도, 움직이지도 않았다.

"리오!"

"아, 시끄러워! 이 좁은 동굴 속에서 언데드들과 뒤엉키고 싶나!"

그의 일갈에 동굴 속이 조용해졌다.

"잘 들어. 난 죽어도 다시 살아나기 때문에 죽음이 두렵지 않아. 하지만 너희는 아니야. 죽음이 주는 공포를 의식 구석에 감춰 놨을 뿐, 완전히 버릴 수는 없어. 제아무리 용사니 뭐니 해도 일단 인간이기 때문이지. 그건 당연한 거야."

"……."

"어찌 보면 이 안이 가장 위험할 수도 있어. 하지만 난 너희를 믿고 안으로 들여보내는 거야. 지금까지 용사라고 불리며 성장해 온 너희라면 분명 위험을 극복하고 소환의 피리를 다시 만들 수 있을 테니까. 너희는 그걸 만들고 내가 있는 곳으로 와."

리오는 씩 웃었다.

"내가 언제까지 버틸지 모르거든."

울컥한 아인은 손을 부르르 떨었다. 다른 동료들에게 느끼지 못했던 묵직한 감정이 그의 눈물샘을 자극했다.

"왜 저희를 도와주시는 겁니까, 왜!"

아인이 외쳤다. 리오는 뭔가 회상하듯 시선을 위로 올렸다.

"일단 임무니까. 그리고 내가 위험할 때는 옆에 아무도 없었지. 누군가 도와줬으면 하는 생각을 해보지 않은 적은 단 한 번도 없어. 하지만 결국 내가 배운 것은 나 혼자 싸우는 방법이었지. 그런데 그렇게 힘을 얻으니 너희 같은 애들을 도와줄 기회가 종종 생기더군. 도와주는 사람의 기분은 어떨까? 그리고 도움을 받는 사람의 기분은 어떨까?"

그는 점점 더 가까이 몰려오는 언데드 군대를 보며 자세를 바꿨다. 그러면서 계속했다.

"결론은 하나야. 신나고 재미있지. 그 신나고 재미있는 기억을 다시 되새기고 싶은 마음은 누구나 가지고 있어. 사람들은 그것을 추억이라고 하더군. 난 추억을 좋아하는 사람이야. 죽음이라는 최대의 유희를 지니지 못한 자의 유일한 낙이지."

"……"

"나와 너희의 모험이 좋은 추억으로 바뀌기에는 아직 일러. 해피엔드인지, 배드엔드인지는 아직 모르거든."

리오는 모두를 향해 엄지를 들었다.

"이왕이면 해피 쪽으로 가자."

"예!"

아인은 힘차게 대답했다.

리오는 바이칼에게 이야기하는 것도 잊지 않았다.

"여긴 내가 있어야 해. 그러니 저 녀석들을 네가 도와줘."

"못한다! 고귀한 용족의 황태자가 어찌 축생들을 돌본단 말인가!"

"그래? 그럼 한 가지 재미있는 이야기를 해줄게."

리오는 소년에게 이리 오라고 손짓했다. 소년이 다가오자 리오는 젖살이 포동포동한 소년의 두 볼에 양 손바닥을 대고 말했다.

"너와 나는 친구지? 아니, 지금부터 진짜로 친구할래?"

"그래 주지."

소년은 기다렸다는 듯 고개를 끄덕였다.

"좋아. 그런데 난 지금 사력을 다해 싸울 생각이야. 내가 여기를 지키지 않으면 저 애들이 당하고 너도 위험해질 수 있거든. 친구의 생각이 그렇다면 넌 어떻게 해야 할까? 친구의 목숨을 지키기 위해 여기서 싸워야 할까, 아니면 친구를 믿고 친구가 부탁한 자들을 도와줘야 할까?"

선택의 기로였다. 리오는 부담스러운 얼굴로 끙끙대는 소년의 이마에 자신의 이마를 갖다 댔다.

"이건 앞으로 살아가면서 겪어야 할 수많은 선택 중에 하나야. 고기를 먹을지, 채소를 먹을지 하는 고민보다 덜 행복하지만 그때가 분명히 오게 마련이지. 지금이 그 시작이라 생각해. 알았지?"

"……."

"선택해, 친구."

"흥. 건방진 녀석."

밀치듯이 리오를 떠난 바이칼은 아인들이 있는 곳으로 갔다.

"가자, 지저분한 축생들아! 이 몸이 친히 너희에게 은혜를 내리마!"

아인들은 대답 없이 꼬마 용족을 따라갔다.

리오는 동굴 밖으로 나갔다. 자신이 지금껏 지나쳐 온 수많은 언데드와 마족들이 밖에서 대기하고 있었다.

간단히 돌파당하긴 했지만 그들은 모두 정예였다. 볼로냐스는 소환의 피리가 용사들의 손에 다시 들어가는 것을 막는 데 사활을 걸었다. 어설프게 막아서 피리를 내주고 예전처럼 알렉산더에게 각개격파를 당하느니 막는 데까지 막아 보기로 했다.

마족들 역시 우두머리의 생각을 알고 있었다. 그리고 이번 일이 얼마나 중요한지도 알고 있었다. 그래서 그들 모두는 신의 하수인을 제거하고 동굴 입구를 통과하여 용사들을 없앨 생각에 혈안이 되어 있었다.

"좀 많네."

우선 감상을 내놓은 리오는 힘을 전개했다.

농익은 살기가 커튼처럼 리오를 감싸고 타올랐다. 검을 든 사람 모양의 실루엣 속에서 한 쌍의 안광이 붉게 타올랐다. 그의 장발은 불꽃처럼 일렁이며 죽음의 유혹을 던졌다.

계곡 전체가 중저음을 내며 진동했다. 마족들은 말로만 접했던 그 강력함에 자신들이 보유한 막대한 숫자를 잠시 잊을 정도로 긴장했다.

살기의 봉오리 속에서 목소리가 들렸다.

"오너라. 너희보다 먼저 간 녀석들이 내 손에 어떻게 죽었는지 가르쳐 주지."

뼈마저 짓누르는 듯한 힘의 압력에 마족들은 꼼짝을 하지 못했다. 그러나 그들은 필사적으로 움직였다.

신계를 비롯한 모든 세계를 지배하겠다는 볼로냐스의 야망과 소문은 이미 퍼질 대로 퍼진 상태였다. 그것은 모든 존재를 적으로 돌리겠다는 선전포고와 다름없었다. 그런 그들에게 도망칠 장소는 없었다. 어딜 가도 죽음만이 있을 뿐이었다.

마족들이 괴성을 지르며 달려들었다. 수를 헤아릴 수 없는 각종 언데드들이 리오를 집중 공격했다.

리오의 망토와 옷, 피부에 흠집이 하나둘씩 생겼다. 자신이 얼마나 버틸 수 있을까. 무엇을 위해 이렇게 싸우는가. 리오가 그런 의문을 가질 때마다 상처는 대답이 되어 그의 의식을 자극했다.

적을 죽인다. 무조건 죽여 제거한다. 오로지 그 생각만이 리오의 머릿속에 가득했다.

리오가 밖에서 격전을 벌이는 사이 바이칼을 비롯한 아인 일행은 동굴 깊숙한 곳을 향해 계속 전진했다.

길은 순탄하지 않았다. 안쪽 역시 동굴 바깥만큼은 아니었지만 마족들이 상당수 대기하고 있었다. 리오의 그늘에 가려져 드러나지 않던 아인들의 실력이 바이칼 앞에 선보인 것은 그때부터였다.

언데드, 그리고 마족과의 싸움을 앞두고 그들은 전혀 망설임이 없었다. 야수를 잡는 사냥꾼들처럼 모든 상황에 노련하게 대처했다. 리오를 잠깐이나마 괴롭혔던 그들의 연속 공격과 알렉산더의 뼈로 만든 무기도 그들의 강함에 한몫했다.

바이칼은 동굴 붕괴의 위험 때문에 브레스를 사용하지 않는 대신 강력한 염동 능력으로 마족들의 움직임을 봉쇄했다. 덕분에 아인 일행이 특별히 위기에 빠지는 일은 없었다.

모두 마족만을 골라 집중 공격했다. 마족이 죽으면 그가 담당하고 있던 언데드들이 뼈와 시체로 돌아가기 때문에 적의 숫자는 빠르게 줄어들었다.

모든 방어선을 돌파한 아인 일행은 결국 대지의 틈에 도달했다.

대지의 틈은 언뜻 거대한 바위에 난 흠집에 불과했다. 하지만 그 흠집을 통해 보이는 것은 바위의 내부가 아니라 오색으로 휘몰아치는 수수께끼의 공간이었다.

바위 근처에는 조롱박처럼 생긴 하얀색 식물이 자라고 있었다. 그것이 바로 그들이 찾던 환수계의 호박이었다. 하지만 아인들은 더 이상 전진하지 못했다. 호박들 앞에는 볼로냐스 본인이 작은 바위에 버티고 앉아 있었다.

"정말 끝까지 나를 방해하는구나. 하지만 그 신의 하수인을 데려오지 않다니, 큰 실수를 했군. 그 남자 정도는 되어야 나와 대등하게 겨룰 텐데 말이야."

볼로냐스가 일어났다. 아인을 비롯한 모두는 싸울 준비를 하고 마음을 가다듬었다. 그 모습을 보고 볼로냐스는 고개를 흔들었다.

"그만둬라, 인간. 내 뒤에 무엇이 있는지 벌써 잊은 건가?"

그는 대지의 틈을 가리켰다.

"여기서 마력을 발휘하면 공간의 흐름이 불안정해질 수도 있지. 거짓이라고 생각되면 마법을 사용해 봐라. 이 일대의 모든 것이 공간의 틈에 빨려 들어가 이 세계에서 사라질 거다. 나야 공간의 문을 열 수 있으니 괜찮지만 너희는 아니야. 인간의 몸으로는 무슨 수를 써도 공간의 틈에서 살아날 수 없지."

아인 일행의 얼굴이 일그러졌다. 바이칼도 얼굴을 찌푸렸지만 다른 이들과는 의미가 약간 달랐다.

"너, 그 멍청한 마족이 아니군. 누구냐? 정체를 밝혀라!"

"흠, 용족이라서 그런가? 금방 알아차렸군."

볼로냐스의 몸이 빛을 발했다. 사방으로 빛을 뿌리던 몸은 점점 작아지더니 인간의 여성과 같은 모습을 띠었다.

빛이 사라진 뒤 나타난 것은 별처럼 반짝이는 청색 드레스를 입은 단발의 여성이었다. 그 미녀에게서 뿜어지는 성스러운 기운에 바이칼을 제외한 모두는 놀라 입을 벌렸다.

"기운이…… 따뜻하잖아? 마치 봄볕을 맞는 것 같아!"

"신성력(神聖力)……! 신성한 기운이야. 저 여자는 누구지? 마족은 어디로 간 거야?"

바이칼의 하얀 손이 그들의 시야 속에서 강하게 움직였다.

"진정해라, 하등동물. 이 기운에 혹하지 마라. 단지 신의 기운일 뿐이다."

"신?"

"엄밀히 말해서 신이라고 할 수는 없지. 정확히 말해 신의 힘을 가진 고위 정신 생명체다."

아인이 물었다.

"그럼 마왕은 어디로 간 겁니까?"

"너희가 마왕이라고 칭하는 마족은 동족 중에서도 중상급 수준에 지나지 않는 하찮은 녀석이다. 저기 있는 존재에게 가볍게 농락당할 수 있지. 내 말이 맞나?"

바이칼의 물음에 수수께끼 여성은 우선 고개를 젖혀 콧대를 세웠다.

"적당한 지식 수준이로군. 네 말대로 난 신이었다. 하데스에게 속고 주신에게 벌을 받아 공간의 틈으로 추락한 가련한 존재지."

"그런 자가 어떻게 되살아났지?"

"난 내가 만든 책에 의식을 실어 겨우 연명하고 있었다. 하지만 그마저도 한계에 부딪혀 의식마저 완전히 제거될 판이었지. 그러다 운 좋게도 그 싸구려 마족에게 발견되었다. 액세서리 취급을 받아서 조금 불쾌하긴 했지만 그 마족은 아주 멍청해서 내 뜻을 이루는 데 적당했지."

그녀는 유리를 뽑아 만든 듯한 자신의 머리카락을 손으로 훑었다.

"너, 용제의 아들이지?"

그녀의 물음에 바이칼은 당당히 대답했다.

"황태자다."

"그럼 대답해 주겠나? 네 아비가 왜 나를 방해한 거지? 그것도 두 번씩이나."

"두 번이라고?"

"몰랐나? 이번이 두 번째다. 주신의 명을 받아 나를 공격한 자가 바로 서룡족의 우두머리 알렉산더다. 그가 나를 제압하고 이마에 주신의 낙인을 찍어 나를 파멸시켰지. 그때는 주신의 명령 때문에 그랬다 해도 이번에는 모르겠군. 그가 어째서 자신의 목숨까지 버려 가면서 나를 방해하는지 이유가 궁금해."

"그에 대한 답은 이 몸도 궁금하다. 그것을 알기 위해 여기까지 왔으니 잔말 말고 거기서 썩 비켜라."

"그럴 수는 없지. 이곳은 나에게도 귀중하거든."

"어째서인가?"

"내 자리를 되찾으려면 신계로 가야 하고, 신계로 가기 위해서는 이 통로가 필요하거든."

그녀가 자신의 머리를 만지던 오른손을 들었다.

"안됐지만 더 이상 대답해 줄 의무와 시간은 없어. 너희의 친구인 주신의 하수인이 바보 마족들과 언데드들을 거의 다 섬멸했거든. 자, 이제 너희가 나에게 힘을 줄 시간이야. 너희의 생명을 나에게 바치고 언데드가 되어라!"

그녀의 손에서 보라색 빛이 뿜어졌다. 리오가 기력과 마법 보호막을 총동원해도 막을 수 없었던 위험한 빛이었다.

모두의 표정이 굳어지는 가운데, 바이칼이 양손을 앞으로 뻗으며 목청껏 소리쳤다.

"건방지다!"

파란색 빛이 소년의 몸에서 뿜어졌다. 그 빛은 놀랍게도 신이었던 존재의 힘을 훌륭히 받아 냈다.

여유롭던 여신의 얼굴이 흙빛으로 물들었다.

"아니, 어떻게……! 어째서 필멸(必滅)의 생명체인 드래곤 따위가 신의 힘을 받아 낸단 말인가!"

더 놀란 쪽은 바이칼이었지만 소년은 내색 않고 힘을 더욱 강하게 방출했다.

"으으윽!"

조금씩 밀리던 여신의 몸이 결국 땅에서 떨어졌다. 벽에 달라붙은 여신은 바이칼의 힘을 이겨 내기 위해 애썼지만 필사적인 것은 바이칼도 마찬가지였다.

"인간!"

당황하고 있던 아인 일행이 바이칼에게 시선을 돌렸다. 아주 잠깐이었지만 소년의 몸은 땀에 흠뻑 젖어 있었다.

"보고만 있지 말고 어서 피리를 만들어라! 내 고귀한 시간을 더럽힐 셈인가!"

"아, 네!"

피리 제조법을 아는 소녀 조쉬가 호박을 향해 달려갔다. 다른 넷이 그녀를 따르려 하자 바이칼의 목에서 다시금 큰 소리가 나왔다.

"다른 녀석들은 내 등을 받쳐라!"

"하, 하지만 조쉬 혼자서는 너무 위험합니다!"

"추잡하다, 인간! 친구를 믿지 못한단 말인가!"

아인과 세라, 한스, 키펠의 눈동자가 떨렸다.

"믿어라! 아무리 무력하고 힘없는 너희라고 해도 믿는 것만큼은 할 수 있지 않나! 그 힘으로 여기까지 온 너희가 아닌가!"

아인은 다시 조쉬를 돌아봤다. 벌써 호박 앞에 앉은 그 소녀는 도구를 꺼내 작업에 열중했다. 친구들을 돌아볼 생각 따위는 전혀 하지 않았다. 그것은 이기심이 아니라 다른 이들이 자신을 반드시 도와주리라는 믿음이었다.

가장 먼저 바이칼의 등에 손을 댄 자는 한스였다. 그는 큰 손으로 바이칼의 작은 등을 밀며 모두를 설득했다.

"어서 와! 알렉산더 님이 우리를 믿었던 것처럼 황태자 님을 믿고 조쉬를 믿는 거야!"

세라의 손이, 키펠의 손이, 차례로 한스의 손등을 덮었다. 마지막으로 아인의 손이 그들을 감쌌다.

"믿어 보자, 친구들!"

용사들은 몸에서 힘이 빠져나가는 것을 느꼈다. 바이칼이 그들의 힘을 대량으로 빨아들이고 있었다.

여신은 그 힘에서 벗어나려 했지만 하나가 된 그들의 힘을 이겨내기에는 부족했다.

한참 동안 기운을 쓰던 여신이 통곡하듯 소리쳤다.

"이럴 수가! 어째서······! 어째서 용족이 나와 똑같은 속성의 힘을 가진 건가! 어째서 별의 힘을 소유한 건가! 이해할 수 없다!"

그 목소리는 바이칼의 귀에 들리지 않았다. 그 무렵 소년의 힘은 한계에 달해 있었다.

바이칼의 정신이 아뜩해지는 순간 조쉬가 양팔을 번쩍 들어 올렸다. 그녀의 손에는 방금 완성된 호박 피리가 하얗게 빛을 뿜고 있었다.

소녀는 피리를 입술 밑에 대고 주문을 외웠다.

"부르겠나이다. 신을 초월하고 별을 멸하는 궁극의 생물이여. 바랍니다, 당신의 강력한 힘을. 바랍니다, 당신의 강대한 모습을. 이 자리에 현신하소서. 위대한 용족의 제왕이여!"

오색 빛을 발하던 공간의 틈에서 군청색의 빛이 파도처럼 밀려 나왔다. 동시에 바이칼의 의식은 아뜩히 멀어졌다.

동굴 밖에서 혈투를 벌이던 리오는 피에 젖은 고개를 뒤로 돌렸다. 남은 마족들도 그의 시선이 가는 방향을 바라봤다.

동굴 위를 덮고 있던 암반이 폭파되어 사방으로 날아갔다. 하늘로 떠오른 바위들은 바로 떨어지는가 싶더니 낙하 속도를 줄이고 구름처럼 부유했다.

그 사이에서 군청색의 그림자가 웅장하게 피어올랐다. 흐릿했던 모습은 시간이 갈수록 점차 또렷해졌다.

그것은 드래곤이었다. 다른 드래곤들의 모습을 간단히 잊게 만들 정도로 거대하고 강력한 자태의 드래곤이었다.

완전히 모습을 갖춘 드래곤은 아래쪽으로 고개를 숙였다.

"때를 잘 맞췄구나, 아인. 그리고 오랜만이구나."

드래곤의 인자한 눈을 가만히 보던 아인은 결국 눈물을 흘렸다.

"죄송합니다, 용제님. 정말 죄송합니다. 저희가 용제님께서 주신 피리를 제대로 간직했다면 이렇게까지 되진 않았을 텐데……!"

"아니다. 너희는 최선을 다했다."

드래곤 알렉산더의 눈이 은은히 빛났다. 동굴 안에 있던 아인 일행이 파란색 구체에 휩싸여 공중으로 떠올랐다.

알렉산더는 키펠의 품에 안겨 있는 바이칼을 슬픈 얼굴로 바라봤다.

"내 죄가 너무도 크구나. 어미의 품에서 어리광을 부려야 할 아이가 결국 혼자 이곳에 오다니……."

"혼자 오시지는 않았습니다."

"혼자가 아니었다고?"

아인은 지상에서 자신들을 바라보고 있는 붉은 머리의 청년을 가리켰다.

"저분과 함께 오셨습니다."

알렉산더의 시선이 피투성이의 리오에게 맞춰졌다. 그러자 그를 포위하고 있던 마족들은 비명을 지르며 사방으로 도망쳤다. 그들이 지배하고 있던 언데드들은 힘을 잃고 바닥으로 우수수 쓰러졌다.

리오는 왼팔의 토시로 얼굴의 피를 닦았다. 상처에서 흰 연기와 함께 새살이 돋는 것을 본 알렉산더는 그가 일반인이 아님을 알아차렸다.

"자네가 내 아들의 친구인가?"

그의 물음에 리오는 하늘로 붕 떠오르며 씩 웃었다.

"학부모 면담은 뒤로 미루고 싶습니다만."

그의 눈짓을 본 알렉산더는 고개를 뒤로 돌렸다.

바이칼과 용사들의 힘에 밀려 뜻을 이루지 못했던 여신이 공중으로 천천히 떠올랐다. 그녀는 분노한 표정으로 알렉산더를 노려보았다.

"오랜만이구나, 알렉산더여."

하늘이 쩌렁쩌렁 울렸다. 입으로 말하는 것이 아니라 힘으로 대기를 진동시켜 자신의 뜻을 전달하는 것이었다.

알렉산더의 눈이 가늘어졌다.

"오랜만이오. 하지만 반갑지는 않소. 별의 여신 '카일란'이여."

"내 이름을 기억하는군. 매우 불쾌한 일이야. 어찌 됐든 다시 만났으니 물어보고 싶은 것이 있다. 대답해 주겠나?"

"대답 해줄 수 있는 것이라면 대답해 주겠소."

"좋아. 그럼 대답해라. 어째서 네 자식이 나와 같은 별의 힘을 가지고 있는 건가?"

잠시 카일란을 바라본 알렉산더는 불편한 한숨을 내쉬었다.

"필멸의 존재가 신의 특징을 몸에 담으려면 어떻게 해야 할 것 같소? 방법은 당신이 더 잘 알 것이오."

대답을 들은 카일란은 알렉산더와 바이칼을 번갈아 보며 생각했다. 결론에 도달한 카일란은 쓴웃음을 지었다.

"반신반룡이라는 건가? 그것도 별의 여신이 낳은 네 자식이라는 건가?"

"그렇소."

"후후, 그렇군. 내가 신의 자리를 되찾기 위해서는 현세대의 별의 여신을 흡수해야만 하지. 별의 여신은 네 부인이니 지킬 수밖에 없었겠지? 허나 네 백성들을 동원하기는 불가능했을 거야. 신이 아닌 존재는 나에 의해 언데드가 되는 것을 피하기 어렵거든. 그래서 일부러 목숨을 버리고 나를 막으려 했던 것이겠지. 소환수는 언데드가 될 걱정이 없으니까."

알렉산더에게는 더 이상 붙일 것도, 뺄 것도 없는 설명이었다.

"하지만 당신을 막기 위해 죽음을 택한 것만은 아니오."

"그렇다면?"

"사랑하는 자를 지키기 위해 죽음을 택한 것이오."

카일란의 안색이 흐려졌다.

"불멸의 존재와 필멸의 존재가 사랑을 한다. 후후, 꽤 로맨틱하지만 그것은 그저 고통만을 남길 뿐이야. 결국 불멸의 존재마저 파멸시키지. 나처럼."

알렉산더는 측은한 눈으로 그녀를 바라볼 뿐이었다.

모든 사실을 알게 된 리오는 들고 있던 디바이너를 더욱 꽉 잡았다.

'이제 어쩌지? 신과 동일한 힘을 가지고 있는 적이야. 마법이든 검술이든 전혀 통하지 않을 거야. 아무리 용제가 같이 싸워 준다고 해도 한계가 있어.'

소환수가 환수계가 아닌 장소에서 존재를 유지하기 위해서는 막대한 에너지가 필요하다. 특히 알렉산더처럼 거대한 존재는 그 시간이 더욱 짧다.

만약 리오가 카일란과 싸워야 한다면 알렉산더가 사라지기 전에 결판을 내야 했다. 그러나 카일란의 힘은 만만치 않았다.

바이칼이 기절했다는 사실을 알고 있던 카일란은 거칠 것 없다는 듯 온몸에서 빛을 발했다.

"부인의 이름이 뭔가, 용제여?"

"빌라이저라고 하오."

"그렇군."

그녀가 뿜어내던 빛이 보라색을 띠더니 하늘로 솟구쳤다. 깨끗한 물에 먹물이 퍼지듯 파란 하늘 전체가 보라색 얇은 구름에 덮였다.

"그럼 네 부인 빌라이저를 흡수하러 가겠다. 이제 잠시 후면 이 행성에 사는 모든 생물이 나에게 생명에너지를 바치고 언데드가 되겠지. 방금 전에는 네 자식이 나를 방해했지만 이제는 그럴 수 없을 거다."

"이제 그만하시오, 카일란!"

알렉산더의 입에서 강력한 브레스가 뿜어졌다. 기세 좋게 뻗어 나가던 파란색 빛줄기는 카일란의 손에 막혀 좌측으로 꺾였다. 그녀 대신 브레스에 맞은 산은 폭파되어 화산처럼 먼지구름을 뭉게 뭉게 토해 냈다.

"겨우 이 정도의 브레스로 나를 상대할 수 있을 것 같나? 힘을 좀 더 써보시지. 나를 쓰러트릴 때처럼 제대로 공격해 봐라, 용제여."

하지만 알렉산더는 그럴 수 없었다. 지금 전력을 다해 공격한다면 존재를 유지할 에너지를 거의 다 잃게 되기 때문이었다.

"내 부인을 흡수하여 신이 된다고 해도 달라질 것은 없소! 주신께서 그대를 가만두지 않으실 것이오!"

"괜찮아. 정신생명체로서 필멸의 존재에게 죽느니 신으로서 주신께 직접 소멸당하는 것이 더 나으니까."

이젠 무엇을 해도 그녀의 생각을 바꿀 수 없다는 사실을 깨달은 알렉산더는 결국 전력을 다하기 위해 양 날개를 활짝 펼쳤다.

보라색 구름이 지상으로 내려왔다. 거대한 절망감이 구름 밑에 살고 있는 모든 생명체를 짓눌렀다.

가만히 있던 리오의 머릿속에 낯선 목소리가 들려왔다.

'별의 힘을…… 당신이 가진 별의 힘을 사용하십시오.'

여성의 목소리였다. 움찔한 리오는 주위를 돌아봤다.

그에게 말을 걸 만한 사람은 없었다. 애초부터 그런 목소리를 가진 여성은 아예 존재하지 않았다.

당황한 리오는 문득 알렉산더와 눈을 마주쳤다.

기묘한 공기가 둘 사이에 흘렀다. 알렉산더는 모든 것을 다 알고 있다는 기운을 내뿜었다.

목소리가 다시 들려왔다.

'지체할 시간이 없습니다. 어서 당신의 힘을 사용하십시오.'

'별의 힘이라니, 무슨 소립니까? 저는 그런 힘을 배운 기억이 없습니다!'

'아닙니다. 당신은 가장 밝은 별, 생명을 키우고 지켜 주는 소중한 별의 힘을 사용할 수 있습니다.'

'가장 밝은 별?'

'그 별을 향한 길을 제가 열어 드리겠습니다.'

리오는 고개를 들었다. 카일란이 깔아 둔 보라색 구름에 작은 구멍이 뚫렸다. 그의 바로 위쪽이었다. 구름에 막혀 있던 햇빛이 구멍을 통해 리오의 머리 위로 쏟아졌다.

'태양……? 데이브레이크를 쓰란 말입니까? 하지만 위험합니다! 그리고 카일란이 충전을 그냥 두고 볼 리도 없잖습니까!'

'시간은 걱정하지 마십시오. 알렉산더 님께서 당신을 도와주실 겁니다.'

육중한 무엇인가가 공기를 가르는 소리가 들렸다. 크게 날갯짓을 하며 천공으로 떠오른 알렉산더가 카일란을 향해 돌격했다.

'내 아들을 부탁하네, 주신의 전사여.'

당부를 한 알렉산더와 카일란이 충돌했다. 질량은 알렉산더가 압도적으로 우세했지만 신의 영역에 있는 카일란에게 물리법칙은 무의미했다.

리오는 쓸쓸히 웃었다.

"부담이 너무 큽니다, 용제님."

그의 몸에서 회색 빛이 흘러나왔다. 그가 뭔가 시도한다는 것을 눈치챈 아인 일행은 세라가 펼친 보호막 속에서 서로를 의지하며 엎드렸다. 그들의 중앙에 여전히 의식을 되찾지 못한 바이칼이 있었다.

리오의 강력한 힘을 느낀 카일란은 알렉산더에게서 벗어나려 했지만 용제는 더욱 거세게 그녀를 밀어붙였다.

그사이 데이브레이크의 충전을 끝낸 리오는 빛을 머금은 채 알렉산더와 카일란이 있는 곳으로 날아갔다. 그가 짧지만 빠른 비행을 끝내자 그를 둘러싸고 있던 빛이 공기 중으로 이탈하여 목표 지점을 향해 뻗어 나갔다.

카일란은 자신을 향해 날아오는 무속성의 빛을 멍하니 쳐다봤다. 알렉산더는 묵묵히 눈을 감으며 중얼거렸다.

"두려워 마시오. 사랑하는 자는 누구나 아픈 법이라오. 당신도, 그리고 나도 마찬가지요."

일순간 흔들린 카일란의 표정은 회색의 폭발에 휩싸여 그 누구도 보지 못했다.

보라색 구름은 리오의 데이브레이크가 소멸되면서 함께 사라졌다. 카일란과 알렉산더의 모습은 그 어디에도 보이지 않았다.

바이칼은 일어나지 않았다. 처음에는 기절했지만 지금은 정신없이 잠들어 있었다. 리오는 자신의 망토를 이불 삼아 잠든 바이칼의 옆에 앉아 조용히 쉬었다.

그에게 아인이 다가왔다.

"이제 뭐가 남은 거죠?"

"집에서 쉬는 것?"

"그럼 리오 님도 집으로 돌아가는 겁니까?"

리오는 피로에 찌든 미소를 지었다.

"그런 건 없어. 곧장 다음 임무에 들어가겠지."

"그렇군요."

아인은 몹시 아쉬워했다. 리오는 어깨를 으쓱했다.

"이제 어쩌나? 용사라는 직업에서 은퇴하게 됐으니 말이야."

아인은 씩 웃었다.

"자기 생활로 돌아가는 거죠."

"사람들이 가만두지 않을 텐데?"

"당분간은 그렇겠죠. 하지만 얼마 안 가 사그라질 겁니다. 과거보다는 현재가, 전설보다는 현실이 더 강하니까요."

"그렇군."

대화를 마친 리오는 아인들을 떠나보냈다. 식사와 술을 같이 하자는 제안은 거절했다. 혹시라도 미련이 남을까 해서였다.

그들의 기척이 사라진 뒤, 리오는 홀리듯 말했다.

"이제 나오시죠."

리오의 앞쪽 공간이 인간의 형태로 흔들렸다. 그 실체는 하늘색 원피스를 입고 마치 바퀴를 연상케 하는 황금색의 장신구를 등에 단 여성이었다. 위로 곱게 틀어 올린 청색의 투명한 머리카락은 별을 뿌린 것처럼 아름답게 반짝거렸다. 그녀가 땅을 밟자 황금색의 장신구는 순식간에 소멸됐다.

우선 잠든 바이칼을 품에 안은 그녀는 리오에게 고개를 숙였다.

"죄송합니다. 제가 황태자 마마를 보살펴 드렸어야 했는데……."

"후후, 됐습니다. 아무튼 처음 뵙겠습니다, 별의 여신 빌라이저 님. 리오 스나이퍼라고 합니다."

리오는 자리에서 일어나 그녀의 앞에 무릎을 꿇었다. 빌라이저는 난처한 기색을 보였다.

"예를 갖추실 필요는 없습니다. 저는 죄인입니다."

인간계에 대한 신의 직접적인 관여는 신계의 법칙상 가벼운 일이 아니었다. 비록 간접적으로 리오를 도와주긴 했지만 간접적이든 직접적이든 도와준 것만은 사실이기 때문에 처벌을 피할 수는 없었다.

"벌써 들키셨습니까?"

리오가 놀라 묻자 빌라이저는 부끄럽게 고개를 끄덕였다.

"주신, 하이볼크 님은 전지전능하신 분입니다. 모를 리 없지요."

"그럼 재판을 받게 되시는 겁니까?"

"추방 판결을 받았습니다. 아마 당분간은 신계에 돌아갈 수 없을 겁니다."

"음……."

리오는 난감했다. 하지만 빌라이저는 고개를 저었다.

"괜찮습니다. 예전에는 저에게 주어진 일 때문에 황태자 마마를 뵐 시간이 없었지만 이제는 오랫동안 함께 지낼 수 있답니다. 그것만으로 저는 행복합니다. 저는 주신께서 내리신 판결이 벌이라고 생각하지 않습니다. 그분의 따뜻한 배려라고 생각합니다."

"말하자면 휴가로군요."

리오의 감상에 빌라이저는 볼을 붉히며 웃었다.

그가 물었다.

"알렉산더 님은 환수계로 돌아가신 겁니까?"

"그렇습니다."

빌라이저의 표정이 차츰 진지해졌다.

"저는 알렉산더 님께 갚을 수 없는 큰 빚을 졌습니다. 그분께 받은 무한한 사랑은 그 어떤 것으로도 보상할 수 없을 것입니다."

환수계로 갔다고 해서 영원할 수는 없다. 영원불멸은 오로지 신에게만 허용된 권한일 뿐이기에 환수계로 간 알렉산더도 언젠가는 소멸될 것이다. 그때가 언제인지는 리오도, 빌라이저도 알지 못했다. 그저 소멸된다는 사실만을 알 뿐이었다.

빌라이저는 현실을 직시하고 있었다.

"그분의 마음을 조금이라도 편하게 해드리려면 황태자 마마를 잘 보살펴 드리는 수밖에 없을 겁니다. 그분께서 저와 황태자 마마를 위해 목숨을 거셨듯이 저도 황태자 마마를 위해 모든 것을 다할 것입니다."

자신의 각오를 밝힌 빌라이저는 리오에게 물었다.

"부탁을 드려도 되겠습니까, 리오 스나이퍼 님?"

"말씀하십시오."

"어려운 일은 아닙니다. 앞으로도 황태자 마마를 친구로 생각해 주셨으면 합니다."

리오의 입술 끝이 씰룩했다.

"대단히 어려운 일이군요."

"예?

"후훗, 아닙니다."

자리에서 일어난 리오는 바이칼의 머리를 만져 주었다.

"녀석은 인복(人福)이 있습니다. 앞으로 수많은 사람들과 만날 것이고, 또 그만큼 강해지겠지요."

"나쁜 사람들에게 괴롭힘을 당하지 않을까요? 행여나 이상한 일이라도 배운다면 저는 알렉산더 님을 뵐 면목이 없습니다."

"음……. 서룡족의 제왕을 갖고 놀 존재는 그리 많지 않을 겁니다."

둘의 대화는 일단 거기까지였다. 리오는 바이칼이 깨어나면 잘해 달라는 당부를 하고 먼저 그곳을 떠났다.

그리고 오랜 시간이 지났다.

처음 바이칼을 만났을 때와 달리 머리를 묶고 다니게 된 리오는 예전처럼 외롭거나 심심하지 않았다. 자신이 어디를 가든 귀신같이 나타나 쫓아다니는 친구 덕분이었다.

어느 날, 리오는 노숙에 익숙해질 대로 익숙해진 그 친구에게 말했다.

"생각해 보니까 말이야."

침낭 속에 푹 파묻혀 눈을 감고 있던 바이칼이 반짝 눈을 떴다.

"빌라이저 님이 말씀하신 나쁜 사람이 내가 아닐까 하는 생각이 들어."

"나쁜 사람?"

"응. 서룡족의 용제라는 녀석에게 노숙이니 사냥이니 하는 것들을 시키니까 말이야. 사실 넌 그럴 필요가 없잖아."

"건방진 것. 이 몸은 누군가를 이끌기 위해서 먼저 걸어 나갈 뿐이다. 줄여서 솔선수범이라고 하지. 이 몸이 주신의 졸개 따위의 명령에 움직인다고 생각하면 착각이다."

"그래? 그럼 좀 제대로 해. 고기와 시체를 좀 구별하란 말이야."

잠시 침묵하던 바이칼은 곧 조소를 터트렸다.

"흥, 쓸모없는 하등동물이군. 그렇게 비위가 약해서 어디에 쓰나?"

허탈하게 웃은 리오는 자리에 누웠다. 그가 대화를 끝내고 싶을 때 그렇게 나온다는 것을 아는 바이칼은 뚱한 표정으로 친구의 등을 바라봤다.

"여봐라."

"왜?"

"이 몸과 같이 다니는 것이 싫은가?"

"응."

칼로 자르는 듯한 대답에 바이칼이 들어 있는 침낭이 움찔했다. 리오는 그럴 줄 알았다는 듯 큭큭 웃었다.

"그래도 심심하진 않아서 좋아."

"흠."

바이칼은 눈을 감았다. 리오도 잠을 청했다.

이것은 일상이었다. 비록 매일같이 반복되긴 하지만 유쾌하게 흘러가는 어떤 친구들의 일상이었다.

〈외전14 끝〉

가즈 나이트 오리진 8

© 이경영, 2016

초판 1쇄 인쇄일   2016년 5월 30일
초판 1쇄 발행일   2016년 5월 31일

지은이   이경영
펴낸이   정은영
편집국장   사태희
책임편집   이지웅

펴낸곳   (주)자음과모음
출판등록   2001년 11월 28일 제2001-000259호
주소   (04083) 서울시 마포구 성지길 54
전화   편집부 (02)324-2347, 경영지원부 (02)325-6047
팩스   편집부 (02)324-2348, 경영지원부 (02)2648-1311
이메일   neofiction@jamobook.com

ISBN 978-89-544-3569-7 (04810)
       978-89-544-3561-1 (set)